비너스 날개를 달다

이 책을 테이Tey에게 바친다.

너는 특별하고 무엇과도 바꿀 수 없어.

언제나 함께 있어줘서 고마운 사람들
슈테프Steff, 나탈리에Natalie, 빕케Wiebke, 니나Nina, 비올라Viola, 그리고 랄프 B.
뭣 때문에 고마워하는지 알지?

비너스 날개를 달다

야나 보오젠 지음 | 이정언 옮김

새론북스

1

좋아하는 영화가 <마지막 유니콘The Last Unicorn, 1982>1963년에 발표한 피터 소
여 비글의 원작 소설을 애니메이션으로 만든 작품이라고 그가 말한 적이 있다. 나는 당시
그 말을 듣고 가슴이 뜨끔거렸다. 아니, 그의 순수함에 감동을 받았다. 사람
이 어떻게 그렇게까지 눈이 멀 수가 있단 말인가?

"미안해."

그는 부드러운 암갈색 눈으로 나를 바라보며 자기 손을 내 손 위에 올렸
다. 그의 '새로운 면모'를 듣고 얼이 빠져버린 나는 화들짝 놀라 손을 뺐다.
우리는 함부르크 랑엔 라이에에 있는 카페 레알에 마주 보고 앉아 있었다.
이곳은 우리가 함께하는 동안, 아니 함께했던 지난 2년 반 동안 수도 없이
왔던 곳이다. 젠장! 눈물이 흘러내렸다. 그도 마찬가지였다.

"어쩔 수 없어, 헬렌!"

나는 분노에 찬 눈으로 그를 바라봤다.

"울지 마! 넌 그럴 자격 없어. 그건 내 몫이야."

나는 쉰 목소리로 말했다.

"나도 가슴 아파."

그는 중얼거리듯 낮게 말했다. 그의 눈가에 큰 눈물방울이 맺히더니, 이
내 갈색으로 그을린 얼굴을 타고 흠잡을 데 없는 턱 선을 따라 흘러내렸다.

저 눈물이 지난 길을 따라 내 입술이 그의 얼굴을 훑은 적이 얼마나 많았던 가? 나는 얀을 사랑한다. 저 남자를 세상 무엇보다도 더 사랑하건만, 그는 이제 나더러 떠나라고 한다. 그는 나를 떠날 것이고, 내가 할 수 있는 일은 아무것도 없다. 그를 차지하기 위한 연적과의 한판 대결도 할 수 없었다. 기회만 주어졌다면 대결도 불사했을 것이다. 그런데 속수무책이었다. 냅다 소리를 질러버리고 싶었다.

"꺼져."

나는 소리치는 대신 속삭이듯 이렇게 내뱉었다.

"아니."

그는 억지를 쓰려다 말고 내 눈빛을 살폈다.

"부탁이야. 꺼져. 이 카페에서 나가줘. 그리고 내 인생에서도."

나는 그에게 애원하다시피 했다.

"아니, 헬렌, 제발. 진심은 아니겠지. 우린……. 너도 알잖아. 내가 널 얼마나 사랑하는지. 그러니까 우리…… 친구로 남으면……."

그가 여기까지 말하자 나는 극도로 신경이 날카로워졌다.

"친구로 남아? 웃기지 마!"

나는 신경이 날카로워진 것이 아니었다. 진정하려고 노력하면서 일부러 신경을 곤두세우고 있었던 것이다.

"그건 아니야. 그렇게는 안 돼. 얀, 이제 제발 가줘."

그래, 내가 네 앞에서 무너져 내려 (어이없게도) 너한테 제발 다시 생각해 달라고 구걸하기 전에, 제발 가주라. 그가 곧 갈 것이라는 것은 분명했다. 내가 추한 꼴을 보이기 전에 떠나준다는 것이 오히려 다행스러웠다. 그는 자리에서 일어섰다. 그의 키가 182센티미터라는 것이 새삼 놀라웠다. 몸에 착 달라붙는 티셔츠를 입어 더욱 도드라져 보이는 잘 다져진 상체, 갈색으로 그을린 근육질의 팔과 가느다란 손. 나는 그의 손을 좋아했다. 그 손으로 내 안의 무엇인가를 불러일으키곤 했으니까. 그랬던 그가 이럴 수는 없었다. 아니, 있을 수 없는 일이었다. 나는 그가 자신의 왼손 약지에서 반지를 빼는 것을 보고는 열려던 입을 도로 다물었다. 우리의 백금 약혼반지였다. 그가 반지를 테이블 위에 올려놓자, 나오려던 말이 목구멍에서 막혀버렸다. 한순간에 나의 아픔은 물거품처럼 사라지고 오로지 분노만 남았다.

"이걸 가지고 나더러 어쩌라고?"

나는 밟힌 고양이처럼 으르렁거렸다.

"하긴, 그건 네가 산 거지. 자, 내 것도 돌려줄게."

나는 얼른 왼손에서 반지를 빼려고 했다.

"그냥 둬, 헬렌."

그는 진정시키려는 듯 이렇게 말했다.

"그걸 돌려받자는 게 아니야. 단지, 반지들을 녹여서 예쁜 걸 만들어도 되겠다 싶어서……."

나는 할 말을 잃고 입을 떡 벌린 채 그를 올려다봤다. 순간, 나는 손가락에서 조금도 움직이지 않는 그놈의 빌어먹을 반지를 빼는 것조차 잊었다. 갑작스런 충격에, 손가락이 두 배쯤 부푼 것 같았다. 아니, 어쩌면 그가 나에게 반지를 선물해줬던 2월 14일 이후, 그러니까 지난 5주 사이에 지나치게 살이 찐 것인지도 모르겠다.

"목걸이나, 뭐 그런 걸로."

얀은 얼버무리면서 긴장한 듯 금발머리를 이마 위로 쓸어 올렸다.

"너, 머리가 어떻게 된 거 아냐?"

나는 그를 향해 소리를 질렀고, 그가 흠칫 놀라 한 걸음 물러설 정도로 빠르게, 튕겨 오르듯 자리에서 일어났다. 카페에 있던 사람들의 시선이 일제히 우리를 향해 꽂혔다. 바텐더는 바짝 경계하는 눈으로 쳐다봤고 얀과 눈빛을 교환했다. 즉, 이런 거였다.

"괜찮은 거야, 아님 저 노처녀가 완전히 돌아버린 거야?"

당연히 후자였다! 그리고 그 노처녀가 그럴 만한 이유는 충분했다.

"나더러 우리 약혼반지를 녹여서 예쁜 걸 만들어 하고 다니라고?"

나는 신경질적으로 고함을 쳤다.

"그런 말은…… 그러니까 그건……."

갑자기 표현이 생각나지가 않았다.

"그건 내가 이제껏 듣던 말 중에 최악이야."

이제 얀은 본인 역시 그렇다는 표정이 되었다. 얼굴이 붉어지더니 창백해졌고 미안하다는 듯 손을 들어 보였다.

"헬렌, 미안해. 정말 나쁜 뜻은 아니었어. 난 단지, 너도 알잖아. 우리가 보낸 시간만큼은 좋았잖아. 뭐가 어찌되었건 간에 아름다운 시간이었잖아. 그러니까 내 생각에……."

그는 엉뚱한 말을 지껄이고 있었다.

"…… 기념품으로. 우린 나쁘게 헤어지는 게 아니니까. 단지……."

허! 나는 복수의 화신처럼 그를 향해 달려들었다. 고작 160센티미터밖에 안 되는 나를 그가 피한다는 것은 사실 우스운 일이었다. 그러나 내 표정만큼은 위협적이었는지도 몰랐다.

"바로 그 점을 네가 헷갈리고 있는 것 같은데, 우리는 정말 나쁘게 헤어지는 거야. 이보다 더 나쁘게 헤어질 수는 없어."

나는 쟁쟁거리며 말했다. 그리고 미친 듯이 반지를 빼내려고 했다. 말도 거침없이 나왔다.

"꺼져, 다신 내 눈앞에 나타나지 마."

얀은 나를 한 번 더 애처롭게 바라보더니, 뒤돌아 도망치듯 카페를 나서려 했다. 그 순간 '부드득' 소리가 나면서 반지가 빠졌다. 화가 단단히 난 나는 얀을 향해 반지를 내동댕이쳤다. 얀이 문 사이로 빠져나가려는 찰나였다.

"자, 이거 녹여서 너나 예쁜 거 만들어라! 젖꼭지 피어싱은 어때?"

그러나 얀은 문을 닫고 나가버렸고, 반지는 목재로 만든 짙은 갈색 문에 부딪혀 '달가닥' 소리를 내며 빨간색 바닥 타일 위로 가볍게 떨어졌다. 갑자기 세상이 나와는 별개인 것 같았다. 마치 솜뭉치 속에 있는 듯했다. 모든 것이 그렇게 비현실적이고 아득하고 멍해 보였다. 문득 주변 사람들의 얼굴이 눈에 들어왔다. 모두가 나를 쳐다보고 있었다. 대부분 안됐다는 표정이었다. 미친 듯이 휘젓고 다니지는 않을까 싶어 조금은 두려워하는 사람들도 보였다. 사람들의 얼굴은 점점 커지더니 다시 멀어졌다. 음악 소리와 쑥덕거리는 소리도 수그러들었다. 나는 내가 서 있는 꼬락서니가 어떤지 깨달았다. 사람들이 모두 나를 뚫어져라 쳐다보고 있었으니까 너무 피곤했다. 바텐더가 나를 향해 다가와 조심스럽게 팔을 잡았다. 솜뭉치 같았던 느낌이 일순간 사라졌다.

"헬렌, 괜찮아요?"

이 사람이 내 이름을 알던가? 나는 당혹스러워하며 그의 푸른 눈을 쳐다보았다. 그는 마틴이었고, 당연히 내 이름을 알고 있었다. 그는 우리가 카페 레알을 단골집으로 정한 지 얼마 되지 않았을 때부터 여기서 일했다.

"아니지, 이제 더이상 '우리'가 아니지. 이제 다시 '내'가 되는 법을 배워야 해."

내가 이렇게 말하자, 그는 이해할 수 없다는 듯 나를 쳐다봤다. 나는 마틴이 아니라 소피아에게 말한 것이었다. 여기에 대해서는 나중에 설명하기로

하고, 마틴은 심히 걱정된다는 표정으로 나를 쳐다봤다. 그건 카페에 있던 다른 손님들도 마찬가지였다. 손님 중 한 사람이 일어나더니 우리 테이블에 있던 물 잔을 나에게 건네주었다. 아니지, 내 테이블에 있던 물 잔을. 친절하기도 하셔라. 고맙다고 말해야지, 헬렌!

"고맙습니다."

나는 이렇게 말하고 크게 한 모금을 들이켰다. 그러고 나니 좀 나아진 것 같았다.

"뭐 도와드릴 일은 없을까요?"

그 남자는 나에게 정중하게 물었다. 나는 그를 보기 위해 시선을 들었다. 그럼, 그렇지. 지금 이 순간 내가 브래드 피트나 멜 깁슨의 판박이 같은 남자의 초롱초롱한 푸른 눈을 바라보게 된다면 심하게 잘 풀리는 것일 테니. 그런데 인생은 동화가 아닌지라 내가 본 것은 친절해 보이기는 하지만 눈밑 지방이 두툼한 눈이었다. 부풀어 오른 것 같은 얼굴에 박혀 있는 그 눈이 나를 바라보고 있었다. 사람들이 보통 '인상 좋다'고 표현하는 넓은 이마와 '부유함'의 상징인 듯 불룩한 배가 차례로 눈에 들어왔다. 지금 찬밥 더운밥을 가릴 처지는 아니었지만, 그에게 검은 머리에 커다란 갈색 눈을 가진 상냥한 여자친구가 있다는 것이 다행스럽기까지 했다. 남자의 여자친구도 합세했다.

"그래요. 의사를 불러줄까요? 정말 창백해 보여요."

그녀는 이렇게 말하며 손으로 내 뺨을 가볍게 쓰다듬었다. 이런 배려를 받으니 눈물이 쏟아져 나올 것만 같았다. 아니, 이건 아닌데. 울어선 안 돼! 지금 울기 시작하면 멈출 수가 없을 것 같았다. 그래서 나는 메어오는 목을 꾹 눌러 감추고 씩씩하게 웃어 보였다.

"고맙습니다만, 그러실 필요 없어요. 친절하시군요. 이제 괜찮아요."

"정말 괜찮아요?"

그들은 '설마' 하는 표정으로 재차 확인했다.

"정말 괜찮아요."

나는 가능한 한 '진짜 그렇다'는 인상을 주기 위해 힘주어 말했다. 나 스스로도 그렇게 믿고 싶었으니까. 나는 내가 있던 테이블 쪽으로 천천히 돌아서서, 어깨를 펴고 허리를 꼿꼿이 세우고 몇 발짝을 걸어갔다. 그리고 접시 위에 있던 백금 반지를 집어 들었다.

"이제 집에 가서 좀 쉬는 편이 나을 것 같아요."

이렇게 말하는 목소리는 전혀 내 것 같지가 않았다. 마틴은 바닥에서 내 반지를 주워서 건네주었다.

"고마워요. 모두들 좋은 저녁 보내세요. 여러분을 지나치게 방해한 건 아니었으면 좋겠어요."

이 말과 함께 나는 의무감에 다시 한 번 이를 드러내어 웃어 보인 뒤, 카페를 나섰다.

나는 집으로 가지 않았다. 애초부터 그럴 생각은 없었다. 다른 계획이 있었다. 울어버릴 계획이. 밤새도록 울고 짤 작정이었다.

물론 우리가 단골이었던 술집에서 그러진 않을 것이다. 아니지, 우리가 아니라 내가 단골이었던 술집. 대신, 울기에 적당한 가게를 찾기로 했다. 우울한 기분에 맞는 초라하고 황량한 곳으로. 나는 거리를 따라 조금 내려갔다. 날은 이미 어둑해져 있었고 저 멀리서 교회종이 여섯 번 울렸다. 왼손에 반지 두 개를 꽉 쥐고 있었던 탓에 이미 손바닥에는 자국이 생겼다. 나는 '해리에게'라고 쓰인 간판이 왼쪽, 오른쪽으로 흔들리고 있는 퀴퀴한 목재 문 앞에서 발걸음을 멈췄다. '해리에게'라. 오후부터 맥주 한잔을 하러 모인 친구들끼리 부인들 '뒷담화'라도 할 것 같은, 여섯 시에는 모두들 이미 술에 취해 의자에 널브러져 있을 것 같은 느낌의 술집이었다. 나에게 꼭 맞는 집일 수도 있겠다 싶었다. 문이 열리더니 멋지게 차려입은 20대 후반의 여자 둘이 나왔다. 흠, 내심 뚱뚱한 50대 중반의 아저씨들을 기대했었는데. 나는 문틈으로 슬쩍 가게 안을 들여다봤다. 나쁘지 않을 법했다. 아무래도 상관없었다. 어차피 이것저것 가릴 처지가 못 되었고, 무엇보다 나를 아는 사람이 없다는 것이 중요하니까. 적어도 나는 이 가게를 본 적도, 들어본 적도 없었다. 내 온몸이 알코올에 이끌리고 있었다. 그리고 여기에선 술을 마실 수 있다. 그것이 현재 나에게 유일하게 가치 있는 일이었다. 나는 '해리에게'로 들어가 주변을 살펴보았다. 대부분의 사람들이 테이블에 앉아 있었지만, 나는 테이블에 앉을 생각이 없었다. 지금 나와 같은 상황에 처한 여자라면 바에 앉는 것이 맞다. 기억을 잊게 만드는 저 술병들과 가장 가까이 앉을 수 있는 데다 술기운이 제대로 올랐을 때 바텐더에게 이것저것 지껄일 수도 있을 테니. 그 이야기를 당최 누군가에게 털어놓고 싶은지는 나조차도 알 수 없지만. 그 순간 라라가 떠올랐다. 내 베스트 오브 베스트 프렌드 라라. 라라에게는 못할 말이 없었다. 벌써 오랜 세월, 라라는 내가 이런저런 일로 목 놓아 울 때마다 씩씩하게 들어주곤 했다. 그렇게 목 놓아 울었던 것은, 고백하건대 지금까지 살면서 남자들과는 별 재미를 보지 못했기 때문이다. 내가 얀을 알게 되기 전, 그러니까 2년 반 전까지만 해도 그랬다. 그러나 얀을 만나고부터는 상황이 변했다고 믿었다. 그러나 운명은 내 뒤통수를 날렸다. 더할 수 없이 세게. 감히 말하기도 두려울 정도로 창피한 이 꼴을, 아무리 가장 친한 여자친구라 해도 말하고 싶지 않았다. 말하더라도 지금은 아니었다. 그리고 나의 가장 친한 남자친구 베른트에게도 전화하지 않을 것이다. 베른트는 역시나 딱하다는 표정으로 나를 품에 안고 내 머리카락 사이로 "렌헨, 너는 왜 남자 복이 없는 걸까? 네가 뭔가 잘못하고 있는 거야"라고 속삭일 게 뻔했다. 토씨 하나 안 틀리고 똑같은 말을, 베른트를 알고 지낸 지난 15년 동안 귀에 못이 박히도록 들어왔다. 이번에도 잘못이 나한테 있다고 말하는 것은 견딜 수 없을 듯하다. 더더군다나 베른트가 고집스럽게 나를 '렌헨'이라고 부르는 것이 싫었다. 나는 혼자서 운명과 싸워야 했다. 지금 당장 필요한 건 술이었다. 나는 갈색 칠이 벗겨진 의자 위에 가방을 놓고 그 위에 올라앉았다. 편집증이라고 할지 모르겠지만, 3년 전 저녁 술자리에서 소지품을 싹쓸이당한 이후로는 더욱 조심스러워졌다. 뒤쪽에 앉아 이제막 와인 잔을 비운 남자가 나를 향해 씨익 웃더니 말을 걸었다.

"안녕!"

"안녕."

나도 이렇게 맞받아주었다. 그는 동화 속 왕자님처럼 잘생긴 남자였다. 몸에 착 달라붙는 검정색 티셔츠에 밝은 색 청바지를 입고 있었다. 눈은 뻔뻔스러우리만치 파랬고 헝클어진 갈색 머리카락과 사흘 정도 기른 턱수염은 무모한 남자로서의 분위기를 연출하기에 충분했다. 하지만 나는 여기에 슬퍼하기 위해 온 것이지 즐기려고 온 것은 아니었다. 소피아, 말 좀 해봐. 저 남자는 몇 살일까? 20대 후반? 저 남자가 설사 내 걱정거리를 들어주지 않는다 해도, 그는 그 밖에 내가 필요로 하는 모든 것을 갖추고 있었다. 화이트 와인과 골드 테킬라. 그의 얼굴이 아주 잠깐 경련을 일으키더니 이내 안정을 되찾았다. 그러고는 나를 뚫어져라 쳐다봤다. 나는 저런 표정이 의미하는 바가 무엇인지 알고 있었다. 비록 서른을 두 달 앞둔 나이였지만, 청바지를 입고 (오늘은 예외적으로) 화장도 그다지 하지 않은 데다가 금발머리를 양쪽 귀 뒤로 넘긴 나는, 아직 자동차운전면허증이 없는 나이로밖에 보이지 않았다. 스쿠터라면 몰라도. 농담이 아니라 사실이었다. 키라고 해봤자 주차요금 징수기만 하다. 주민등록증에는 신장이 163센티미터라고 되어 있지만 거기에서 과감하게 4센티미터를 빼도 무방했다. 내 몸의 발육은 열다섯 살 때 이미 멈춰버렸으니까. 게다가 커다랗고 파란 눈과 주근깨투성이 들창코를 보면 영락없는 어린애였다.

"나도 내가 어려 보인다는 거 알아. 하지만 내 나이, 스물아홉이야. 주민증 볼래?"

나는 그에게 날카롭게 대들었다.

"아니, 그럴 필요 없어."

그 남자는 기가 죽어 대꾸했다.

"곧 나옵니다."

술을 기다리는 동안 느닷없이 소피아가 내 옆에 나타났다. 지금 내게 그녀가 필요할 리 만무했다. 그러나 회색 스트라이프 정장을 차려입은 그녀는 내 의자 옆에 서서 이해심과 동정심, 그리고 마치 부모가 자식을 대하듯 엄격한 심정이 깔린 눈을 하고는 안경 너머로 나를 내려다봤다. 나는 그녀에게서 등을 돌려버렸다. 지금은 얘기하고 싶지 않았다. 다시 한 번 나는 내게 소피아를 떠안긴 심리치료사 자비네 클라인을 원망했다. 소피아는 내 상상 속의 치료사다. 자비네 클라인이 모든 사람의 마음속에는 심리치료사가 내재하고 있다고 설명한 이래로 소피아는 마치 족쇄처럼 나를 졸졸 따라다니고 있었다. 그녀는 끊임없이 내가 무엇을 하는지, 내가 왜 그러는지, 어떤 기분인지를 캐물었다. 물론 그녀가 유용할 때도 있다는 것은 인정한다. 하지만 대부분은 내 신경을 긁어댈 뿐이었다, 지금처럼. 나는 앞에 놓인 술에 집중하려고 노력했고 소피아는 이내 사라졌다. 그렇다. 아직 컨트롤이 가능했다. 어차피 소피아도 내 일부니까. 컨트롤할 수 있다는 사실이 내겐 중요했다!

한 시간가량 와인 한 병과 테킬라 네 잔을 마셨다. 세상이 완전히 달라 보였다. 희미하고 음산했다. 뭐가 잘못된 걸까? 왜 그런 일이 하필 나에게 일어나야 하는 걸까?

이런 의구심은 내뱉지 말았어야 했다. 그럴 때마다 소피아를 불러내는 꼴이 되기 때문이다. 그녀는 내 옆 자리에 다리를 꼬고 앉아서는, 살짝 몸을 틀어 바를 꼭 잡고 손등에 묻힌 계핏가루를 핥아 먹던 나를 뚫어지게 바라봤다. 그러고는 나를 달달 볶기 시작했다.

"자, 헬렌, 우리 그 얘기나 해보자!"

아니, 그 얘기는 하고 싶지 않아. 꺼져. 우리의 심리치료사는 내 고집에 괴로운 듯 고개를 저으며 말했다.

"헬렌."

그녀는 마치 자장가를 부르듯 부드러운 음성으로 내 이름을 불렀다.

"그 얘기 때문에 네가 이런 반응을 보이는 거라면 지극히 정상적인 일이야."

고맙군. 기분이 한결 나아졌는걸. 나는 소피아를 흘겨보았지만, 그녀는 아랑곳하지 않고 덤덤하게 말을 이어갔다.

"사람들은 모두 극한상황에서 동일한 반응을 나타내지. 단계 일은 쇼크 상태. 지금 네가 겪고 있듯이 말이야. 그 다음이 억압 단계. 억압은 네가 현실을 견딜 수 없을 때, 생존 능력을 크게 해치지 않고 너 자신을 지탱할 수 있도록 하는 심리적 방법 중 하나지."

나는 아무것도 억압하고 있지 않았다. 단지 그것에 대해 얘기하고 싶지 않을 뿐! 나는 서서히 기분이 상해가고 있었다.

"하지만 헬렌. 너도 살아야지. 네가 이 상처를 극복할 수 없을 거라고 두려워하는 건 쓸데없는 짓이야."

누가 죽기라도 한댔나? 나는 아니야. 절대로 상처받지 않았어. 오히려 너무나 잘 살고 있지. 나는 테킬라 한 잔을 힘차게 입에다 털어 넣었다. 이전 잔만큼이나 쓰디썼다. 자극적인 말에 대항할 만한 기운이 없었다. 소피아가 제발 그 입 좀 다물어주었으면. 그녀가 나불거리는 소리 때문에 머리가 지끈거렸다. 그녀는 역시나 입을 다물 생각이 전혀 없었다.

"입 밖으로 꺼내야 돼. 사실을 인정해야 그걸 극복할 수 있어. 헬렌, 힘을 내. 넌 할 수 있어. 지금 심정이 어떤지 말을 해. 그걸 털어놓고 두려움을 극복하는 거야."

나는 와인 잔에 조금 남아 있는 테킬라를 응시하면서 소피아를 이곳에서 떼어내려고 정신을 집중했다. 실제로 그녀의 숨결이 희미해지는 것을 감지할 수 있었다. 내가 좋아하는, '전구 갈아 끼우는 데 필요한 사람은 몇 명일까? 패러디가 진가를 발휘한 것이다. 전구 갈아 끼우는 데 필요한 심리치료사는 몇 명일까? 답은, 전구가 진정 원하는 한 명!

나는 원치 않았다. 나에게 필요한 건 테킬라였다. 나는 소피아를 옆 자리에서 밀어내려고 팔을 필사적으로 휘저었다. 바텐더는 나의 어설픈 손동작을 한 잔 더 달라는 의미로 해석했다. 훌륭해! 일석이조라니! 오늘, 이 얼마나 멋진 날인가. 소피아는 결국 돌아가는 수밖에 없었다. 나는 돌아서는 그녀의 어깨 너머로 이렇게 소리쳤다.

"그것 봐. 누가 실권자인지 알겠지? 하!"

그녀는 나를 향해 홱 돌아서더니 몇 발짝 다가왔다. 그러고는 안경 탓에 부자연스럽게 커 보이는 녹색 눈으로 나를 쏘아보더니 말했다.

"네 남자친구, 아니, 이제 너의 예전 남자친구라고 해야 맞겠지. 그는 동성애자야."

그러고는 일부러 조금 뜸을 들인 후에 위풍당당하게 "하!" 하는 한 마디를 내뱉고는 발길을 돌려 사라져버렸다.

나는 마치 최면 걸린 토끼처럼 바에 앉아 있었다. 이젠 다 끝났다. 얀은 동성애자다. 세상에! 나는 너무나 불행한 사람이었다. 지금이야말로 심리치료사가 필요하다 싶었다. 소피아가 혹 돌아오지는 않을까, 실낱같은 기대로 주위를 둘러보았지만 그녀는 보이지 않았다. 대신 내 옆 자리에 머리색이 짙고 어깨가 넓은 한 남자가 앉았다. 그는 바텐더에게 인사를 했다.

"어이, 페테. 마티니 한 잔 부탁해."

오, 제임스 본드인가? 영화에서 제임스 본드가 "흔들지 말고 저어서"라고 말했던가? 그를 삐딱하게 쳐다보면서 나는 여섯 잔째 테킬라를 힘차게 들이켜고 나서 말했다.

"어이, 페테. 같은 걸로 한 잔 더. 되겠지?"

페테는 씨익 웃더니 고개를 끄덕였다. 그 순간 스피커에서 케이트 윈슬렛의 <What if>가 흘러나왔다. 이럴 수가. 우리가 즐겨 듣던 노래 아닌가. 아니지, 우리가 즐겨 듣던 수많은 노래들 중 하나겠지. 이건 계시일까? 만약 내가 <미저리>에 나오는 미친 여자처럼 얀을 침대에 묶어놓고 무지막지한 망치로 복사뼈를 부숴버린 다음 다시는 떠날 수 없도록 만들어버렸다면 어땠을까? 만약 그가 동성애자가 아니었다면 어땠을까? 그래도 나와 연인으로 남았을까? 눈물이 끊임없이 뺨 위로 흘러내렸다. 옆에 앉아 있던 멋지고 짙은 갈색 눈을 가진 그 남자도, 바텐더 페테도 조금은 걱정된다는 표정으로 나를 살피고 있는 것이 느껴졌다. 아, 제발 모두들 나를 내버려 뒀으면. 나는 엎드린 채 케이트가 하는 말을 찬찬히 들었다. 내가 만약 당신을 보내지 않았다면? 그랬다면 당신은 내가 알던 그 남자로 변함없이 남았을까? 내가 머물러 있었더라면, 당신이 노력했다면, 우리가 시간을 되돌릴 수만 있다면. 이젠 알 수 없는 일이겠지.

나는 자리에서 벌떡 일어났다. 그 바람에 거의 중심을 잃을 뻔했다. 아니, 이렇게 끝낼 수는 없었다. 포기해선 안 되는 거였다. 그는 돌아올 것이다. 우린 서로 사랑하지 않았던가. 2년 반 동안 그는 나와 잠자리를 했고 불평한 마디 없었다. 이제 와서 '나는 동성애자'라고 하는 것은, 그건 분명히 지나가는 단계일 뿐이었다. 그래, 갑자기 이상하게시리 위안을 받은 느낌이었다. 이것이 끝은 아니다! 다 잘될 것이다. 나는 얀이 서른셋의 성인 남자라는 것, 그리고 야영장에서 또래 남자아이들과 내기나 거는 철없는 청소년이 아니라는 사실을 무시하고 있었다. 그는 동성애자가 아니다. 어떻게 그럴 수가 있겠는가? 그리고 무엇보다 그가 정말 동성애자였다면 여자로서 나는 뭐가 된단 말인가? 생각하고 싶지 않았다. 그에게 전화해야 했다. 나는 휴대전화를 꺼내기 위해 가방 속을 이리저리 뒤졌다. 이것저것 집어보았지만 허탕이었고 갑작스레 중심을 잃었다. 괴성과 함께 나는 앞으로 넘어졌고 엉덩이를 받치고 있던 의자도 함께 쓰러졌다. 옆에 있던 남자를 향해 내 얼굴이 곤두박질쳤다. 그는 몸을 움찔하기는 했지만 곧 나를 일으켜주었다. 얼굴이 타는 듯 빨개진 나는 살짝 비틀거리면서 제대로 일어서겠다고 손톱을 의지해 짙은 색 목재 의자를 꾹 잡았다.

"미안. 내가 휴대전화를……."

나는 우물거리며 말했다.

"괜찮아. 난 미하엘이야."

그는 이렇게 말하며 나를 향해 환하게 웃었다. 저 남자가 뭔가 꿍꿍이속이 있는 거로군. 오늘 밤 일어날 일의 예고편인가? 그는 조심스럽게 내가 다시 의자에 앉도록 도와주었다.

"난 헬렌."

나는 짧게 대답하고는 다시 가방을 뒤지려고 몸을 숙였다. 결국 휴대전화는 찾지 못했다. 지금 얀에게 전화해야 하는데, 무조건. 지금은 어떤 놈이 나에게 시시덕거리든 말든 관심 없었다. 미하엘은 내 어깨를 잡고는 나를 똑바로 일으켰다.

"대체 뭘 하려는 거야? 또 넘어지고 싶어?"

"전화가 필요해서 그래."

나는 심술궂게, 하지만 가능한 한 점잖게 말했다. 그런데 그게 간단하지가 않았다. 나는 이미 상당히 취기가 올라 있었고 저 남자가 또 끼어들면 더 이상 떼어놓을 수가 없게 된다.

"남자친구에게 전화해야 돼."

나는 이렇게 덧붙이고는 몸을 다시 앞으로 수그렸다. 그런데 갑자기 현기증이 심하게 일면서 기분이 불쾌해졌다. 그리고 미하엘이 손쓸 새도 없이 다시 물에 젖은 포대 자루처럼 의자에서 맥없이 고꾸라지고 말았다. 나는 투덜거리면서 바닥에 쓰러져 있었고 내 위로는 미하엘의 근심 어린 표정이 있었다. 바 건너편에서 몸을 길게 뻗어 살펴보던 페테가 지금의 내 상황이 재밌다는 듯 히죽거리는 모습이 보였다. 미하엘은 나를 다시 일으켜주었다. 페테는 테킬라를 올려 들고는 물었다.

"정말 마실 거야?"

당연하지, 얼른 줘!

"충분히 마신 것 같아."

미하엘이 나 대신 대답했다. 다 그만둬. 소피아는 여기서 잠수를 타는 거야, 뭐야?

"더블로 한 잔 줘."

나는 악다구니를 치면서 미하엘에게 제동을 걸었다. 그는 할 말을 잃은 듯했다. 나는 도전적으로 그를 쳐다봤다. 혈중 알코올 수치가 이렇게 높을 때, 나는 눈을 컨트롤하기가 어려워 사시가 되곤 했다. 나는 온 집중력을 다해 나를 보호해줄 수 있다고 믿는 그놈을 똑바로 쳐다봤다. 짧게 자른 곱슬머리, 부드러운 갈색 눈, 가늘고 곧게 뻗은 콧날, 유혹적으로 부풀어 있는 입술. 흠! 아무리 그래도 나에게 다가오면 안 되지.

"왜, 마시면 안 돼?"

나는 그에게 거칠게 물었다. 그는 침착하게 나와 마주 보더니 내 손을 잡고 말했다.

"무슨 일 있는 거야, 헬렌?"

순간적으로 내 아랫입술이 부르르 떨리기 시작했다. 제기랄! 나는 내 감정과 아랫입술을 다시 진정시키려고 노력했고 웬만큼 진정되었다. 그런데 미하엘이 자신의 손을 내 어깨 위에 올리고 부드럽게 이런 말을 하자, 완전히 허물어져버렸다.

"괜찮아. 울어도 돼."

목구멍을 타고 흐느낌이 시작되더니 지금 여기, 낯선 남자의 품에 안겨 나는 울음을 터뜨리고 말았다. 그의 넓은 가슴에 얼굴을 기대어 어린애처럼 엉엉 울었다. 그러고 있으니 좋았다. 내 안에서 늘 비꼬는 그 인간이 지금 미하엘과 침대로 직행할 수밖에 없을 것이라고 말해주었지만 그러든 말든 상관없었다. 잠자리를 하더라도 개의치 않았을 것이다. 그의 품에 안겨 있으니 한결 나았다. 게다가 그의 외모도 상당히 준수했다. 내가 얀이 아닌 다른 남자와 잤다는 것만으로 얀을 벌줄 수도 있을 것이다. 바로 그거였다!

눈물을 1리터쯤 빼고 나서, 나는 천천히 미하엘의 품에서 빠져나왔다. 그러고는 원래 밝은 파란색이던 그의 상의가 눈물에 번져버린 회색 마스카라 자국으로 엉망이 된 것을 보고는 당황해했다.

"괜찮아."

그는 툭 던지듯 말했다. 나는 다시 의자 위로 기어 올라갔고, 그와 동시에 페테는 테킬라 더블을 내밀었다.

"뭔지 얘기해볼래?"

미하엘이 나에게 부드럽게 물었다. 나는 잠시 주저했지만 말하지 않기로 결심했다. 내가 남자를 동성애자로 만드는 여자라고 말할 순 없었다. 게다가 아직 속단하기는 일렀다. 말했듯이 그저 지나가는 단계일 뿐이니까. 그리고 얀이 이성을 되찾게 되면, 내가 세상에다 대고 그를 동성애자로 떠벌린 것이 마음에 걸릴 테니까. 얀에게 미안, 이성을 잃었다고 표현한 건 깎아내리려는 의도는 아니었어.

"아니, 이제 됐어."

나는 코를 훌쩍이면서 엷은 미소를 지어 보였다. 그리고 앞에 놓인 술잔을 집어 들었다. 이미 술기운이 오를 대로 오른 마당에 나는 오렌지와 계핏가루는 제쳐두고 순 테킬라만 들이켰다. 미하엘은 이 광경을 보며 잔을 크게 흔들었다.

"저 조그만 체구에 어떻게 그만 한 양이 들어가는지 모르겠군."

그는 정말 놀란 듯 말했다.

"그런데도 아직 말을 제대로 하는 게 신기해."

순간, 세상이 나를 중심으로 빙그르 돌기 시작했다. 처음에는 천천히 돌다가 점점 빨라졌다. 게다가 회전 놀이기구에서처럼 물결치듯 움직였고 그러다 솜사탕처럼 말려 올라갔다. 나는 그를 매섭게 노려봤다. 그의 얼굴이 위아래로 크게 굽이치더니 갑자기 커졌다. 그가 나에게 다가왔다.

"제에엥……."

갑자기 혀가 말을 듣지 않았다.

22

"제에응……."

다시 한 번 시도해봤지만 어림없었다. 세상에, 갑자기 역겨웠다. 이 빌어 먹을 술집이 그만 좀 빙빙 돌아야 할 텐데. 나는 그날 밤 세 번째로 의자에서 떨어졌고 다시 미하엘의 품에 안겼다. 뭐 상의는 이미 다 버렸으니 아무래도 괜찮았다.

"됐어. 지금 당장 침대에 눕혀야 할 것 같군."

미하엘이 내 머리 위에서 말하는 게 들렸다. 내 이럴 줄 알았지. 그는 날 끌고 가려는 것이었다.

"아으으앙."

나는 그에게 분명히 말하려고 애썼지만 그는 알아들을 수 없다는 표정으로 내 팔을 자신의 어깨에 둘러 날 일으켜 세웠다. 나는 그에게 매달린 채 구석 쪽에 무화과나무를 휘감고 있는 작고 화려한 전등들을 유심히 쳐다봤다. 예뻤다. 어렴풋이 페테가 말하는 것이 들렸다.

"네가 마신 마티니는 오 유로, 여자가 마신 백포도주 네 병에다 테킬라 일곱 잔은…… 사십이 유로."

"알겠어!"

그 순간 나는 털이 덥수룩한 남자의 손이 아직 의자에 걸려 있는 내 가방을 향해 다가가는 것을 보았다. 그 손이 가방에 닿기 직전, 나는 몸을 날려 가방을 낚아챘다. 의도가 무엇인지 분명했기 때문이다. 휴, 제때 잡았다. 안심한 나는 내 물건을 가슴에 꼭 눌러 안았다.

"헬렌, 이리 줘. 계산해야 돼."

미하엘은 천천히, 그러나 분명하게 말했다. 그렇게는 누구나 말할 수 있었다. 그리고 지금과 같은 상황에서 남자들은 나를 제압하거나 물건을 훔치려고 든다. 여기 이 남자는 둘 다를 원하는 것 같지만.

"그으을얼……."

나는 확실히 말하고 있었다.

"돌려줄게."

그는 이렇게 약속을 하고는 가방 쪽으로 손을 뻗었다.

"안 돼!"

나는 냅다 소리를 질렀다. 사람들이 모두 고개를 우리 쪽으로 돌렸고 미하엘은 손을 뒤로 움츠렸다. 그는 단단히 화난 표정으로 나를 쳐다보고는 자기 지갑을 열었다. 분명 그는 무척 기분이 상해 있었다. 결국 자기가 지불하게 되어버렸으니까. 물론 누군가가 나 때문에 화가 나는 건 나도 싫었다. 미하엘은 50유로짜리 지폐를 탁 소리를 내며 선반 위에다 얹었다.

"됐지, 그럼 이만."

그는 자기 재킷을 획 집어 들어 입었다.

"저기, 그럼 저 여자는 어떻게 할 거야?"

페테가 물었다. 나는 그 자리에 멍하니 서 있었다. 미하엘이 너무나 차갑게 쏘아보는 바람에 눈에서 눈물이 올라올 지경이었다. 방금 전까지만 해도 나를 너무나 사랑스럽게 품에 안았던 사람이건만. 나는 그에게 기대어 순진무구한 표정으로 그를 올려다보았다(그는 키가 최소한 185센티미터는 되었다).

"할 수 없군. 택시에 태워야지."

그는 투덜거리며 말했다. 질질 끌다시피, 그리고 들쳐 메다시피 하며 그는 나를 술집에서 데리고 나왔다.

그사이 바깥은 칠흑 같은 어둠이 깔려 있었다. 게다가 무척 쌀쌀했다. 나는 으슬으슬한 기운에 어깨를 움츠렸지만 맑은 공기를 마셔도 정신이 멀쩡해지지는 않았다.

"사는 곳은 어디야?"

미하엘은 나에게 물으면서 택시를 잡으려고 손을 흔들었다.

"어디 사냐고!"

내가 어디에 살고 있을까? 그거 좋은 질문이군. 순간 내가 어디에 사는지가 도무지 떠오르지 않았다. 한때 알토나의 헬레넨슈트라세에 살았던 적은 있었다. 10년 전에 독립해서 얻은 첫 보금자리였다. 그리고 이사를 갔는데, 어디로 갔더라? 나는 이마를 찌푸려가며 열심히 생각해보았지만 떠오르지가 않았다. 택시가 우리 옆에 멈춰 섰고 미하엘은 대답을 기다리며 나를 내려다봤다. 나는 갑자기 집 없는 신세가 된 상황이 미치도록 웃겨서 낄낄거리며 웃기 시작했다.

"어서 말하라니까."

미하엘은 신경이 곤두서서 나를 재촉했다.

"모오오올."

너무 웃긴 나머지 말이 제대로 나오지 않았다.

"네 주민증에는 적혀 있겠지."

그는 이렇게 말하더니 내 가방을 집으려 했다. 나는 이내 몸이 빳빳하게 굳어져서는 검정 가죽 가방을 꼭 쥐고 그를 위협적으로 쳐다봤다.

"어디로 가시는 겁니까?"

운전석에서 짜증 섞인 목소리가 들렸다.

"됐어."

미하엘은 이렇게 말하더니 나를 뒷좌석에다 밀어 넣었다.

"우리 집으로 가는 거야. 오스터슈트라세 삼십 번지로 가주세요."

그는 앞좌석을 향해 이렇게 말했다. 목소리로 미루어보건대 그는 다시 화가 난 것 같았다. 사실 내가 자기 집에 간다는데 좋아해야 하는 것 아닌가? 나는 옆에서 그를 유심히 관찰했다. 그리고 다시 그의 관심을 얻고자 어깨에 기대었다. 그의 옆모습은 멋있었다. 그리스 시대의 조각 같았다. 내가 이 남자와 잔다면 얀은 질투심에 돌아버릴 것이 분명했다. 단지 질투의 대상이 나인지, 아님 그인지가 의문이기는 하지만.

물론 미하엘은 나를 꼭 껴안으려고 하진 않았다. 하지만 그랬기 때문에 나로서는 더 만족스러웠다. 택시 운전사는 상당한 속도로 커브를 돌았고 나를 중심으로 다시 모든 것이 빙빙 돌고 있었다. 차라리 눈을 잠시 감고 양미간에 정신을 집중하는 것이 더 나을 듯했다.

2

　나는 조심스럽게 왼쪽 눈을 떴다. 반쯤 감은 눈으로 속눈썹과 동공, 그리고 망막을 거쳐 머릿속 깊숙한 곳까지 햇살이 들어왔다. 머리가 깨질 것처럼 아파서 한숨이 절로 나왔다. 나는 재빨리 눈을 꼭 감고 두통이 가라앉기를 기다렸다. 그리고 생각을 정리해봤다. 왜 이토록 머리가 아픈 걸까? 무슨 일이 있었더라? 지금이 몇 시지? 오늘은 무슨 요일일까? 몇 년도지? 뭔가가 턱에 긁혔다. 손으로 더듬어보니 상당히 엉클어진 짙은 파란색 담요를 덮고 있었다. 내 침대에 있던 멋들어진 은빛 새틴 이불이 하루아침에 어떻게 되기라도 한 걸까? 서서히 어젯밤 일들이 조각조각 떠올랐다. 카페 레알, 약혼반지, 얀의 커밍아웃. 그리고 누군가가 있었는데, 이름이 뭐였더라? 금빛 음료가 가득 담긴 작은 잔이 생각났다. 테킬라였다. 생각이 여기에 미치자 위가 뒤틀렸다. 두통도 두통이었지만 일단 눈을 떴다. 손으로 입을 막고 게워낼 수 있는 곳을 허겁지겁 찾아보았다. 다행스럽게도 오래 찾을 필요가 없었다. 내가 누워 있던 기다란 소파 바로 옆에 10리터짜리 하늘색 양동이가 놓여 있었다. 내용물을 보아하니, 어젯밤에도 내가 일을 저질렀던 것 같았다. 토해냈던 것이다.

　속엣것을 게워낸 후, 나는 한숨을 쉬면서 다시 자리에 누웠고 낯선 공간을 찬찬히 둘러보았다. 뉴욕의 스카이라인을 담은 포스터가 액자에 끼워져 소파 위에 걸려 있었고 그 맞은편에는 비디오, DVD 플레이어가 설치된 커다란 TV를 비롯해 잡다한 기계장치들이 있었다. 방의 각 구석에는 성인 키만큼 높은 스피커들이 보였고, 독특한 청록색 의자 네 개가 딸린 유리로 된 식탁도 보였다. 바닥에는 쿠션 의자 두 개가 있었고 그 옆 탁자에는 <슈피겔>, <슈테른>, <아우토모토 운트 스포트> 같은 잡지들이 놓여 있었다. 분명 남자들이 사는 집이었다. 페테의 거실인가보다. 아니, 그 남자 이름이 미하엘이었지 아마? 그럼 페테는 누구지? 빌어먹을, 대체 무슨 일이 있었더라? 그렇지, 그 남자가 내 가방을 훔치려고 했었지. 그리고 갑자기 우린 택시 안에 앉아 있었고. 그는 분명 내 상황을 이용했고 나를 자기 집으로 끌고 들어온 것이었다. 파렴치한 같으니라고! 바닥에 놓인 몇몇 물건들에 시선이 닿았다. 그것이 내 블라우스와 바지라는 것을 알아차리기까지 그다지 오래 걸리진 않았다. 이럴 수가, 안 돼! 나는 손을 이불 속으로 넣어 몸을 더듬어 보았다. 커다란 티셔츠를 입은 차림이었다. 슬립은 입고 있었지만 그건 중요하지 않았다. 나는 조심스럽게 다리 사이를 만져보았다. 특이한 것은 없었다. 그다지 거칠었던 것 같지는 않았다. 아니면 그 남자가 덩치에 비해 아래 달린 것은 『걸리버 여행기』에 나오는 소인국 사람의 그것만 한 건지도 모르겠다. 이럴 수가. 믿을 수가 없었다. 전혀, 아무것도 생각나지 않았다. 대체 나에게 무슨 일이 벌어진 걸까? 나는 피임약도 먹지 않았다. 콘돔은 사용했을까? 만약 안 했다면 어떻게 되는 거지? 원치 않은 임신, 에이즈, 임질, 포진. 끔찍한 시나리오들이 머리를 스쳐 지나갔다. 어떻게 사람이 그 정도로 자제력을 잃을 수 있단 말인가? 세상에, 스물아홉씩이나 먹고서. 몸이 좋지 않다는 걸 느낀 나는 힘겹게 자리에서 일어났다. 안이 거의 꽉 찬 양동이가 내 옆에 있는 것을 보는 것만으로도 속이 더 안 좋아졌다. 나는 티셔츠를 벗고 바닥에 흩어져 있는 내 옷가지들을 주섬주섬 챙겼다. 옷은 물론 완전히 구겨져 있었다. 참 꼴좋군. 길거리에서 지나가는 사람들이 본다면, 원나잇 스탠드를 하고 비틀거리며 돌아간다고 생각하기에 딱 맞았다. 되도록 빨리 이곳을 빠져나가는 것이 상책이었다. 하지만 내가 게워낸 것을 그대로 두고 갈 수는 없었다. 그것이 설령 미하엘의 몫이라 하더라도. 그런데 그 남자는 대체 어디 박혀 있는 걸까? 나는 숨을 들이마신 뒤 양동이를 들었다. 그리고 문을 열고, 회청색 양탄자가 깔린 긴 복도에 발을 내디뎠다. 복도에 있는 문 세 개는 모두 닫혀 있었다. 그중 하나를 열어 들여다보니 욕실이었다. 나는 게워낸 것을 버리고 세면대에 양동이를 놓고 씻었다. 그리고 입을 헹군 다음 거울 속에 비친 내 모습을 보았다. 피부는 누렇게 떴고 이마에는 커다란 뾰루지가 났다. 밤새도록 목 놓아 울었는지 눈은 퉁퉁 부어 있었다. 내가 그렇게 울었던가? 화장은 마구 번져 있었다. 두피 부근의 머리카락은 기름기가 잔뜩이었고 머리끝은 부스스했다. 이건 악몽이다. 내 고객 중 누군가가 이런 꼬락서니를 봤더라면, 그 즉시 직업을 바꿔야 할 것이다. 나는 이미지 컨설턴트다. 쇼핑 가이드이자, 스타일리스트이며 고객의 외모를 가꾸고 완벽하게 연출하기 위해 필요한 것들을 개별적으로 훈련시켜주기도 한다. 다시 말해, 고객에게 최고의 모습을 만들어주는 일을 하는 것이다. 그것이 나였다. 어쩌면 지금 내 상태를 사진으로 남겨두어야 할지도 모르겠다. 끔찍한 예로써, 눈을 까만색 테이프로 가린 다음, 알코올이 사람을 어떻게 만들 수 있는지를 고객에게 보여주기 위해서. 아니, 그러지 않는 편이 낫겠다. 무엇을 할 만한 여력이 어차피 없으니까. 아마도 앞으로 다시는 일하지 않을지도 모르겠다. 얀이 또다시 내 기억 속에 스멀스멀 들어왔다. 이 나쁜 자식! 모든 게 그 자식 때문이다! 만약 내가 그 미하엘이라는 사람한테서 성병이라도 얻는다면 그 책임을 전적으로 얀에게 물을 것이다. 매독 발진 때문에 몸이 흉하게 변하는 것은 생각하지 않는 편이 나았다. 치명적인 증상은 제쳐두고서라도.

나는 양동이를 욕실 가운데 두고 그곳을 나왔다. 원래는 거실로 돌아가서 가방을 들고 달아나려고 했는데, 순간 나는 흰색과 파란색이 어우러진 포근한 분위기의 부엌 한가운데 서 있었다. 갓 끓인 커피와 토스트 향이 났다. 짙은 갈색 눈과 푸른 눈이 나를 쳐다보았다. 그들은 이를 네 개나 드러내고 웃었다(미백치료를 받았는지 치아가 무척 하얗다). 미하엘, 그리고……?

"이쪽은 닉이야."

미하엘은 하우스메이트도 있었다. 아마도 얘기를 전해 들었을 터였다. 아니면 일에 직접 가담했든가. 나는 뭐라도 기억이 났으면 하고 바랐다. 아니, 기억나지 않는 편이 더 나을지도 몰랐다.

"안녕……."

나는 창피한 마음에 우물거렸다. 닉은 앉아 있던 의자에서 일어나 한 손으로 내게 악수를 청하면서 다른 한 손으로는 붉은빛이 감도는 금발의 곱슬머리칼을 이마 위로 쓸어 올렸다.

"만나서 반가워."

"여기 와서 앉아."

미하엘은 친절하게 말하며 의자 하나를 밀어주었다.

"커피 마실래?"

나는 뭔가 불안한 기분으로 주변을 살폈다. 이런 상황에 처해본 적이 없었다. 원래 가능하면 서둘러 여기를 뜨려고 했었다. 노란색 벽시계에 시선이 닿았다. 거의 아홉 시 삼십 분이었다. 시계 아래에는 커피머신이 있었다. 온갖 기능이 겸비된 하이테크 기계였다. 순식간에 멋진 거품을 확실히 내준다는. 다 좋은데, 커피를 빨리 만들어서 어쩌겠다는 거지? 아, 이런 창피한 일이 있을 수가. 그 순간 부글부글 끓어오르듯 비어가르텐 씨가 떠올랐다. 그 여자와 30분 안에 만나기로 약속이 되어 있었다. 일 약속이었다. 빌어먹을! 첫 약속이니만큼 중요한 약속이었다. 엎친 데 덮친 격인 것은 30분 안에 약속을 펑크 내느냐, 아니면 밤새 술에 취하고 낯선 남자에게 몸을 맡겨버린 차림으로 만나느냐의 갈림길에 섰다는 점이다.

"잠깐 전화 좀 해야겠어. 커피 한 잔 만들어놔."

나는 미하엘에게 이렇게 말했다. 의도적이진 않았지만 다분히 명령조의 말투에 그는 당황한 표정을 짓더니, 낮고 거친 목소리로 대꾸했다.

"물론입죠, 마님. 금방 대령하겠습니다요! 밤이고 낮고 분부대로 합지요."

그는 닉에게 크게 씨익 웃어 보이고는 커피머신 쪽으로 몸을 돌렸다. 당황한 나는 그의 넓은 어깨를 바라봤다. 대체 어젯밤에 무슨 일이 있었던 걸까? 헬렌, 비어가르텐 씨가 기다리고 있잖아. 아, 그랬지. 고마워, 소피아. 그 문제부터 해결해야 했다. 나는 뭔가에 걸려 넘어지듯 부엌을 나와 옆문을 열었다. 거실이었다. 나는 가방 안에서 휴대전화를 꺼내들었다. 설상가상으로 나는 비어가르텐 씨의 휴대전화 번호조차 모르고 있었다. 다행스럽게도 집전화로 걸자 두 번 벨이 울린 후 그녀가 수화기를 들었다.

"여보세요?"

"안녕하세요, 비어가르텐 씨."

그녀에게 조언을 하나 해주자면 그 첫 번째가 개명改名일 것이다.

"헬렌 라미엔입니다."

"안녕하세요, 라미엔 씨. 전화해줘서 고마워요. 오신다니 벌써부터 기대돼요. 그렇지 않나요? 너무 들뜨는 거 있죠? 드디어 오로지 나만을 위해서 뭔가를 한다는 것이 말예요! 난……."

"네, 비어가르텐 씨."

나는 그녀의 말을 끊었다.

"정말 죄송합니다만 오늘 약속은 취소해야겠어요."

"아아……. 그러세요오……."

길게 잡아끌듯 대답이 돌아왔다. 그녀는 실망이 이만저만이 아닌 눈치였다. 이제 그럴싸한 변명을 해야 할 차례가 되었다.

"물론 나도 무척 기대가 되었었죠. 심지어 너무나 많이 기대했었어요, 비어가르텐 씨."

시간을 끌려다보니 자꾸 허튼소리가 나왔다.

"그런데 있잖아요."

그 순간 하늘색 양동이가 떠올랐다.

"갑자기 위에 문제가 생겼지 뭐예요."

"저런."

"위가 약간 상한 것 같아요. 어쩌면 요즘 유행하는 위장 바이러스 때문인지도 모르겠어요. 비어가르텐 씨에게 전염시키고 싶지 않아서요."

"그럼 안 되죠. 오지 마세요. 우리 사촌은 일주일 이상이나 몸져누웠지 뭐예요. 먹은 것을 소화를 못 시켜요. 속이 뒤집히는데도……."

나는 또다시 속이 메스꺼워졌다.

"또 시작된 것 같네요. 비어가르텐 씨, 이만 끊어야겠어요. 다시 전화하도록 하죠."

"그러세요. 몸조리 잘하시고요. 물을 많이 마시는 거 잊지 마세요. 가장 좋은 건 차를……."

나는 전화를 끊어버렸다. 웬 사설이 저리도 긴지. 듣다보면 피곤해질 것이 뻔했다. 그나마 그녀는 약속이 취소되었다고 화를 내지는 않았다. 나는 다이어리를 빠르게 훑어보았다. 오늘은 그것 외에 약속이 없었다. 이제 커피를 못 마실 이유가 없었다. 나는 다시 부엌으로 돌아가 의자에 조심스럽게 올라앉았고 몸을 이리저리 조금씩 움직여 자세를 가다듬었다. 앉아 있는 것이 아프진 않았다. 혹 우리가 안 한 건 아니었을까? 그것이 사실이라고 믿는다면 지나치게 순진한 거겠지. 미하엘이 완벽에 가까운 라테 마키아토를 건네는 동안, 나는 곁눈으로 그를 뚫어져라 관찰했다. 이런 걸 두고 서비스라고 하는 것일 테다.

"고마워."

나는 이렇게 말하고는 우유 거품 위로 얼굴을 수그렸다. 그가 간밤에 나와 잔 것 같아 보이나? 확신이 서지 않았다. 우리 셋은 작고 둥그런 부엌 식탁에 둘러앉았고 남자들은 대화를 시도했다.

"간밤엔 별일 없었어?"

닉이 버터를 발라 구운 뒤 잼을 바른 토스트를 건네며 물었다. 나는 잠시 속으로 계산을 해보았다. 내가 넙죽 받아먹어도 되는 걸까? 배에서는 확실히 들릴 만큼 크게 꾸르륵 소리가 났다. 그래, 먹어도 돼, 라고 생각했다. 그리고 여차하면 욕실이 어디 있는지 아니까. 나는 토스트를 받아 들고 대답했다.

"어, 그다지. 그 얘기는 하고 싶지 않아."

"알겠어."

우리는 말없이 우물거리며 씹고 있었다. 마침내 미하엘이 물었다.

"무슨 일을 해, 헬렌?"

"나는 이미지 컨설턴트야."

"이미지 컨설턴트라고?"

닉은 믿을 수 없다는 눈으로 물었다.

"그렇다면 네가 더 나은 이미지를 만들 수 있는 방법을 사람들에게 말해주고 그 대가로 돈을 받는단 말이야?"

내가 뭔가 잘못 들었을 수도 있겠지만 닉이 '네가'라는 단어를 힘주어 말한 것만은 확실했다.

"물론이지."

나는 쏘아붙이듯 대꾸했다. 나를 위에서 아래로 훑어보는 저 눈을 확 긁어줬으면 좋으련만. 어쩌면 오늘 아침 하늘색 양동이에 뱉은 토사물이나 지금 내 모습이나 별반 다르지 않아 보일지도 몰랐다. 그래, 지금 당장은 눈요깃거리가 못 되겠지만, 그런 밤을 보낸 사람이라면 누구라도 마찬가지일 테다. 내 옷은 내 스타일에 맞는 것이었고 옷 색깔도 피부색과 가장 어울리는 것이었다. 게다가 저 멍청한 미하엘의 하우스메이트가 옷을 의자 위에라도 걸어두는 수고를 했더라면 그렇게까지 심하게 구겨지진 않았을 것이다. 아니면 내가 내 손으로 약에 취한 듯 옷을 벗어서 바닥에 아무렇게나 던져버렸을까? 툭 털어놓고 말해서 나는 그럴 사람이 아니었다. 게다가 프리소울에서 산 150유로짜리 블라우스를 그렇게 할 리가 없었다. 내가 마음먹고 닉을 호되게 몰아붙이려는 찰나, 미하엘이 말리듯 끼어들었다.

"정말 굉장한걸. 이 색깔은 나한테 어울리는 것 같아?"

그는 이렇게 물으며 입고 있던 베이지색 긴팔 셔츠를 살짝 집어 올려 보였다. 나는 시선을 잠깐 그곳으로 돌렸다. 찬찬히 뜯어봤다. 감각이 있는 건지 우연인지는 몰라도 그는 자기 피부색과 눈 색깔에 가장 잘 어울리는 색을 골랐다. 어머나 세상에. 나는 그의 상냥한 갈색 눈을 쳐다봤다. 헛, 그래도 나를 마음대로 조종할 수는 없을걸. 그가 만약 회색 티셔츠를 입었다면 저 눈은 얼빠져 보였을 테니까. 게다가 피부 톤이 저렇게 어두운 사람들은 옷을 맞춰 입기가 그다지 까다롭지 않다. 닉처럼 하얀 피부, 붉은빛이 도는 금발머리에 주근깨가 박힌 사람들이라면 경우가 다르겠지만.

"공짜로 나랑 잠자리를 할 수 있었는지는 몰라도, 내가 또다시 그런 서비스를 대가 없이 해줄 거라고 생각하진 마."

나는 차갑게 말했다. 소피아는 나의 이런 표현 방식에 애간장을 태우며 숨을 들이켰고 나 스스로도 조금은 놀랐다. 나에게 그런 상스러운 면이 있는 줄은 전혀 몰랐다. 닉과 미하엘은 서로 눈빛을 교환했고 히죽거렸다. 점점 더 심하게 히죽거리겠지. 정말 끔찍했다. 하늘에 맹세코 다시는 취하지 않으리라. 이미 문젯거리들을 충분히 떠안고 있지 않았던가? 몹쓸 남자친구에게 차인 지 얼마 되지 않았다. 그것도 또 다른 남자 때문에! 심각한 우울증에 빠질 만도 했다. 그런데 사람들이 나를 내버려 두는가? 결단코 아니었다. 오히려 나는 여기 생면부지의 두 남정네들과 완전히 낯선 집에 앉아서 어젯밤에 저 둘 중 누구와 잤는지, 아니면 잤는지 안 잤는지조차 모르고 있었다. 소름이 돋았다.

"적어도 너희 둘은 재미있었다니 다행이군."

나는 버럭 화를 내며 쏟아냈다.

"내가 하고 싶은 말은 어제의 나처럼 무방비 상태의 여자와 섹스를 했다는 건 성폭행이나 다름없다는 거야!"

"저기, 잠깐."

미하엘은 진정하라는 듯 손을 들었다.

"그런 일 없어. 진정하라고. 어젯밤에 재미 본 사람이 있다면 다름 아닌 너일 거야. 그건 확실하다고!"

"그리고 나도."

닉은 히죽거리며 말을 꺼냈다. 나는 어이없다는 듯 그를 똑바로 쳐다봤다. 갑자기 피가 거꾸로 솟는 것 같았다. 설마? 화가 머리끝까지 치밀어 오른 탓에 숨쉬기조차 힘들었다. 대체 저것들이 어제 나한테 무슨 짓을 한 걸까? 나는 겨우 숨을 몰아쉬면서 말했다.

"적어도 콘돔은 사용했겠지? 나는 아무 기억도 안 나. 하지만 피임약은 복용하지 않았어. 게다가 너희도 아빠가 될 생각은 없겠지."

그 둘은 표정 하나 변하지 않고 나를 바라봤다.

"걱정하지 마."

이렇게 말하는 닉의 입가가 살짝 떨렸다.

"우린 콘돔을 사용했으니까."

"여러 개를 사용했지."

미하엘이 끼어들었다.

"그렇지만 우리도 아빠가 되고 싶은 사람들이야. 언젠가는."

"그래, 잘됐군. 그런데 나는 너희 아이들의 엄마가 되고 싶은 사람은 아니란 말이지."

미하엘은 어깨를 으쓱해 보였다.

"말해봐. 정말 아무 기억도 안 나?"

"그래서 배알이 꼴리기라도 해?"

나는 쓸쓸하게 말했다.

"흠, 마초 기질이 다분한 너희에게 상처를 주어 나도 무척 유감이야. 아무것도 기억이 나질 않아. 너희가 어젯밤에 나에게 어떤 짓궂은 장난을 쳤는지는 모르겠지만 이젠 알고 싶지도 않아. 집에 가야겠어."

1초, 2초, 3초가 지나는 동안 완벽한 적막이 흘렀다. 벽시계의 초침 소리만 귀에 거슬리게 들릴 뿐이었다. 그러다가 닉과 미하엘이 깔깔거리면서 웃음을 터뜨렸다.

"뭐가 웃긴다는 거야?"

나는 이렇게 쏘아붙였지만 그 둘에게서 논리적인 답을 얻을 수는 없었다. 분노에 부들부들 떨면서 나는 자리에서 일어나 거실로 돌진했다. 그리고 가방을 챙겨 들었다. 여기서 나가는 수밖에 없었다. 현관문에 도달하기 직전, 미하엘은 나를 뒤쫓아와 팔을 잡았다.

"헬렌, 잠깐 기다려봐."

그는 여전히 씨익 웃으면서 말했다.

"너희는 날…… 이용했어. 내 상황을 파렴치하게 이용했던 거야."

나는 그를 향해 마구 퍼부어댔다.

"우린 그런 짓 안 했어. 정말 안 했어."

그는 내 눈을 똑바로 응시하며 힘주어 말했다. 그때 닉이 부엌에서 나와 우리 쪽으로 다가왔다. 그리고 뒤에서 미하엘의 목에 팔을 둘렀다.

"정말이야."

닉은 미하엘의 어깨 너머로 말하며 목에다 살짝 입을 맞추었다.

"너네 동성애자였어?"

나는 나지막하게 물었다. 그렇다는 뜻으로 그 둘은 고개를 끄덕였고 크게 씨익 웃었다. 잠시 뒤, 나는 현관문을 '꽝' 닫아버렸다.

모두 거짓말 같았다. 세상이 하루아침에 어떻게 이리될 수 있단 말인가? 대체 내가 지금 있는 곳은 어디지? 아, 오스터슈트라세였군. 그렇다면 집에 택시를 타고 가는 편이 나았다. 이제야 집이 어디인지 생각이 났다. 도로테엔슈트라세 56번지였다. 문제는 그곳에 나뿐 아니라 내 고양이 도티, 그리고…… 얀이 살고 있다는 것이었다. 맙소사, 나는 그 사실을 미처 생각 못하고 있었다. 우리는 동거 중이었다. 실토하자면 동거한 지 그리 오래된 것은 아니었다. 정확히 말하면 3주 반이 되었으니까. 나와 함께 지낸 3주 반이라는 시간은 남자가 자신의 성적 취향을 바꿀 만큼 충분했던 모양이다. 4층까지 가구를 옮기느라 생겼던 허리 통증이 이제 막 가라앉았는데, 또 이삿

짐을 나르게 생겼다니. 다행히 저 앞에 택시가 보였다.

"도로테엔슈트라세 오십육 번지로 가주세요."

나는 이렇게 말하고는 피곤에 지쳐 뒷좌석에 몸을 완전히 기댔다. 이제 어쩐다?

택시가 함부르크의 교통난에 끙끙대는 동안, 나는 나대로 생각에 잠겨 끙끙댔다. 이것으로써 그 남자와는 끝이었다. 다시 말해 내 인생과도 안녕인 셈이었고 적어도 내가 꿈꿔왔던 인생과는 작별이었다. 우리는 심지어 결혼 날짜까지 잡았었다. 9월 30일, 정확히 라라의 결혼식 석 달 뒤에 얀과 나는 결혼 서약을 하기로 되어 있었다. 검은 머리가 파뿌리 될 때까지, 죽음이 우리를 갈라놓을 때까지 말이다. 그런데 우리를 갈라놓은 것은 죽음이 아니라, 난데없이 나타난 남정네였다. 그렇다면 이것이 나에게 뜻하는 바는 무엇일까? 솔로로 돌아왔다는 것이다. 그리고 어려는 보일지언정, 결코 어리지 않은 나이에 처음부터 다시 시작해야 한다는 것을 뜻했다. 게다가 지금까지 계획한 것을 모조리 취소해야 한다는 것을 뜻하기도 했다. 나는 철저한 사람인지라 모든 준비를 마친 상태였다. 결혼식을 올릴 성당과 피로연장 예약을 마쳤고 예복도 구입했으며, 심지어 청첩장도 이미 발송한 상태였다. 2주 전에 이미 모든 준비를 완료했고, 그와 동시에 리스트에 적힌 항목들도 모조리 지워졌다.

"뭐라고? 여섯 달하고도 절반이 남았는데 준비 완료라고? 이건 좀 지나치게 빠른 것 아니야?"

얀은 눈썹을 치켜뜨며 물었고 비아냥거리듯 덧붙였다.

"네 수준에 맞춘 건가?"

그의 말이 백번 옳았다. 이제 청첩장을 돌렸던 사람들에게 다시 결혼 취소 공지를 해야 할 것을 생각하니 부끄러움에 눈앞이 깜깜했다. 디자이너

며, 헤어스타일리스트, 메이크업 전문가, 피트니스 강사 등등 내 소중한 인
맥들에게 모두 알려야 했다. 맙소사! 나는 함부르크 인구의 절반에게 청첩
장을 돌린 것이나 다름없었다. 정신을 차릴 수가 없었다. 하지만 너무나 멋
지고, 완벽하게, 그리고 믿을 수 없을 정도로 잘 짠 계획이었다. 니엔슈테텐
성당은 무척 아름다웠다. 규모가 너무 크지도 작지도 않았으며 엘프쇼세엘베
강 유역의 호화로운 거리에 맞닿아 있었다. 그리고 피로연을 열 레스토랑이 있는
호텔과도 가까운 거리에 있었다. 내가 조금이라도 소홀히 한 부분이 있다고
는 누구도 말할 수 없을 것이다. 나는 심지어 달력을 들고 앉아, 결혼식 당
일이 내 생리주기와 겹치지 않도록 셈까지 했다. 생리통 때문에 이마에 뾰
루지가 날 수도 있으니 말이다. 물론 결혼식 날 밤에 생리를 한다는 것이 결
코 좋은 일도 아니었지만. 어쨌든 나는 모든 것을 신중히 고려했고 돌발 상
황이 일어나지 않도록 했다. 신랑이 갑작스레 신부를 원치 않을 수 있다는
한 가지만 빼고는. 인정하건대 그 생각은 미처 못 했다.

20분 뒤, 나는 답답한 심정으로 건물 계단을 올라갔다. 제발, 제발 집에
없어라. 나는 혼자서 빌고 또 빌었다. 말이야 바른 말이지, 어젯밤도 힘들지
않았던가. 연달아 동성애자 셋을 상대할 수는 없었다. 아니면 넷이던가. 얀
이 자기 '애인'을 데리고 왔다면 어쩌지? 대체 그 녀석은 누굴까? 나의 얀이,
얼굴 없는 누군가와 함께 침대를 뒹구는 모습이 잠시 눈앞에 떠올랐다. 살
짝 위가 메스꺼워졌다.

나는 숨을 깊이 들이마시고 열쇠를 꽂았다. 한두 번 돌리니 문이 열렸고
집에는 아무도 없었다. 그래도 나는 집 안으로 들어가 나지막하게 물었다.

"누구 계세요?"

그러고는 집 안을 돌아다녔다.

"얀, 거기 있어?"

제발 있어라, 거기 있어라. 그리고 다 농담이었다고 말해줘. 아무런 대답이 없었다. 마루가 깔린 긴 복도를 따라 거실, 작업실, 욕실 문을 차례로 열어보았다. 얀의 흔적은 없었다. 침실 문이 열려 있어 안으로 들어가 보았다.

침대에 누군가 누워 있던 흔적은 없는 것 같았다. 다만 이불 가운데가 폭 가라앉아 있을 뿐이었다. 이럴 수가. 침실 문 잠그는 것을 또 깜박했던가? 결국 도티가 안방으로 들어왔던 게로군. 도티는 문을 열 수 있을 만큼 무척 영민한 고양이였다. 하지만 얀에게 고양이 알레르기가 있던 터라 침실로 들어와서는 안 될 몸이었다. 그때 번뜩 떠오르는 것이 있었으니, 도티! 저 불쌍한 것이 굶어 죽기 일보 직전일 것이라는 사실이었다. 나는 서둘러 복도 저쪽 끝에 있는 부엌으로 내달렸고, 붉고 흰 줄무늬를 가진 도티가 냉장고 앞에 쪼그리고 앉아 있는 모습을 보았다. 분명 몇 시간 동안이나 염력으로 저 냉장고 문을 열려고 시도했을 것이다. 도티는 야옹거리면서 다가와 원망스러운 눈빛으로 나를 올려다보았다.

"도티, 정말 미안하구나."

나는 이렇게 말하며 몸을 수그려 도티를 팔에 안았다.

"무슨 일이 있었는지 넌 모를 거야. 얀이 날 떠났어."

나는 이내 훌쩍거렸고 도티의 부드러운 털에 얼굴을 묻었다. 하지만 도티는 나를 위로하기보다는 뭔가를 먹고 싶어 했다. 내 품에서 몸을 돌돌 말더니 원망하듯 야옹거렸다. 흠. 그렇다면 할 수 없지. 아무도 날 좋아하지 않아. 나는 도티를 도로 바닥에다 내려놓고 냉장고로 갔다. 영양이 듬뿍 들어간 사료를 그릇에 담았고, 아사 직전인 도티가 그릇에 매달려 먹는 모습을 지켜보았다. 나는 몸이 좋지 않다는 이유로 다음 주 일정을 모두 취소하는 데 여력을 써버렸고, 곧 라라에게 전화를 걸었다. 일단 집으로 걸었지만 라라는 집에 없었다. 그녀가 그래픽디자이너로 일하는 광고회사에 걸어보아도 연락이 닿지 않았다. 휴대전화로 연락하자, "안녕하세요, 라라 헤세입니다. 지금은 통화를 할 수 없으니 삐 소리가 난 후 메시지를 남겨주세요"라는 음성만 들릴 뿐이었다.

"라라, 나야……."

나는 우물우물하다 결국 울먹이기 시작했다. "정말 끔찍한 일이 일어나 버렸어. 얀이 날 떠났어. 지금은 '단계 일'이야!"라고 말한 뒤 전화를 끊었다.

〈단계11〉

기간: 1주~3주

필요한 것: 추리닝 바지, (얀이 입던) 늘어난 티셔츠, 소파 혹은 침대, TV, 슬픈 음악, 패밀리 사이즈 알로에 베라 티슈, 하겐다즈 아이스크림 약1리터

해야 할 일: 늘어지기, 울기, 괴로워하기

하지 말아야 할 일: 일하기, 씻기, 화장하기, 그에게 전화하기

초인종이 갑작스레 울린 것은 그로부터 세 시간이 흐른 뒤였다. 나는 놀란 나머지 소파에서 벌떡 일어났다. 심장이 터질 듯 쿵쾅거렸다. 어리석게도 얀일지도 모른다는 희망을 가졌던 것이다. 성性적으로 정상이라는 것을 깨달은 그가 돌아온 것일지도 모른다는. 그러나 내 이성은, 초인종을 누른 사람이 라라라고 말해주었다. 나는 발을 질질 끌며 현관문으로 가서 '열기' 단추를 누르고 기다렸다. 라라의 구두 굽이 4층을 향해 올라오는 것이 들렸다. 한 번에 두 계단씩 오르고 있었다. 그리고 이제 라라는 내 앞에 서 있다. 까만 머리칼은 중간 길이였고 메이크업은 완벽했다. 눈 색깔과 너무나 잘 어울리는 하늘색 블라우스는 흠잡을 데 없는 상체와 일체화된 듯 착 달라붙어 있었다. 검은색 나팔바지에다 하이힐 부츠를 신고 있었고 거기에다 폭이

넓은 허리띠와 귀걸이, 팔찌, 그리고 목걸이 같은 액세서리들로 마무리한 차림이었다. 기분이 썩 좋지 않은 상태였음에도 불구하고 이런 내 친구의 모습, 아니 내 작품을 보며 뿌듯함을 느꼈다. 물론 라라에게 해주는 서비스는 공짜였다. 그녀가 다가와 두 팔로 나를 안자, 우리 둘의 모습은 가슴 시리도록 확연한 대조를 이루었다. 나는 화장도 하지 않았고, 늘어난 회색 추리닝 바지에, 질질 끌리는 슬리퍼를 신고 양의 채취가 그대로 묻어나는 하나밖에 없는 티셔츠를 입고 있었으니 말이다. 티셔츠는 노란색이었고 노란색은 나와 전혀 어울리지 않았다. 나는 자기연민에 빠졌다. 아니, 그래야 했다. 그것이 단계 1의 존재 이유니까.

라라를 안으로 들어오게 했다. 내가 다시 거실로 터벅터벅 걸어가 소파 위 담요 속으로 기어 들어가는 동안, 그녀는 부엌으로 가서 가져온 아이스크림을 냉동실에 채워 넣었다.

"어떤 걸로 먹을래?"

그녀는 큰 소리로 물었다.

"아무거나!"

이것도 단계 1의 일부였다. 아무거나 상관없었다. 라라는 '쿠키 앤 크림'이 들어 있는 컵에다 스푼 두 개를 꽂아 들고 와서는 앉았다. 그제야 나는 자초지종을 설명하기 시작했다. 내가 이야기를 마치자 무척 조용해졌다. 라라는 이미 겪은 바가 많았다. 나에 대해서는 더더욱 많이 겪어보았지만 이것은 라라에게도 충격이었다.

"근데 그건, 있을 수가…… 말도 안 돼!"

그녀는 말을 더듬었고 나는 고개를 끄덕였다. 눈물이 흐르고 또 흘렀다. 나 자신이 건포도처럼 오그라들지 않은 것이 기적 같았다. 내가 대체 뭘 잘못했단 말인가? 목표 달성을 코앞에 두고 있었다. 서른이 되기 전에 결혼하고 싶었다. 그런데 지금의 나는 어떤가? 꿈에서 깨어난 꼴이었다! 남자들과는 이루어지지 않는 여자일 뿐이었다. 이유는 나도 모르겠다. 사실 나는 스스로 꽤 괜찮은 인간이라고 생각해왔다. 누구나 같이 있고 싶어 하는 그런 사람. 물론 나는 모델도 아니고 섹스 심벌도 아니지만 외모도 봐줄 만했다. 단계 1의 상황에서 나를 그렇게 봐줄 사람은 없겠지만. 그리고 나를 가장 잘 연출하는 방법도 알고 있다. 내 직업이 그런 것이니까. 나와 같이 다니는 것이 부끄러울 이유가 없었다. 게다가 나는 무척 상냥하기까지 하다. 물론 나에게도 이런저런 결점들이 있다. 그렇지만 그런 결점 하나 없는 사람이 어디 있던가? 다른 여자들에 비해 좀 요란스럽기는 했다. 나는 주변을 늘 깨끗하고 말끔하게 치우는 것을 좋아해서 청소를 자주 하는 편이다. 그래도 상대에게 청소를 강요하지 않는 이상, 내가 청소한다는데 싫어할 사람이 있을까? 남자가 원한다면 심지어 그 사람의 속옷까지 빨아줄 용의도 있다. 나로 말할 것 같으면 그 정도로 열린 사람이다. 생각이 좀 많고 그다지 즉흥적이지 않은 면이 다소 있을지 모르겠다. 물론 소피아가 불쑥불쑥 나타나는 건, 상대로서는 적응할 시간이 필요한 일이기는 했지만 그것만 제외하면 나는 다분히 사랑스러운 여자다. 거짓말이라는 것을 거의 모르고 배신은 결코 하지 않는다. 질투가 심하지도 않으며 경제적으로 독립했고 사람에게 들러붙지도 않는다. 취미도 있고 친구들도 있다. 그런데 서른이 되기 두 달 전인 지금까지 남자관계에서는 청천벽력의 연속이었다.

다음 날도, 그 다음 날도 무척 적막하게 흘러갔다. 아니, 적막하다는 표현은 틀렸다. 라라와 베른트가 있었으니까. 라라와 나는 소꿉친구였고 베른트는 9학년을 유급하는 바람에 우리와 같이 올라가게 된 경우다. 열다섯 살 때의 베른트는 무척 '쿨'한 친구였고 서른이 넘은 지금도 나와는 정반대의 인물이다. 그는 멋진 척하며 주변을 어슬렁거렸고 레페르반Reeperbahn, 함부르크 최대의 유흥가 깊숙한 곳에 있는 싸구려 기숙사식 아파트에서 살았다. 나는 그와 공간을 나눠 쓰는 사람이 몇 명이나 되는지 여전히 몰랐고, 그 자신도 모르고 있는 것 같았다. 어차피 낯선 사람들이 아무 소파에서나 자고 있을 때가 빈번했으니까. 베른트는 늘 손톱이 지저분했고 손으로 뭔가를 잘 집어 먹었다. 치우는 것을 시간 낭비라 여겼고 내가 중요하다고 여기는 것들을 모두 우습게 여겼다. 말하자면 나는 그를 질색해야 맞지만, 꼭 그렇지만도 않았다. 베른트는 나의 오랜 친구이자 청소년 시절의 소중한 일부였다. 그는 나를 결코 이해하지 못할 것이고, 나 역시 그랬다. 사실상 그는 이런 상황에 처한 내 모습을 보여줄 수 있는 지구상의 유일한 남자였다. 게다가 수차례 보아온 전력도 있었다.

"너는 왜 남자 복이 없는 걸까, 렌헨? 네가 뭔가 잘못하고 있는 거야."

문을 열어주자 그는 이렇게 말하며 나를 꼭 안았다. 적어도 닷새는 면도를 하지 않아 자란 짙은 금발의 턱수염이 내 뺨을 긁었지만, 나는 그에게 안겨 있는 것이 좋았다.

"베른트, 날 렌헨이라고 부르지 마."

나는 훌쩍이며 그에게 몸을 바싹 붙였다.

"또 남자와 헤어지다니, 말도 안 돼."

그는 언제나 그랬듯 내 잔소리를 무시했다.

"늘 재수가 없어서 그래."

그는 반은 연민을 느끼며, 또 반은 빈정거리며 말했다. 그의 말이 옳았다! 어떻게 늘 재수가 없을까? 그는 나를 좀더 울게 내버려 둔 다음, 품에서 떼어 내 어깨를 잡았다. 그리고 나를 들여다보며 말했다.

"저런, 정말 타격이 컸나보네. 뽀루지도 가리지 않은 걸 보니."

베른트는 단계 1이 사흘 지난 시점에서 나를 단계 2로 추락시켰다.

〈단계 2〉

기간: 최장 두 달

필요한 것 : 신용한도가 높은 카드, 알코올 함유 음료(물론 헤어진 직후인 단계 0처럼 지나치게 무작위로 마시지는 않는다), 클럽, 조만간 마주칠 일이 없는 멋진 낯선 남자들

해야 할 일 : 쇼핑, 쇼핑, 쇼핑, 나돌기, 술 마시기, 시시덕거리기, 들이대는 남자들 상대해주기, 잘생긴 낯선 남자들과 스킨십 즐기기

하지 말아야 할 일 : 잘생긴 낯선 남자들과 자는 것, 그와 스킨십하는 것, 그와 자는 것.

"이것 봐, 라라. 렌헨이 다시 웃어."

베른트는 내가 마지못해 웃는 것을 보더니 이렇게 말했다.

"아니, 못 웃겠어."

나는 음산한 표정을 지으며 대꾸했다. 단계 1이 고작 사흘이라니, 너무 짧았다. 슬픔을 발산하는 절차가 완전히 뒤죽박죽이 되어버렸다. 소피아가 동의한다는 듯 고개를 끄덕였고, 베른트는 즉시 집 밖으로 내몰렸다. 그는 아무렇지도 않게 받아들였고 어깨를 으쓱여 보이고는 이렇게 말했다.

"알겠어. 언제든 필요할 때 내가 있어준다는 거 알지? 안녕!"

그러고는 말리기도 전에 내 정수리에다 입을 맞췄다(거의 190센티미터의 장신인 그에게 이런 건 아무것도 아니었다). 그리고 머리카락이 기름졌다는 둥 이제 입술 보습 립스틱도 필요 없겠다는 둥 농담을 자제할 줄 몰랐다.

"그만해."

나는 퉁명스럽게 대꾸하고는 베른트의 등을 떠밀었다. 그는 현관문 구석

에 붙어 있던 노란색 포스트잇들 중 맨 위에 있는 것을 떼어냈다.

"쓰레기 가지고 내려가기?"

그는 이렇게 읽더니 대답을 구하듯 나를 살펴보았다. 그러고는 차례차례 하나씩 뜯어 내려갔다.

"파상풍 접종하기, 휘발유 상태 점검하기, 세금 증명원 보내기. 엇? 세금 정산 아직 안 했어?"

"나는 했지."

이렇게 말하고는 그에게서 포스트잇들을 빼앗았다.

"이건 얀에게 보라고 둔 것이었어."

베른트는 탄성을 내뱉었는데, 그 의미가 무엇인지 나로서는 제대로 해석할 수 없었다. 하지만 그가 말한 것은 분명했다.

"엄마 없이 뭘 할 수 있는 놈이야?"

베른트는 내가 그의 팔을 단단히 잡고 때리려는 찰나 씨익 웃으면서 냅다 계단을 내려갔다. 문을 닫으면서 손에 쥐고 있던 노란색 종이 쪼가리들을 보았다. '쓰레기 가지고 내려가기'. 솔직히 말해, 내가 그에게 매번 상기시켜주지 않았더라면 우리는 쓰레기 더미에 깔려 질식사했을 것이다. 그렇다고 내가 싸움꾼인가? 나는 타이르듯 그가 해야 할 일들을 나열한 옆에다 웃는 이모티콘 한 개와 작은 하트들을 여러 개 그려 넣었었다.

라라는 주말 내내 나와 함께 있으면서 멜로드라마들을 보았다. 우리는 피자와 아이스크림을 먹었고 계속 한 가지 주제를 가지고 이야기를 나누었다. 즉, 어떻게 해서 얀 같은 남자가 갑자기 동성애자가 되는 것이 가능한가, 하는 것이었다. 그리고 그 원인 제공자가 과연 나인가, 하는 것도.

"아니, 너 때문은 아니야. 넌 정말 멋진 여자인걸."

라라는 마치 금 간 레코드판처럼 반복해서 말했다. 하지만 내 자신감은 이미 심하게 흔들린 후였다. 라라는 내 마음을 위로해주는 역할 이외에도 비서 역할까지 도맡아 했다. 나에게 오는 전화를 대신 받아 약속을 정했다. 다음 주에 나는 심리치료사에게 가볼 작정이다. 그 전까지는 일어나는 모든 일들을 직시할 수가 없을 것 같았다. 다시 전화벨이 울렸다.

"헬렌 라미엔 씨 집이고, 저는 라라 헤세입니다. 여보세요? 뭐라고? 아, 그래. 안녕."

라라는 목소리를 자제한 채 이렇게 말했다.

"대체 뭐하자는 거야?"

곧장 내 귀에 경고음이 마구 울려댔다. 그러고는 알았다. 얀이라는 것을.

"얀이야?"

나는 갈라진 목소리로 물었다. 그녀는 내 목소리가 들릴세라 손으로 수화기 구멍을 막고는 고개를 끄덕였다.

"어, 맞아. 뭐라고 하지?"

"항문이 아프다보니, 이제 동성애가 지겨워진 거냐고 한번 물어봐."

나는 아무 생각 없이 이렇게 내뱉어 버렸다. 라라는 눈을 동그랗게 뜨고 나를 멍하니 쳐다봤고 그런 말을 한 나 역시 놀라서 라라를 마주 봤다. 내 입에서 어떻게 그런 표현이 나올 수 있었는지 나조차도 의문이었다. 나는 늘 말을 선별해서 하기 때문이다. 맹세코! 하지만 나는 다시 한 번 고개를 끄덕였고 라라는 수화기에 대고 말했다.

"얀, 그러니까. 음…… 네가 이제, 에…… 남자들이 지겨워졌는지 물어보라는데."

그녀는 얼굴이 새빨개졌다. 그만하면 충분했다. 나는 그녀에게서 수화기를 덥석 빼앗았다.

"대체 뭘 바라는 거야? 내가 말했잖아, 다시는 안 보겠다고."

"알아, 헬렌. 미안해. 너랑 할 얘기가 있어."

나랑 할 얘기가 있다고? 갑자기 미친 듯이 심장이 뛰었다. 그가 나랑 얘기를 해야겠다고 한다. 누군가와 사귀고 있는 상태에서 상대가 이런 말을 한다면 느낌이 안 좋았을 것이다. 왜냐하면 저 말은 한쪽이 바람을 피웠든지, 아니면 상대를 떠나려는 것이든지 둘 중 하나를 뜻했기 때문이다. 하지만 이미 헤어진 마당에 얘기를 하자고 한다면 그것은 분명 좋은 징조였다. 그렇지 않은가?

"어디야?"

나는 가능한 한 침착하게 물었다.

"아래, 내 차 안에 있어. 우리 집 앞."

우리 집이라.

"오늘 아침 열 시부터 내내 있었어."

지금은 거의 저녁 아홉 시였다. 그렇게 오랫동안이나.

"알았어. 올라와."

나는 전화를 끊고 초조한 눈으로 라라를 바라봤다.

"올라올 거야."

"나도 들었어."

"라라, 그가 돌아오려나봐. 자기 차 안에서 몇 시간 동안이나 기다렸대."

그 순간 슬리퍼를 신고 있던 발에 시선이 갔다. 빨간색 매니큐어는 그새 절반 정도는 칠이 벗겨진 상태였다.

"젠장!"

나는 소리를 질렀다.

"라라, 이런 꼴을 보이면 안 되는데."

그때 초인종이 울렸다. 나는 홀린 듯 벌떡 일어나 급히 욕실로 향했다.

"그 사람한테는……."

그에게 뭐라고 말하면 좋을까?

"내가 방금 목욕 중이었으니까, 시간이 좀 걸릴 거라고 말해줘."

"알겠어."

"아, 그리고 옷장에서 입을 것 좀 가져다줘."

나는 이렇게 말하고는 욕실로 사라졌다.

거울 속에 비친 내 모습은 생각했던 것보다 더 처참했다. 머리카락은 마치 물에 젖은 것처럼 기름에 절어 있었다. 닷새 동안 샴푸 맛을 못 봤으니 놀랄 일도 아니었다. 그럼 어쩐다? 샤워를 할 수는 없었다. 밖에서 알아차릴 테니까.

"잠시만!"

나는 라라가 현관을 향해 소리치는 것을 들었다. 그녀는 욕실로 와서 옷가지들을 변기 뚜껑 위에 올려놓았다.

"고마워."

나는 쳐다보지도 않고 서둘러 말했다. 라라가 밖에서 얀을 맞아 부엌으로 데려가는 사이, 나는 퉁퉁 부은 눈을 조금이나마 가라앉히려고 차가운 물을 얼굴에다 뿌렸다. '젖은 머리'를 활용해 왁스로 (어차피 기름에 절어 있었기 때문에, '우욱!' 아주 소량만 덜어내어) 스타일을 살리고, 눈에 확 띄는 핑크색 머리핀을 이용해 뒤로 묶었다. 그런 다음 서둘러 이를 닦고 겨드랑이 냄새를 맡아봤다. 푸, 스컹크 냄새 저리 가라였다. 라라는 진정한 친구였다. 이렇게 냄새가 진동하는데도 계속 팔 벌려 안기는 나를 받아주었으니 말이다. 샤워젤로 겨드랑이를 씻어낸 다음 데오도란트를 발랐다. 그리고 부리나케 화장을 했다. 눈썹 집게로 눈썹을 집어 올리려는 순간, 나는 거울 뒤에서 지켜보던 소피아의 얼굴을 발견하고는 기겁했다. 이런! 하마터면 눈썹을 모조리 뽑아버릴 뻔했다. 붕어눈을 한 채 얀과 조우할 뻔했던 것이다.

"이렇게 놀라게 해야겠어? 꺼져. 바쁜 거 안 보여?"

나는 이렇게 쏘아붙였다.

"물론, 바쁜 거 보여."

소피아는 다분히 조롱조로 말했다.

"바람 난 남자가 너를 다시 좋아하도록 만들려고 안간힘 쓰는 게 보이네."

"날 그냥 내버려 둬."

립라이너와 립글로스를 바른 다음 이제 옷만 챙겨 입으면 되었다. 나는 소피아를 옆으로 밀어내고, 라라가 건네준 베이지색 코르덴 정장과 핑크색 탑을 보며 이마를 찌푸렸다. 피부가 햇볕에 살짝 그을렸다면 어울릴 만한 옷이었겠지만, 나처럼 며칠 동안 햇볕이라곤 TV에서나 겨우 본 사람에게는 아니었다. 차라리 내가 직접 고르는 게 더 나았을 뻔했다.

"물론, 그랬어야지. 어차피 누구한테도 맡기지 않잖아. 그래야 모든 것을 네 맘대로 할 수 있으니까."

소피아의 잔소리가 다시 시작됐다. 그녀는 항상 나를, 내 마음대로 못 해 안달이 난 사람 취급을 했다. 그러라지. 나는 그녀의 비꼬는 듯 낮은 목소리를 들은 척 만 척하면서 이렇게 말했다.

"바로 그거야."

나는 재빨리 옷을 갈아입고 아프리칸 원더피부를 햇볕에 그을린 듯 자연스런 갈색으로 보이게 하는 화장품로 창백한 피부에 혈색을 주었다. 그러고는 알로에 베라 티슈를 사용했음에도 불구하고 염증이 나버린 코언저리를 까다로운 시선으로 관찰했다.

"거기다가는 컨실러를 발라줘야 돼."

소피아가 이제야 내 편에 되서 말했다.

"네가 힘들어했다는 걸 설마 그가 알아차리겠어? 네가 감정이 있는 여자라는 걸 말이야."

"제발 그 입 좀 다물 수 없어?"

나는 그녀에게 호통을 쳤다. 그때 누군가가 욕실 문을 두드렸다.

"헬렌, 별일 없는 거야?"

나는 문을 열어 라라에게 상황이 어떻게 전개되고 있는지 궁금하다는 눈길을 보냈다. 그녀는 문제없다는 표시로 두 엄지를 치켜세웠다. 나는 머뭇거리며 살짝 미소를 짓고는 물었다.

"알겠어. 지금 그 사람 어디 있어?"

그녀는 고개로 부엌을 가리켰다.

"알겠어, 친구."

나는 이렇게 말하고는 라라를 꼭 껴안았다.

"내가 나중에 연락할게."

"내가 있는 편이 낫지 않겠어?"

그녀는 놀라서 물었다.

"불필요하게 그 사람을 힘들게 하고 싶지 않아서 그래. 그래야 솔직하게 얘기할 수 있을 테니까. 이해하지?"

나는 속삭이듯 말했다.

"그래, 그럼 행운을 빌게."

나는 부엌 쪽으로 돌아서서 허리를 쭉 폈다. 그리고 심호흡을 했다. 얀을 배려해 라라를 보내기는 했지만 그를 편안하게 해주진 않을 작정이었다.

부엌에 들어서자 유리로 된 우리 식탁에 앉아 있는 얀이 보였다. 그는 녹초가 된 모습이었다. 보아하니 지난 며칠 동안 그도 나 못지않게 힘들었던 것 같았다. 잘못 본 게 아니라면 그는 눈까지 충혈되어 있었다.

"안녕, 얀."

나는 잠긴 목소리로 말했다. 나를 올려다보는 그의 눈빛은 자책감으로 가득했다.

"안녕, 헬렌."

나는 그의 맞은편 의자에 앉아서 그가 말하기를 기다렸다.

"미안해. 나도 네가 날 다시는 보고 싶어 하지 않는다는 거 알아. 하지만 계속 이럴 순 없어."

내 시선은 그의 입술에 고정됐다. 그랬다, 계속 이럴 수는 없었다. 그는 눈을 깜빡거렸다. 그의 눈에 아른거리는 눈물이 보였다. 아, 이럴 수가. 그는 날 사랑하고 있었다. 자기가 끔찍한 실수를 저지른 것을 깨닫고 이제 내가 그를 다시 붙잡지 않으면 어쩌나 불안해하고 있는 것이었다. 맙소사, 내가 널 얼마나 사랑하는지 정녕 몰라? 그는 눈을 더욱 심하게 깜빡거렸고 급기야 훌쩍이기 시작했다. 나는 그의 손 위에 내 손을 포개고 싶은 마음을 자제하느라 힘들었다. 하지만 우선 그가 하려는 말이 무엇인지를 들어야 했다.

"우리…… 우린……."

그는 코를 벌렁거리더니 갑자기 손으로 입을 막고 재채기를 했다.

"에엣취!"

그 순간 나는 얀의 옆 의자 위에 앉아 눈을 반만 뜨고 나를 쳐다보는 도티를 발견했다. 도티에게는 이 상황이 무척 따분한 듯 보였다.

"미안, 저…… 저 고양이 좀, 에엣취, 에에에엣취!"

그는 잠시 재채기가 나올 듯 긴장했으나, 이내 그 순간이 지나갔다. 그리고 뭔가를 찾는 듯 식탁을 둘러봤다.

"내 안약이 여기 어딘가에 있을 텐데?"

안약이라고?

"얀, 대체 무슨 말을 하고 싶은 거야?"

나는 이렇게 물었고 불길한 예감에 사로잡혔다. 그가 눈물을 보인 것은 내가 그리웠기 때문이 아니다. 천만에, 만만에 말씀이었다. 단지 내가 하루에 두 번씩 청소기를 돌리지 않은 이래로 (단계 1에서 집안일은 결단코 노-노) 도티의 몸에서 빠진 털들이 온 집 안을 날아다녔기 때문에 얀의 면역체계가 반응을 보인 것에 불과했다. 그리고 사실은 이랬다.

"헬렌, 네가 얼마나 가슴 아파하는지 알아."

대체 무슨 수로 안단 말이지?

"원래는 네가 집에 없는 동안 내 물건을 챙겨가려고 했어. 그런데 너는 며칠 동안 집을 안 나가고 있는 것 같았어."

나는 얼굴이 새빨개져서 식탁을 내려다보았다.

"어차피 서로 피할 수는 없잖아."

그의 목소리는 햇볕에 녹아드는 버터같이 부드러웠다.

"우린 함께 지냈으니까."

그랬다. 지금까지 4주 반 동안은.

"이제 이 집을 어떻게 할지 같이 얘기를 해야 해."

3

멋진 코르덴 정장 차림으로 여기에 앉아 있는 지금의 나는 죽도록 불행하다. 배신당했고, 차였으며, 노처녀가 될 위기에 처한 것도 모자라 집 없는 신세로 전락했다.

나는 거의 집 앞까지 다 간 라라에게 다시 구조 요청을 했고, 되돌아온 그녀에게 문을 열어주었다. 짐을 싸더라도 같이 해야 서둘러 쌀 수 있을 터였다. 하지만 사실상 나는 라라가 내 짐을 가방이며 상자에 집어넣는 동안 침대에 앉아 울기만 했기 때문에 라라가 없었다면 일은 전혀 진척되지 않았을 것이다. 누가 봐도 나는 집에서 쫓겨나는 꼴이었다.

"물론 너를 우리 집에서 쫓아내려는 건 아니야, 헬렌. 모두 내 책임이란 거 알아. 하지만 너 혼자 집세를 감당할 수는 없을 것 같아. 안 그래?"

안 그래? 여기서 그건 무슨 뜻이지? 내가 한 달에 집세로 1,000유로를 지불할 수 없을 거라는 사실은 그 인간이 더 잘 알고 있었다. 물론 내 벌이가 나쁜 건 아니었지만, 당장 다음 달에 어떻게 될지 누가 알겠는가?

"모든 사람이 다 너처럼 성공한 청년 사업가일 수는 없어."

나는 '절묘한 시기에 인터넷 사업을 벌인 나 잘난' 씨에게 고래고래 소리를 질렀다.

"그래, 네가 무척 화가 나 있다는 건 이해할 수 있어, 헬렌."

그는 병든 동물 대하듯 나에게 말했다.

"그리고 충분히 그럴 만해."

고맙네! 아주 고마워.

"말했지만 네가 집세를 용케 해결할 수 있다면 기꺼이 내가 나갈 수도 있어. 정말이야. 나는 되도록 네가 편한 쪽으로 해주고 싶어. 이렇게 하는 나도 가슴이 아파."

안됐지만 저 말은 한 마디도 믿을 수 없었다. 결국 내가 짐을 싸야 한다는 말과 같았다.

"말도 안 돼."

라라는 자기로 만든 천사 조각상들을 책장에서 꺼내 신문지에 단단히 싸면서 한숨을 내쉬었다.

"넌 여기서 겨우 한 달 살았어. 다른 사람들은 반 년은 지나야 이삿짐을 싸는데, 왜 너만 이렇게 짐을 싸고 있어야 해?"

"나도 내가 이렇게 빨리 나와야 할 줄은 몰랐어."

나는 코를 훌쩍거리며 말했다.

"설령 나온다 해도, 물건들은 모두 제 위치에다 놨을 거야."

소피아가 삐딱선을 탔다. 저런 고약한 인간 같으니라고. 이렇게 힘든 때 힘이 되어주면 안 되나?

"나는, 네가 이런 멋진 집에서 왜 제 발로 나오겠다고 했는지 이해할 수가 없어. 이런 집은 다신 못 구할 텐데."

못 구하면 또 어쩔 건가? 얀처럼 멋진 남자도 다신 못 만날 터였다. 거기에 대해선 아무도 묻지 않겠지만.

"내가 집세를 감당 못 할 거라고 말했거든."

"그러면 같이 살 사람을 구하면 되잖아?"

그건 아니었다. 집을 나눠 쓰는 것은 처음이자 마지막일 그때 일로 족했다. 파리에 있는 로레알에서 석 달간 실습생으로 일하는 동안, 나는 커피 한 잔 마시는 정도로 잠깐 봐서는 누가 하우스메이트로 적합할지 여부를 판단하기에 턱없이 부족하다는 것을 뼈저리게 느꼈다. 상드린은 빨갛고 풍성한 곱슬머리와 사랑스럽고 작은 얼굴, 살짝 올라간 천진난만한 눈을 가진 예쁘고 깔끔한 아가씨였다. 하지만 그것은 결국 머리끝부터 발끝까지 포장된 모습이었다. 그녀가 밤마다 술에 취해 실오라기 하나 걸치지 않은 몸으로 온 집 안을 휘청거리며 돌아다닐 때마다 감탄했던 D컵 사이즈 가슴은 그렇다 치고, 그토록 자그마한 사람에게서 어떻게 그리도 많은 쓰레기들이 나올 수 있는지 아무도 상상 못 할 것이다. 수시로 애인이 바뀌는 것도 그랬고. 암튼 두 번 다시 내 사전에 하우스메이트는 없다.

"누구랑 집을 나눠 쓰는 거 싫어! 너도 알잖아!"

"알기야 하지."

"게다가 여기 있으면 아무래도 얀 생각이 더 날 거야."

이 말을 하자 라라는 더이상 대꾸할 말이 생각나지 않았는지 묵묵히 짐만 꾸렸다. 저런, 내가 아끼는 옷들. 저것들을, 그곳이 어디든, 새집에 들어가서 몽땅 다려야겠다. 그런데 그게 지금 내게 닥친 가장 큰 문제인가? 아니, 그렇지 않았다. 당장 내가 감당할 만한 집을 어떻게 구한다? 일단은 아버지, 그리고 아버지가 재혼한 여자가 사는 집으로 들어가야 한다. 집 자체에는 불만이 없다. 누군들 블랑케네제에 있는 고급 저택에서 살고 싶지 않겠는가? 그러나 불행히도 아버지, 그리고 밝은 금발머리 앙겔라가 거기서 살고 있다.

"우리 집에서 살 수 있으면 좋았을 텐데, 미안해."

라라는 마치 내 생각을 읽는 양 이렇게 말했다.

"아니야, 정말 괜찮아."

나는 그녀를 안심시켰다. 그랬다면 물론 좋았을 것이다. 하지만 라라는 마누엘과 단둘이 12평짜리 집에서 산다(마누엘은 라라의 약혼자이고, 우린 그를 '마누'라고도 불렀다). 라라가 전 재산을 탈탈 털어 마누엘의 비디오 제작 회사에 투자했기 때문이다. 그들은 가난하지만 이상이 있었다. 무엇보다 서로 행복해했다. 부러운 커플이다!

"다른 집을 구할 때까지만 몇 주 더 있으면 안 되겠어?"

"얀과 같은 지붕 아래서? 진심이니?"

얀은 닷새 동안 집 없이 지내다가 들어오는 것이었다. 심지어 나도 그 사정은 이해가 되었다.

"아니야, 내일 오후에는 나가 있을 거라고 얀에게 말했고, 그렇게 할 거야!"

밤새 정리를 하고 나니, 다음 날 내가 조금 서둘렀지 싶었다. 녹초가 된 나는 라라와 함께 마누엘이 오기를 기다렸다. 우리는 식탁 의자에 앉아 죽은 사람도 벌떡 일으킬 것 같은 싸구려 술을 마셨다. 마누엘은 내 짐을 자신의 작은 트럭에 실어 블랑케네제로 옮겨다주기로 했다. 잠깐 동안 자신이 사는 기숙사식 아파트에 들어오지 않겠냐는 베른트의 제안은 고맙긴 했지만 거절했다. 그 초라한 집구석은 생각만 해도 소름이 돋았다. 나는 앞에 놓인 흰 종이를 뚫어져라 노려보면서 볼펜을 이리저리 돌렸다. 이 편지를 마지막으로 얀과는 이별을 고해야 했다. 내가 꼼꼼하게 그렸던 인생과도. 우리 결혼식, 결혼 생활, 아들 하나(이반), 쌍둥이 딸(클라라, 리나) 그리고 막내아들(루이스), 이 네 아이들과도. 학교 입학, 고등학교 졸업파티, 해변의 집, 늙어서 머리가 하얗게 센 우리 둘이 손자, 손녀들에 둘러싸여 베란다에 앉아 있는 모습과도.

"헬렌? 무슨 생각을 하고 있는 거야?"

라라는 공상의 나래를 펼치던 나를 깨웠다. 한숨이 나왔다.

"이루어질 수 없는 인생에 대해 생각하고 있었어."

나는 맥없이 말했다. 종이의 흰색이 점점 눈부셔 왔다. 나는 펜을 들고 써 내려가기 시작했다. 사랑하는 얀. 아니, 이건 아니지. 어감이 이상했다. 더더군다나 그는 결코 사랑스럽지도 않았다. 오히려 못된 인간이었다. 하지만 진실하기는 했다. 자신의 동성애적인 면을 좀더 일찍 생각해볼 수도 있었을 텐데. 어쨌든 다른 종이에다 다시. 얀…… 흠. 일단 객관적인 것부터 시작할까? 내일 우체국에다 수취인주소 변경신청을 할 거야. 또 신청을 해야 하다니. 5주 전에도 신청을 했건만. 그때까지는 나에게 오는 편지들을 우리 아버지 집주소로 보내줘. 결혼식 하객들에게 취소공지장을 돌리는 건 내가 알아서 할게. 여기까지 쓰자 잠시 눈에서 눈물이 핑 돌았다. 어서 계속 써야 했다. 말했듯이 가구들은 살 집을 구할 때까지 여기 둘게. 구하게 되면 언제 내 물건들을 가지러 갈지 연락을 줄 테니 열쇠를 우편함에 넣어줘. 나는 쓰는 것을 잠시 중단했다. 그 밖에 또 뭐가 있을까? 눈을 들어보니 소피아가 맞은편에 앉아서 불안인지 근심인지 모를 표정을 하고는 고개를 젓고 있었다.

"또 뭔데?"

나는 공격적으로 물었다.

"넌 객관적인 얘기만 늘어놓으며 회피하고 있는 거야, 헬렌."

그녀는 부드럽게 말했다.

"가슴앓이를 하기 싫은 거지. 하지만 시간이 지나면……."

"충분히 가슴 아파 하고 있어."

나는 그녀에게 호통을 쳤다.

"단지 그 가슴앓이를 종이에다 옮기고 서명까지 할 필요는 없을 뿐이야.

얀은 동성애자고 다시는 돌아오지 않아. 그건 내가 그 사람을 앞에다 두고 귀가 멍해지도록 울고불고 해도 어떻게 할 수가 없는 일이야."

"그 사람을 위해서가 아니라, 널 위해서야."

"날 내버려 둬! 대체 라라는 어딜 간 거야?"

"나 여기 있어."

현관 쪽에서 라라의 목소리가 들렸다. 라라와 마누엘은 함께 부엌으로 들어왔다. 세상에! 나는 현관문 열리는 소리조차 못 듣고 있었다.

"대체 누구랑 얘기하고 있었어?"

"아니, 아무것도 아니야."

두 사람은 미심쩍다는 표정을 지었다.

"그냥 혼자 중얼거린 거야."

이렇게 말하는 편이 상상의 심리치료사랑 얘기하고 있었노라고 말하는 것보다 나았다

"안녕, 헬렌."

마누엘은 당혹스러워하며 인사를 건넸고 내 오른쪽과 왼쪽 뺨에다 살짝 입을 맞췄다.

"얀 일은…… 정말 안…… 됐어."

"그래, 고마워. 근데, 이젠 괜찮아."

나는 이렇게 대답했다.

"그래도 얼마간은 그 사람과 가까이 지내지 않으려고 해. 요즘 내가 동성애자들과 자주 맞닥뜨리는 것으로 보아, 확실히 전염성이 있거든."

우린 모두 겸연쩍어 웃었고 소피아만이 무표정인 채로 토를 달았다.

"너는 또 불편한 마음을 감추려고 유머를 쓰는구나."

"커피 한 잔 마실래, 마누?"

"좋아."

"얼마나 상처받았으면, 얼마나 외로웠으면."

소피아는 내가 마누엘에게 커피포트를 건네줄 때까지 이렇게 비통해했다. 그러나 마누엘이 자신의 무릎 위에 앉자마자 외마디 비명을 지르며 사라졌다.

"내가 옮길 것이 꽤 많네."

마누는 박스며 트렁크며 여행가방들을 보더니 말했다.

"우리도 도울게."

라라는 안심시키려는 듯 말했다.

"그럼 안 되지."

그는 투덜대는 척하면서, 끌어안듯 라라의 엉덩이에 팔을 둘렀다.

"연약한 여자들에게 이삿짐 상자를 옮기게 할 수는 없지."

애교가 철철 넘쳤다. 라라의 얼굴에도 미소가 번졌다. 그녀는 그에게로 몸을 숙여 그르렁거리며 말했다.

"나의 힘센 영웅."

힘센 영웅께서는 슬쩍 웃더니 그녀를 자기 쪽으로 더 세게 안고는 열정적으로 키스를 했다. 나는 시선을 어디에다 둘지 몰랐기에 이별 편지에다 시선을 고정시키고는 다시 한 번 쭉 읽어봤다. 내용이 좀 객관적일지는 몰라도 달리 어떻게 쓰겠는가? 나는 너무 비참하고 너 없는 인생은 허무하다? 돌아와라. 네가 원하는 남자가 되기 위해서라면 할 수 있는 건 다 해볼게? 아니, 차라리 이대로가 나았다. 나는 황급히 '헬렌으로부터'라고 밑에다 적었다. 라라와 마누엘은 여전히 키스 중이었다. 나는 뻣뻣이 굳어서 그 둘을 쳐다봤고, 서로의 혀가 분명하게 움직이는 것을 보았을 때는 시선을 돌릴 수가 없었다. 그제야 라라는 눈을 반쯤 뜨고는 내 시선을 의식했다. 그리고 서둘러 연인에게서 떨어졌다.

"미안해, 헬렌. 예의가 아니었던 것 같네. 미안."

"맞아, 미안해."

마누 역시 뉘우치면서 자세를 바로 했다.

"괜찮아."

나는 아무렇지도 않다는 듯 손을 저었다.

"자, 이제 슬슬 시작해볼까?"

두 사람이 부엌에서 나가는 동안, 나는 마음을 가다듬고 다시 펜을 들었다. <추신> 내 가구 중 하나라도, 그 위나 아래나 옆에서 남자랑 같이 붙어 먹기만 해봐라!!!

마지막으로 남긴 명언이었다.

악몽이었다. 다만 이번은 꿈이 아닌 현실이었다. 나는 고급스럽게 설계된 공간에 마련된 식탁에 앉아 있었다. 식탁에는 긴 천이 반듯하게 깔려 있고 그 위에 비싼 식기들과 깨질 듯 얇은 와인 잔들이 놓여 있었다. 촛대 두 개는 따스함과 편안한 분위기를 연출했지만 나에게는 차갑기 그지없었다. 이 집안의 차가운 분위기는 무엇으로도, 그 어떤 것으로도 따뜻하게 덥힐 수 없을 것이다. 식탁 머리에는 집안의 주인인 아버지가 좌정해 있었다. 아버지는 큰 키에 늘씬했고 옆머리가 희끗했으며 눈은 밝고 또렷했다. 얼굴은 무척 말라서 윤곽이 분명했다. 그랬다. 아버지는 50대 중반의 나이치고는 호남이었다. 그는 자신의 가치를 알아주는 세상의 남자였고 수입이 좋으며 지시를 내리는 것에 익숙한 사람이었다. 아버지 왼편에는 그가 내리는 지시에 대해 가치 여부를 묻지도 않을뿐더러 눈썹 하나 까닥이지 않고 으레 따르는 여자가 앉아 있었다. 앙겔라. 서른아홉. 스물한 살짜리 딸을 둔 엄마였지만 성형수술 덕에 여전히 허벅지 군살이 없으며 눈 밑 주름도 전혀 없고 가슴은 D컵 사이즈였다. 푸른 눈, 금발 곱슬머리, 도톰한 입술, 임신 6개월 인 재클린(우린 그녀를 '재키'라고 불렀다)이 아버지의 오른편에 앉아 있었다. 그리고 거의 열다섯 살 차이가 나는 재키의 남편 파울(모전여전)이 그 옆에 앉았다. 파울은 평균 키에 평균 체중에 외모도 평균이었다. 모든 것이 다 평균인데 다만 잘나가는 대리석 회사를 운영하는 덕에 은행계좌 하나는 빵빵했다. 그의 부인 배가 더 빵빵했지만. 그리고 나. 나는 파울 맞은편, 앙겔라의 왼편에 앉아 있었고 내 왼편에는 소피아가 앉았다. 소피아는 내 정신생활에 입각하여 공포의 집 같은 이곳에서 내 곁을 지켜주었다. 나는 웬일인지 그녀가 있어주어서 조금 위안을 받기까지 했다. 엄마가 여기 있어줬으면 좋겠다 싶었지만 엄만 이미 2년 전에 마요르카로 이민을 갔다. 엄마가 미치도록 보고 싶었지만 엄마는 그곳에서 드디어 행복을 찾았기에, 엄마 인생에서 일어났던 모든 일을 뒤로하고 진심으로 행복해지기를 바랐다. 그것이 지금 내가 이 집안에서 살아야 한다는 것을 의미했음에도.

아버지는 내가 여덟 살 때 엄마를 버렸다. 당시 앙겔라는 열여덟 살이었고 임신 중이었다. 엄마 말에 따르면 앙겔라와 아버지의 관계는 이미 여러 해 진행된 상황이었다고 했다. 즉, 성인인 아버지는 미성년자를 성적 상대로 대했던 것이다. 그것으로 모자랐던 모양인지 아버지는 내 눈앞에서 새 가정, 더 나은 가정을 꾸렸다. 늘씬하고 젊은 부인, 아버지 무릎 위에서는 햇살 같지만 내가 주말마다 찾아와 놀아줘야 할 때는 폭군으로 돌변하는 딸과 함께. 마지못해 받아들인 손님, 재키를 돌봐주는 무료 베이비시터, 그것이 바로 이 집안에서의 내 존재였다. 부모님이 이혼하고 난 후 아버지가 침실에서 새엄마와 재미를 보는 동안, 나는 엄마와 함께 살았던 집만큼 큰 놀이방에서 (아버지의 사업은 재혼한 다음 성공했기에) 일요일마다 비싼 장난감들을 손에 든 채 몸을 사리지 않고 재키와 놀아주어야 했다. 안경을 쓴 여드름 투성이 얼굴에, 유분이 많은 머리카락과 큰 코, 납작한 가슴과 점점 펑퍼짐 해지는 엉덩이를 가진 열다섯 살의 나는, 당시 일곱 살이던 되바라진 계집 애의 되먹지 못한 행동을 다 참아주어야 했다. 나는 늘 말없이 그 아이에게 귀엽다고 웃어주면서 이렇게 생각했다.

'그래, 너한테도 여드름이 찾아올 테니 그때까지만 기다려라.'

하지만 여동생은 밝은 금발 곱슬머리에 천사 같은 작은 얼굴로 사람을 즐겁게 하는 완벽한 여자아이에서 (인정할 수밖에 없을 정도로) 아름답고 요정 같은 젊은 여자로 자랐다. 지금의 그녀였다. 열두 살에서 이백 살 사이 모든 남자들이 그녀 뒤에 줄을 섰다. 늘 그랬다. 그리고 자신을 떠받드는 남자들 중에 누구를 선택해야 할지가 가장 큰 고민이었던 그녀의 사춘기 시절을 나 는 부러워해야 했다. 어쨌거나 다 지난 일이다. 지난 일에 대해 고마워하지 않는 건 아니다. 왜냐하면 나 자신이 첫 시험 대상이 아니었더라면 지금과 같은 이미지 컨설턴트가 되지 못했을 것이기 때문이다.

지금 나는 여기 앉아 있다. 내 양쪽에 각각 한 쌍을 두고. 나만 혼자였다. 앙겔라와 재키는 오일릴리의 새로운 아기용품 컬렉션에 대해 잡담을 나누 고 있었고 아버지와 파울은 태어날 게오르그를 위한 교육보험에 대해 얘기 하고 있었다. 사내아이였다. 뱃속 아기의 성별을 확인할 수 있는 단계가 되 었을 때 재키가 의사에게 확인받은 사실이었다. 아버지와 제부는 둘 다 사 내아이이기를 바랐다. 재키는 이 집안에서 여자들이 해야 한다고 여기는 것 들을 했다. 웃음 짓고, 고개를 끄덕이고, 순종하는 일이었다. 게다가 아기마 저 사내아이였다, 마침내. 아버지는 당신 자신이 아기를 낳는 것처럼 뿌듯 해했다. 그는 자신에게 '딸만' 둘을 준 운명을 대놓고 원망하곤 했다.

지금까지 내가 이 집 안으로 들어온 것에 대해 누구도 일언반구하지 않았다. 뺨에 살짝 입 맞추고는 도티와 함께 손님방으로 들여보내진 것이 전부였다. 불쌍한 내 고양이는 손님방에서 꼼짝없이 갇혀 지내야 했다.

"너도 알겠지만 헬레나. 가구들이 고급이고 양탄자도 귀한 거란다."

네네, 잘 알고 있습니다요. 이 집안에서는 살아 있는 생명체보다도 생명 없는 물건들이 더 중요했다. 거실의 커다란 어항에 있는 관상용 물고기들은 단지 보기 좋은 빛깔을 냈기 때문에, 그리고 커튼과 색깔이 잘 어울렸기 때문에 먹이를 받아먹을 뿐이었다.

"헬레나, 우체국에 수취인주소 변경신청은 했니?"

이것이 아버지가 던진 첫 번째 질문이었다.

"내일 바로 할 거예요."

나는 꼭 할 것이라고 확신이라도 시키듯 말했다.

"그리고, 흠."

아버지는 헛기침을 하고는 덧붙였다.

"예정된 결혼식은 이제 물 건너갔다고 보면 되는 거냐?"

모든 눈이 일제히 나를 향했다. 얼굴이 불타듯 빨개진 채로 나는 머뭇거리며 대답했다.

"네, 그렇게 보시면 돼요."

"내가 다 알아서 하마, 아가야. 넌 아무 신경 쓸 필요 없어."

앙겔라는 이렇게 말했다.

"피로연장이랑 성당 예약을 취소하고 하객들 초대도 취소해야지."

앙겔라가 하나하나 짚어갈 때마다 나는 점점 오그라들었다. 일을 서둘러 진행한 것은 결코 내 탓만은 아니었다. 실은 이랬다. 가족들에게 약혼을 발표했을 때, 처음으로 인정받은 기분이었다. 존중받는 것 같았다. 심지어 사랑받고 있다는 느낌마저 들었다. 마치 내가 반에서 일등이라도 먹은 것 같았다. 그랬기 때문에 앙겔라와 함께 부리나케 결혼 준비로 돌입했던 것이다.

"다시 돈 들어가게 생겼군."

아버지가 이렇게 말하자 내 얼굴은 더욱 빨갛게 달아올랐다. 아마도 방금 삶아낸 랍스터 같아 보였을 것이다. 나는 필사적으로 목까지 올라온 무언가를 꿀꺽 삼켰다.

"당연히 취소 경비는 내가 다 부담할 거예요. 다른 것도 마찬가지고요."

나는 가능한 한 침착하게 대꾸했다.

"그럴 필요 없다."

물론 아버지는 반대였다. 그렇게 되면 나를 비난할 거리가 사라질 테니.

"신부 아버지로서 내 딸들의 결혼 비용은 내가 댄다. 그 비용에는 네가 남자를 잘못 골라 발생한 비용도 포함되는 거다."

"모전여전이죠."

나는 나지막하게 말했다.

"뭐라고?"

"아니에요."

거기까지만. 그 말을 되풀이할 만큼의 용기는 나지 않았다.

"됐다."

아버지는 다음 타격으로 넘어가기 위해 그쯤에서 멈췄다.

"그리고 신문에 난 매물 광고는 봤느냐, 헬레나?"

당연했다. 물론 이해도 됐다. 내가 여기 온 지 이제 막 두 시간밖에 지나지 않았지만 서서히 나갈 시간이 되어가는 것이다.

"밥 먹고 나서 곧장 알아볼게요."

나는 숨이 막힐 것 같았다. 그리고 발악하듯 덧붙였다.

"참고로 제 이름은 헬렌이에요."

고백하건대 내 이름이 헬렌이라는 건 사실이 아니었다. 주민증에는 분명 헬레나 마그렛 라미엔이라고 되어 있다. 하지만 미의 여신과 같은 이름으로 불리는 것은 생각만큼 기분 좋은 일이 아니었다. 역사책의 '그리스 신화' 편에는 제우스 딸의 그림이 있었고, 우리 반 아이들 모두가 그녀에 비해 내가 모자란다는 것을 확인하던 일은 차라리 저주에 가까웠다. 나와 그리스 신화에 등장하는 절세미인 헬레나Helena, 제우스의 딸 헬레네의 독일식 이름가 가진 유일한 공통점이라면 전능하나 정숙하지 못한 아버지를 둔 점일 것이다.

그 순간 난 깨달았다. 나에겐 다른 이름이 필요하다는 것을. 가운데 이름을 딴 우리 할머니를 너무나 사랑했기 때문에 마그렛이라는 이름은 적절치 않았다. 그래서 라라가 생각해낸 것이 헬렌이었다.

"네가 태어난 후에 헬렌이라는 이름을 내가 지어줬다면 그렇게 알고 있겠지."

올림포스의 지배자는 비아냥거렸고 새엄마를 향해 웃어 보였다. 그녀는 꾹꾹거리며 웃었다.

"네 엄마가 너를 헬렌이라고 불렀을지는 모르겠다만 내 딸 이름은 헬레나다."

"엄마는 우리 엄마이기도 하지만, 아버지의 부인이기도 했어요!"

나는 이렇게 대들어 보았지만, 이내 얼굴이 새빨개지면서 목구멍에 걸린 뭔가가 점점 커질 뿐이었다. 파울과 재키는 마치 아무것도 들은 바 없다는 듯 접시 위에 있는 카르파치오얇게 썬 육회나 생선회에 소스를 뿌리고 야채를 얹은 요리를 먹는 데 열중하고 있었다. 앙겔라는 앙칼지게 날 노려보았지만 아버지는 낯익은 미소만 지을 뿐이었다. 앙겔라는 그 미소 앞에서 차갑고 무감각하게 대했고 아버지는 무척 부드러운 음성으로 말했다.

"그만하면 됐다, 헬레나. 오늘은 네가 좀 지쳤을 것 같구나. 이해하마."

이렇게 말하는 아버지는 마치 얼음처럼 차가운 눈빛을 보냈고 이내 재키에게로 시선을 돌렸다. 늘 이런 식이었다. 아버지는 당신의 입맛에 더 맞는 다른 딸이 있다는 것을 상기시켰고 나를 무관심으로 벌했다. 또다시 나는 눈물과 싸워야 했다. 소피아가 위로하듯 내 손 위에 그녀의 손을 얹고는 불쌍하다는 눈으로 나를 바라봤다.

"애야, 카르파치오 안 먹겠니?"

앙겔라가 의도적으로 친절을 베풀며 물었다.

"아뇨."

이렇게 말하며 나는 접시를 옆으로 밀었다.

"고맙지만 사양할게요. 난 채식주의자거든요."

기거할 집이 필요하기는 했는데, 결국 어제 묵은 곳이 제일 나았다는 것만큼은 확실해졌다. 나는 손님방으로 돌아와 잡친 기분으로 2미터짜리 침대에 누웠고 죄의식이 들 정도로 비싼 연초록색 이불 위에서 도티를 쓰다듬어주었다. 이사 스트레스로 머리카락이 평소보다 더 많이 빠져버렸다. 새엄마가 방에 들어와 뭐라고 욕을 해댈지 생각하니 웃음이 삐죽 새어 나왔지만 사실 웃을 기분은 전혀 아니었다.

어쩌다 내 인생이 이렇게 꼬일 수가 있는 걸까? 베스트 프렌드는 곧 결혼을 하고 한참 어린 여동생은 엄마가 된다. 그런데 나는? 쇼핑하러 가야 할 테지. 그것도 나를 위해서가 아니라 남을 위해. 정말이지 절망이다. 더욱 절망스러운 것은 남을 위한 쇼핑마저도 지난 며칠간 못했다는 사실이다. 이제 다시 일을 할 때다! 이렇게 마음을 다잡고 다이어리를 손에 쥔 채 수화기를 들었다.

"비어가르텐입니다."

"안녕하세요, 비어가르텐 씨. 헬렌 라미엔입니다. 방해가 된 건 아닌지 모르겠네요."

"아니에요. 몸은 좀 나아지셨나요?"

"말짱해졌어요. 그래서 말인데, 다시 약속을 잡아도 될까요?"

"물론이죠."

"내일 어떠세요?"

나도 모르게 튀어나와 버린 말이었다. 이 얼마나 세련되지 못한 행동인가. 멍청한 짓이었다. 오늘 저녁 여덟 시에 내일 약속을 잡는다는 것은 곧, 무지하게 다급한 상황이라는 것을 뜻했다. 좋을 것 없었다.

"내일 괜찮아요."

다급한 사람이 세상에 나 하나뿐은 아닌 것 같았다.

"좋습니다. 그럼 열한 시쯤 댁에서 뵙는 걸로 할까요? 곧장 옷장을 훑어보게요."

"어쩜. 너무 좋아요."

비어가르텐 씨는 마치 크리스마스를 기다리는 아이처럼 들떠서 말했다.

"그럼 내일 뵙죠."

나는 만족스러워하며 수화기를 놓았다. 기분이 조금 나아졌다. 그 사람들은 날 이해 못 해. 동성애자인 안도, 속을 살살 긁는 가족들도.

잠들기 직전 소피아가 내 침대 머리맡을 한 번 더 찾아왔다. 여기서는 아무도 '잘 자'라는 인사를 해주지 않으니, 그 말을 해주러 온 것일까? 친절하기도 하셔라. 소피아는 침대 모서리에 걸터앉았다.

"헬렌, 네 아버지와의 관계에 대해 얘기해보자."

내 저렇게 나올 줄 알았지. 그런데 지금은 아버지에 대해 얘기하고 싶지 않다. 내가 인간관계에서 실패한 건 다 아버지 탓이었다. 예전에 나는, 결혼을 했었거나 최소한 약혼한 적이 있는 남자들을 선호했다. 다른 여자(말하자면 앙겔라)를 상대로 한 번은 이겨보고 싶었기 때문이다. 제대로 된 적은 단 한 번도 없었지만. 그래도 얀이 갑자기 동성애자가 된 것과 아버지를 연관시켜 머릿속에 집어넣고 싶지는 않았다.

"그러면 생각이나 해봐."

재키는 조명이 환하게 비치는 분만실에 누워 있었다. 그녀 주위를 아버지, 앙겔라, 파울, 그리고 우리 엄마를 포함한 온 식구가 에워싸고 있었다. 모두들 재키에게 힘내라고 용기를 주고 있었고 그녀도, 나도 소리를 지르고 있었다. 나는 잔뜩 찡그린 얼굴을 하고는 내가 있는 곳이 어딜까 생각했다. 그러다 갑자기 그곳이 어딘지 인식하게 되었다. 무척 부드럽고 붉은 빛이 감돌았으며 따뜻한 곳이었다. 주변 목소리들이 점점 더 크게 들렸다. 목이 조여왔다. 그리곤 재키가 아이를 낳았는데 그 아이는 바로 나였다. 나는 주변을 둘러봤고, 내 위로 보이는 얼굴들이 점점 일그러졌다. 아버지가 소리를 질렀다.

"이것 봐, 게오르그는 여자아이였어."

이 말은 메아리가 되어 분만실에 울렸다.

"게오르그는 여자아이였어. 여자아이였어."

그리고 난 뒤, 나는 갑자기 예전의 그 커다란 놀이방에 와 있었다. 천장에 있는 구멍으로 장난감 자동차, 물총, 레고 블록들이 쏟아져 내려 간신히 머리만 빠져나올 수 있었다. 나는 소리를 지르려고 입을 열었지만 미니어처 자동차가 그 안으로 쏙 들어가 식도 아래로 내려갔다. 목이 조이기 시작했고 기침을 하다가 눈을 떴다.

완전히 녹다운이 된 나는 주변을 살폈다. 밝은 햇살이 창가로 들어오고 있었다. 지금이 몇 시지? 탁자 위에 있던 휴대전화를 집어서 확인해보니 벌써 여덟 시 반이었다. 어질어질한 상태로 일어났다. 웬 악몽이람. 다시 복잡한 머리를 정리하려고 애쓰던 차에 문득 창문 옆 등받이 의자를 정돈하며 앉을 채비를 하는 소피아를 발견했다. 그랬군. 그런 방식이 소피아 마음에 들었던 거였다. 울화통 터질 꿈이었다.

"설마 얀이 원래 동성애자였기 때문에 내가 그 사람을 골랐다고 믿게 만들려는 수작은 아니었겠지, 설마 그런 거야?"

소피아는 고개를 비딱하게 하더니 나를 쳐다봤다.

"맞아. 아버지는 내가 사내아이이길 바랐고 얀도 내가 남자였으면 했던 거잖아. 정말 그걸 말하고 싶었던 거야? 그렇담, 완전히 미친 짓이야."

"내가 뭘 말하려고 했던 게 아냐, 헬렌. 네 무의식이 말하려고 했던 것이라면 모를까."

"얀이 동성애자였는지 내가 무슨 수로 알았겠어? 그건 그 자식도 몰랐던 일이야."

아닌가?

이런 내면의 지껄임은 나를 미치게 만들었다. 지금은 일에 집중하고 내일 치료를 받을 때 자비네에게 소피아를 어떻게든 털어내게 해달라고 부탁할 작정이다. 그리고 자비네에게 상담받는 것도 그만둘 생각이다. 솔직히 말해 치료받기 전의 내가 정신적으로 더 건강했다.

비어가르텐 씨는 하얗게 페인트칠된 아담한 연립주택에서 살고 있었다. 나무로 된 작은 정원 문을 지나 앞마당에 들어서니 '슐로터만/비어가르텐'이라고 적힌 문패가 보였다. 초인종을 누르자 얼굴이 동글동글한 40대 후반의 여자가 문을 열었다. 그녀를 본 순간, 나는 손볼 것이 많겠다는 것을 직감했다. 길지도 짧지도 않은 머리는 색깔이 지나치게 어두웠고 피부는 창백했으며 눈썹 정리는 잘못돼 있었다. 입고 있는 홈웨어는 풍만한 가슴을 덮은 포대 자루 같았고 갈색 샌들은 납작한 것이었다. 그러나 그녀의 미소만큼은 누군가를 사로잡기에 충분했다.

"라미엔 씨죠?"

그녀는 나를 향해 웃어 보였고 악수를 청했다.

"일이 잘돼서 얼마나 다행인지 몰라요. 어서 들어오세요! 커피 드릴까요? 아니면 차? 시원한 음료라도?"

"안녕하세요, 비어가르텐 씨. 괜찮으시다면 물 한 잔 주세요."

"물론이죠, 암요. 부엌으로 따라오세요."

부엌으로 가는 길에 나는 주변을 주의 깊게 둘러보았다. 집의 구조는 그곳에 사는 사람에 대해 시사해주게 마련이다. 고객의 진정한 '자아'를 알아야 비로소 제대로 된 서비스를 해줄 수 있지 않은가. 좀 어려웠나? 하지만 사실이 그렇다. 비어가르텐 씨의 집은 많은 것을 말해주었다. 그녀는 예쁜 것을 좋아하는 여자였다. 모든 것이 깨끗하고 정돈되어 보였다. 게다가 집 안 장식에 쓸 소품들이 여기저기 눈에 띄었다. 조화, 독특한 꽃병들, 그리고 촛대들. 내 취향에 비하자면 다소 과했지만, 지금 중요한 것은 그게 아니었다. 그리고 잠깐이었지만, 왜 자기 외모보다도 집 안을 꾸미는 데 더 열심인지 궁금했다. 어차피 이제 바뀌겠지만. 식탁에는 큰 키에 배가 살짝 나오고 머리가 희끗희끗한 남자가 심드렁한 표정으로 앉아 있었다.

"이쪽은 내 약혼자 하이너 슐로터만, 그리고 이쪽은 헬렌 라미엔 씨예요."

비어가르텐 씨는 서로를 소개시켜주었다.

"어서 오세요."

그는 씨익 웃으며 일어나 나와 잠깐 악수를 나눴다.

"가야겠군. 오늘 저녁엔 늦을 거야."

"다녀와요. 좋은 하루 보내고요."

비어가르텐 씨는 그의 뒤통수에다 대고 상냥하게 인사했지만, 나는 뒷모습을 바라보는 그녀의 눈길이 슬프다는 것을 알아채고 말았다. 그 남자는 비어가르텐 씨를 더이상 거들떠보지도 않았다. 그것도 이제 바뀌겠지만!

한 시간 뒤, 비어가르텐 씨와는 서로 말을 텄다. 그렇게 해서 비어가르텐 씨와 나, 다시 말해 한나와 나는 옷장을 샅샅이 훑었다. 철저히 검증된 내 방식에 따라 '자주 입는 옷', '가끔 입는 옷', '헌 옷', 이렇게 세 개 층으로 구분하여 정리했다. 마지막 층이 가장 많은 부분을 차지했다. 한나는 지난 몇 년간 쇼핑을 할 때, 색이나 기장을 전혀 엉뚱하게 골라왔다. 내가 속옷만 입은 모습을 보여달라고 하자, 그녀는 조금 주춤하기는 했지만 순순히 응했다. 그런데 이게 웬일인가!

"한나 언니, 정말 개미허리구나."

나는 감탄했다. 그랬다. 큰 가슴, 볼록한 엉덩이, 가는 허리. 뭇사람들이 원하는 그대로였다.

"펑퍼짐한 옷으로 몸을 감싸고 있으니 몸매를 알 턱이 없지. 이래선 안 돼. 색깔도 전혀 엉뚱해. 언니는 가을색이 어울려. 어쩌다 머리색을 그렇게 어둡게 염색할 생각을 했어? 원래 머리색은 뭐였어?"

"빨강."

그녀는 수줍어하며 말했다. 믿을 수가 없군!

"빨간색이라. 그렇담 왜 짙은 갈색으로 염색했을까? 바꿔보자!"

이건 내 영역이었다. 우리는 P&C, 비바, 그리고 C&A 매장에 잠시 들르기 위해 시내로 나갔다. 멋진 옷이라고 해서 반드시 비쌀 필요는 없었다. 지금 같은 경우엔 그래서도 안 되고 말이다. 당연히 고객의 주머니 사정에 맞춰야 하니까. 미용실 예약은 이미 오늘 아침에 해놓았기 때문에, 네 시 반쯤 그녀는 미용실 의자에 앉았다. 내가 플로에게 이렇게 저렇게 지시하는 것을 들으며 그녀는 점점 작아졌다.

"그러니까 이분한테는 멋진 쇼트커트가 어울려요. 옆으로 머리를 살짝 빼주세요. 그리고 본래 머리색으로 바꾸려고 해요."

"빨간색으로?"

"네."

"그러려면 우선 전체를 탈색해야겠네요. 머릿결이 상당히 상하겠지만."

그녀는 놀라서 훌쩍거렸다. 나는 그런 그녀를 진정시키려고 어깨 위에 손을 올렸다.

"걱정 마, 아무것도 아냐. 지저분한 머리를 쳐내는 것뿐이야."

"하지만……. 슐로티는 긴 머리를 좋아한단 말이야."

그녀는 겁먹은 듯 우는 소리로 말했다. 내 입에서 '피식' 하는 소리가 났다. 나는 그녀의 반대를 물리치고 플로에게 시작하라는 신호를 보냈다. 슐로티라. 그 사람도 자기 여자 보는 법을 배워야 한다. 대체 '여자'라는 것이 뭐란 말인가? 그녀가 말하기를, 그는 그녀와 함께한 세월이 무색할 만큼 결혼할 생각이 없다고 했다. 혹여, 다른 여자와 섹스를 하면 그것이 혼외정사라도 되기 때문일까? 이제 달라진 그녀를 보고 나서 생각이 달라질지는 두고 볼 일이다. 나는 생각에 잠겨, 작은 요정처럼 그녀 주변을 바쁘게 움직이는 플로를 지켜봤다. 그는 내가 알고 있는 네 번째 동성애자다. 하지만 이 경우는 예외다. 사실 미용사는 동성애자여야 한다. 그래야만 손상용 모발 컨디셔너며 매니큐어며 사선으로 낸 앞머리, 그리고 왕실 가족에 대한 따끈

따끈한 가십거리들을 두고 몇 시간이고 떠들 수 있을 테니까. 그렇다. 플로가 동성애자라는 것은 지극히 평범한 것이다! 더더군다나 그는 그녀를 진정한 예술작품으로 승화시키고 있지 않은가?

그녀는 지치기는 했지만 만난 지 아홉 시간 만에, 속이 꽉 찬 쇼핑백 여러 개를 들고 내 차에서 내려 자기 집 앞에 섰다. 그녀는 알아보기 힘들 정도로 변신해 있었다. 무엇보다 그녀 자신이 너무나 만족해했다.

"하이너도 눈여겨볼 거야."

이렇게 말하는 그녀의 갈색 눈은 즐거운 기대감으로 반짝거렸다. 그녀의 눈 색깔과 완벽하게 조화를 이루는 동시에, 눈을 강조해주는 금색 아이섀도는 그날의 마무리였다.

"물론이야."

나는 확신을 담아 고개를 끄덕였다. 그녀의 미소는 진심이었다. 나는 저 눈빛이 무엇을 말하는지 알고 있었다. 그녀는 그가 오늘 밤 열정적으로 자신에게 뛰어들어 둘이 서로를 보듬는 장면을 상상하고 있는 것이다. 굳이 말하자면, 나로서는 배 아플 일이다. 그건 그렇고, 남자가 여자를 마치 가구(내지는 더 심한 것) 다루듯 하면서 결국엔 그 대가로 한껏 멋을 낸 그녀와 일생일대의 섹스를 나눈다는 것은 너무 부당하지 않은가? 뭔가 잘못돼도 한참 잘못됐다. 어쨌든 그녀는 지금 이 순간만큼은 과거 어느 때보다 행복하다. 어쩌면 그녀는 지금의 얼빠진 남자를 차버리고 좀더 나은 남자를 구하게 될지도 모른다. 달라진 외모와 갈고닦은 자신감으로 무장해서. 희망을 버리지 않으련다.

"자, 그럼 나한테 계산서를 보내줘, 헬렌. 알았지?"

"그럴게."

"그럼 다음 주 수요일, 같은 시간에 보는 걸로 할까?"

"물론이야."

새 옷을 사고 미용실에 간 것은 좋았다. 그러나 이건 시작에 불과했다. 당연히 첫날 모든 노하우들을 전수해주진 않는다. 나도 먹고살아야 하니까. 게다가 완벽하게 컨설팅을 하자면 하루 가지고는 턱없이 모자란다. 물론 특정 분야에 한해서만 내 도움을 바라고 그것으로 만족해하는 고객들도 있다. 하지만 나는 장기 프로젝트를 선호한다. 고객이 원한다면 거의 모든 분야에 걸쳐 컨설팅을 해줄 수 있다. 고등학교 졸업 후 직업을 선택하는 기로에서 확신이 서지 않았던 것이 큰 도움이 되었다. 나는 에어로빅 강사와 의상 디자이너 교육을 받았을 뿐 아니라 다양한 실습도 했고 다이어트 어시스턴트 교육도 받았다. 그녀를 위한 다음 단계는 메이크업 학원에 다니면서 화장법을 자세히 익히는 것이고 그 다음으로 식이요법에 관한 컨설팅을 한 후, 집에서 할 수 있는 체조 프로그램을 짜는 것이다. 일단은 거기까지. 나는 손을 흔들어 보인 다음 그곳을 떠났다. 그리고 쇼핑백들을 든 그녀가 정원의 작은 문을 밀고 들어가는 모습을 백미러로 지켜봤다.

4

이제 저녁이 되었는데 뭘 하나? 나는 뭘 할지 잠깐 생각해봤다.

– 문턱이 닳도록 또다시 라라를 찾아가, 나를 결코(!) 민폐로 생각지 않는 그녀의 남자친구 마누와 셋이 TV 앞에 앉아 사족처럼 달려 있기

– 레페르반으로 가서 족히 두 시간 동안 주차할 곳을 찾아 돌고 돌아 겨우 차를 주차시킨 다음, 악몽과 다를 바 없는 베른트의 기숙사식 아파트에 들러, 손잡이가 깨졌으나 그나마 봐줄 만큼 깨끗한 컵에 따른 맛없는 커피를 마시면서, 내가 독불장군이며 남자들을 잘못 고르고 있다는 말을 듣고 앉아 있기(대체 베른트는 왜 여태 내 친구인 걸까?)

– 내 새로운 '홈'으로 돌아가, 영상 4도씨의 서늘한 '응접실'에서 저녁을 보내고, 사생활에 관한 굴욕적인 질문들을 피해가며, 크리넥스 티슈 통을 앙겔라의 손이 닿는 곳에다 두고, 흰색 가죽 소파 위에서 아버지의 '그것'을 못 빨게 하기(내 어린 시절의 정신적 외상 중 하나다)

– 신경 예민한 이복여동생을 찾아가, 다음 밸런타인데이에 아기 게오르그를 돌봐줄 베이비시터로 자청하는 바보짓하기. 어차피 그날 나는 아무 약속이 없을 테니. 안 그런가?

저녁시간을 저런 일로 보낸다는 건, 내 취향과는 동떨어진 것이다. 물론 얀에게 전화를 걸어 내게 돌아와 달라고 애걸복걸할 수도 있었다. 아니면

아주 쿨하게 행동하면서 나는 이미 새로운 사람을 만났노라고 얘기해줄 수도 있을 것이다. 그것도 아니면 부담 없이 커피 한 잔을 사주면서 우리가 '좋은 친구'로 남을 수 있을 것처럼 하고선 다시 그의 마음과 침대 속으로 슬그머니 비집고 들어가려 할 수도 있을 것이다.

"쯧쯧쯧."

소피아가 혀를 차더니 조심스럽게 내 팔을 잡았다. 저런 생각들이 진심은 아니었다. 물론 얀에게 전화하는 일은 없을 것이다. 어차피 누구랑 어울릴 기분도 아니었다. 그냥 카페 레알에 앉아 초콜릿 시럽을 넣은 밀크커피를 주문하고, 라라가 얼마 전 간곡하게 읽으라고 권했던 소설을 조금 읽기로 했다.

"바로 그거야, 헬렌. 정말 좋은 생각이야."

소피아가 내 결심에 힘을 실어주었다.

"혼자만의 시간을 가져봐. 긴장을 풀고."

그래, 한번 해보는 거다.

잠시 후 나는 세서미 스트리트Sesame Street의 삼손독일에서 제작된 〈세서미 스트리트〉에 등장하는 커다란 곰을 연상케 할 만큼 커다란 잔에 담긴 커피를 한 모금 마셨다. 흠, 맛있군. 뜨겁고 달아! 나는 2분 동안 독서에 심취해 있었다. 그런데 갑자기 한 남자가 내가 앉은 테이블 앞에 서더니 이렇게 물었다.

"실례합니다. 여기 자리 있나요?"

타이밍 한번 기가 막히는군! 조용히 있으려고 했더니만. 그에게 자리를 내주지 않을 수도 있었다. 하지만 만약 '자리가 있다'면서 누군가가 곧 올 거라고 말했다가는, 얼마 지나지 않아 내가 마치 바람맞은 것처럼 보일 테고 그런 굴욕은 참을 수 없었다. 그래서 위를 올려다보지도 않고 대답했다.

"아뇨, 앉으세요."

"고맙습니다. 불편하지 않으셨으면 좋겠네요."

그는 이렇게 말하고는 내 맞은편에 앉았다.

"네, 네."

나는 귀찮다는 듯 대꾸하고는 좀더 집중해서 책을 읽어 내려갔다. 저 남자가 나더러 얘기 좀 하자고 조르진 말아야 할 텐데. 그럴 기분은 전혀 아니었다. 입만 다물고 있어라, 입만. 나는 주문을 외우듯 속으로 이렇게 되뇌었고 실제로 맞은편 남자는 말이 없었다. 다행이었다. 나는 다시 2차 세계대전이 터지기 직전, 클라리사 사토리가 아버지 소유의 토지에 있는 헛간에서 처녀성을 잃는 대목에 집중했다. 하지만 전체적인 스토리는 그다지 나를 사로잡지 못했다. 더군다나 나와 테이블을 나눠 쓰는 저 남자가 나를 계속 쳐다보고 있다는 느낌을 지울 수가 없었다. 나는 고집스럽게 계속 글자들을 응시하고 있었다. 대체 왜 나를 그렇게 멍하니 쳐다보는 거지? 그때 웨이터가 우리 테이블로 와서 물었다.

"안녕하세요, 주문하시겠습니까?"

"마티니 한 잔 부탁해요. 넌 테킬라 한 잔 괜찮지, 헬렌?"

나는 침을 한 번 꿀꺽 삼키고는 고개를 들었다. 내 앞에 앉아 있는 사람은 누굴까? 물론, 미하엘이었다. 나는 왜 늘 이렇게 재수가 없는 걸까?

"어때?"

"아, 아니. 테킬라 안 마셔, 됐어."

나는 짧게 대답했고, 웨이터는 어깨를 으쓱이고는 돌아갔다.

"이렇게 다시 만나는구나."

미하엘은 이렇게 말하더니 희고 빛나는 이를 드러내며 웃었다.

"흠."

나는 별 의미를 두지 않는 듯 작게 헛기침을 하고, 다시 책에다 시선을 고정시켰다.

"어라."

그는 오른손으로 내 손을 쿡쿡 찔렀다.

"왜 그래? 왜 나랑 말을 안 하려고 그래?"

"읽던 책 좀 계속 읽어도 될까?"

나는 꾹 참으면서 대꾸했다.

"하지만……."

그는 할 말을 잃은 듯 나를 쳐다봤다. 그러더니 갑자기 눈을 반짝거리며 킥킥댔다.

"헬렌, 아직도 모르겠어? 우린 아무 일도 없었어. 정말이야. 네가 집이 어딘지도 모를 정도로 취해버려서 우리 집으로 데려온 것뿐이야. 널 건드리지도 않았어. 믿어줘. 난 동성애자라고."

그는 순진하게 나를 향해 슬며시 웃어 보였다. 더이상은 안 되겠군. 마치 데자뷔를 겪는 것 같았고 마음이 편치 않았다. 나는 가방에서 지갑을 집어내 50유로짜리 지폐를 꺼냈다.

"그냥 지나가게 하질 않는군."

나는 테이블 위에 지폐를 '탕' 하고 내려놓고는 일어섰다.

"너한텐 이게 문제였어?"

미하엘은 당황하는 기색이 역력했다.

"물론이야! 그것도 대단히 중요한!"

"설마 진심은 아니겠지!"

그는 어쩔 줄 몰라 하며 나를 바라봤다. 내가 홱 돌아섰을 때, 지금 그가 어떤 심정일지 알 것 같았다. 이렇게 가버리는 것은 좋지 못한 짓이었다, 결코. 정확히 말하자면 예의가 아니었다. 나는 잠시나마, 예외적으로 다른 누군가가 나에 대해 뭐라고 생각하든지 상관 않고 도망칠까 생각했지만 (늘 그렇듯) 내 안에 있는 미스 퍼펙트에게 지고 말았다. 나는 심호흡을 하고서 다시 의자에 앉았다. 미하엘의 눈썹은 그새 미간 위에서 거의 겹쳐질 정도로 모여 있었고 그래서 눈빛이 더욱 어두워 보였다.

"차라리 너 역시 동성애가 죄라고 주장하는 광신도라고 말하는 편이 낫지 않겠어?"

나는 그런 억측을 부인하기 위해 입을 막 열려던 참이었다. 그런데 그는 손을 저으며 가로막았다.

"그렇다면 한마디해야겠어, 성경에 정통한 아가씨. 그래, 성경에 남자가 남자 옆에 누워서는 안 된다고 나와 있을지는 몰라. 하지만 그 당시에 남자들은 사내아이들을 침대로 끌어들였어. 알겠어? 사내아이들을! 내가 성경을 이해한 바로는, 하느님은 아동에 대한 성적 행위를 금했을 뿐이야. 그리고 분명 그분은 누구든 두 사람이 서로 사랑하는 것에 대해서는 금하지 않았어."

미하엘은 일장 연설을 늘어놓는 동안 자기 흥분에 빠져서 언성을 점점 높였고 그가 마침내 한숨을 돌리며 몸을 기댄 뒤 도전적인 눈으로 날 바라보았을 때, 나는 그런 눈빛을 보내는 사람이 비단 미하엘뿐만이 아님을 알았다. 주변에 앉은 손님들 전부가 무슨 일이라도 났는가 싶어, 우리 쪽으로 고개를 돌렸고 경멸과 호기심 섞인 눈으로 나를 쳐다봤다. 온몸에서 피가 거꾸로 솟았고 얼굴은 빨갛게 달아올랐다.

"나는…… 나도 하느님이 그걸 금했다고 생각진 않아."

나는 머뭇거리며 말했다.

"그럼 뭐가 문제야?"

그는 집요하게 물었다.

"아무것도. 동성애자에 대해 반감 같은 건 없어. 정말이야. 하지만 왜 하필이면 내 약혼자가 느닷없이 동성애를 해야 한단 말이냐, 이거야!"

나는 자포자기한 심정으로 소리를 높였다. 그러나 이 말을 꺼내기가 무섭게 화들짝 놀라 손으로 입을 막았지만 때는 이미 늦었다. 헬렌, 이미 엎질러졌어. 얀의 동성애는 눈치 없는 미하엘과는 지극히 무관한 일이었다. 게다가 우리의 대화를 줄곧 듣고 있다가 나의 마지막 절규를 들은 다른 손님들과는 더더욱 무관했다. 주변을 살펴보니, 적어도 열 쌍의 눈이 하나같이 경악스럽다는, 세간의 화젯거리라도 생긴 듯, 게다가 안됐다는 표정으로 나를 쳐다보고 있었다. 동정은 원치 않았다. 미하엘은 지금까지 아무 말이 없었다. 나는 반항적으로 이를 악물고 그를 쳐다봤다. 그가 내게 또 무슨 궤변을 늘어놓더라도 개의치 않으려고 했다. 하지만 그는 그저 이렇게 말했다.

"저런, 안됐구나."

나는 목구멍에 뭔가 걸린 것 같았고 있는 힘을 다해 그걸 꿀꺽 내리 삼켰다. 그게 다였다. 나는 저 남자를 전혀 모른다. 하지만 저 남자는 내가 거의 절반은 제정신이 아닌 상태에서 악을 쓰며 우는 모습을 봤다.

"너로서는 끔찍했을 테지."

그는 내 손을 쓰다듬으며 말했다. 헬렌, 정신 차려!

"내가 너를 어떻게든 도와줄 수 없을까? 그 문제에 대해 얘기해볼래?"

나는 커피 잔에서 천천히 녹아드는 애꿎은 우유 거품만 애써 내려다보았다. 울면 안 돼, 지금은 안 돼!

"헬렌, 오늘은 누군가가 널 돌봐줘야 할 것 같아."

그는 벌떡 일어나 내 손을 잡아 일으켰다.

20분 뒤, 미하엘은 자신과 닉이 사는 집의 현관문을 열어 정중하게 나를 먼저 들여보냈다. 나는 그의 제안을 거절할 여력조차 없었다. 동성애자와 이성애자를 떠나, 행복한 커플과 저녁을 보낸다는 것이 이 상황에서 과연 좋은 생각인지도 확신이 서질 않았다. 하지만 다른 방도가 없지 않은가? 어쨌든, 어쩌면 여기서 최소한 조금이나마 기분을 전환할 수 있을지도 몰랐다.

"닉, 손님 왔어!"

미하엘이 큰 소리로 말하자 부엌문에서 주근깨투성이 얼굴이 빼꼼히 나왔다. 닉은 청바지와 심플한 갈색 긴팔 셔츠 위에 파란색과 흰색 줄무늬가 번갈아 그려진 앞치마를 두른 모습이었다. 왼손에는 나무국자를 들고 있었는데 국자 끝에서 한껏 구미를 당기는 냄새가 풍겼다.

"오, 반가운 손님인걸. 파스타를 아직 냄비에 넣지 않길 잘했네. 그럼 삼 인분."

그는 아무렇지도 않게 말하고는 다시 부엌으로 사라졌다. 요기할 것이라, 좋았어! 나는 울다 지쳐 허기가 졌다. 이제야말로 여기저기 계속 울고 다니는 짓은 그만둬야 했다. 이렇게 가다간 안약을 넣어도 제구실을 못할 만큼 안구 혈관이 헐어버릴지도 몰랐다. 미하엘과 나는 닉을 따라 부엌으로 들어가 각자 의자에 앉았다.

"헬렌, 네가 와서 기뻐."

닉은 들떠서 말을 건넸다. 그는 즐겁게 전기레인지 앞을 왔다 갔다 하면서 한 번에 열 가지쯤 되는 일을 하고 있는 것 같았다. 나는, 그가 날카로운 칼로 흰 가루가 묻은 치아바타 빵을 부스러뜨리지 않고 얇게 써는 과정을 놀란 눈으로 지켜봤다.

"네가 우리에 대해 전혀 거리낄 필요가 없다는 걸 모르는 게 아닌가 싶었거든."

"아니, 아니. 아무 일 없었다는 거 알아."

나는 당황하며 이렇게 말하고는 얼굴을 조금 붉혔다.

"그럼 다행이네. 기분 나쁘게는 듣지 않았으면 좋겠는데, 나는 여자들과는 놀아본 적이 없어."

나는 살짝 마음이 상해 얼굴을 찌푸렸다.

"성性적으로 말이야."

닉은 침착하게 덧붙였다.

"그것만 제외하면 나한테 너희 여자들은 신적 존재지."

그는 내 손을 잡더니 입을 맞췄고 나는 그에게 용서의 의미를 담은 미소를 보냈다. 미하엘이 둥그런 잔에다 레드 와인을 따랐고, 그사이 닉은 얇게 썬 빵 조각들을 기름칠한 오븐 선반에 차례로 올려놓은 뒤, 오븐에 넣기 전 그 위에다 올리브유와 이파리들을 뿌렸다. 그리고 샐러드와 드레싱을 준비하고 소스를 젓고 파스타를 물에다 넣은 다음 꿀참외를 깍두기 모양으로 썰었다. 나는 어떻게 그가 저 모든 과정을 한눈에 넣고 있는지가 무척 궁금했다.

"자, 이제 다 됐다!"

닉은 큰 소리로 이렇게 말하고는 체리토마토와 잣, 그리고 허니머스터드 드레싱을 얹은 루꼴라이탈리아 요리에 많이 쓰이는 야채 샐러드를 하트 모양으로 만들어 코앞에다 휙 가져다 보였다. 거기다가 정확한 시간에 오븐에서 꺼내 바삭바삭해진 야채 빵은 가장자리가 살짝 갈색 빛이었지만 타지는 않았고 맛도 그만이었다. 씹기에 알맞게 잘 익힌 뒤 매운 토마토소스에 스캄피새우의 한 종류를 곁들인 파스타는 어느 이탈리안 레스토랑에서 나온 것보다 더 맛있었다.

"해물은 먹지?"

닉은 살짝 걱정되는 듯 나에게 물었다.

"생선은 먹고, 고기는 안 먹어."

나는 누가 저런 질문을 할 때면 으레 하던 식으로 대답했다. 그런데 혹여 뭔가 축하할 자리인데 내가 끼어든 것은 아닌가 하는 의구심이 슬금슬금 들기 시작했다. 이를테면 1주년 기념이라는지. 만약 그렇다면 나로서는 여간 불편한 게 아니었다.

"그런 거 아니니까, 걱정 마."

내가 머뭇거리며 이런 걱정을 토로하자, 미하엘이 웃으며 말했다.

"우린 그냥 이렇게 편안한 분위기에서 먹는 걸 좋아해."

"건강식으로."

닉은 이렇게 덧붙이며 포크로 체리토마토를 찍었다.

"게다가 우리는 같이 지낸 지 벌써 오 년 됐어."

"오 년이라고?"

나는 깜짝 놀랐다. 사실, 믿기지가 않았다.

"동성애자라고 하면 어두침침한 방에서 낯선 사람들과 그룹섹스를 하는 사람쯤으로 생각했던 거야?"

미하엘이 물었다.

"아니, 물론 그런 건 아니야."

서둘러 대답하는 통에, 루꼴라 이파리가 거의 목에 걸릴 뻔했다.

"<진정한 사랑Wahre Liebe, 독일에서 1994년부터 2004년까지 매주 목요일 저녁 방영되었던 프로그램으로 주로 성性을 주제로 다룸>을 너무 자주 봤나?"

미하엘은 비관적으로 말하긴 했지만 얼굴 전체가 시원하게 웃고 있었다. 그랬다, 무척 웃겼다. 어두침침한 방이라. 얀, 나의 얀이 낯선 남자들이 수두룩한 깜깜한 방 안에 있는 모습이 눈앞에 선했다. 그러나 얀은 무척 예민해 보였다.

"우린 오 년 동안 함께 지냈고, 한눈판 적 없어!"

느낌상 닉은 조금 강한 톤으로 대꾸한 것 같았다. 그 말과 동시에 닉은 미하엘에게 시선을 던졌다. 나는 대체 왜, 이렇듯 아무 탈 없는 남남관계에서 뭔가 문제가 있을 것이라 생각하고 캐내려는 걸까? 지금까지 내가 이루지 못한 것을 다른 사람이 누리고 있다는 사실이 견딜 수 없기 때문일까? 이야, 이것 봐라! 나를 미치게 하는 데 굳이 소피아까지 동원될 필요도 없었다.

"정말 대단하구나. 진심이야."

나는 웃으며 말은 했지만 목소리는 조금 떨리고 있었다. 미하엘은 진정시키려는 듯 손을 내 무릎 위에 얹고는 닉을 향해 말했다.

"헬렌의 남자친구가 동성에 끌리게 돼서 관계를 정리했대."

오, 이런 맙소사. 미하엘이 아닌 다른 사람이 말했더라면 이보다 훨씬 끔찍했을 것이다. 닉은 안됐다는 표정으로 나를 쳐다보더니 말했다.

"저런, 불쌍한 것."

얼른 대화 주제를 바꾸고 싶었다.

"너희는 무슨 일을 해?"

나는 아무렇지도 않은 듯 씩씩한 말투로 물으며, 새우를 포크로 찍어 세심하게 관찰했다.

"내장은 제거했어."

닉이 약간 마음 상한 투로 말하자 나는 곧장 쳐다보던 것을 그만두고는 새우를 한껏 음미하며 먹었다.

"흠, 맛있어!"

내가 이렇게 나오자 닉은 내 실수를 관대하게 용서하며 말했다.

"난 요리사야."

애당초 그럴 것이라 짐작했어야 했다.

"그럴 줄 알았어! 음식이 정말 훌륭해! 어디서 일하는데? 내가 알아맞혀 볼게. 아틀란틱 호텔일 거야. 아니면 포시즌스 호텔?"

나는 새우를 들여다본 실수를 꼭 만회하고 싶었고 그래서 조금 오버를 하고 있었다. 닉은 과찬을 들은 사람처럼 웃으며 손을 저었다.

"아냐, 아냐. 프로이덴하우스에서 일해."

나는 뜻밖이라 할 말을 잠시 잃었다.

"단언하건대 내가 정말 좋아하는 레스토랑이야."

나는 흥분해서 말했다.

"에이, 말로만 그런 거지?"

"정말이야. 하늘에 맹세코. 음식이 정말 끝내줘."

오이 샐러드 조리법도 얼마 전에야 터득한 나로서는 닉은 진정 영웅이었다.

"미하엘, 넌 무슨 일을 해?"

"미용사야."

"농담하지 말고."

얼떨결에 나온 말이긴 했지만, 그는 씨익 웃으며 대꾸했다.

"맞아, 난 카피라이터야."

나는 저 둘과 유쾌한 저녁, 그 이상의 시간을 보냈다고 인정할 수밖에 없었다. 다음 날 저녁 <앨리 맥빌> 시리즈를 함께 보자는 설득에 넘어갈 정도로 유쾌했다. 나는 너무 빨아서 색깔이 희미해진 미스식스티 청바지에다 커다란 스웨트셔츠를 걸쳐 입고 검정색 푸마 운동화를 신었다. 그리고 팔에는 패밀리 사이즈 감자 칩을 끼고서 스무 시간 뒤 남정네들의 집 현관문 신발

깔개 위에 다시 발을 디뎠다. 이것이 내 겨울 의상이다. 여자라면 이런 것이 필요하다. 편안하면서도 유행에 따르는 옷차림 말이다. 닉이 문을 열고 나를 안으며 반겨주었다.

"어이, 오랜만이네!"

하하, 오랜만이라니.

"이야, 이게 네가 고등학교 때 입었던 스웨트셔츠야? 보여줘 봐!"

나는 당당하게 한 바퀴를 빙그르 돌았다. 이건 10년도 더 된 골동품이었다. 등짝에는 '징역형 13년'이라고 적혀 있었다.

"너도 나처럼 학창 시절에 뚱보였나봐? 지금 네 사이즈의 두 배는 돼 보이는걸?"

뚱보였다고? 닉이? 믿을 수 없다는 표정으로 나는 그의 탄탄한 몸매를 훑어보았다. 내 전력을 알고 있으니 저런 끔찍한 농담도 하겠거니 했지만 그는 진지하게 고개를 끄덕이며 말했다.

"믿기지 않겠지, 나도 알아."

"아니, 믿어."

나는 닉과 전보다 더욱 가까워진 것 같았다. 그래서 꼭꼭 숨겨뒀던 비밀도 털어놓았다.

"내가 열여섯 살 때는 허리둘레나, 키나 똑같았지."

나는 닉에게 감자 칩을 건네며 말했다.

"그때 이후로 이런 건 건드리지도 않아."

"유혹, 그대의 이름은 여자라. 설마 내가 이걸 먹을 거라고 생각해?"

닉은 일부러 크게 한숨을 쉬며 말했다.

"미하엘, 헬렌이 뭘 가져왔는지 좀 봐. 제발 살려줘!"

그러자 미하엘이 부엌 문 틈으로 머리를 빠끔히 내밀더니 싱긋 웃었다.

"헬렌, 원망을 벌지 마. 닉은 다이어트 중이야."

"미리 알고 올 걸 그랬네."

나는 괜한 짓을 했다는 생각에 이렇게 말했다.

"어쨌든 주구장창 <앨리 맥빌> 시리즈를 볼 마음의 준비는 됐겠지?"

"그럼!"

나는 신이 나서 대답하고는 둘을 따라 거실로 들어갔다. 거실의 기다란 소파 위에 가지런히 놓인 <앨리 맥빌> DVD전집이 우릴 기다리고 있었다. 거기다 차가운 사과 주스가 담긴 병과 야채 스틱과 소스, 그리고 포도를 가득 올려둔 커다란 접시도 하나 있었다. 닉이 첫 번째 DVD를 넣고 나서, 우리 셋은 각자 의자 뒤로 깊숙이 앉아 무릎을 세웠다. 미하엘이 축제의 시작을 알리듯 리모콘을 TV를 향해 들어 올리며 말했다.

"이제 틀어볼까?"

앨리를 볼 때마다 느끼는 거지만, 인생이란 그리 나쁜 것만은 아니다. 앨리도 이리저리 마구 치이지만 그럼에도 불구하고 TV 스타가 되지 않았는가. 뭐, 당장은 일이 꼬일 수 있겠으나, 중요한 것은 이 순간 내가 위로받고 있다고 느끼는 것이었다. 다시 말해 다음 날 아침, 지금껏 미뤄왔던 것을 시작할 기운을 얻는 것이 중요했다. 결혼식에 초대한 하객들에게 취소공지장을 돌리는 일이었다. 하느님이 보우하사, 휘갈긴 필체로 분홍색 포스트잇에 적어 냉장고에 붙여놓았듯, 앙겔라는 중요한 외부 약속 때문에 집을 비웠다. 나는 부엌 조리대에 기대어 커피를 마시면서, 아마도 그 중요한 외부 약속이라는 것이 과일 필링이나 보톡스 예약일 거라고 멋대로 생각해버렸다. 커피를 몇 모금 더 마시고 나서, 나는 발악하는 심정으로 작은 수첩을 꺼내 들고 수화기를 집었다. 하객 명단이 **빼곡하게** 적힌 종이를 펼친 다음 호흡을 가다듬었다. 하지만 속은 계속 메스꺼웠고 130으로 치솟은 혈압도 떨어질 줄 몰랐다. 비록 내 속이 지방을 연소시키는 데 별 문제없는 상태였다고 해도, 늘 고객들을 데리고 가는 미용실 원장에게, 말하자면 '계획 변경'을 알리는 전화는 하고 싶지 않았다. 그 생각으로 벌써부터 극도로 예민해져서 결국 수화기를 내려놓고 말았다. 침착해, 헬렌. 금방 끝날 거야. 나는 복잡한 머릿속을 정돈하기 위해, 몇 년 전 자비네가 가르쳐준 감정이완 연습을 해보았다. 눈을 감고 나의 '해피 플레이스'를 떠올렸다. 나의 해피 플레이스는 화려한 해바라기가 빛나는 푸른 초원이었다. 커다랗고 늙은 떡갈나무 아래 앉아, 나뭇가지 사이로 들어오는 따뜻한 햇살이 내 피부를 간질이는 것을 느꼈다. 저 멀리서 나지막이 음악이 들렸다. 귀를 기울여보니 그 곡이 무엇인지 금세 알 수 있었다. 파헬벨의 <캐논>이었다. 9월 30일, 얀과 내가 막 결혼식을 마치고 성당을 나설 때 들려야 할 곡이었다. 우리는 성당을 나와 하객들과 다 같이 축제 분위기로 꾸민 레스토랑으로 가야 했다. 그때 나무 위에서 뭔가가 가볍게 흔들리며 내려와 내 배 위로 떨어졌다. 하객 명단이었다. 나는 깜짝 놀라 눈을 떴고 축 늘어진 상태로 커피를 크게 한 모금 들이켰다. 젠장! 항상 이 모양이로군. 심장박동이 아까보다 더 불안해졌고, 불안함 때문에 목이 메었다. '해피 플레이스' 연습을 할 때마다, 늘 불편한 진실 쪼가리가 떡갈나무 위에서 떨어져 나를 냉엄한 현실로 돌려보내곤 했다. 내가 이 연습을 하는 이유는 오로지 하나, 고객들에게 전수해주기 위해서였다. 도무지 이해가 안 되는 일이었지만, 고객들은 이거라면 환장을 했다. 반대로, 나는 하기 전이나 후나 마찬가지로 긴장을 늦추지 못하고 라라에게 전화를 걸어 괴로움을 토로했다. 그러면 라라는 기대에 정확히 부합해 나를 도와주었다. 심지어 라라는 해결방법까지 준비해놓는 것 같았다. 오늘 밤, 라라가 퇴근하면 하객 명단을 들고 집으로 찾아가야겠다. 그리고 같이 해결'하는 거다. 한결 마음이 편안해졌다. 그렇다, '같이 해결'하는 것. 그것은 좋은 방법이다.

그날 저녁, 나는 라라가 정성스럽게 디자인해서 이미 100장을 인쇄해둔 결혼 취소공지장을 골똘히 살펴보았다. 바탕은 연분홍색이었다. 내가 묘한 표정으로 아랫입술을 깨물며 웃고 있었고 눈동자는 당황한 듯 왼쪽 위를 향해 있었다. 이런 사진은 본 적이 없었다. 하지만 젖먹이가 의미심장한 얼굴을 한 채 손가락으로 이마를 두드리는 자동차 광고를 본 이후로, 컴퓨터로는 못 할 것이 없다는 건 알고 있었다. 게다가 라라는 자기 분야에선 진정한 전문가였다. 내 머리 왼쪽에 떠 있는 생각 풍선 안에는 <섹스 앤 더 시티>에서 캐리 브래드쇼가 신고 다니던 스타일의 하이힐 한 켤레가 있었다. 배 아플 만큼 비싼 데다, 번쩍이는 금속 조각과 번지르르한 장식이 붙어 있는, 어지러울 정도로 굽이 높은 연두색 구두였다. 즉, 상상을 표현한 것이었다. 맞은편 생각 풍선에는 비호감 스타일의 얀이 있었다. 머리에는 기름기가 가득했고 턱은 이중이었다. 실제 이런 모습은 아니었지만, 그럼에도 불구하고 사진을 보면서 잠깐 즐겁기까지 했다. 게다가 나에 비해 무척 늙어 보이기도 했다. 그 아래 진분홍색으로 이렇게 적혀 있었다.

"구두 고를 때는 신중했지만 남편감 고를 때는 경솔했다는 것을 알았습니다."

나는 어리둥절한 표정으로 라라를 쳐다보긴 했으나, 정작 웃어야 할지 울어야 할지를 몰랐다. 그러자 라라가 말했다.

"자, 이제 뒷면을 봐!"

나는 시키는 대로 뒷면을 보고, 거기에 적힌 내용을 소리 내어 읽었다.

"다행스럽게도 남편은 교환이 가능하더군요. 아쉽지만 구월 삼십 일 예식은 취소되었습니다."

내가 고통스러운 표정을 짓자 라라가 재빨리 물었다.

"왜 그래? 마음에 안 들어?"

목소리로 미루어 보건대 그녀는 내가 양심의 가책을 느낄 정도로 실망한 것 같았다.

"아니야, 아니야. 마음에 들어."

나는 서둘러 둘러댔다.

"그런데 다만……."

그때 뜻하지 않게 묵묵히 의자에 앉아 우릴 지켜보던 마누가 나를 거들었다. 그는 자리에서 일어나 우리가 앉아 있던 기다란 소파에 자리를 비집고 들어와 앉았다. 그리고 라라에게 팔을 두르고는 말했다.

"공지장은 진짜 최고야, 라라. 하지만 지금 당장 헬렌더러 그걸 보고 신나서 방방 뛰라고 할 순 없잖아."

"무슨 소리야, 그런 걸 바라는 건 아니야. 너에게 아무것도 강요하고 싶진 않아."

그녀는 이렇게 항변했다. 조금씩 불편해지기 시작했다. 라라가 이렇듯 공을 들였건만. 그런데 내가 채 말리기도 전에 그녀는 가방을 뒤지더니 다른 디자인을 꺼내 보였다.

"그럼 이것도 봐봐. 다른 아이이어들도 몇 가지 더 있기는 했어. 만약 네가 그게 더 마음에 든다고 하면……."

과연 라라가 오늘 사무실에서 이것 말고 다른 일을 할 시간이 있었을까? 게다가 오로지 전화 몇 번 돌리지도 못할 만큼 소심한 나 때문에, 그녀가 이 모든 자질구레한 일들을 도맡아 했던 것이다. 나는 라라의 목을 와락 끌어안고는 말했다.

"라라, 넌 둘도 없는 멋진 친구야. 아무나 너 같은 친구를 둘 순 없을 거야. 고마워. 공지장은 정말 최고야."

"에, 뭐. 그러니까 내 생각에는, 음……."

그녀는 머뭇거리면서 말했다.

"있잖아, 난 구두를 사는 것과 네 상황을 연관시키려고 했던 거야. 왠지 '쿨'해 보일 것 같았어. 네가 아무렇지도 않다는 인상을 줄 테니."

지금은 내가 극복하지 못하고 있지만 앞으로 당연히 극복할 것이었고, 사람들도 나에 대해 그렇게 생각해주기를 바랐다. 라라 말이 옳았다. 공지장은 완벽했다. 나는 다른 공지장들도 쭉 훑어보았다. 모두 프로다웠고 위트가 넘쳤다. 거기에는 토를 달 여지가 없었다.

"장미가 가득 담긴 바구니 하나, 부드러운 키스 한 번, 낯짝에다 주먹 한 방, 이제 끝."

"나는 그 남자를 사랑했고 심장에 담았지만 이제 그는 미끄러져 내 위장 속에 빠졌습니다."

얀이 당황스러운 표정으로 내 배에서 빠끔히 고개를 드는 모습을 봤을 때, 나는 살짝 웃음이 비어져 나오기까지 했다.

"그것도 나쁘진 않지만, 그 사람이 너를 아프게 했다는 걸 표현한 정도가 지나치지 않았나 싶었어."

그 말 역시 옳았다.

"아프게 한 건 사실이지."

소피아가 이렇게 말하고는, 웃고 있는 내 얼굴 위로 눈물 한 방울이 반짝이며 흘러내리는 모습이 담긴 하늘색 공지장을 집어 들었다.

"눈물 한 방울 속에서도 햇살은 빛날 수 있습니다."

그녀는 생각에 잠겨 읽었다.

"나 같으면 이걸 고르겠어."

나 원, 그러라지. 자기 결혼식 취소라면 그럴 수 있겠지. 하지만 나는 라라의 의견을 100% 존중하기로 했다. 구두를 컨셉트로 잡은 공지장이어야 했다. 이로써 결혼식과 관련돼 해결해봐야 하는 불편한 잡무 하나가 사라졌다.

웨딩드레스를 입은 얼굴이 이 순간만큼 슬플 수는 없을 것이다. 죽도록 불행하다는 표정으로 나는 제넷 웨딩숍의 탈의실에 서서 거울에 비친 내 모습을 바라보았다. 흰 코르사주가 상체를 감쌌고, 제넷의 '조임의 기술' 덕에 허리는 개미허리처럼 쏙 들어가 있었다. 섬세한 오간자 소재를 층층으로 나누어 디자인한 드레스는 튕기듯 가볍게 발목을 건드렸다. 옷자락은 내 뒤로 족히 1미터는 길게 바닥에 끌렸다. 입가가 축 처진 것을 제외하면 나는 사람들이 쳐다볼 만큼 충분히 예뻤다. 얼마나 아름다운 신부였을꼬? 그런데 지금은? 드레스는 여전히 미치도록 아름다웠다. 게다가 다른 색으로 염색한들 결혼식 이외에 다른 일로는 입을 일이 없을 만큼 웨딩드레스다웠다. 만약 청록색으로 염색한다면, 이 옷으로 오스카 베스트 드레서 상을 받을 수 있을지는 모르겠다.

"이제 그만 좀 나와보지 그래?"

커튼 저쪽에서 기다리다 못한 베른트의 목소리가 들렸다.

"아니, 그러지 않는 게 좋겠어."

나는 나가지 않겠다고 고집했다. 당장 다시 벗어버릴 작정이었으니까.

"보지도 못하게 할 거였으면, 대체 여긴 뭣 하러 데리고 왔어?"

베른트는 투덜대더니 커튼을 옆으로 확 젖혔다.

"너 미쳤어?"

나는 버럭 화를 냈다.

"내가 벌거벗고 있었으면 어쩔 뻔했어?"

그런데 베른트는 나를 위아래로 빤히 훑어볼 뿐이었다.

"뭐야?"

무안해진 나는 퉁명스럽게 물었다. 베른트가 이렇게 빤히 들여다볼 때면 무척 불편했다. 나는 연노랑 면사포 끝을 초조하게 만지작거렸다. 베른트가 계속 쳐다보기만 하자 무서워졌다. 숨이 막힐 것 같았다.

"거 봐, 내가 뭐랬어."

나는 드디어 폭발하고 말았다.

"드레스는 완벽해. 이보다 더 예쁜 웨딩드레스는 없을 거야. 그런데 있지도 않을 결혼식 때문에 낭비만 했어."

나는 울지 않으려고 안간힘을 썼다.

"진정해."

이제야 말문이 터진 듯 베른트가 말했다.

"그렇다고 해서 네가 영영 결혼을 안 할 건 아니잖아. 다른 사람을 금방 만나게 될 거야. 그때 입으면 되지."

남자들이란 이렇다.

"미쳤어? 다른 사람이랑 결혼할 때 입으려고 했던 웨딩드레스를 그대로 입을 순 없어. 이 너덜너덜한 옷은 영원히 저주받은 거야!"

나는 베른트를 몰아붙였다.

"당연하죠, 절대 그러면 안 되죠."

제닛은 고개를 끄덕이며 내 말에 동조해주었다. 나는 고마운 마음에 그녀를 쳐다보았지만, 동조해준 이유가 진정성이 아닌 계산에서 나왔다는 의심을 떨쳐버릴 수는 없었다.

"아, 흠."

베른트는 혼잣말하듯 낮게 말했다.

"그게 그렇다면야……."

"그게 그래."

나는 다시 한 번 힘주어 말했고 빌어먹을 이놈의 옷을 성급하게 벗어버리려고 몸부림쳤다. 화를 못 이겨 맨손으로 드레스를 뜯어버릴세라, 제넷이 얼른 와서 등 쪽 끈을 풀어주었다. 우리는 탈의실 안으로 다시 들어가 커튼을 닫았고, 베른트는 마치 우리 안에 갇힌 호랑이처럼 그 앞을 서성거렸다.

"있잖아, 사실 드레스가 그렇게 예쁘진 않았어. 나중엔 더 예쁜 드레스를 구할 수 있을 거야."

그는 서투른 위로의 말을 건넸지만 별 효과는 없었다. 그렇게 예쁘진 않다니. 나한테 딱 맞는 저 드레스를 사기 위해 라라와 함께 온 동네를 휘젓고 다녔다. 더하고 뺄 것도 없이 '딱 맞다'는 표현이 옳았다. 옷에 관해서라면 나는 무척 까다로웠다. 필요하다면 웨딩드레스 한 벌을 사기 위해 1,600유로도 서슴지 않고 쓸 수 있는 사람이니까.

몇 분 뒤, 나는 다시 빨간색 정장바지로 갈아입었다. 제넷은 '어떻게 할까요?'라는 눈빛으로 나를 바라보고 있었다. 그녀는 방금 전에 내가 입었던 오간자 소재의 풍성한 웨딩드레스를 팔에 걸치고 있었다.

"이걸 지금…… 가져가실 건가요?"

흠. 좋은 질문이군. 본래 저 웨딩드레스는 결혼식 직전까지 여기서 보관하고 있어야 했다. 몇 군데 손볼 곳도 있었고. 그런데 이제는? 이젠 어쩐담?

"그 드레스, 환불은 안 될까요?"

베른트는 꽤 강단 있는 여자의 마음이라도 그 자리에서 녹여버릴 것 같은 눈빛으로 제넷을 보며 물었다.

"글쎄요. 지금 상황에서는 가능할 것 같군요."

그녀는 맥 빠지는 미소를 지으면서도 고개를 끄덕였다.

"잘됐네요."

그는 이렇게 말하며 기운 내라는 듯 나를 향해 웃었다.

"하지만 정가의 팔십 퍼센트 이상은 환불해드릴 수가 없습니다."

그녀가 말했다. 자기 가게에서 4주간 옷을 보관했다고 해서 과연 20%나 깎여야 하는지가 의아스러웠다. 나야 상관없기는 했지만. 바로 그때, 나와 몸매가 얼추 비슷한 젊은 여자가 가게로 들어와 이리저리 둘러보고 있었다. 그녀가 기쁨에 겨워 하객들 앞에서 결혼식을 올리는 모습이 눈앞에 선했다. 꽉 조이는 상체에 길게 늘어뜨린 자락, 오간자로 만든 연노란 꿈이었다. 그래선 안 될 말이었다. 이건 내 드레스였다.

"아뇨, 환불 안 할 거예요."

나는 서둘러 대꾸하고는 제넷이 들고 있던 드레스를 덥석 가져왔다.

"좋아요, 그렇다면 팔십오 퍼센트 해드리죠."

그녀는 고집스럽게 제안했다. 그녀는 지금 내가 돈 때문에 이러는 것이라고 단단히 오해하고 있었다.

"아뇨. 그것 때문이 아니에요, 전혀. 드레스를 갖고 싶어서 그래요."

그러자 그들, 그러니까 그 둘은 나를 쳐다보았다. 베른트는 놀랍다는 표정이었고 제넷은 왠지 실망했다는 표정이었다. 사실 실망해야 맞았다. 환불을 해주면 그녀는 순식간에 320유로를 손에 넣을 수 있었고 덤으로 드레스까지 다시 챙길 수 있을 테니까. 하지만 그런 수법이 나한테 통할 리 만무하다.

"드레스 넣어주세요. 가지고 갈 거예요."

나는 절대 설득되지 않겠노라는 강경한 어조로 말했다.

밖으로 나왔을 때, 베른트는 옆에서 고개를 절레절레 흔들며 걷고 있었지만, 나는 내 전리품을 넣은 커다란 쇼핑백을 앞뒤로 흔들며 신이 난 채 걷고 있었다. 베른트가 이해할 수 없다는 표정을 짓자, 나는 설명을 해줘야겠다는 생각이 들었다.

"다른 사람이 내 드레스를 입는 것이 싫었을 뿐이야."

나는 스스로도 엉뚱한 말이라는 것을 알고 있었다. 그래서 이렇게 덧붙였다.

"저주받은 옷이잖아."

"그래, 알겠어. 너와 상관없는 남의 결혼을 망치고 싶지 않다는 거잖아."

"누가 알아? 그게 라라가 될지."

나는 이렇게 둘러댔지만, 이 말 역시 앞뒤가 맞지 않았다. 라라는 이미 웨딩드레스를 맞춰놓았기 때문이다.

"그런 착한 행동을 한 대가가 얼만지 물어도 될까?"

"뭐?"

"그 옷 말이야. 얼마 들었어?"

"너랑 상관없는 일이야."

"오백 유로?"

얼씨구나.

"천육백 유로야. 뭐가 잘못됐어?"

나는 퉁명스럽게 내뱉고는 걸음을 재촉했다. '정신이 제대로 박혀 있지 않다'는 둥 '정신 차리라'는 둥 '이베이Ebay에서는 몇백 유로면 떡을 친다'는 둥 베른트가 구시렁대는 소리는 차라리 안 듣는 게 속 편했다. 결코 듣지 않으리라, 나는 굳게 결심을 하고는 쇼핑백 손잡이를 꽉 움켜쥐었다. 이건 내 거야!

5

베른트는 웨딩숍에서 있었던 일들을 모두 떨쳐버리라고, 오늘 저녁 기분을 '업'시켜주겠노라고 했다.

"거절하기 없기다, 헬렌. 설마 내가 너를 그 저주받은 드레스랑 덜렁 내버려 둘 거라 생각한 건 아니지? 너더러 저녁 내내 그거 붙잡고 울라고? 나랑 같이 파티에 가자. 두말하지 마."

나는 이리저리 둘러대고 앓는 소리를 해대고 난리를 쳤지만 결국 설득당하고 말았다. 그러나 오늘 생일의 주인공인 시몬의 집에 발을 들여놓는 순간, 그것이 엄청난 실수라는 사실을 깨달았다.

1. 그곳은 베른트가 사는 기숙사식 아파트를 연상케 했고,

2. 마리화나 냄새가 진동을 했으며,

3. 짙은 빨간색의 고급스런 소재로 만든 바지에 흰색 블라우스를 입은 나는 심하게 튀어 보였다.

내 바지는 무척 편안한 소재로 된 옷이었지만, 그 '편안함'이라는 것은 주변의 다른 사람들이 죄다 이제 막 침대에서 기어 나온 것 같은 차림일 경우에는 해당되지 않았다. 한 시간 전까지만 해도 얼굴 양쪽 옆으로 머리를 살짝 내리고 나머지는 위로 틀어 올려 한껏 멋을 부린 다음, 거울에 비춰보며 흡족한 미소를 지었건만 이젠 그런 헤어스타일이 내 의상보다 더 우스꽝스러워 보였다. 여기저기 보이는 쥐어뜯은 머리들은 오늘 하루 빗 구경이라곤

못 해본 것 같았다. 제대로 된 바지를 걸친 사람은 눈 씻고 찾아보려야 찾아볼 수가 없었다. 요즘 최신 유행이라고는 하지만, 그래도 해진 바지를 사는 것은 역시 어리석은 짓이다. 간단히 말하자면, 여기는 '거지 패션'이 대세였고 그런 의미에서 나는 완전히 대세에서 밀려나 있었다. 이럴 줄을 알았어야 했다.

"사전에 경고해줘서 고맙군."

나는 베른트를 노려보며 쏘아댔지만, 그는 한바탕 웃고 말 뿐이었다. 그리고 내 어깨에 팔을 두르더니 이렇게 말했다.

"렌헨, 내 친구들이 좋은 점이 뭔지 알아?"

어떤 남자가 우리를 밀치고 지나갔을 때 나는 코를 살짝 찡그렸다. 그 남자는 머리에 뭔가를 쓰고 있었는데, 그것은 화장실 두루마리 휴지나 쑤셔 넣을 법하게 생긴 것이었다.

"너 저거 봤어?"

내 눈은 이렇게 말하고 있었지만 그것을 받아주기에 베른트는 적절한 상대가 아니었다.

"뭔데?"

대답듣기를 포기한 나는 대신 깔보는 투로 물었다.

"그건, 있는 그대로의 모습을 인정한다는 거야. 그 사람을 판단하지 않고 말이야. 네 친구들이나 너와는 정반대지."

무슨 뜻이냐는 표정으로 나는 그를 올려다보았다.

"자, 들어봐! 내 주변 사람들은 모두들 자기 모습 그대로여도 괜찮다는 거야. 예를 들어 너 자신을 봐봐."

"너는 단지 나를 바꾸려는 노력이 헛수고라는 것을 아니까 포기한 것일 뿐이야."

나는 자존심이 상해 아랫입술을 삐죽 내밀고 말했다.

"허! 게다가 '내 친구들'이라고 하는 건 또 무슨 저의야? 그럼 이제 라라까지 모욕하겠다는 거야? 아니면 본인 얼굴에 침이라도 뱉겠다는 거야?"

나는 생각나는 대로 두서없이 마구 쏟아냈지만 베른트는 논쟁을 벌이고 싶은 생각이 없어 보였다. 그는 다만 이렇게 말했다.

"겉멋 내고 이것저것 갖고 싶어 하는 네 친구들을 두고 한 말이었을 뿐이야."

베른트는 말을 마치더니 나를 오늘의 파티 주인공 쪽으로 확 밀었다.

"어이, 안녕. 난 시몬이야."

시몬은 상냥하게 웃으면서 인사를 건넸고 나와 악수를 하며 이렇게 덧붙였다.

"같이 와줘서 고마워."

"난 헬렌이야. 생일 축하해."

나는 얼버무리듯 말했다. 시몬은 아까 머리에 화장실 뭐시기를 썼던 그 남자였다. 나는 그런 패션에 여전히 적응을 못 하고 있었다.

"편하게 생각하고 놀아."

그는 진심 어린 투로 이렇게 말하고는 금방 다른 쪽으로 가버렸다. 누리끼리한 그 모자만이 정신 사나운 이곳에서 눈에 띄었다.

"너 정말 구제불능이구나."

베른트는 무 자르듯 말하고는 맥주병을 건넸다.

"내가 뭘 어쨌다고 그래? 게다가 난 물을 마시고 싶어."

나는 이렇게 말하며 맞섰다.

"너는 시몬의 얼굴을 본 게 아니야. 내내 그가 쓴 모자만 뚫어져라 보고 있잖아."

"그랬나?"

나는 몸을 비비 꼬았다.

"하지만 솔직해 말해봐. 화장실 두루마리 휴지 넣는 거랑 똑같아 보이지 않아?"

"그러나 저러나 너랑은 상관없잖아."

세상에, 얘가 성깔을 부리네. 남들이 보면, 오늘 1,600유로를 날린 사람이 자기인 줄 알겠군.

"네가 나를 기운나게 해줄 줄 알았어."

나는 시무룩해졌다.

"물론이야. 하지만 행동을 똑바로 해준다면 좋겠어. 여기서 기다려. 물 가져올게."

그러고는 가버렸다. 행동을 똑바로 못 한다고? 내가? 그건 말이 지나친데. 여기에서 행동을 똑바로 하고 있는 사람이 있다면 그건 바로 나였다. 저런 무례한 말이 있나. 나는 잠시 벽지를 검사하듯 살펴보았다. 더러운 얼룩은 없는 것 같았다. 나에게는 너무나 낯선 이 세계에서 잠시나마 휴식을 취하기 위해 등을 벽에다 기댔다. 베른트를 기다리는 동안, 나는 사람들을 좀 더 유심히 관찰했다. 저쪽 바닥에 여자 넷이 모여 앉아 있었다. 모두들 기분이 좋아 보였다. 기분 좋은 걸 두고 뭐라 할 순 없었다. 그거 말고. 아, 제발 이러면 안 되는데. 나는 쳐다보지 않으려고 노력했다. 하지만 머릿속에서는 자동적으로 '메이크오버makeover 프로그램'이 작동했다.

관찰대상 1 : 멋진 빨간 머리, 그러나 스타일이 전혀 엉뚱함, 멋진 몸매, 큰 발.

권유사항 1 - 갈라진 머리끝을 잘라주고 모발 클리닉에 갈 것. 무조건 하이힐을 신을 것.

관찰대상 2 : 상당히 예쁜 얼굴. 하지만 내가 다섯 살 때나 입었던 노란색과 하늘색이 두드러져 보이는 셔츠는 무척 어색. 셔츠 아래로 통통한 뱃살이 보이고,

애처로 우리만치 평평한 가슴 역시 그대로 드러나 보임.

권유사항 - 바스트 업 브래지어, 충분히 긴 티셔츠. 아름다운 녹색 눈에 시선이 가도록 유도. 마스카라로 속 눈썹 강조, 보라색 아이섀도. 그렇게 하면 아주 멋질 것임.

관찰대상 3 : 이이 좀 어려울 듯. 하지만 나는 도전을 좋아하니까. 두상에 착 달라붙는 매끄러운 갈색 머리카락……

"사람들을 그렇게 비판적으로 관찰할 거라면 그만 가자."

베른트가 까칠한 말투로 말하는 바람에 생각은 여기에서 끊겼다.

"그런 적 없어."

나는 거짓말을 하고는 그가 건넨 물을 받았다.

"어, 이거 탄산수잖아. 생수로 부탁해."

화가 난 베른트가 다시 뭐라 뭐라 불쾌한 말을 지껄이려고 입을 열었지만, 내가 얼른 사랑스러운 눈빛으로 쳐다보자 이내 입을 다물고 생수를 가지러 터벅터벅 걸어갔다.

"고마워, 정말 고마워."

베른트가 생수가 담긴 유리컵을 건네주자 나는 일부러 과하게 고마움을 표시했다. 그리고 이제부터는 사람들을 대놓고 관찰하지는 말자고 마음먹었다. 인정하건대, 실제로 나를 그런 식으로 뜯어보는 사람은 아무도 없었다. 나는 70년대식 짙은 녹색 소파에 베른트와 나란히 앉았다. 베른트가 아는 이런 사람, 저런 사람이 끊임없이 그에게 인사를 했고 나에게도 했다. 하지만 내가 입은 튀는 옷에, 경멸적인 눈초리는 고사하고 호기심 어린 눈빛조차 던지는 사람이 없었다. 나는 완전히 소외되어 있었다. 사람들은 내 옷을 인식조차 못하는 것 같았다. 미칠 노릇이다. 아무리 노력한다 해도, 여기 있는 사람 중 누구와도 친해질 수 없을 것이었다. 적어도 오늘, 원하든 원치 않든 간에 단계 2로 미끄러졌다. 무의미하게 돈을 낭비했고 파티에 왔으니. 나는 노닥거릴 만한 잘생긴 남자들이 있을까 싶어 눈에 힘을 주고 둘러봤지만, 역시 번지수가 틀렸다. 열 시가 되자 벌써부터 집에 가고 싶었다. 하지만 베른트가 원하지 않았다.

"그래도 가야겠어."

나는 토라졌다.

"그럼 가. 화장실은 나가서 왼쪽 첫 번째 모퉁이에 있어."

"아아니, 그게 아니라."

"급한 건 아니라는 말이네."

"그럼 화장실이 깨끗한지나 확인해줄래? 부탁!"

베른트는 언짢은 듯 눈을 흘겼지만 자리에서 일어났다.

"아무 이상 없습니다요, 완두콩 공주님안데르센의 동화. 옛날 옛적 한 왕국의 왕비가 자신이 진짜 공주라고 주장하는 여자의 말이 진실인지 가려내는 이야기. 왕비는 이불 스무 장 속에 완두콩 하나를 넣어두고 공주를 재운 뒤, 간밤에 어땠는지 물었고 '이불 아래 뭔가가 있어 한숨도 못 잤다'는 대답을 듣자 그 예민함을 근거로 진짜 공주임을 인정한다는 내용."

몇 분 뒤 베른트가 돌아와서 이렇게 말했다. 그래서 나는 여행용 위생티슈 광고가 붙은 낯선 화장실로 들어가 보기로 했다. 화장실 내부는 썩 나쁘지 않았다. 인정할 수밖에 없을 정도로. 상쾌한 사과향이 났고 구석에도 먼지 뭉치는 보이지 않았다. 나는 어디 흠잡을 곳이 없나 둘러보았다. 예상이 빗나가는 것에 익숙지 않았기 때문이다. 변기 뚜껑 아래조차도 깨끗했다. 나의 사고관이 살짝 흔들렸고 몇 분 뒤, 다시 거실로 돌아왔다. 나는 베른트에게 그의 친구들에 대해 잘못 생각하고 있었노라고 말하려고 했다. 그리고 내가……. 하지만 베른트는 이제 내 평가에 대해서는 전혀 관심이 없었다.

방금 전의 그가 아니었다. 문득 코르덴 바지를 입은 그의 뒷모습이 눈에 들어왔다. 중고 옷가게에서 구입한 스트라이프 셔츠가 말려 올라가 등 아래가 훤히 보였다. 그 위로 무성하게 자란 털을 보자 소름이 돋았다. 하지만 지금 막 베른트에게 기댄 여자는 그것이 대수롭지 않은 듯 보였다. 대수로워하기는커녕, 손질하지 않은 손톱으로 풍성한 털 한가운데를 파고들어 이리저리 쓰다듬고 있었다. 나는 이해할 수가 없었다. 베른트는 다들 보는 앞에서 스스럼없이 애정행각을 벌이고 있었다. 내가 지금 단계 2 상태인데도. 게다가 베른트의 애정행각 상대가 뱃살이 통통하고 얼굴이 봐줄 만했던 관찰대상 2라는 것도 알게 되었다. 그때 관찰대상 2가 눈을 뜨더니 내 눈을 똑바로 쳐다봤다. 그녀는 베른트에게서 조금 떨어졌고 베른트는 그런 그녀를 당황스러운 듯 바라보았다.

"네 여자친구?"

그녀는 나에게서 눈을 떼지 않고 입 모양만 오물거리며 속삭였다.

"저런, 저런."

나는 베른트가 입을 열기 전에 분명히 하려고 나섰다.

"아니야, 아니야."

베른트 역시 그녀를 안심시키며 말했다.

"우리는 그냥 친구일 뿐이야."

그냥 친구? 그것 참 귀엽군. 내가 인생에서 원하지 않는 단 한 가지가 있다면 그것은 '그냥 친구'였다. 그런 건 나한테 맞지 않았다. '그냥 친구'라 함은 함께 맥주를 마시고 트림을 하고 서서 쉬를 보는 사이를 말했다. 나는 생수를 마시고 베른트에게 욕실이 청결한지 알아보라고 시키는 사람이었다. 그러니까 내가 하고 싶은 말은, 비록 베른트와 섹스를 하는 관계는 아니더라도 여전히 나는 여자고, 그렇게 대접받을 것이라는 점이다.

"나는 '베스트 프렌드'라는 표현을 쓰고 싶은데."

나는 뻣뻣하게 말했다. 그리고 자리를 비운 지 채 2분도 되지 않았건만, 베른트가 금세 계집애랑 아무렇지도 않게 애정을 과시하는 것에 조금 화가 나기도 했다.

"안녕, 베스트 프렌드. 나는 카트린이야."

그녀는 일어서다 말고는 상냥하게 웃으며 악수를 청했다.

"나는 헬렌."

나는 손을 내밀어 악수를 했다.

"마실 것 좀 가지고 올게. 너희들 뭐 안 마실래?"

그녀가 자리에서 일어나면서 물었다.

"아, 물론. 맥주 한 병 부탁해."

베른트는 이렇게 말하고는 긴 다리를 앞으로 쭉 뻗었다.

"고맙지만 난 여기 있는 물 마실래. 어쨌든 물어봐줘서 고마워."

나는 카트린이 부엌으로 가는 동안 베른트를 비난의 눈초리로 노려봤다.

"왜 그래, 렌헨?"

내가 옆에 앉자, 그는 이렇게 물으며 팔을 내 어깨에 둘렀다.

"저 여자가 지금 너한테 맥주를 가져다주는 게 아무렇지도 않아?"

그러나 정작 물어보는 나 자신은 아무 생각도 없었다. 베른트는 예민하게 눈을 찡그렸다.

"차라리 네 쪽에서 그게 왜 아무렇지도 않으면 안 되는지를 말하는 게 어때?"

"음, 그러니까, 왜냐하면……."

나는 더듬거렸다. 지금 이 상황에서 크니게⁽아돌프 폰 크니게Adolph von Knigge, 프랑스 혁명을 전후로 활동한 인물로, 오늘날에는 예의범절을 다룬 책의 대명사로서 이해되는 『인간교제술

Über den Umgang mit Menschen」이라는 저서를 남겼다를 인용하는 것도 별로 적당하지 않을 듯했다. 그러나 남자가, 자기가 마실 맥주를 여자더러 가져오라고 시키는 것은 내가 봤을 때 전혀 예의가 아니었다. 그래서 이렇게 대꾸했다.

"네가 오늘 밤을 저 여자랑 보내려는 것 같은데, 그러려면 최소한 잘 보이려는 노력은 해야지. 그러니까 마실 것을 가져다줘야 할 쪽은 너야."

베른트는 나를 향해 씨익 웃어 보였다. 그리고 두 손으로 내 얼굴을 감싸더니, 내가 거부하기도 전에 입에다 '쪽' 하고 뽀뽀했다.

"네네, 엄마. 옳습니다요. 카트린과 나는 알고 지낸 지 벌써 이 년째고 종종 잠자리를 같이하기도 해. 그래도 카트린은 그냥 친구야."

그는 순진한 눈을 하고는 말했다

"그냥 친구는 나인 줄 알았는데."

나는 무감각하게 대꾸했다.

"넌 내 베스트 프렌드지. 그놈의 탄산이 들어가지 않은 물을 대령하기 위해 세상 끝까지라도 갈 수 있는."

이유는 알 수 없었지만 대접받고 있다는 기분이 들었다. 그래서 나는 베른트에게 환하게 미소를 지어주었다. 그는 나를 자기 쪽으로 끌어안고는 이렇게 물었다.

"너한테 나도 베스트 프렌드인가?"

"그럼, 물론이지."

나는 아직까지는 무사한 헤어스타일을 그의 손아귀에서 지켜내려고 무던히 애를 써보았다. 하지만 베른트는 자기 뺨을 내 뺨에 눌러 웨이브 넣은 머리카락을 망가뜨렸다.

"그러면 집에 가는 길에 카트린의 집에 떨어뜨려주는 것도 괜찮지?"

"그렇게 할게."

나는 대수롭지 않게 대답했다.

"하지만 지금 당장 가야 돼. 여기 있고 싶지가 않거든."

"정말 그래? 네가 충분히 즐기고 있는 줄 알았는데."

베른트는 카트린이 다시 모퉁이를 돌아 이쪽으로 오자 눈썹을 치켜뜨더니 서운한 기색을 보였다.

"자기야, 우리 데려다줄 차량 구해놨어. 가야겠다."

"그럼 맥주는?"

카트린은 이렇게 물으며 맥주 두 병을 들어 보였다.

"그건 가지고 가지 뭐."

이 말과 함께 베른트는 자리에서 일어나 두 병 중 한 병을 받아 들었다.

"그럼 이제 갈까?"

"잠깐. 내 외투 가져와야 돼. 저기 바닥 어딘가에 있을 텐데."

"알겠어."

베른트는 카트린을 위해 옷을 가져다주어야겠다는 생각은 여전히 못하고 있었다. 그는 내 손을 잡아 일으켜 세웠다. 우리 셋은 '그럼, 안녕!'이라는 뜻으로 좌중을 향해 손을 흔들어 보였다. 이렇게 해서 베른트와 카트린 그리고 '데려다줄 차량'은 파티 장소를 떠났다.

카트린이 바로 요 근처에 살지 않을 것이라는 것쯤은 예상했어야 했다. 20분은 족히 차를 몰았지만 목적지인 엔펠트는 보이지도 않았다. 집으로 돌아오는 데 최소한 45분은 더 걸릴 판이었다. 젠장. 나와는 반대로 저 둘은 드라이브를 즐기는 눈치였다. 느긋하게 병맥주를 찔끔찔끔 마시면서 끊임없이 지껄이고 있었다. 화가 치밀었지만 나는 운전대를 꼭 움켜쥐고는 최대한 침착하게 물었다.

"베른트, 네 아파트로 안 가는 특별한 이유라도 있어?"

"다니엘이 카트린을 좋아해. 그래서 그래."

"다니엘? 네 하우스메이트 다니엘 말이야?"

나는 너무 놀라 확인차 다시 물었다.

"맞아. 다니엘에게 상처주고 싶지 않아. 그게 이유야……."

"뜻은 충분히 알겠어."

나는 말을 가로챈 다음, 인적 없는 도로를 달리는 데 집중했다. 지금 내가 꿈을 꾸고 있는 거겠지, 아닌가? 카트린의 얼굴에 약간 그늘지는 모습이 백미러로 보였다. 그렇지만 30초도 안 되어 양심의 가책 따위는 사라진 듯했고 둘은 다시 기분 좋게 떠들어댔다. 그러면, 그렇지. 내가 상관할 바는 아니지만. 10분 뒤 드디어 목적지에 도착했고 카트린이 먼저 뒷좌석에서 기어나와 내 뺨에 살짝 입을 맞추고는 말했다.

"정말 고마워, 헬렌. 넌 참 착하구나!"

"뭘 이런 걸 가지고."

나는 웃으며 대꾸했다. 하지만 베른트가 작별인사를 하기 위해 내 쪽으로 몸을 수그렸을 때는 무척 차갑고 화난 눈빛을 던졌다.

"렌헨, 고마워! 신세졌는걸."

그는 아부 조로 말했다.

"당연히 고마워해야지."

나는 낮고 성난 목소리로 대꾸했다.

"사방팔방을 둘러봐도 넌 역시 내 베스트 프렌드야."

베른트는 그새 웨이브가 상당히 풀어진 내 머리카락으로 손을 뻗더니 손가락으로 빙빙 감았다. 그러나 나는 머리카락 다루듯 그렇게 쉽게 넘어갈 사람은 아니었다.

"맞아. 내가 네 친구로 있기엔 아깝지."

나는 조용히 말했다. 그는 자신의 검지와 중지로 내 코끝을 잡고는 대꾸했다.

"이런. 그래도 널 오늘 밤 멋진 파티에 데려온 건 바로 나라고."

내가 어이없어 얼굴을 찡그리기도 전에 그는 계속 말했다.

"저녁 내내 얀은 한 번도 생각 안 했을 것 아냐, 그렇지?"

베른트는 내 코에다 입을 맞추고는 차에서 내렸다. 상기시켜줘서 고맙군, 둘이 팔짱을 끼고 출입문 안으로 사라지는 모습을 지켜보면서 나는 이렇게 생각했다. 그리고 코르덴 바지를 입은 모양새가 구제불능이라는 생각이 머리를 스쳤다. 그런데 퍼뜩 다시 혼자라는 것을 깨닫자, 화가 부글부글 끓어올랐다.

한밤중에 함부르크를 휘젓고 달리는 동안, 눈물이 얼굴을 타고 흘러내렸다. 막상 출발은 했지만 가려던 곳으로 가고 싶지도 않았다. 설상가상으로 비마저 내리기 시작했고 안 그래도 밤눈이 어두웠던 나는 거의 앞을 볼 수 없는 지경에 이르렀다. 하지만 어두운 길을 자동차를 몰고 가면서 빗방울이 앞 유리에 부딪힐 때마다 후드득 흘러내리는 소리를 들으니 생각에 잠기기에는 좋았다. 나는 내 인생에 대해 곰곰이 생각해보았다. 지금 이 순간은 비록 일로는 불평할 것이 없다 하더라도, 썩 잘 풀리고 있다고 말할 순 없었다. 사업상 인맥들 전부에게 도달된 결혼 취소공지장은, 의도하진 않았지만 마치 광고전단지 같은 효과를 냈다. 갑작스레 다들 나를 위해 뭐라도 해야겠다는 의무감이 들었던 모양이다. 지난주만 해도 서른 통이 넘는 전화를 받았다. 그들은 모두 누군가로부터 나를 추천받은 예비 신규고객들이었다. 하지만 일이 전부가 될 수는 없었다. 그렇다면 앞으로 어떻게 해야 한단 말인가? 한 달 안에 내 나이 서른이 되건만 인생의 계획은 속절없이 느릿느릿 진행되고 있다.

원래 내 계획은 이랬다. 열아홉에 고등학교 졸업, 스물셋에는 성공한 영화의상 디자이너, 스물다섯에 결혼, 서른에는 네 아이의 엄마.

그런데 현재까지는 이렇다. 열아홉에 고등학교 졸업, 스물아홉에 이미지 컨설턴트, 미혼, 엄마가 되려면 멀고도 멀었음.

베른트와 카트린이 서로 뒤엉켜 사라지는 모습이 머릿속에 그려졌고 깊은 한숨이 새어 나왔다. 다분히 어리석은 짓이었다. 나로 말할 것 같으면, 저런 기괴한 잠자리 친구관계는 죽었다 깨어나도 불가능했다. 그럼에도 불구하고 오늘 밤 저 둘은 적어도 혼자는 아니었다. 모두들 누군가와 함께였다. 라라에게는 마누가 있고 미하엘에게는 닉이 있다. 심지어 재키에게도 성격은 특이하나 남편이라는 작자가 있고 앙겔라에게는 아버지가 있다. 얀 역시 누군가와 함께하고 있겠지만, 그 사람이 누구인지는 모르는 편이 나았다. 중요한 것은 모두들 누군가 함께할 사람이 있지만 나만 없다는 것이었다. 소피아가 버럭 화를 내며 잔소리라도 할세라 나는 손을 내저어 그녀의 입을 막아버렸다.

"아, 그러니까 아무도 없다는 건 남자가 없다는 뜻이었어."

나는 그녀에게 지기 싫어 선수를 쳤다.

"너한텐 친구들이 있잖아. 친구들이 있다는 것도 못지않게 중요한 거야."

그랬다. 나에겐 친구들이 있었다. 나는 가벼운 마음으로 휴대전화를 꺼내 들었다. 내가 원하지 않는다면 굳이 얼음 성 같은 아버지의 저택으로 돌아갈 필요가 없었다. 그런데 누구에게 전화를 한다? 카트린과 같이 있는 베른트를 다시 불러내? 아니지. 그렇게까지는 할 수 없었다. 설사 베른트가 기꺼이 와준다고 할지라도. 나는 베른트가 이렇듯 구속받지 않고 잠자리를 갖는 것이 늘 짜증났다. 오늘만큼은 라라에게 전화하는 것은 단념하려고 한다. 라라와 마누엘의 4주년 기념일이기 때문이다. 행복한 커플이다. 설사 라라가 자기 아이를 낳는 순간에도 어디로든 달려와 나를 도와줄지라도, 오늘 같은 날 전화를 한다면 앞으로 그녀의 남편될 사람의 인내심을 시험하게 될 터였다. 이제 미하엘과 닉만 남았다. 요 골목을 돌면 바로 그들이 사는 집이었다. 가서 초인종을 누르기만 하면 되었다. 그런데 지금이 몇 시지? 밤 열한 시 반이었다. 이 시간이면 깨어 있을 수도 있었다.

꽤 오랫동안 나는 건물 출입문 앞을 서성였다. 마침내 스피커폰을 통해 '탁' 소리가 났을 때 혹시 둘이 집에 없는 것은 아닌가 하고 덜컥 걱정되었다.

"거기 누구세요?"

"미하엘! 나야, 헬렌. 올라가도 돼?"

"아, 물론이야. 서두르지는 마."

'서두르지 마'라는 아리송한 말과 함께 미하엘은 내가 건물 안으로 들어올 수 있도록 출입문을 열어주었다. 잠시 뒤, 나는 숨을 헐떡이며 4층으로 올라와 닫혀 있던 현관문을 두드렸다.

"잠깐만."

안에서 서둘러 정리하는 소리가 들렸다. 내가 저들의 섹스를 방해했던 것이다. 새삼스러울 것이 없었다. 나를 제외한 모두가 섹스를 하고 있었고, 나로서는 섹스 결핍보다는 애정 결핍이 더 문제였다. 내가 여기 들른 이유도 바로 그것이었다. 나는 저들의 섹스를 방해했다고 자책하지 않기로 마음먹었다. 그러나 닉의 어두운 표정을 보자 그것도 쉽지 않을 듯했다.

"안녕, 불쑥 찾아와서 미안."

나는 간단하게 둘러대고는 그나마 조금은 호의를 가지고 나를 맞아준 미하엘 쪽으로 돌아섰다.

"헬렌."

그는 내 양쪽 뺨에 뽀뽀를 해주었다.

"갑자기 어쩐 일이야?"

"이렇게 늦은 시간에."

닉이 심드렁하게 덧붙였다. 이런, 누군가가 나에게 심통이 나는 건 싫었다. 그래서 나는 최대한 동정심을 유발하는 눈을 하고는 한숨을 길게 내쉬었다. 그리고 한발 물러서 이렇게 말했다.

"다시 가라고 해도 상관없어. 정말이야. 너희를 방해할 생각은 없어."

여전히 닉의 표정은 조금도 누그러지지 않았다. 그는 얼음처럼 차디찬 눈으로 나를 대하는 아버지와 닮아 있었다.

"정말 미안해."

나는 더듬더듬 말하고는 휙 돌아 도망치듯 나가려고 했다. 그때 미하엘이 나를 붙잡았다. 천만다행이었다.

"헬렌! 됐어. 안 가도 돼. 정말이야. 우린 네가 와서 기뻐."

나는 정말이냐는 눈빛으로 닉을 쳐다보았고, 미하엘은 얼른 웃으면서 겉옷 벗는 것을 도와주었다.

"아, 닉은 신경 쓸 필요 없어. 오늘 아침부터 다시 다이어트에 돌입했거든. 그래서 예민해졌을 뿐이야."

"아, 그랬구나."

나는 그제야 이해했다. 그런 거라면 전적으로 공감할 수 있었다.

"그래, 네가 오니까 좋긴 해."

닉은 마지못해 인정했다.

"어쩌면 허기졌다는 걸 잊게 해줄지도 모르겠군. 재미있는 이야깃거리는 가지고 왔겠지?"

솔직히 말해 이 말이 조금 부담스럽기는 했지만, 모락모락 연기가 올라오는 찻잔을 앞에 두고 셋이 부엌에 둘러앉자마자 내 입에서는 말이 술술 나왔다. 나는 애당초 인생 계획이 어땠는지, 그런데 지금 그와는 얼마나 동떨어진 삶을 살고 있는지 세세하게 이야기했다. 미하엘은 안됐다는 표정으로 나를 바라봤고 이해한다는 뜻으로 고개를 연신 끄덕였다. 반면, 닉은 내가 과일차에다 꿀을 맛깔나게 떨어뜨리려는 찰나, 꿀을 뜬 스푼만을 뚫어져라 내려다볼 뿐이었다.

"아, 미안."

나는 재빨리 이렇게 말하고는 달콤한 금빛 꿀을 뜬 스푼을 완전히 찻잔에다 담그고 꿀이 담긴 작은 은색 통을 그에게 건네주었다.

"어쨌든 인생 계획을 다시 짜야 할 것 같아. 이전 것은 쓸모없게 되었으니까!"

"그래서 어떻게 짤 작정인데?"

"글쎄, 나도 모르지."

나는 곰곰이 생각해봐야겠다는 표정으로 하늘색 찻잔을 들어 차를 한 모금 마셨다. 그런데 이런 젠장. 생각에 심취한 나머지 뜨거운 차를 그냥 삼켜버렸다.

"아이 넷은 이미 늦었으니, 셋으로 하지 뭐."

"잠깐만."

미하엘이 끼어들었다.

"일을 뒤부터가 아니라 앞에서부터 처리하는 것이 어때?"

나는 무슨 뜻이냐는 눈으로 그를 쳐다봤다.

"그러니까 일단 남자를 구한 다음에 아이 가질 생각을 하란 말이지. 당연한 것 아냐? 남자부터 구해야지."

"그게 잘 안 돼."

나는 투덜거리듯 중얼거렸다.

"남자를 다시 만날 준비가 되어 있기는 한 거야?"

드디어 닉이 대화에 동참했다. 아마도 꿀차를 마시니 마음이 안정된 모양이었다. 준비라고? 남자를 다시 만날 준비라는 것이 뭘까? 남자와 깨진 아픔은, 사귄 기간의 절반은 간다고들 했다. 내 경우엔 15개월인 셈이었다. 아니, 나는 그런 사치를 허락할 수 없었다. 더군다나 더이상 슬퍼하고 싶지 않았고 혼자이고 싶지도 않았다. 다시 행복해지고 싶고, 둘이고 싶었다.

"물론이야. 준비가 되어 있어."

나는 확신에 찬 음성으로 대답하면서 고개를 힘차게 끄덕였다.

그런데 준비가 되어 있다는 마음가짐은 좋았지만 막상 남자를 구하는 데에서 몇 가지 넘어야 할 장애물들이 있었다. 그중에서도 '남자를 구하는 것' 자체가 가장 큰 장애물이었다.

나머지 시간을 우리는 <아름다운 공주 시씨Sissi, 오스트리아 황제인 프란츠 요제프 1세의 아내였던 엘리자베스 황비의 이야기를 다룬 영화>를 보는 데 보냈다. 영화를 보는 동안 닉은 기분이 상당히 나아진 것 같았다. 나는 기다란 소파에 자리를 잡았고 둘은 침실로 들어갔다. 거실에 홀로 남은 나는 주변 소리에 신경을 끄고 어떻게 하면 가능한 한 빨리, 가능한 한 나에게 가장 잘 어울리는 남자를 구할 수 있을지 생각해보았다. 시간은 촉박했고 생체 시계는 쉴 새 없이 똑딱거렸기 때문에, 현실적으로 일에 착수해야 했고 목표중심적으로 행동해야 했다. 즉, 이랬다.

현 상황: 남자 없음!

기대 목표: 남자 획득!

그렇다고 아무 남자여서는 안 된다. 구두를 구입할 때와 마찬가지였다(지금까지는 남자를 고를 때보다 구두를 고를 때 더 신중했다). 구둣가게에 들어가기 전, 나는 원하는 구두를 머릿속으로 그려보았다. 무척 세부적인 것까지 하나하나 고려했고 보통은 바로 그런 신발이 세 번째 가게에 들를 때쯤이면 선반 위에서 날 기다리고 있었다. 농담이 아니라, 정말 그 정도로 수월했다. 그렇다면 내가 원하는 남자는 어떤 사람인가? 물론 나보다는 키가 커야 한다. 그러나 키 차이가 현저하게 나서도 안 된다. 꺽다리들은 대체로 자세가 안 좋았다. 게다가 내가 늘 하이힐만 신는 것도 아니니까, 180센티미터 정도면 적당했다. 나이는 나보다 한두 살 많으면 좋겠고, 머리색은 내 금발과 어울리는 갈색이어야 한다. 하지만 멀리서 봤을 때 여느 진부한 커플과 다를 바 없어 보일 정도로 짙은 갈색이면 안 된다. 피부가 좋고 치아는 고르고 예뻐야 한다. 손도 무척 중요하다. 편안한 옷을 선호하되 옷매가 살아야 한다. 뭘 입을지 고민해보고 쇼핑도 즐기는 사람이면 좋겠다. 직업은 뭐가 좋을까? 의사? 아니, 안 될 말이지. 의사라면 야간 업무가 많을 텐데, 그건 마음에 들지 않았다. 건축설계사는 어떨까? 건축설계사라면 나중에 아이들과 함께 살 집을 직접 설계할 수도 있을 것이다. 그리고 운동을 좋아해야 한다. 테니스 정도? 서서히 내 얼굴에 미소가 번졌다. 그렇다, 그런 남자라면 인생을 보낼 수 있을 것 같았다.

"성격은 어땠으면 좋겠어?"

소피아가 비난 섞인 투로 조용히 물었다. 물론, 이제부터 성격에 대해 생각해보려고 했다. 즉, 부드럽고 유머가 풍부하며 어디든 데리고 다닐 수 있을 만큼 매너가 좋은 남자여야 한다. 아버지에게 꼬투리 잡힐 만한 것은 결단코 없어야 한다. 적극적이어야 하지만 그렇다고 밤마다 싸돌아다니려고 해서는 안 된다. 담배를 피우지 않는 대신 술은 조금 할 줄 알아야 한다. 기다란 소파에 누워, 뜨거운 차를 마시면서 몇 시간이고 함께 대화를 나눌 수

있는 그런 사람. 나는 엷은 미소를 지으며 눈을 감고 이불 속으로 기어 들어
갔다.

"당연히, 성적 취향은 확실해야 돼."

나는 마지막으로 성적 취향을 꼽고는 잠들었다.

구두를 고르는 것과는 달랐다. 물론, 내가 그렸던 미스터 완벽남은 사흘
이 지난 뒤에도 눈에 띄지 않았다. 오늘 저녁도 여느 때와 마찬가지로 침대
에 누워 몸을 동그랗게 웅크린 도티를 쓰다듬어 주면서 천장을 바라보고 있
었다. 그리고 이제 운명을 내 손에 맡길 때가 되었다는 사실을 깨달았다. 또
다시 누군가를 만나는 과정을 반복하는 것은 싫었지만, 회춘을 할 수도 없
는 노릇이니까. 그렇다면 무엇을 해야 할까? 애인 구하는 광고라도 낼까?

> 이십대 후반의 마르고 매력적인 '그녀'가 가족을 이루고 영원히 사랑하기 위해 '그'를
> 구합니다. 살짝 상대를 강요하는 경향이 있지만 그래서 더욱 사랑스럽답니다.

흠, 모르겠다. 여전히 뭔가 부족한 것 같았다. 아니면, 이렇게 쓸 수도 있
었다.

> 도와주세요! 몇 주만 있으면 서른이 되는데 아직 면사포를 못 썼어요. 날 원하는 분 계
> 세요?

아니, 이건 아니었다. 전나무 가지에 걸린 양초에서 이제 막 불이 옮겨 붙
었다고 해서 소방차를 부를 이유는 없었다. 암, 그렇고말고! 나 스스로 매력
적인 여자라고 해놓고, 결국 아무도 나를 원하지 않으면 웃음거리밖에 더

되겠는가. 친구들이 소개팅을 주선해줄 수도 있었다. 나는 결심한 듯 휴대전화를 들고는 문자를 작성했다.

'더이상 남자 없는 세상에서 살고 싶지 않아. 소개팅 주선 가능한 사람 없어? 내 남자 취향에 대해선 너희가 알고 있으니까. 소개팅 약속 많이 잡아놓길 기다릴게! 헬렌으로부터.'

다 작성하고 난 뒤 '여러 사람에게 전송' 메뉴로 가서 주소록을 쭉 훑어보았다. 우습게도 라라, 미하엘, 닉, 그리고 베른트밖에는 전송할 곳이 없었다. 무엇보다 이런 공격적인 남자 사냥에 나 스스로 당황스러웠는지도 몰랐다.

다음 날 아침 여덟 시 반, 휴대전화 소리 때문에 꿈에서 깼다. 잠에 취해 손을 더듬어 휴대전화를 찾았다. 확인해보니 베른트로부터 문자가 와 있었다.

'카페 레알에서 저녁 여섯 시에 커피 한 잔 할래? 전해줄 소식이 있어. - 베른트.'

'물론.'

나는 이렇게 답 문자를 보낸 뒤 다시 돌아누웠다. 하필 베른트의 친구가 미래의 남편이 될 가능성이 있는지에 대해 진지하게 생각해봤다. 설마, 머리에 두루마리 휴지 커버를 뒤집어쓴 시몬?

6

"헬렌, 이제 그만 비탄의 구렁텅이에서 나와. 네가 도와줘야 할 일이 생겼어!"

베른트는 말을 마치자마자 테이블에서 튕기듯 일어나 내 이마에 입을 맞추었다. 그가 데리고 다니는 잡종 충견인 조케도 주인을 따라했다. 나에게 펄쩍 뛰어오르더니 정성스레 화장한 얼굴을 핥으려고 혀를 내밀었다. 내가 결정적인 순간에 팔을 높이 뻗은 덕에 최악의 사태는 면했다.

"조케, 그만해."

베른트가 조케를 저지하고는 미안했는지 이렇게 변명을 했다.

"조케가 네가 너무 보고 싶었나봐."

"괜찮아. 나도 그랬는걸 뭐."

나는 까만 털이 북슬북슬한 조케의 머리를 쓰다듬었다.

"나도 조케가 보고 싶었어."

베른트도 마찬가지였다.

"부모님이 며칠 동안 바이에른에 있는 할아버지, 할머니를 뵈러 가셨어. 그래서 다시 나한테 오게 됐지."

"그랬구나. 잘됐네."

나도 같이 좋아해주었다.

"그런데 내가 언제 비탄의 구렁텅이에 빠져 있었다고 그래? 내가 보낸 문

118

자 못 받았어? 실연의 상처로 시간을 보내기엔 인생이 너무 짧다는 결론을 내렸다니까. 다시 남자를 만날 마음의 준비가 되어 있다고."

"잘된 일이네."

베른트는 이렇게 대꾸했고, 나 역시 고개를 끄덕이면서 맞은편 의자에 앉았다.

"그런데 무슨 일이기에 내 도움이 필요해?"

나는 뜻밖이라는 표정으로 그를 바라보며 물었다. 그가 마법이라도 부려 잘생기고 멋지게 차려입은, 호감 가는 건축설계사 친구를 모자 속에서 튀어나오도록 해주려는 건지 생각했다. 물론, 그럴 것 같지는 않았다. 대신 그는 조금 겸연쩍어하면서 앉은 자리에서 안절부절못하고 있었다. 말하기 불편한 뭔가가 있는 듯했다. 시간아 가는구나, 대체 저 친구가 나한테 뭘 바라기에 저러는 걸까? 혹시……. 나는 조심스럽게 베른트의 손 위에 내 손을 얹고 말했다.

"베른트, 너도 알겠지만 나도 조케가 좋아. 하지만 도티와 조케는 서로 잘 지낼 수가 없는 사이야. 그리고 조케가 우리 도티를 한입에 꿀꺽 삼켜버리지는 않을까 노심초사하면서 내내 감시할 수도 없는 노릇이잖아?"

"우리 개는 고양이를 잡아먹지는 않아. 적어도 네 고양이는. 앙칼진 네 늙은 고양이가 조케의 얼굴을 너덜너덜하게 만들면 어쩌나 노심초사해야 한다면 모를까."

"뭐라고?"

나는 버럭 화를 냈다.

"쪼매난 여자나 고양이나 마찬가지인가보네."

베른트는 씨익 웃더니 이렇게 말했고 나는 마음을 진정시키기 위해 숨을 가다듬었다. 이건 지나쳤다.

"더더군다나 너더러 개를 봐달라고 부탁하려던 건 아니었어. 다른 문제야."

"그런데 왜 내 고양이를 갖고 물고 늘어져? 그러면 선뜻 도와주겠다고 나설 마음이 확 줄어든다는 거 몰라? 나한테 뭘 바라는지는 모르지만."

"사람 좀 그만 밀어붙이고 숨 좀 돌리면 얘기할게."

"얘기해봐."

베른트는 깊이 숨을 들이마시더니 이렇게 털어놨다.

"헬렌, 나 이미지를 바꿔봐야겠어."

순간적으로 나는 내 귀를 의심했다.

"베른트, 너 날 제대로 웃겼어."

"렌헨, 진심이야. 정말이라고! 도와줘!"

나는 몸을 앞으로 수그려 미심쩍은 눈으로 베른트를 보았다.

"좋아. 넌 누구지? 내 베스트 프렌드에게 무슨 짓을 한 거야?"

30분 뒤, 베른트는 내 앞에 앉아 있는 사람이 진짜 베른트이며, 베른트의 피부를 벗겨내 베른트로 변장한 정신병자가 아니라는 것을 겨우 설득시킬 수 있었다. 베른트는 이미지 컨설턴트로서의 내 서비스를 받고 싶어 했다. 오래전부터, 해마다 적어도 두 번은 내가 자청을 했건만 늘 거절당한 이후로 처음이었다. 좀더 자세히 말하자면, 크리스마스나 베른트의 생일이 다가올 때면 쓸데없는 일인 줄 알면서도 그를 위해 선물을 골랐다. 그러나 베른트는 한결같이 조롱하듯 눈썹을 치키며 말했다.

"렌헨, 너한테는 이상하게 들릴지 모르겠지만 나는 가을 신상품 컬렉션이나 색상 이론, 눈썹 정리 같은 것엔 전혀 관심 없어."

"그래도 알아야 돼."

그럴 때마다 나 역시 무성하게 자란 그의 눈썹에다 퉁명스럽게 시선을 꽂았다. 눈썹 정리를 안 해 지저분한 남자를 보면 결코 기분 좋게 웃어줄 수가 없었다. 그런데 느닷없이 180도로 태도를 바꾸겠다니? 나는 여전히 못 믿겠다는 표정으로, 내 앞에 간절한 표정으로 앉아 있는 베스트 프렌드를 쳐다보았다. 이런 표현이 어떨지는 모르겠지만, 베른트는 손질하기에 기본적인 상태는 훌륭했다. 그 점만큼은 예나 지금이나 다를 바 없었다. 서른한 살의 나이에도 불구하고 짙은 금발머리는 고등학교 시절만큼이나 풍성하고 힘이 있었다. 커트만 해줘도 충분했다. 녹색 눈은 유난히 반짝거렸고, 길고 동그랗게 올라간 속눈썹이 그 눈을 감싸고 있었다. 일단 눈썹을 어떻게 하고 나면, 훨씬 나아 보일 터였다. 면도를 깔끔하게 하고 부지런히 발품을 팔면, 눈 깜짝할 사이에 예전의 베른트에서 멋진 남자 하나가 탄생할 수 있을 것이라고 생각했다. 문제는 다만 이것이었다.

"대체 이유가 뭐야?"

"렌헨."

그는 작정한 듯 내 이름을 부르더니 이렇게 말했다.

"나, 사랑에 빠졌어."

그랬군, 이제야 아귀가 맞는 듯했다. 이제 봄이었다. 이파리가 피고 바지춤 아랫것이 뛰는 계절이다. 베른트라고 해서 왜 봄이 찾아오면 안 되겠는가. 물론 베른트의 봄은 내가 그를 알고 지낸 이래로 처음 찾아온 것이었다. 단지 그 봄이라는 것이 호르몬 몇 번 펄떡펄떡 뛰는 것 이상이라면. 베른트를 알고 지낸 지 무척 오래되었지만 그가 정말로 사랑에 빠진 모습은 본 적이 없었다. 분명, 카트린과의 관계 이상의 여자친구들이 있기는 했다. 하지만 그는 그들 중 누구를 위해서도 면도를 한 적이 없었다. 그가 만나고 다녔던 여자들은 뮈슬리오트밀을 주성분으로 한 시리얼의 한 종류 부스러기에 불과했다. 깎아내리려는 것이 아니라, 사실이 그랬다. 과감하기까지 한 베른트의 외양을 못마땅해했던 인사는 없었다는 걸 지적하고 싶을 뿐이다. 결국 중요한 건 내적 가치였기 때문에. 그런데 갑자기 내적 가치의 중요성이 떨어지기라도 한 건가? 아니, 그건 아니라고 베른트는 설명했다. 그가 사랑에 빠진 여자는 확실히 성격도 본다고 했다. 게다가 무척 예쁘고 잘 가꾸고 어쩌고저쩌고…….

"알겠어."

그가 도취된 듯 끝없이 말을 늘어놓기 전에 가로막았다.

"어차피 겉모습이 중요하다는 걸 일일이 설명할 필요는 없어. 여자를 고를 때도 예외는 아니지. 그걸 깨달았기 때문에 내가 먹고살게 된 것이고."

"그래서? 도와줄 거지?"

나는 조금 망설이다가 결국 고개를 끄덕였다. 가만, 내 코가 석 자 아니었던가? 대체 이게 뭐람? 그래도 베른트는 내 친구였고 선한 일을 하면 이생의 업에 플러스가 될 테니, 나쁠 건 없었다. 어쩌면 깔끔한 외모의 건축설계사인 데다 덤으로 빨래판 복근까지 가진 남자를 만날지도 모를 일이었다. 아니면 애인으로서 갖추어야 할 다른 덕목을 갖춘 남자라도.

"당연히 도와줘야지."

그 때문에 베른트의 집에 발을 들여놓아야 할지라도 말이다. 막상 베른트의 부탁을 들어주기로 결정하고 나자, 당장 '집에 발을 들여놓는 문제'를 해결해야 했다. 20분 동안 레페르반의 다비드바케Davidwache, 함부르크 경찰서 주변을 뱅뱅 돌면서 주차할 공간을 찾았다. 액셀러레이터는 화가 잔뜩 난 듯 마구 소리를 냈고, 나는 휴대전화로 베른트에게 연락해 이 상황이 모두 '네 탓이라고 고래고래 고함을 지르기 일보직전이었다. 그러나 나는 이런저런 이유로 그것만은 참기로 했다. 일단은 다시 경찰서 옆을 지나고 있었고, 플렌스부르크에서 벌점과 함께 벌금을 떼이고 싶지 않았다. 둘째, 보나 마나 베른트는 나의 이런 처지를 마음껏 즐기면서 듣고 난 뒤 자기가 선호하는 운송수단인 자전거를 이용해보라고 권할 것이 뻔했다. 그리고 셋째로 저 앞에서 자동차 한 대가 막 빠지고 있었다. 나는 재빨리 깜빡이를 켜고 다른 차가 들어올세라 빈 공간으로 쏙 들어갔다.

나는 베른트가 살고 있는 낡은 아파트로 발걸음을 재촉했고 마침내 'B.침머만, D.로제, F.그로테'라고 적힌 문패 옆 초인종을 눌렀다. 그리고 베른트의 성이 침머만Zimmermann, 독일어로 '목수'라는 뜻이며 그가 목수가 된 것이 얼마나 재미있는 우연인지 다시 한 번 생각했다. 나는 소변 냄새가 진동을 하는 계단을 단번에 올라가려고 숨을 깊게 들이마셨다. 한참 올라가고 있는데 저쪽 맞은편에서 조케가 꼬리를 흔들며 나를 향해 마구 달려왔다. 나는 재빨리 베른트 옆으로 피해 그가 사는 집으로 들어갔다. 숨이 차올랐다. 푸! 여긴 정말 냄새가 지독했다.

"안녕, 렌헨."

베른트는 웃으며 인사했다. 그리고 원망하는 내 표정은 아랑곳하지 않고 나를 안았다.

"네가 날 도와주러 여기까지 오다니, 기특한걸."

"흠."

나는 대답 대신 뭉개듯 헛기침만 했다. 베른트의 말이 비꼼인지, 진심인지 굳이 알고 싶지 않았다. 나는 내가 마지막으로 온 뒤로 뭔가 나아진 것은 없는지 확인해보고자 주변을 둘러보았다. 천만의 말씀이었다. 욕실과 부엌, 그리고 방 네 개로 연결되는 기다란 복도는 그때나 지금이나 황량했고 갈색 바닥 장판은 더 많이 닳아 있었다. 벽에는 아무런 장식이 없었고 갓 없는 백열구만이 천장 가운데서 암울하게 흔들리고 있었다. 나는 가방에서 폴라로이드 카메라를 꺼내, 베른트의 얼굴을 찍었다. 이른바 '비포Before' 모습을 남겨두기 위해서였다. 베른트가 "어이, 이게 뭐……"라고 말하려고 입술을 '어' 모양으로 둥그렇게 만드는 순간, 사진이 찍혔다. 그건 아무래도 상관없었다. 그때 '4호'라고 적힌 방문이 열리더니 스물다섯쯤 되어 보이는 남자가 얇은 흰색 쉬서Schiesser, 독일의 유명 속옷 브랜드 내의만 걸친 차림으로 나왔다.

"안녕."

그는 인사를 하는 둥 마는 둥 하고는 욕실로 사라졌다.

"안녕."

베른트 역시 무덤덤하게 인사했다.

"저 사람은 누구야?"

못 보던 그 남자가 문을 닫자, 내가 물었다. 분명 다니엘이나 플로리안은 아닌 것 같았지만, 혹여 둘 중 하나라면 내가 실수하는 셈이 되고, 베른트가 그걸 꼬집는 것이 싫었다.

"다니엘의 친구인데, 여기서 몇 주간 지낼 거야. NDR북독일방송 카메라 보조라나, 뭐라나."

"이름이 뭔데?"

"몰라."

나로서는 도무지 이해가 되지 않았다. 여기서는 아무도 누군가에게 관심을 두지 않았다. 저 사람이 어떤 사내인지 무슨 수로 알겠는가. 행여 범죄자라면 어쩌겠는가. 탐정 본능에 따라 4호 방을 슬쩍 들여다보았다. 당당하게 드러내놓은 가슴이 보였고 그 위를 따라 시선을 올려보니 파랗게 빛나는 눈동자와 마주쳤다.

"안녕."

나와 시선이 마주치자, 까무잡잡한 알몸을 들킨 그 여자가 말했다. 나는 기겁을 한 나머지 고개를 돌려버렸다.

"대체 저 여잔 또 누구야?"

나는 베른트에게 속삭이듯 물었다.

"몰라."

이렇게 대꾸하는 그의 낮은 음성에는 이미 짜증이 섞여 있었다.

"커피 마실래?"

나는 폴라로이드 사진을 말리기 위해 이리저리 흔들면서 베른트를 따라 부엌으로 들어갔다. 아니, 부엌이라기보다는 주황색 타일을 바른 좁은 공간에 설치된 빈약한 간이 부엌이라 해야 옳았다. 그곳에는 달랑 냉장고 한 대와 2구 전기레인지 하나, 개수대 하나, 커피머신 한 대가 있을 뿐이었다. 그나마 한 대 있는 커피머신은 안 씻은 지 한참은 돼 보였다. 부엌 상태를 보니 결정은 무척 쉽게 내릴 수 있었다.

"아니, 됐어. 커피 안 마실래."

나는 사진을 손에 들고 유심히 들여다보았다. 입 벌린 베른트의 모습이 점점 선명하게 나타났다. 그다지 교과서적이진 않았지만 그래도 '애프터 After'와 대조해 보기에는 더없이 좋았다.

"그럼, 물 마실래? 주스라도?"

"아니, 정말 아무것도 안 마실래. 일단 네 옷장이나 보러 가자, 어때?"

잠시 뒤 나는 내가 가진 양말만 전부 넣어도 꽉 찰 만한 너비 1미터 정도 되는 옷장 앞에 섰다.

"그래도 명색이 목수인데, 무슨 옷장이 이렇게 빈약해?"

나는 어이가 없어 이렇게 물었다. 베른트는 옷을 정리하는 데 그 이상의 공간이 필요하지 않으며 모든 사람이 나처럼 쇼핑 중독은 아니라고 했다.

"나, 그냥 가버리는 수가 있어."

나는 자존심이 상해 이렇게 말하고는 정말 갈 것처럼 폼을 잡았다.

"안 돼. 부탁이야, 렌헨, 가지마. 그런 뜻이 아니었어."

베른트는 얼른 말을 바꾸더니 새로 산 블라우스에 달린 멋들어진 나팔소매를 절망적으로 붙잡았다.

"알았으니, 그 손이나 치워."

나는 퉁명스럽게 말하고는 베른트의 침대에 털썩 앉았다. 그러나 죄다 옷장만큼이나 열악한 것은 아니었다. 그는 1.2평 남짓한 공간을 멋진 놀이 공간으로 만들어놓았다. 그러나……

"미리 한 가지 충고는 해줄 수 있을 것 같아."

"뭔데?"

"이런 상태라면 그 여자를 집으로 데려오지는 마. 네 말마따나 그토록 여리고 순수한 영혼의 소유자라면, 옷을 걸친 둥 만 둥한 남자들이나 발가벗은 여자들을 보면 놀라서 기절할지도 몰라. 여기 엇박자 인테리어는 차치하더라도."

"하지만 내 방은 봐줄 만하지 않아?"

베른트는 침울한 표정으로 열심히 변호했다. 방을 둘러보았다. 과연 이 집구석에서는 가장 나았다. 오렌지색으로 페인트칠한 벽은 여러 개의 간접조명등과 어울려 무척 편안한 분위기를 연출했다. 벽에는 모네와 샤갈의 모사품이 걸려 있었고, 여기 사는 사람이 목수이며 그 일을 재미나게 한다는 것을 증명해주는 듯 창의성이 돋보이는 비대칭 선반들이 놓여 있었다. 큰 침대는 방 한가운데에 자리 잡고 있었다. 나는 최대한 완곡하게 표현했다.

"맞아. 여긴 무척 봐줄 만해. 그렇지만 네가 그 여자와 여기까지 와서는 안 되지 싶어."

"알겠어. 그럼 집을 구해보지 뭐."

베른트는 짧게 대답했다. 그 순간 나는 어리둥절했다. 그게 다야?

"그럼, 가만있어 봐. 월세 계약을 해지하기 전에 일단 스타일부터 바꿔보자. 네가 그 여자와 이루어질지 안 이루어질지는 아직 모르잖아. 그 여자가 너를 좋아하는지 어쩐지도."

"날 좋아하지 않을 리 없잖아? 그러니까 내 말은, 만약 내가 그녀의 이상형과 외향이 비슷하다면 말이야."

"그 여자의 이상형은 어떻게 생긴 사람인데?"

"그건 네가 말해줘야지."

베른트는 도와달라는 눈으로 날 쳐다봤다. 오, 맙소사. 점점 어려워지는군.

어쨌든 그 말인즉, 모든 게 전적으로 나에게 달려 있다는 뜻이었다. 베른트의 그녀에게 이상적인 남자를 만들어내기 위해서는 우선 그녀가 어떤 타입의 여자인지 알아낼 필요가 있었다. 이렇게 말하니, 마치 내가 전지전능한 신인 것처럼 들리는데, 바로 그 때문에 나는 내 일을 사랑한다. 물론 내가 그녀를 알고 지낸다면, 아니 적어도 한 번 보기라도 하면 간단하게 해결될 문제였다. 그러나 그건 불가능했다.

"너랑 셋이서 본다면 어떨까, 렌헨? 그러면 우리 둘을 커플처럼 생각하겠지. 안 그래?"

"나랑 너를 커플로 생각할 거라고? 농담도 심하셔라! 그래, 알겠어. 그럼 그녀가 어떤 사람인지 읊어봐."

베른트는 이야기보따리를 풀어놓았다. 우리의 미스 퍼펙트께서는 유명한 여성잡지의 패션담당 편집자로 일하고 있으며, 베른트는 그 잡지의 '머스트 해브Must Haves' 편에 들어갈, 요즘 유행하는 가구들을 제공하는 과정에서 그녀를 처음 만났다는 것이다. 패션담당 편집자라고? 여기까지 들어보니 그녀에 관한 몇 가지 사항은 분명해졌다. 그녀는 옷차림이 언제나 세련되고 외모가 아름다우며 표현력이 풍부하고 무척 상냥하다고 했다. 이름도 낭랑한 '라일라'이고 하늘색 미니 카브리올레를 몰고 다니며 스시를 좋아한다는 것이다.

"베른트, 그 여자랑 잘됐으면 좋겠다. 듣고 보니 내 베스트……."

여기까지 말한 순간, 라라의 슬픈 표정이 눈앞에 아른거렸다.

"그러니까 내 말은, 그 여자가 나랑 두 번째로 친한 친구가 될 수 있을 것 같으니까. 다만 솔직히 말해 너의 여자 취향에 좀 놀랐어. 넌 겉멋이나 내는 여자들에게는 관심 없잖아."

"나도 알아. 하지만 그 여자의 내면에는 뭔가 다른 모습이 감춰져 있을 것 같아."

"그럼 그동안 나더러 피상적인 것만 따진다고 잔소리한 건 다 뭐였어? 그여자도 다르지 않은 것 같구만."

"어이, 이것 봐. 넌 내 베스트 프렌드지만, 그 여잔 내 아이들의 엄마가 될지도 모르는 사람이라고."

이 논리에는 반박할 여지가 없었다.

옷장은 난장판이었다. 베른트 역시 쉬서 내의의 광팬인 것 같았다. 오늘아침 (그것도 빈속에) 목격했던 낯선 사내처럼. 나머지 옷들은 내가 예전부터 봐왔던 것들이다. 플란넬 바지, 체크무늬 셔츠, 촌스런 작은 조끼, 점퍼. 마지막 순간까지 옷장 구석에서 정장 비스무리한 것이라도 끄집어낼 수 있기를 바랐다. 하지만 헛된 바람이었다.

"내가 결혼식을 했으면 뭘 입고 올 생각이었어?"

당연히 정장을 차려입고 올 수는 없었을 것이다. 그러고 보니 그는 세례식에도, 견진성사에도, 장례식에도 참석한 적이 없는 듯했다(장례식 불참은 본인을 위해 좋은 일이다).

"베른트, 이래선 아무런 도움이 안 돼. 조금은 투자를 해야지."

"물론이야."

일단은 돈이 안 드는 일부터 시작했다. 나는 가지고 온 자그로탄Sagrotan, 독일의 살균세척제품 회사 물수건을 베른트에게 건네며 욕실을 청소하라고 시켰다. 그런 다음 베른트의 눈썹을 손질했다. 베른트와 조케는 쌍으로 낑낑거렸다. 남자가 그렇게 큰 소리로 징징대는 것을 들어본 지가 까마득했다. 15분이 지나자 바닥 타일에는 짧은 눈썹들이 떨어져 있었고 베른트는 눈물을 찔끔 흘리고는 자기 얼굴을 거울에 비춰보았다.

"이것 봐. 눈썹이 하나로 연결되어 있을 때랑 두 개로 떨어져 있을 때랑 이렇게 달라 보이잖아."

나는 회심의 미소를 지었다. 베른트는 과연 그러냐는 눈으로 이렇게 말했다.

"어째 좀 여자 같지 않아?"

"한 가지만 말할게."

나는 훈계조로 말했다.

"네가 매번 이런 식으로 토를 달 거면 다 그만두자."

베른트는 흠칫 놀란 표정으로 고개를 움츠렸고, 그렇다면 전적으로 맡기고 자신은 입을 다물겠노라고 조그맣게 중얼거렸다. 이런 반응과 맞닥뜨리자 무척 의외이긴 했지만 권력을 누린다는 생각에 기분이 좋아졌다. 베른트가 안쓰러워 보이기는 했다. 그런 생각에 나는 그의 어깨를 토닥이며 말했다.

"날 믿어, 베른트. 다 잘될 거야."

그는 순순히 고개를 끄덕였고 곧이어 우리의 '비포 앤 애프터' 쇼가 본격적인 막을 올렸다. 물론 남자들의 입이란 단 몇 분 만에 닫히는 물건이 아니었다. 턱수염을 면도기와 면도날로 정리한 다음, 거품을 바르자 또다시 투덜거리기 시작했다.

"피부가 너무 매끈해져서 어린애 같아 보이지 않을까? 이러다 사마귀 돋겠군. 소름 끼쳐 보이겠어. 얼굴에 뾰루지 나면 다 네 탓이다. 내 피부는 민감하단 말이지."

나는 면도날로 살짝 그어줄까 몇 번을 망설였다. 그러면 고놈의 입을 다물게 할 테고, 잃을까봐 그토록 조바심을 내는 남성미도 덤으로 살릴 수 있을 테니. 하지만 나는 마음을 곱게 먹기로 했다. 대신 갓 면도한 피부에 애프터쉐이브를 잔뜩 발라, 베른트가 표정을 일그러뜨리는 모습을 흐뭇하게 바라봤다.

"아악! 뭐하는 짓이야. 타들어 가겠어!"

요란 떨기는.

"애프터쉐이브야."

"피부가 타들어 가는 것 같아."

"뾰루지 나지 않도록 얼굴을 청결하게 해주는 것이지. 면도한 다음에 뭘 발라?"

"니베아 써."

이제야 조금 알 것 같았다.

"이제부터 이걸로 써."

나는 이렇게 말하면서 라우라 비아조띠에서 나온 향수 '로마'를 욕실 선반 위에 올려놓았다. 오는 길에 미리 구입해놓은 것이었다. 남자에게서는 좋은 향기가 나야 한다, 니베아 향이 아니라. '로마'는 베른트에게 딱 어울리는 향을 냈다. 그가 원하는 대로 무척 남성적이면서도, 또 한편으로는 귀여운 분위기를 자아낼 것이다.

"향수?"

그는 벌써부터 못 미더운 듯 물었다.

"글쎄……."

"아니, 여자 같은 거 아냐."

나는 버럭 화를 내며 말했다.

"제발 그만 좀 해. 네가 남자와 동침하는 날이 오기 전까지는 너를 여자 같다고 생각할 사람이 세상에 없을 테니까."

"정말?"

그는 금방 기분이 좋아져서는 배시시 웃었다. 나는 화가 나서 어쩔 줄 몰라 그를 쳐다봤다. 원래는 혼쭐을 내주려고 꺼낸 말이었는데 결과적으로, 의도하지는 않았지만, 칭찬처럼 되어버렸으니 말이다. 내가 말리기도 전에, 베른트는 '로마'를 한쪽 손목에다 뿌리고는 반대편 손목에다 비볐다. 그런 다음 귀 뒤에다가도 한 방울 묻혔다. 거긴 땀샘이 너무 많기 때문에 향수를 뿌려도 소용이 없었다. 나는 향수를 비비면 제대로 효과가 나지 않는다고 설명해주고는 이제부터 매일 아침 목에다가 한 번씩 뿌려주라고 말해뒀다. 아니면 머리카락이나. 머리카락에 향수를 뿌리면 향이 오래가기 때문이다. 이제 급한 건 머리 손질을 어떻게 할 것인가였다. 지금껏 거울 앞에서 혼자 이발을 해왔고, 본인이 손질한 것과 별다를 바 없는 머리를 하기 위해 미용실에 가는 것은 낭비라고 우기는 베른트와 잠시 옥신각신했다. 나는 "다 그만두자"고 으름장을 놓아 베른트의 기를 죽인 다음, 그를 끌고 길을 나섰다.

이번 경우, 베른트를 손볼 구석이 없다는 점이 좋았다. 그는 조금만 갈면 빛을 발하는 다이아몬드 원석과도 같은 존재였다. 플로는 브래드 피트 스타일로 머리를 완성했고 분위기를 살짝 연출하기 위해 하이라이트를 몇 가닥 (진짜 몇 가닥만) 넣었다.

"아냐, 여자처럼 안 보여."

남자들은 때론 집요한 구석이 있기에 나는 선수를 쳤다. 다음은 몸이었다. 내가 속옷만 입고 서보라고 하자, 그는 비어가르텐 씨보다도 더 얌전을 뺐다. 입고 있는 팬티만 빼면, 몸매 자체는 무척 만족스러웠다. 축구를 즐기고 직업이 목수이다보니 체격이 좋았고 별도로 다이어트나 헬스 스케줄을 짜줄 필요가 없었다. 가슴 털만 제거하면 됐다. 나는 베른트를 샹탈이 일하는 미용실로 데리고 가서 손발 손질과 제모를 맡겼다. 나는 베른트의 등 뒤에 서서 샹탈에게 가슴 털 말고도 등 아래쪽 털까지 제거해야 한다고 손으로 신호를 보냈다. 지금도 카트린의 손이 그쪽 털을 이리저리 헤치던 모습이 생생했다. 우웩!

"자, 그럼 이따 봐. 즐기면서 해."

나는 이렇게 말하고는 베른트에게 힘내라고 두어 번 손뼉을 쳐주었다. 그리고 조케의 목줄을 쥐었다.

"삼십 분 안에 데리러 올게."

이 말을 남기고, 나는 몇 가지 물건을 구입하기 위해 그곳을 나섰다. 이랬던 이유는 첫째, 시간을 절약하니 좋았고 둘째, 조케에게도 운동이 필요했으며 셋째, 베른트의 앓는 소리에 더이상 예민해지고 싶지 않아서였다. 어쨌든 그는 내 베스트 프렌드였고 조금은 안돼 보이기도 했다. 그러나 할 것은 해야 했다. H&MHennes & Mauritz, 의류 브랜드에 들러 달라붙는 사각팬티 여러 장과 까만색 기본 양말을 열 켤레 샀다. 사실 나는 베른트의 양말에 성한 구석보다 구멍 난 곳이 더 많다는 사실에 경악했다. 샹탈 덕에 베른트의 무지막지한 발가락이 조금은 먹음직스럽게 손질된다고 하더라도, 발가락이 양말 밖으로 삐죽 나와 있으면 라일라를 무척 당혹스럽게 만들 것이 뻔했다. 게다가 같은 상표에, 색깔이 같은 양말을 구입하면 세탁 후 정리하기 간편해서 실용적이기도 했다. 나는 머릿속에다 베른트에게 입혀볼 옷들을 선별해놓았다. 이제 베른트를 넘겨받을 시간이 되었다. 예쁜 흰색 타일이 깔린 미용실 입구로 들어가 유리로 된 데스크 뒤에 서 있는 나탈리에게 인사를 건넸다. 나탈리는 묘한 표정을 지으며 편안한 분위기의 진분홍색 라운지 쪽을 손으로 거칠게 가리켰다. 그녀는 뭔가를 말해주고 싶은 것 같았다. 나는 도통 모르겠다는 표정으로 어깨를 으쓱이고는 그녀가 가리킨 쪽으로 돌아섰다. 의자에 베른트가 앉아 있었고, 조케가 꼬리를 흔들며 그에게 달려갔다. 그는 조케를 안고 털에 얼굴을 묻었다. 그리고 고개를 들더니 무척 화난 표정으로 나를 쳐다봤다. 그제야 나는, 24년 전 엄마가 쉐네펠트 백화점의 킨더랜드에 나를 맡겨두고 한참 뒤 다시 데리러 왔을 때, 나 자신이 어떤 표정으로 엄마 얼굴을 쳐다봤는지 알게 되었다. 당시 내가 그랬던 것처럼 베른트가 이틀 내내 한 마디도 않겠노라고 작정하지 않기만을 바랐다. 그건 아닌 것 같아 안심이었다. 베른트는 할 말이 있었다. 그것도 아주 많았다.

"이건 도가 지나쳤어, 헬렌."

베른트는 포문을 열었다. 그가 나를 '렌헨'이라고 부르지 않은 것부터가 놀라웠다.

"넌 제정신이 아니야."

그는 상심한 표정으로 고통이 쓸고 지나간 상체를 손으로 쓰다듬었다. 내 의지와는 반대로 자꾸만 웃음이 새어나왔다.

"조금도 안 웃겨. 돌아버리는 줄 알았어! 저 아가씨가 제모 테이프를 가슴 털 바로 위에다 갖다 붙였다고. 내가 뭣 때문에 내 몸에다 그런 가학적인 짓을……"

"라일라 때문이지."

그가 마구 쏘아붙일세라, 나는 잽싸게 말을 가로챘다. 실제로 베른트는 하려던 말이 목에 걸린 듯했고 그것을 꿀꺽 내리 삼켰다.

"라일라가 너와 사랑에 빠지고, 네 가슴 털까지 사랑하기를 바라겠지. 하지만 그 가슴 털만큼은 유행이 지났어."

"유행이 지났다고?"

그는 자리에서 일어서더니 내게서 개 목줄을 채 갔다.

"그렇다면 누군가가 하늘에 계신 분한테 가슴 털은 빼고 빚어달라고 상소라도 올려야겠군!"

아기침대에 누워 있는 베른트가 눈앞에 그려졌다. 그런데 아기 베른트가 입고 있는 우주복 바깥으로 가슴 털이 삐죽 나와 있었다. 무척 재미난 상상이었지만, 당장은 그와 공유하기 힘들 것 같았다. 그는 여전히 화를 삭이지 못하고 있었다.

"이제 다 끝났어. 봐, 견뎌냈잖아."

나는 대화를 마무리 짓기 위해 서둘러 말했다.

"가자, 할 일이 아직 많아."

"뭘 하려는 건데?"

내가 손을 잡고 바깥으로 끌고 나오자, 그는 불안한 듯이 물었다.

"쇼핑하러 가는 거야. 전혀 안 아픈 일이지."

나는 무척 부드러운 목소리로, 다만 조금은 의미심장하게 나지막한 목소리로 그를 안심시켰다. 조금 많이 의미심장하긴 했다.

"제모가 얼마나 아픈지 넌 몰라."

베른트는 날카롭게 대꾸하고는 나에게 잡혀 있던 손을 확 빼냈다.

"그랬어?"

"너는 가슴 털이 없어서 모르겠지만."

그는 힐난조로 말했다. 나는 잠깐 망설였다.

"털이 없지는 않아."

망설인 끝에 나는 편하게 대답했다.

"가슴 털이 아니라 음모지만."

나는 베른트의 얼굴빛이 창백해지는 모습을 접수하며 어깨를 으쓱했다.

"브라질리언 왁싱이라고 들어는 봤어?"

베른트로서는 여자들이 은밀한 그곳을 밀어낸다는 것을 상상할 수도 없었다. 그것도 누구의 강요에 의해서가 아니라, 본인이 원해서.

"너랑 사귀었던 여자들은 어땠는데?"

"뭐, 털이 있었지."

"우웩."

나는 특유의 감탄사를 뱉으며 메스껍다는 듯 몸을 떨었다.

"정신이 이상해진 거 아냐? 뭐가 우웩이라는 거야?"

흠, 뭐가 우웩이냐고? 나도 모르지. 어쨌든 세련된 건 아니다.

"네가 만났던 여자들 중에 제모를 한 사람이 전혀 없었다고?"

나는 말을 돌렸다.

"살짝살짝 밀어낸 여자가 한둘 정도는 있었겠지."

그는 마지못해 인정했다.

"그렇지만 털을 뿌리째 뽑아낼 정도로 정신 나간 여자는 없었어."

그래서 그게 정신 나간 짓이다? 나 자신이 6주마다 한 번씩 죽을 것 같은 고통을 감내하면서도 그것을 미친 짓이라고 말하도록 놔둘 것 같은가?

"내기하자. 너의 라일라가 제모를 안 했다면 내가 백 유로 내지."

나는 최후의 카드를 뽑아 들었다.

"그녀가 제모를 했다고 해서 과연 정신 나갔다고 할 수 있을까?"

그는 잠깐 동안 말이 없었다.

"그건 아니지."

그가 어렵사리 수긍을 했다.

"하지만 이해가 안 돼. 분명 굉장히 아플 텐데 말이야."

"아프지."

나는 고개를 끄덕였다.

"그런데도 여자들이 그걸 하는 이유가 뭐야?"

"예뻐 보이니까."

그는 생각에 잠겨 멍하니 앞을 응시했다. 아마도 '그곳'을 제모하면 어떤 모습일지 상상하고 있는 것이리라. 사실이 그랬다.

"상상이 안 돼. 어떻기에 그런지."

"그러니까, 그냥…… 매끈해."

나는 머뭇거리며 말했다. 서서히 대화의 주제가 불편해지기 시작했다.

"매끈하다. 얼마나 매끈한데?"

"대화 주제 좀 바꿔도 될까?"

우린 잠시 동안 말없이 나란히 걸었다. 그러다 그가 갑자기 웃음을 터뜨리며 친근한 척 나를 옆으로 툭 밀쳤다.

"렌헨, 이 짓궂은 것. 날 놀린 거지? 바른대로 말해."

"아니, 놀린 적 없어."

"그럼 증명해봐."

그는 팔짱을 끼고 내 앞에 버티고 섰다.

"꿈 깨시지."

나도 지지 않고 맞섰다. 그런데 어쩌다가 내가 베른트와 음모 얘기까지 하게 되었을꼬? 쥐구멍에라도 숨고 싶었다. 이제 그는 내가 '밑에 털이 없는 채' 돌아다닌다는 사실을 알게 된 것이다. '거의 없다'는 표현이 더 정확하다. 가느다란 털 하나가 수직으로 내려와 있기는 했으니까. 만약 털이 하나도 없다면 어린애 같아 보였을 것이다. 예컨대 허벅지도 완전히 맞닿아 경계가 없으면 더 넓어 보이지 않겠는가. 어쨌든 베른트는 자기가 털을 밀어낸 것에 대해서 더이상 왈가왈부하지 않았다.

그날 저녁, 나는 아침에 비해 사뭇 달라진 남자를 집에 데려다놓았다. 우리는 함께 옷장을 치우고, 새로 산 청바지, V넥 긴팔 셔츠와 짧은팔 셔츠, 스타일리쉬한 옅은 회색 코르덴 바지와 거기에 어울리는 셔츠들을 채워 넣었다. 베른트는 예전에 입었던 옷들을 조심스럽게 개어 이사용 박스에 넣었다. 그는 절대 버리려고 하지 않았다.

"누가 알아. 라일라랑 잘 안 될지."

그가 갑자기 이상하리만치 비관적으로 말했다.

"대체 무슨 소리야?"

나는 말을 가로챘다.

"너 스스로 먼저 잘될 거라고 믿어야지. 그게 가장 중요한 거야. 그리고 뭐야? 내가 널 위해 고른 옷들보다 전에 입던 옷들이 더 맘에 든다고 말하고 싶은 거야?"

나는 옷장을 향해 팔을 휘두르며 말했다.

"아니야, 아니야. 절대 그런 뜻은 아니었어."

그는 그다지 설득력 없게 둘러댔다.

"옷들은 진짜 괜찮아."

진짜 괜찮다니, 돌겠네! 이런 말이나 듣자고 내 소중한 하루를 허비했단 말인가. 내가 너무 상심한 표정을 지었는지, 베른트는 웃어버렸다. 그리고 나를 자기 팔로 안아 '로마' 향으로 감쌌다.

"오늘 정말 잘해줬어. 고마워!"

"천만에, 별말씀을."

나는 우아하게 대답했다.

"이제, 그녀를 어디로 초대해야 할지, 처신을 어떻게 해야 하는지 알려주는 일만 남았네."

사실, 이건 내 일에서 조금 벗어난 영역이었지만 끝끝내 베른트는 나를 설득시키고야 말았다. 그는 여자들과 대부분 슈트란트페를레Strandperle, 엘베 강가에 있는 소규모 음식점에서 맥주를 마시고 나서 섹스를 했다. 라일라는 그보다는 까다로울 것 같았다. 게다가 둘은 진지한 사이가 되어야 했다. 따라서 나는 베른트에게 다음과 같은 행동규칙을 제시해주었다.

데이트 규칙

1. 미리 생각하고, 그 다음에 의향을 묻는다.

생각은 해야 한다. 첫 번째 데이트에서는 본래 하려던 것의 절반 정도만 한다고 생각

138

해야 한다. 무대포로 뛰어들지 않되 그렇다고 점잖빼고 있지도 않는다.

"내가 생각해놓은 것이 그녀의 마음에 안 들면 어쩌지?"

베른트는 진지하게 물었다.

"그러니까 생각을 미리 해둬야 한다는 거야. 예컨대 그녀가 채식주의자인데 그걸 모르고 스테이크 집에서 식사 대접을 했다간 낭패 보는 거잖아."

"흠, 그렇다면 그냥 어디 가고 싶은지 물어보면 되겠네. 안전하잖아."

이것이 베른트 식이었다. 완전히 틀려서 그렇지.

"실수하지 않도록 안전하게 가는 게 목적이 아니야. 로맨틱한 행동으로 그녀가 네 마음을 받아들이도록 만드는 것이 목적이지. 맘에 들려고 이것저 것 아이디어를 짜내고 있다는 것을 보여줘야 해. 알았어?"

그는 고개를 끄덕였다.

"너 같으면 어디를 제안할 건데?"

"이를테면 발렌티노Valentino's Hamburg. 클럽, 레스토랑, 연회장을 갖춘 고급 식당. 아 마 거긴 좋아할 거야."

나는 그가 스스로 생각할 것까지 대신 해주고 있었다. 그러나 시간이 남 아도는 것이 아닌지라, 계속 써 내려갔다.

2. 그녀를 데리러 가야 한다.

"자전거로."

베른트는 씨익 웃었다.

"아니, 자전거로는 턱도 없어. 어떻게든 자동차를 빌릴 수 있을 거야. 아 니면 내 것을 써도 돼. 급하면 택시를 잡아."

"여름밤에 날씨가 좋으면 로맨틱하게 걸어서 산책을 할 수도 있겠지."

그는 황홀한 표정으로 속내를 말했다. 이런, 단단히 빠지셨군. 그러나 잠깐!

"생각은 가상하다만 그것도 틀렸어!"

나는 힘주어 말했다.

"여자들이 신는 신발은 늘 두 가지야. 하나는 산책할 때 신는 편안한 신발이고 다른 하나는 데이트할 때 신는 불편한 구두지. 알겠어?"

"알았어! 자동차를 빌려주겠다니 고마워."

"그럼 계속한다!"

3. ……

"그건 나도 알아, 그것도 알고 있어……."

베른트는 애처럼 내 말을 자꾸 끊었다.

"그래?"

"레스토랑에서는 내가 문을 열고 그녀를 먼저 들여보내는 거지."

"틀렸어!"

가르치는 일은 쉽지가 않았다.

"이제 내 말 그만 가로막고 잘 듣기나 해."

"그래."

그는 조그맣게 대답했다.

"이해 안 되는 것이 있으면 질문을 해도 좋아."

나는 굉장히 아는 척을 하며 말했다.

"그런 게 아니면 그냥 규칙들을 유념하고 그대로 지켜줬음 해."

나도 다른 할 일이 있는데 여기서 이러고 있다는 게 믿기지 않았다. 지금 쯤 어디 다른 곳에 있어야 옳았다. 사람들이 북적대는 클럽에서 이상형의 남자에게 나를 발견할 기회를 주어야 했다. 그런데 여기서 베른트에게 에티 켓이나 가르치고 있다니.

3. 레스토랑에 들어갈 때는 먼저, 나올 때는 나중에 나온다.

4. 그녀에게 관심을 보이고 질문을 많이 한다.

5. 관심은 분명히 보이되 저돌적으로 캐묻지는 않는다.

6. 계산은 한다.

7. 지갑에서 콘돔이 보이지 않도록 주의한다.

8. 식사를 마친 후 어떻게 시간을 보낼지 계획을 세워둔다.

9. 그녀와 자고 싶은 마음은 보이되, 실제로 잠자리를 갖지는 않는다. 키스 정도로 끝 낸다.

"그녀가 그 이상을 원하면?"

베른트의 입에서 조심스럽게 질문이 나왔다.

"좋아는 하되, 그 이상은 안 돼."

"자존심 상해하지 않을까?"

"아니, 오히려 그런 행동을 높이 사겠지."

나는 병든 동물 대하듯 베른트에게 나긋나긋 얘기했다.

"그리고 만약 일이 잘 풀리면 그녀는 남은 일생을 너와 함께 잘 수 있어. 내 말을 믿어, 베른트. 첫 데이트에서 바로 섹스를 하는 건 관계를 끝내는 지름길이야."

"알겠어."

베른트는 못 이기는 척 인정했다. 이제 정말 슬슬 갈 시간이 되었다. 시간은 살처럼 지나갔다. 베른트는 현관까지 나와 내가 겉옷 입는 것을 도와주었다. 착한 녀석.

"내가 언급하지는 않았더라도 '겉옷 입는 것 도와주기'나 '음료수 가져다주기' 같은 것은 지극히 당연한 거야."

집을 나서기 전, 조케의 머리를 쓰다듬어주면서 노파심에 이렇게 덧붙였다. 베른트는 눈을 찡그렸다.

"그걸 모를 정도로 바보는 아니야, 렌헨. 하지만 단언하건대, 카트린 같으면 내가 갑자기 문을 열어주겠다고 했을 때 배꼽을 잡고 웃을걸."

그는 나에게 문을 열어주면서 이렇게 말했다.

"고마워."

나는 힘주어 말하고는 베른트를 진지한 눈으로 쳐다봤다.

"그런 적 없었지?"

"뭐가?"

"첫 데이트 때 섹스한 적 말이야."

"아."

그는 뜸을 들였는데, 그새 얼굴이 발그스름해졌다.

"왜 이래? 나한테 못 할 얘기가 뭐 있어?"

나는 섭섭해하면서 집게손가락으로 그의 가슴을 찔렀다.

"아악!"

그는 소리를 질렀고 아픈 듯 그 자리를 손으로 문질렀다. 이런, 털을 밀어냈다는 걸 까맣게 잊고 있었군.

"앗, 미안! 그러니까?"

"그러니까, 말이지……."

142

그는 무척 진지하게 생각해보는 것 같았다.

"정확하게 말할 수는 없어. 내 말은, 약속을 잡고 집에 바래다주고, 그런 고전적인 절차를 거쳐본 적이 없다는 거지."

이런, 맙소사.

"나는 여자들을 파티나 뭐 그런 장소에서 늘 만났고 그래서……."

그래, 그런데? 결국 나는 행운을 빌어주는 수밖에 없었다.

"무슨 일이든 처음은 있는 법이니까."

나는 이렇게 위로했다.

"그리고 그녀에게 말을 건네기 전에 하루, 이틀 정도는 기다려야 돼. 그리고 그녀가 실수로 네 가슴을 건드려도 우는 소리는 내지 마."

나는 씨익 웃으며 말했다.

"내가 말한 규칙들을 성실히 지키고 지금처럼 스타일을 유지하면, 잘못될 일은 없을 거야!"

나는 힘내라는 뜻으로 그에게 고개를 끄덕여주었다.

"다른 해줄 말은 없어?"

베른트는 무척 피곤한 목소리로 물었다. 나는 그의 매력적인 녹색 눈을 쳐다보았다. 그리고 그가 이 모든 것을, 아직 제대로 알지도 못하는 한 여자를 위해 감수한다는 사실에 문득 가슴이 아팠다. 나는 이마 위로 흘러내려온 그의 머리카락을 오른손으로 쓸어 올려주며 말했다.

"솔직한 네 모습대로 해!"

계단으로 내려가기 직전, 나는 다시 한 번 뒤돌아보며 이렇게 덧붙였다.

"지나치게 솔직하게는 말고!"

7

그 다음 몇 주는 쏜살같이 지나갔다. 잘못 안 것이 아닌 이상, 오늘은 5월 17일이고 내일은 내 서른 번째 생일이다. 기적이 일어나지 않는 한 생일을 싱글로 맞아야 할 판이다. 미하엘과 닉은 벌써 몇 주째 꼭 생일파티를 준비해야겠다고 나를 설득하고 있었다. 나로서는 '고맙지만 사양이었다. 축하받을 일이 따로 있지.

"헬렌, 제발 부탁이야. 파티를 연 지 한참 되었단 말이야."

여기에 내가 뭐라고 토를 달겠는가? 그들과 알게 된 지도 얼마 되지 않았다.

"아니, 생일파티 같은 건 안 해."

나는 이렇게 잘라 말하고는 팔짱을 끼고 결연한 표정으로 기다란 소파에 털썩 주저앉았다.

"안 돼, 해야 돼!"

"절대 안 해."

"제발……. 손해 볼 것 없는 부탁이잖아."

"분명히 '싫다'고 했어."

사람이 하루를 살면서 가장 극복하기 힘든 일이 있다면, 그건 아마 아침에 일어나는 일일 것이다. 오늘은 다른 날보다 훨씬 더 힘들었다. 왜냐하면 오늘 침대 옆 바닥에 닿을 그 발은 서른 살 여자의 발이기 때문이다. 그게 그랬다. 우리가 어린아이였을 때는 마치 뱀이 건물 외벽을 기어가듯 시간이 너무나 천천히 흘렀지만, 해를 거듭할수록 시간은 점점 빨라져 서른을 향해 돌진한다. 결국 어느 순간 서른이 되어 있다. 눈을 감자마자 나는 여섯 살 시절의 나로 돌아가 있었다. 나는 빨강, 하양, 파랑색 체크무늬로 된 여름옷을 입고 우리 집 앞마당에 있었다. 길게 땋아 내린 머리를 잘근잘근 씹으면서 이사 온 지 얼마 안 된 옆집을 울타리 너머로 호기심 있게 관찰하고 있었다.

"몇 살이야?"

나는 검은 머리에 커다란 선글라스를 끼고 있던 여자에게 물었다. 그러자 이런 대답이 돌아왔다.

"서른."

나는 당시 무슨 생각을 했는지도 기억하고 있다. 서른 살이라니! 지독히도 늙었구나. 1년 뒤에 우린 이사를 했다. 아버지 역시 서른 저편에 있는 여자들이 지독히도 늙었다고 여겼기 때문이다. 그리고 지금의 나 역시 같은 운명을 맞았다. 어느 날 문득 피부에 주름이 생긴 것을 알았고, 18세 이상 관람가인 영화를 보러 갈 때도 신분증을 제시할 필요가 없게 되었다. 이제 폐경을 맞고 늙어갈 것이다. 나도 안다고!

"인생은 서른부터 시작이다."

"내 인생에서 삼십대가 가장 즐거웠다."

어쩌고저쩌고.

이런 말들은 아무 의미가 없었다. 서른 이상의 싱글 여성 자살률이 급격하게 증가하고 성형수술 역시 크게 늘고 있는 것이 현실이다. 반대로 에스트로겐 수치는 급속도로 떨어진다. 부지불식간에, 눈 깜짝할 사이에 생체시계는 활동을 멈출 것이다. 원했던 아이 넷은 고사하고 남편도 곁에 없을 것이었다. 남자들은 '넷'을 좋아하지 않는다. 대신 마법의 숫자 '둘'에 열광한다. 빵빵한 젖통 두 개를 가진 스물두 살의 여자에게.

나는 침대에서 간신히 빠져나와 샤워를 했다. 굳이 눈길을 주지 않으려고 해도 허벅지에 탄력이 줄어든 티가 났고 눈 밑 잔주름도 보였다. 하루가 제대로 시작도 안 했건만, 어떻게 지나갈지 더이상 알고 싶지가 않아졌다. 차라리 침대로 다시 들어가 머리끝까지 이불을 뒤집어쓰고 누워 있고 싶었다. 노인성 불면증이 찾아들기 전에 말이다. 하지만 그것도 마음대로 안 됐다. 결국 나는 우아한 '요조남녀' 둘에게 설득당해 그들과 아침을 먹게 되었다.

남자 동성애자들마저도 여자의 '노'는 '예스'를 의미한다고 생각한다니 어처구니없는 일이다. 그런 줄 몰랐던 나 자신도 어처구니없기는 마찬가지였다. 알았다면 수난은 막을 수 있었을 텐데. 나는 의사를 확고하게 알렸다고 (또한 진지하게 받아들여졌을 거라고) 확신했고, 고개를 끄덕이며 힘을 실어주는 소피아를 뒤로하고 미하엘과 닉의 집을 의기양양하게 나섰었다. 그러나 결국 재키의 열여덟 번째 생일 이래 가장 큰 생일파티를 준비하는 데 얼토당토않게 엮이고 말았다.

"누구 생일이야?"

분명히 언질을 주었건만 완전히 무시당했다는 것을 전혀 눈치 채지 못하고 튀어나온 말이었다.

"헬렌, 제발 화내지 마."

"널 즐겁게 해주고 싶었을 뿐이야. 오늘은 기분 좋게 보내야지. 나이도 들었는데 남편마저 없다고 신세 한탄하며 보낼 순 없잖아. 아악!"

닉이 일부러 미하엘의 발을 밟아 말을 중단시켜버렸다.

"물론 네가 그렇다는 건 아니야."

닉이 내 어깨에 팔을 두르며 말했다.

146

"그러니까 나이 들지 않았단 말이지. 게다가 헬렌은 앞으로 누구든 만날 수 있잖아?"

그는 고개를 끄덕이면서 비난이 가득 담긴 눈으로 미하엘을 바라보며 이렇게 덧붙였다.

"원하기만 하면."

나는 실랑이 끝에 마지못해 부엌으로 들어갔다. 냉장고는 먹음직스러운 음식으로 넘쳐났고 식탁 위에는 애피타이저로 먹을 핑거푸드가 숨 막힐 듯 아름답게 장식되어 은쟁반에 가득 놓여 있었다. 모든 걸 떠나서 감동을 받았다. 나는 우선 겨자 소스를 곁들인 연어 슬라이스를 집어 먹었다. 생선 맛이 입 안에서 살살 녹았다.

"흠!"

내가 감탄사를 연발하자 닉은 함박웃음을 지었다.

"어때, 맛있어?"

"환상적이야."

나는 송어 슬라이스도 한 조각 집어 들었다. 오늘이 내 생일이 맞긴 맞는 모양이었다. 생일이기에 망정이지, 아니면 손가락을 한 대 맞았을 상황에서 닉은 인심 좋게 웃고만 있었고 내가 원하는 대로 하도록 내버려 두었다. 나는 저녁이 오는 것을 두려워하며 송어 슬라이스를 꿀꺽 삼켰다. 어쩌면 파티를 여는 것이 꽤 괜찮을지도 몰랐다.

"서른, 여전히 매력적인!"

마누엘과 라라가 정성스럽게 포장한 선물과 함께 건네준 생일카드에는 이렇게 적혀 있었다. 나는 그 둘에게 엷은 미소를 보낸 후, 카드를 열어보았다.

"등이 삐걱, 엉덩이가 삐걱, 머리가 삐걱 '매력적인'이란 뜻의 형용사 'knackig'와 '삐걱
대는 소리가 나다'라는 뜻의 동사 'knacken'의 발음이 같음을 이용한 말장난!'"

이렇게 큰 소리로 다 읽고 나서, 나는 내가 수년간 친구로 여겼던 두 사람
을 멍하니 쳐다봤다. 초대받은 친구들이 내 주위를 빙 둘러서 있었고 마누
와 베른트는 배꼽을 잡고 웃느라 뒤로 넘어갔다. 반면 라라는 나 이상으로
어처구니없다는 표정으로 자기 남자친구를 쳐다봤다.

"네 일은 생일카드를 사는 게 전부였어."

그녀는 무척 화가 나 이를 악물고 말했다.

"그런데 이제 보니 카드 한 장 사는 것도 벅찰 만큼 멍청했구나."

이 말을 들은 마누는 웃다가 숨이 목에 걸려버렸다.

"나는 단지⋯⋯."

"네가 한 짓이 뭔지 보라고!"

라라는 거친 목소리로 이렇게 말하며 나를 가리켰다. 모두들 나를 바라
봤다. 그리고 내가 뭔가 꺼림칙해하고 있다는 것을, 서른이 되는 것을 끔찍
해하고 있다는 사실을 알아차렸다.

"아니야, 아니야."

나는 대범하게 손을 저었다. 그러고는 애써 웃어 보였다.

"재미있잖아."

"아니, 넌 결코 재미있다고 생각지 않아."

나를 너무나도 잘 아는 라라는 이렇게 확신했다.

"정말이야. 진짜 재미있어."

나는 앙겔라에게서 훔쳐보았던 인위적인 웃음을 지어 보였고, 결과는 나
쁘지 않았다. 라라는 여전히 의심스러운 눈으로 나를 쳐다보았는데, 그때
문 쪽에서 갑자기 '펑' 하는 소리가 들렸다. 닉이 샹탈이 보내온 샴페인 뚜껑

을 땄던 것이다. 때마침 다행이었다. 분위기는 급반전되었고 술 파티의 막이 올랐다. 다 잘될 것이다.

갑작스런 생일카드 사고를 제외하면 파티는 놀랄 만큼 순조롭게 진행되었다. 초대된 사람들에게 받은 아기자기한 선물 중에는 주름살 방지 크림도, '싱글의 굴레, 나는 이렇게 벗어났다'라는 식의 제목이 붙은 실용서적도 없었다. 음식은 둘이 먹다 하나가 죽어도 모를 만큼 맛났고 분위기는 더없이 편안했다. 그렇게 알코올 분위기는 점점 무르익어 갔다. 나는 과하게 마셔댔다. 하지만 오늘만큼은 까다롭게 굴지 않으려다. 비록 알코올이 피부에 좋지 않다 하더라도, 어차피 나이 들수록 피부는 탄력을 잃게 마련이다. 자정을 조금 넘기자 갑자기 음악이 중단되더니 베른트의 목소리가 온 집 안을 울렸다.

"모두들 거실로 모여."

이 말과 함께 베른트는 스푼으로 비싼 와인 잔을 혹사시켰다.

"이쪽으로 와봐. 할 말이 있어."

나는 라라, 플로와 함께 부엌에서 나와 비틀거리며 거실로 향했다. 거실 문가로 사람들이 점점 모여들더니, 몇 분이 지나자 베른트 주변으로 서른다섯 명이 부대끼며 서 있게 되었다. 나는 뿌듯한 마음으로 그를 바라봤다. 변신 이후 그는 훨씬 나아 보였다. 그가 라일라와 제대로 진척되지 않는 것이 이상했다. 나 자신도 그 이유를 설명할 수가 없었다. 회색 코르덴 정장바지에 빨간색 셔츠를 차려입은 지금의 베른트를 그녀가 봐야 했다. 심장이 녹아내릴 텐데. 내가 강력히 권했건만, 아쉽게도 베른트는 이번 파티에 그녀를 데려오지 못했다. 심지어 나는 생일파티에 늦어도 좋으니 그녀와 함께 오붓하게 식사하고 오라고 배려해주었다. 데이트 규칙 8항에 따라, 식사를 마치고 파티에 와서 좋은 사람들과 어울렸더라면 완벽했을 터였다. 불발되고 말았지만.

"렌헨, 네가 알고 있는 그 잘난 사람들을 보면, 그녀가 나보다는 그들 중에 누군가를 더 좋아하게 되지 않을까? 그럼 어쩌지?"

나는 라일라가 패션잡지 <인스타일InStyle>에서 일하면서 이른 아침부터 밤늦게까지 보는 게 잘난 사람들이니 걱정 말라고 했지만 그다지 설득력이 없었나보다. 이거야 원.

베른트가 불쌍한 와인 잔을 다시 한 번 스푼으로 두드려대자 닉은 걱정스러운 표정을 지었고, 이내 베른트는 손을 내렸다.

"조용히 좀 해줄 수 없겠어? 할 말이 있다잖아."

그는 애원하듯 사람들에게 부탁했다. 웅성대던 소리가 차츰 잦아들고 모두들 주의 깊게 베른트를 쳐다보았다. 그는 헛기침부터 했다. 그리고 주변을 둘러보더니 나에게 시선을 고정시켰다.

"렌헤……. 아니지, 헬렌. 앞으로 나와봐."

그는 당당한 목소리로 거창하게 말했다. 나는 쿡쿡거리며 내 앞으로 사람들이 만들어준 길을 따라 비틀거리며 나갔다. 그는 내게 팔을 두르더니 뺨에다 뽀뽀했다.

"오늘 네 생일을 축하하는 자리에 모여서 모두들 즐거워하는 것 같아."

동의하는 박수 소리가 터져 나왔다.

"만약 네가 태어나지 않았더라면 매일 매일 너를 그리워하며 살았을 거라고 말해주고 싶다. 만사형통하길 바란다."

"고마워! 나도 너희가 와줘서 기뻐."

나는 술김이라, 들리는 말을 대충 이해하고는 사방으로 몸을 숙여 인사했다. 사실 생일이 있다는 것은 무척 즐거운 일이었다. 내가 다시 사람들 틈으로 들어가려고 하자 베른트가 팔을 잡았다. 뭐가 또 남았나?

"기다려. 아직 안 끝났어."

그는 슬며시 웃으며 말했다.

"헬렌과 내가 오래전에 한 약속이 지켜진다면 올해 우린 결혼하게 될지도 몰라."

그는 좌중을 향해 이렇게 말했다. 반면 나는 입을 떡 벌리고 멍하니 서 있었다. 한동안 침묵이 흘렀다. 솔직히 말해, 베른트가 무슨 말을 하는 것인지 알 수가 없었다.

"잉? 정말이야?"

결국 두 번째 줄 누군가가 입을 열었다.

"순수했던 열다섯, 열여섯이던 십 학년 스키캠프에서 이 평범하지 않은 러브스토리는 시작되었지."

베른트는 자신이 손자, 손녀들에게 둘러싸여 흔들의자에 앉아 옛날 얘기를 해주는 할아버지인 양 흡족해하며 얘기를 시작했다.

"어느 날 밤, 와인에 취해 우리 둘은 오두막에 앉아서 얘기를 하다가, 다 늙은 서른이 될 때까지 상대를 구하지 못하면 서로 결혼하기로 약속했어."

아, 정말 창피하게시리. 그가 하는 말이 틀린 것은 아니었다. 이제야 그 시절의 약속이 떠올랐다. 우리는 시골 분위기 물씬 나는 나무 탁자에 앉아 있었고, 탁자 위에는 다 마신 글뤼바인겨울철에 데워 마시는 와인 컵들이 수북이 쌓여 있었다. 당시 베른트는 짙은 갈색 양모 스웨터에 청바지를 입은 차림이었다. 그는 비록 엉덩이가 얼어붙을 정도로 추웠겠지만 청바지를 입고 스키를 타는 모습은 정말 멋있었다. 반대로 핑크색 오버올위아래가 붙어 있는 편한 운동복을 입은 나는 마치 스키장에 있는 돼지 같아 보였다. 하지만 베른트 같은 사람이 날 좋아한다는 것이 뿌듯했다. 실제로 그는 여드름으로 뒤덮인 어린애 같은 동년배 남자애들보다는 두 살 가까이 많았고 턱수염도 제대로 나 있었다. 우리가 얼토당토않은 결혼 약속을 했던 그날 저녁, 나는 숙소 침대에서 우리 둘이 사고를 칠 것이라는 착각에 빠져 있었다. 물론 섹스가 아니라 순수한 애무 정도를 생각했지만. 어쨌든 그런 사고는 없었다. 우리는 '서른 살 결혼'에 합의를 보고 악수로 마무리했다. 그때도 베른트는 나를 멋진 친구라고 불렀다. 심지어 당시 스키캠프에서 우리를 봐주던 서른 넘은 스포츠 강사와 베른트가 그렇고 그런 관계라는 소문마저 돌았는데도 말이다.

"…… 그랬었지."

베른트는 얘기를 마쳤다.

"물론 헬렌이 약속을 지킬지는 모르겠지만, 만약 지킬 경우 너희 모두를 결혼식에 초대할게."

누군가는 휘파람을 불었고, 누군가는 박수를 쳤다. 분위기를 망치고 싶지 않았던 나는 쿨하게 말했다.

"알았어, 알았어. 한번 생각해보지."

베른트는 나를 향해 눈을 찡긋거렸고 사람들은 다시 흩어졌다. 나는 어찌할 바를 몰라 하며 서 있었다. 방금 사건은 뭔가 심상치 않았다. 그렇지 않은가? 대체 어쩌자는 거였을까? 그때 라라가 웃으며 나에게 다가왔다.

"베른트가 네 보험이었구나? 근데 왜 나한텐 얘기 안 했어?"

"보험이라고?"

"왜, 그렇게들 말하잖아. 보험 들어놨다고. 나도 두 개 들어놓았었지. 토니와 마르틴."

"정말이야?"

"물론이지. 이미 그 둘은 결혼했어. 가끔씩 마누가 눈치 없는 짓을 하더라도 이제는 그에게 붙어 있을 수밖에 없게 됐지. 생일카드 건은 미안하게 됐어. 악의는 없었을 거야."

"아유, 벌써 괜찮아진걸 뭐."

나는 손사래를 쳤다.

"그런데 그 보험 말이야. 그게 구속력이 있는 건가?"

라라는 무슨 말이냐는 표정으로 날 빤히 쳐다봤다.

"그러니까, 베른트가 진지하게 말한 건 아니겠지? 설마 내가 진짜 그와 결혼해야 되는 건 아니겠지, 그렇지?"

"물론이야. 단지 웃자고 한 얘기일 뿐이지."

"그렇다면 정말 다행이다."

나는 서둘러 말해버렸다. 혼란스러웠다. 나는 핑계를 대고는 자리를 빠져나와 아직 따지 않은 프로세코이탈리아산 화이트 스파클링 와인 한 병을 들고 욕실로 갔다. 그리고 욕조에 걸터앉아 한숨을 길게 쉬었다. 물론 그건 웃자고 한 말이었다. 그럼에도 불구하고 나는 벌거벗은 기분이었다. 베른트는 비열하게도 모두에게 내 처지를 다시 한 번 까발린 것이나 다름없었다. 나는 서른이며 미혼이라는 것, 그리고 '서른 살 미혼'은 내가 원한 것이 아니었다는 것을. 아무렇지도 않게 떠벌린 것도 그렇지만, 나와 가장 친하다는 친구의 입에서 나온 말이기에 더욱 견디기 힘들었다. 어차피 오늘 저녁은 꽤 취했고 누구에게도 험한 말을 하고 싶지 않았다. 적어도 베른트에게는. 어쨌든 지금은 분위기를 즐기기로 했다. 내일, 정신이 좀더 말짱해지고 날이 밝으면 다시 생각해보련다. 그러다보면 뭔가 명확해질지도 모르니까.

몇 달 만에 두 번째로, 나는 머리가 짓눌리고 역겨운 맛을 혀로 느끼며 미하엘과 닉의 집에서 일어났다. 하지만 첫 번째와는 달랐다. 이번에는 둥둥 떠다니는 느낌이 드는 물침대에 누워 있었다. 미하엘과 닉이 침실을 양보했던 것이다. 이럴 수가. 나는 검은 새틴 이불에 흰 자국이라도 없는지 슬쩍 살펴보면서 감동을 받을까 말까 망설이고 있었다. 아무 자국이 없는 것을 확인하고 나서야 깊이 감동받을 수 있었다. 이불 커버를 갈았던 모양이었다. 물론 나는 서른 살의 성숙한 여인이다. 따라서 파티 이후에 취해서 아무 데서나 쓰러져 자다가 깨서는 안 된다. 그렇고말고.

"긍정적으로 생각해."

소피아가 내 옆에 누워 있다는 것을 발견하고는 놀라서 심장이 멎는 줄 알았다.

"어쩌면 이제야말로 진짜 어른이 된 것일 수도 있어. 어린애 같은 사고방식에서 완전히 벗어나는 거지. 더이상 아버지를 이성관계의 걸림돌로 치부할 필요도 없어."

나는 소피아에게 눈길 한 번 주지 않고 이불에서 빠져나와 욕실로 향했다. 집 안은 무척 조용했다. 이제 아홉 시 반이었다. 뜨거운 물로 샤워를 하니, 정신이 차츰 들었다. 어젯밤을 다시 떠올려보았다. 속이 이상했다. 대체 무슨 일이 있었던 걸까? 내가 누구랑 사고 친 것도 아니고 마구 애무를 했던 것도 아닌데, 그렇다면……. 이제야 생각이 났다. 복통의 원인은 어젯밤 베른트가 공개적으로 내뱉은 어이없는 '축하의 말'이었다. 내가 다 늙어서도 남자를 구하지 못했으니 우리가 결혼할 것이라는. 모두들 웃겨서 미치겠다는 반응을 보였다. 그리고 분명한 것은 그 우스갯소리가 나에게는 전혀 우스갯소리가 아니었다는 점이다. 아주 간단했다. 베른트가 친구를 잃으면 잃었지 허를 찌르는 말은 하고야 마는 인간이라는 것을 알기까지 나는 나이를 서른이나 먹어야 했다. 과민반응인가? 내가 막 샤워부스에서 나와 생각을 정리하고 있을 때, 닉이 노크도 없이 불쑥 들어왔다. 나는 비명을 질러대며 가장 가까이에 있던 수건을 낚아채 가슴을 가렸다.

"이런! 미안해, 헬렌. 몰랐어, 네가······. 어머나, 세상에."

그는 눈을 질끈 감고는 욕실 문지방에 서 있었다. 처음엔 얼굴이 발개지더니 이내 창백해졌고 나가려고 손을 더듬거리며 뒤를 돌아 재빨리 문을 닫았다. 잠은 확실히 깼다. 옷에서는 온갖 추잡한 냄새가 진동을 했지만 선택의 여지가 없었다. 나는 어제 입던 옷을 그대로 입고 부엌으로 갔다. 부엌에는 미하엘과 닉이 심히 피곤하다는 자세로 앉아 모닝커피를 홀짝거리고 있었다. 닉은 나에게 카푸치노를 건네주면서 눈을 안 마주치려고 했다.

"헬렌, 맹세컨대 고의는 아니었어."

"아, 괜찮아. 아무렇지도 않아."

나는 이미 산전수전을 겪어서 그런 사소한 일에 왈가왈부하지 않는, 나이 든 여자가 가진 특유의 넉넉함으로 이렇게 말했다.

"그건 그렇고 파티 열어준 거 고마웠어. 정말 재미있었어. 전체적으로!"

"뭘 그런 걸 가지고. 나도 파티가 성공적이었다고 생각해."

미하엘도 맞장구를 쳤다.

"네 친구 베른트는 정말 좋은 녀석 같더라."

"아, 그래?"

닉이 귀를 쫑긋 세웠다.

"아니, 아아아주 좋다는 건 아니고."

"나도 같은 생각이야."

"네가 우리 둘 중 하나가 아니라 그 사람과 결혼한다니 아쉬운걸."

'나'라는 사람이 또다시 대화의 도마 위에 올랐다.

"우린 벌써 준비가 되었는데 말이야."

"베른트와 결혼하지 않아."

나는 이점을 분명히 했다.

"그리고 대체 무슨 준비가 되었다는 거야?"

"네가 우리 둘 중 한 사람과 결혼할 수도 있지 않을까 생각했어. 그렇게 되면 너는 여기 들어와 살고 아이도 낳을 수 있잖아. 한 사람당 한 아이씩."

미하엘은 태연하게 말했다. 어이가 없었다.

"아이들을 원한 것 아니었어?"

닉은 내 심중을 확인하고자 물었다.

"설마 나한테서 아이를 만들 생각이었어?"

나는 조롱하듯 내뱉었다.

"내가 벗은 모습만 보고도 기절하면서."

"인공수정을 염두에 두고 한 말이었어."

그는 무심코 대꾸했다. 그랬다. 열심히 머리를 굴렸던 것이다. 분명히 해야 할 거리가 한 가지 더 생겼다.

"미안하지만 딴 데 가서 알아봐."

기분이 상했다. 친구라는 사람들이 전부 나에게 이렇듯 못되게 굴다니, 간밤에 무슨 일이라도 났었나? 모든 것이 우연은 아니라는 생각이 들었다. 마누와 라라의 생일카드(라라는 몰랐던 일이었다고 해도)에서부터 베른트가 나를 공개적으로 망신시킨 일까지, 게다가 이제는 여기서 이런 곤혹마저 치르다니, 어떻게 하루아침에 모조리 변할 수가 있단 말인가.

"그렇게 진지하게 받아들일 필요는 없어."

미하엘은 나를 진정시키려고 했다.

"단지 그때 그런 생각을 해봤을 뿐이야. 재미 삼아. 네가 우리 중 누군가 하고 잠자리를 해서 임신했으면 어쩌나 걱정했던 그때 말이야."

나는 둘을 번갈아 바라보았고 눈물이 차올랐다. 재미 삼아? 어제 베른트가 저지른 것처럼? 재미없었다. 전혀 웃기지 않았다. 다른 사람들이 즐거워

할 때 나는 항상 울어야 하다니, 뭐가 잘못된 것일까? 둘은 당혹스러워하며 나를 쳐다봤다. 자신들이 무엇을 잘못했는지 모르고 있는 것 같았다.

"잠깐, 설마 그것 때문에 우는 건 아니겠지?"

닉이 어찌할 바를 몰라 하며 이렇게 물었다. 나는 코를 훌쩍이며 고개를 저었다.

"그럼 왜 우는데?"

그러나 나는 대답을 해줄 수가 없었고 계속 울기만 했다.

"아니긴 왜 아니야. 네가 주책없이 굴어서 우는 거지."

미하엘은 내 팔을 토닥여주면서 닉에게 핀잔을 주었다.

"그러겠다는 뜻은 아니었어, 진심이야."

그 뒤로 몇 시간 동안, 미하엘과 닉은 실수를 만회하려고 무척 애를 썼다. 결과적으로 나는 (무슨 술수를 부려 만들어냈는지는 며느리도 모를 일이지만) 아침을 융숭하게 대접받고 이불을 휘감은 채 소파에 앉아, 난장판이 된 집 안을 둘이서 청소하는 모습을 빤히 보고만 있었다. 결국 내 생일 뒷정리였기 때문에 응당 도와야 한다는 것을 알면서도 나는 손가락 하나 까딱하지 않았다.

"아니야, 헬렌. 넌 그냥 쉬어. 신선하게 간 오렌지 주스라도 마실래?"

거절할 이유가 없었다.

"어이, 잠꾸러기! 일어나."

귀에 익은 목소리가 귓가를 파고들었다. 나는 천천히 눈을 떴다. 잠깐 졸았던 모양이다. 내 옆에 베른트가 앉아 있었다. 지금 여기서 뭘 하고 있는 거지? 자기 집도 아니면서.

"아, 너였구나. 안녕."

나는 그에게 화가 나 있다는 것도 잠시 잊고 잠결에 중얼거렸다. 그러나 이내 심드렁한 표정을 지었다.

"여기서 뭐해?"

나는 그다지 반갑지 않다는 목소리로 물었다.

"쪼매난 주당께서 상태가 괜찮으신지 확인하러 왔지."

나는 "푸우" 하고 내뱉고는 그를 밀쳐냈다.

"뭣 때문에 어깃장을 놓는 거야?"

그는 마치 아무것도 모르는 사람처럼 태연하게 물었다. 본인이 무슨 일을 저질렀는지 진정 모른단 말인가?

"정확하게 집어주자면, 바로 '너' 때문이야."

나는 쌀쌀맞게 대답했다.

"나 때문이라니?"

그는 의외라는 표정으로 나를 바라봤다. 저런 것이 내 친구이기를 바랐다니. 어제 저녁, 그가 사람들 앞에서 까놓고 말하는 통에 내가 뼛속까지 무안했던 장면이 눈앞에 아른거렸다.

"어떻게 네가 나한테 그럴 수가 있어?"

내가 베른트에게 우격다짐을 하자 그는 놀란 나머지 방어하듯 몸을 뒤로 젖혔다.

"렌헨, 대체 내가 뭘 어쨌다고 그래?"

"날 렌헨이라고 부르지도 마! 왜 그랬어? 왜 어제 다들 보는 앞에서 날 망신시켰어?"

참으려고 했지만 빌어먹을 눈물이 자꾸만 흘러내렸다.

"넌 내가 어떤 상황인지 잘 알잖아. 서른이 되는 것을 싫어했다는 것도,

결혼을 원했다는 것도 알고 있었어. 그런데 너는 어떻게 했어?"

베른트가 내 입에서 나오는 말을 한 마디라도 알아들을 수 있을지 의심될 정도로 나는 격하게 흐느꼈다.

"너는 날 웃음거리로 만들었어. 내가 너한테 뭘 그렇게 잘못했는데?"

나를 바라보는 베른트의 표정은 '당혹스러움' 그 자체였다.

"그런 식으로 보지 마, 꺼져!"

나는 마구 소리를 질렀다. 그리고 베른트에게서 등을 돌려 흐느낌을 진정시키려고 했다. 하지만 베른트는 가지 않았다. 대신 내 어깨를 잡아 자기쪽으로 돌렸다.

"헬렌, 미안해. 하지만 너에게 상처주려고 했던 것은 아니야. 믿어줘."

그는 나를 자기 쪽으로 끌어당겼다. 여전히 그가 싫었지만 저항할 수가 없었다. 나는 어린애처럼 그의 품에 안겨 서럽게 흐느꼈다. 인생이 끝장난 것처럼 비참했다. 베른트는 나를 안고 이리저리 흔들면서 달랬고 조곤조곤 얘기했다. 그가 하는 말을 제대로 알아듣지는 못했지만, 부드러운 목소리를 들으며 조금씩 안정을 되찾았다. 거칠던 숨이 점점 편안해졌고 울음도 잦아들었다.

"미안해."

나는 코를 훌쩍이며 말했다. 이제 그의 품에서 벗어나려고 했지만 그는 놓아주지 않았다.

"전혀 미안해할 필요 없어."

그는 내 머리를 쓰다듬으며 말했다. 나는 다시 긴장을 풀고 그의 가슴팍에 거의 기대다시피 했다. 그러고 있으니 좋았다.

"어제 일은 나쁜 의도가 있어서 그랬던 건 아니야. 정말이야."

그는 계속 변명을 했지만 믿기지 않았다. 아니, 안 될 말이지. 베른트는 나를 좋아하고, 엄연한 내 친구다. 그가 나를 일부러 아프게 할 리는 없었다. 단지 내가 예민하게 군 것일 뿐이리라.

"그냥, 우리가 브로니의 산장에서 했던 약속이 어제 불현듯 떠올랐던 거야."

나는 울면서도 슬며시 웃음이 났다. 그랬다. 그 산장 주인 이름이 브로니였다.

"그땐 어렸었지."

나는 추억에 잠겨 말했다.

"순진했었고. 인생이 쉬울 줄로만 알았지."

나는 꽤나 나이 먹은 사람처럼 말했다.

"그때가 좋지 않았어?"

베른트는 내 귀에다 대고 속삭였다.

"그래, 좋았어."

나는 턱 밑에서 그의 손길을 느꼈다. 그는 나를 똑바로 볼 수 있도록 내 얼굴을 들어 올렸다. 나는 눈을 질끈 감아 고였던 눈물을 흘려보냈고 웃을 듯 말 듯하고 있었다. 그런데 그가 느닷없이 몸을 숙여 자기 입술을 내 입술에 포개자, 웃음이 싹 가셔버렸다.

"뭐 하는 짓이야!"

나는 기겁을 하며 고개를 뒤로 젖혔다. 베른트는 의미를 알 수 없는 미소를 지으며 이렇게 대꾸했다.

"느낌이 어땠어? 너에게 키스하고 싶었어."

"대체, 왜! 됐거든?"

나는 입술을 훔쳐내며 말했다. 그 모습을 본 베른트는 무척 상처받은 표정을 지었다. 문득 짐작 가는 것이 있었다. 나는 소파에서 벌떡 일어났다.

그러니까 아까 그 행동은…….

"동정심에서 섹스하려는 거였어? 그게 네가 낙담한 여자를 위로하는 방식이니? 불쌍하니까 잠자리를 같이해주겠다?"

내가 고래고래 소리를 질러대는 반면, 베른트는 무척 침착했다.

"완전히 잘못 짚었어."

그는 다리를 꼬며 말했다. 그리고 내 팔을 잡았지만 나는 얼른 다시 빼냈다.

"넌 정상이 아니야!"

나는 열심히 부인했다.

"일단 진정하고 다시 앉아봐."

그는 나더러 앉으라는 듯 자기 옆 자리를 손으로 두드렸다. 내가 누구 좋으라고 거길 앉아?

"내가 너랑 자야 될 정도로 나이가 많거나 마음이 절박하진 않아, 아직은. 알겠어?"

나는 심술궂게 말했다. 베른트의 얼굴에 그림자가 드리워졌다. 내가 좀 심하긴 했지만 그래도 사실이었다. 베른트 같은 타입은 계속 내 심기를 건드릴 테니까. 어쨌든 그를 몰아붙인 건 사실이었다.

"미안, 말이 좀 심했어."

"그 사과가 진심이라고 믿기는 힘든걸."

그는 낮은 목소리로 말했다.

"사실 나, 너에게 할 말이 있어. 어차피 말을 꺼내기가 쉽지는 않을 것 같아. 솔직히 말하면 시간이 갈수록 더 힘들어."

"뭔데 그래?"

나는 심드렁하게 물었다. 베스트 프렌드라는 녀석이 병 주거니 약 주거

161

니 하질 않나, 신경은 쇠약해질 대로 쇠약해졌기 때문에 오늘은 고민을 들어줄 여력이 없었다.

"부탁인데 내 옆에 앉아봐."

나는 확실한 거리를 두고 그 옆에 앉았다.

"그러니까, 이런 거야. 나는…… 이게 쉽지가 않네."

설마 더 나쁜 일은 아니겠지?

"나는, 그러니까…… 그냥 단도직입적으로 말할게."

좋아, 단도직입적으로!

"널 사랑하고 있어. 너와 함께 있고 싶어!"

그는 이 고백이 끔찍한 농담이 아니라 끔찍한 진담이라는 것을 내가 믿게끔 하는 데 꼬박 20분을 들여야 했다.

"렌헨, 나는 네가 열네 살이었을 때부터 마음에 두고 있었어. 첫눈에 좋아했지. 비록 핑크색 미키마우스 셔츠를 입고 엉덩이는 청바지가 터질 정도로 빵빵했지만. 너의 안경 낀 모습, 치아교정기 붙인 모습, 옅은 갈색 머리까지 좋아했어. 진심이야!"

"아, 그랬어?"

나는 무뚝뚝하게 말했다.

"그렇다면 왜 나를 귀여운 친구 이상으로는 대하지 않았는데?"

그것이 의문이었다. 왜냐하면 지금은 내 남자친구로서의 베른트를 생각할 수도 없지만, 8학년 때는 그를 멋있다고 생각했기 때문이다. 훤칠한 키에, 사람들과도 화통하게 어울렸고, 이미 어른처럼 다 자란 턱수염이 두드러져 보였던 그를. 열여섯 살 때 그는 멋들어진 쥐색 베스타(이탈리아제 명품 스쿠터)를 타고 다니면서 직접 수리를 하기도 했다. 손톱 밑이 까만 것은 당시 눈에 보이지도 않았다. 그는 '또래의 리더'였으며 부모님 세대를 놀라게 하고도 남을 '반항아'였다. 하지만 당시 베른트는 나에게 관심이 없었다. 나는 공책에다 그의 이름을 30만 번은 적었다. 그러나 고작 그에게, 티나의 옆 자리에 앉도록 자리를 바꿔달라는 부탁을 받았을 뿐이다. 이미 젖가슴이 나온 티나는 금발로 염색을 했고 책을 끈으로 엮어 가지고 다녔다. 게다가 적어도 (내가 아는 것만도) 남자애 넷과 놀아난 전력이 있었다. 그 뒤를 이어 베른트가 티나의 다섯 번째 남자가 되었던 것이다. 나는 3주 내내 가슴앓이를 했다. <브라보 걸>과 <메드헨> 같은 잡지에서 해보라는 대로 다 해봤다. 그에게 보내지 않을 이별편지도 써봤고, 실은 아무것도 아니었던 우리 관계의 좋은 면과 나쁜 면을 나열해보기도 했다.

그러다 어느 순간, 베른트의 눈을 다시 똑바로 쳐다볼 수 있게 되었고 그와 친구로 남는 것에 만족할 수 있게 되었다. 그의 여자들은 왔다가 갔지만 나는 지금까지 곁에 남았다. 그런데 느닷없이 나를 사랑하게 되었다니? 그런 경우가 어디에 있담?

"아주 간단해."

베른트는 이렇게 말하며 긴 다리를 앞으로 쭉 뻗었다.

"너는 열넷이었고 나는 열여섯이 된 지 얼마 되지 않았던 때였어. 물론 나는 우리가 이 시점까지 함께할 가능성이 있다고 믿을 만큼 순진하진 않았지. 하지만 분명한 건, 내가 결혼이라는 걸 한다면 상대는 바로 너라는 거였어. 그래서 너를 보낼 수 있었던 거야. 이것저것 겪어보라는 차원에서. 네가 십 년이 지난 뒤 나에게 인생에서 뭔가 놓친 것 같아 불안하다고 말하지 않길 바랐어."

나는 눈을 크게 뜨고 그를 쳐다보았다.

"그것도 그랬지만……."

그는 씨익 웃더니 덧붙였다.

"나 역시 이런저런 여자들을 겪어보고 싶었고."

"이런저런 여자들?"

나는 힐난조로 물었다.

"그래, 그것만큼은 철저하게 했네."

"질투하는 거야?"

"푸."

"지금은 우리 할아버지 세대와는 다르잖아. 어느 정도 발산을 시켜야 해. 여자들도 마찬가지야. 너에게 그럴 수 있는 기회를 주고 싶었어."

그는 손가락으로 내 뺨을 쓰다듬었다. 그의 손길은 무척 부드러웠지만, 이 순간만큼은 그것도 견딜 수가 없었다. 나는 의식적으로 고개를 뒤로 젖혔고 비딱하게 말했다.

"아량이 한량없구나. 그런데 얀이 갑자기 커밍아웃을 선언하지 않았더라면 어쩌려고 했어? 우린 결혼 날짜까지 잡아놨었어."

"맞아. 아슬아슬했지. 네가 얀을 만날 거라는 것을 몰랐을 당시, 나는 서두를 필요가 없다고 생각했어. 너도 기억 날 거야. 공원에 누워, 네가 아무 진전도 없는 남자관계에 질렸다고 말했던 그날 말이야."

물론 기억하고 있었다. 케빈과 짧지만 격정적이었던 연애를 끝낸 직후였다. 내가 어디서 그를 낚았는지 기억조차 가물거렸다. 다만, 그는 절대적으로 내가 원하던 남자라는 확신은 있었다. 비록 나보다 한참 연하이긴 했어도. 그러나 사람들이 이름만 보고 으레 짐작하는 만큼 어린 것은 아니었다. 사람들이 짐작하는 케빈의 나이는 <케빈은 열두 살>이라는 드라마가 방영된 이후로 그 이름이 우후죽순처럼 퍼졌던 1988년이 기준이었다. 그러나 우리 케빈은 83년생으로 그보다 훨씬 앞서 태어났고 나와 사귈 당시 당당한 스무 살 청년이었다. 그리고 나이에 비해 극도로 성숙했다. 나 자신도 나이에 비해 무척 어려 보였기에 완벽한 한 쌍이 될 수 있을 것이라 생각했다, 영원히. 케빈이 어느 날 연락을 끊어버리기 전까지는 그랬다. 허구한 날 겪는 일이었다. 현실감각을 상실했다는 것을 인정해야 했다. 그날 밤, 나는 베른트와 공원에 누워 밤하늘의 별들을 바라보았다. 그리고 (지금은 손을 뗐지만) 의식의 지경을 넓혀주는 약의 힘을 빌려 진실을 목도했다. 다시 말해, 엄한 남자들만 골랐다는 사실을 분명히 깨달았던 것이다. 그리고 결단을 내렸다. 부모님의 불행했던 결혼이 더이상 내 인생에 걸림돌이 되게 해서는 안 된다고, 실수를 되풀이하지 않을 것이며 열정적으로 결혼할 남자를 찾아야겠다고.

"너에게 시간을 주고 싶었어. 그 땅딸보를 극복할 시간을."

케빈은 키가 고작 168센티미터였고 바보스럽기가 이를 데 없었다.

"널 배려한 것이지."

'배려'라는 말이 그의 입에서 나오자 나는 씩씩대지 않으려고 입술을 깨물었다. 내가 에티켓 교육을 시켜주지 않았으면 뭘 어떻게 해야 하는지도 몰랐을 인간이 감히……. 그가 말하는 '배려'란 여자들 손에 맥주병을 쥐어주고 입술 사이로 혀를 밀어 넣는 것이었다. 그가 접근한 여자들은 그런 걸 멋있다고 생각했는지 둘은 딱 달라붙어 서둘러 사라지곤 했다.

"그런데 어이없게도……."

그는 내 생각의 고리를 끊으며 말했다.

"그리고 나서 사흘 만에 너는 얀을 대동하고 나타났던 거야."

"사흘이라니, 네가 잘못 알고 있는 것 아냐?"

"맹세컨대 딱 사흘 만이었어. 내가 산증인이지."

진정 사흘이었던가? 당시 나는 이것저것 따질 처지는 아니었다. 그 상황에서 얀을 잡은 것은 행운이었다. 그는 완벽에 가까운 남자였으니까. 물론 동성애적 측면은 제외다.

"넌 믿을 수 없겠지만, 네가 얀이 동성애자라고 말해줬을 때 얼마나 안도했는지 몰라."

그는 나의 불행을 자신의 행복으로 해석하고 있었다.

"마지막 기회를 놓쳐서 널 영원히 잃었다고 체념하고 있었으니……."

내 귀에 베른트의 이런 고백은 상당히 질척거렸다. 어떻게 대답을 해줘야 할지 모를 정도로 베른트답지 않았다. 나는 다만 멍한 표정으로 그를 응시했다. 그러자 베른트는 나와 얼굴이 맞닿을 정도로 다가왔다. '로마' 향이 났다. 강하지도 약하지도 않았다. 그가 바른 보습 립스틱에서 나는 멘톨 향과 조금 섞인, 나를 위로한답시고 끌어안을 때마다 코로 들어왔던 그의 체취와도 섞인 향이었다. 그의 도톰한 입술이 점점 다가오고 고개가 옆으로 기울여지는 모습을, 나는 눈을 동그랗게 뜨고 바라보았다. 설마 또 키스하려는 것은 아니겠지? 아까 살짝 스치는 것으로 끝났으니, 이미 물 건너 간 것 아니었나? 이제는 제대로 해볼 작정인가? 베른트가 입술을 벌려 내 입술을 누르고, 혀를 놀려 내 입속을 훑을 것이라 생각하자 갑자기 아랫입술이 부르르 떨리기 시작했다. 그 혀가 다른 여자들의 입속으로 밀고 들어가던 모습을 봤던 기억을 떠올렸다. 왠지 역겹다거나 해서가 아니다. 그때마다 나는 제삼자의 입장, 지극히 중립적인 관찰자였다는 사실이 또렷해졌기 때문이다. 결국 그의 도톰한 입술이 살짝 열리고 혀가 모습을 드러내는 순간, 나는 자제력을 잃고 깔깔거리며 웃음을 터뜨렸다. 그는 흠칫 놀라 고개를 뒤로 젖히더니 낯설다는 표정으로 나를 바라봤다.

"베른트."

나는 숨이 넘어갈 듯 웃다가 애써 참으며 말했다.

"진심은 아니지?"

8

베른트가 이 방에 들어와 나를 깨우기 15분 전까지만 해도, 내가 순진한 희생양에 불과했다는 사실이 어색하게 느껴졌다. 혼란스러웠고 자존심이 상했다. 이제 기다란 소파에 풀 죽어 앉아 있는 쪽은 베른트였다. 나는 어땠느냐고? 뭘까? 악의 화신? 아니, 그런 역할은 싫었다. 그의 눈을 보니 웃음보는 금세 사그라졌고 불편한 침묵만이 감돌았다.

"베른트."

나는 나지막이 그의 이름을 부르며 조심스럽게 손을 잡았다. 그는 고개를 번쩍 들고 나를 쳐다보았다, 기대에 찬 눈으로. 그 눈빛이 무엇인지 알고 있던 나는 성급히 손을 뗐다. 오해의 여지를 주고 싶지 않았으므로. 내가 왜 베른트 때문에 이래야 하나 생각하니 갑갑했다. 게다가 상처받은 마음을 애써 견디고 있는 눈으로 그가 날 쳐다보고 있으니, 대놓고 소리를 지를 수도 없었다. 이런 입장이 되어보는 것 자체가 무척 난처했다. 불쌍하게 버림받는 쪽은 늘 나였다. 그때 베른트가 정신을 차렸다. 그는 내 손을 잡고 눈을 바라보았다.

"렌헨, 이렇게 털어놓은 것이 안 좋을 수도 있다는 건 인정해."

혹시, 주워 담으려는 것일까?

"조금은 성급했지. 혼란스러울 거야. 서러운 마음과 힘겹게 싸움을 끝낸 지 얼마 되지 않았으니까. 지금은 갈게. 네가 마음을 추스르고 신변을 정리

할 수 있도록 말이야, 그게 낫겠어. 그럴까?'

간다고? 간다는 말이 귀에 쏙 들어왔다.

"그래."

나는 순순히 동의했고 안도하는 모습을 들키지 않으려고 표정을 관리했다. 그런데 막상 베른트의 눈에서는 괴로움이 사라졌다. 이제는 내가 알던 씩씩한 베른트로 돌아와 있었다.

"좋아! 전화할게."

이 말과 함께 그는 의자에서 벌떡 일어나 방을 나서려고 했다.

"잠깐만."

나는 퍼뜩 떠오르는 것이 있었다.

"라일라는 어떻게 된 거야?"

"라일라?"

"그래, 라일라. 라일라에게 완전히 빠져 있던 거 아니었어?"

그는 나를 향해 의미심장한 미소를 날렸다. 표정엔 장난기가 가득했다.

"렌헨. 잘 생각해봐."

라일라 — 렌헨

패션답당 편집자 — 이미지 컨설턴트

언제나 세련된 옷차림 — 언제나 세련된 옷차림

하늘색 미니 카브리올레 — 하늘색 미니 카브리올레

좋아하는 음식, 스시 — 좋아하는 음식, 스시

정녕 이토록 눈치가 없었단 말인가.

오후 늦은 시간이 돼서야 나는 블랑케네제로 돌아갔다. 앙겔라가 각별히 신경 쓰고는 있었지만, 혹시 도티에게 밥 주는 것을 잊지는 않았는지 걱정이 되었다. 나는 투쟁 끝에 불쌍한 도티가 집 안을 조금이나마 자유롭게 돌아다닐 수 있도록 허락을 받아냈다. 거실과 식사 공간은 예외였지만. 문을 열자 하이힐을 신은 앙겔라가 넘어질세라 성급히 걸어오는 소리가 들렸다. 난리도 아니군. 아마도 '고양이 교육이 덜 되었다'며 일장 연설을 늘어놓으려는 모양이었다. 문을 닫고 구두를 벗기가 무섭게 그녀는 이미 내 앞에 당도해 있었다. 어떤 공격을 받든 방어할 마음의 준비를 끝냈다. 그런데 그녀는 "헬레나, 정말 축하한다"라고 말하며 나를 끌어안고 뺨에 뽀뽀까지 하니 적잖이 당황스러웠다. 이게 웬일이지?

"고맙습니다."

나는 다소곳하게 대답은 했지만 첫째, 내 생일은 어제였고 둘째, 그다지 진심은 아니었겠지만 생일 축하한다는 인사는 이미 받았다는 것을 지적해 줄 만한 엄두가 나지 않았다.

"정말 기쁘구나, 헬레나."

이제는 거실 쪽에서 아버지의 지엄한 목소리가 들렸다. 놀랍게도 아버지까지 다가와 나를 안아주었다.

"기쁘다니요?"

나는 의아해하며 물었다. 나를 가운데 두고 셋이 함께 거실로 왔다. 거실의 흰색 가죽 소파에는 누군가가 앉아 있었으니, 바로 재키였다. 그녀는 나를 보더니 환하게 웃었다.

"안녕, 언니. 미안해. 내가 말씀드려버렸어. 그러지 않을 수가 없었어!"

재키의 입에서 말이 쏟아지는 동안, 아버지와 새엄마는 고개를 연신 끄덕였다. 모두들 기분이 좋아 보였다. 단지 내가 그 이유를 몰라서 그렇지.

"앉자꾸나."

아버지가 소파를 가리켰다. 나는 재키 옆에 털썩 앉아 영문을 알려달라는 표정으로 그녀를 바라보았다.

"언니, 정말 잘됐어."

재키는 조잘대면서 내 손을 꼭 잡았다. 언제부터 자매 간에 도타운 정이 생겼는지, 자문해보지 않을 수 없었다.

"대체 뭐가 잘됐다는 거니?"

"결혼 말이야."

그녀는 기쁨에 들떠 말했고, 동시에 앙겔라가 물었다.

"너희들, 날짜는 잡았니?"

"구월 삼십 일이 어떻겠느냐?"

이제는 아버지가 나섰다.

"그러면 란트하우스 플로트베크Landhaus Flottbek, 함부르크에 있는 호텔에서 예약취소 수수료를 없던 것으로 해줄 텐데 말이다."

나는 화들짝 놀라 아버지를 쳐다보았고 천천히, 아주 천천히 고개를 돌려 여동생의 눈을 바라보았다. 내 눈초리를 보면 웬만큼 마음 여린 또래 여자들은 가슴이 뜨끔했을 테지만, 재키는 조금 당황스러운 듯 쭈뼛거리며 웃기만 했다. 나는 앙겔라와 아버지에게 나지막이, 그러나 힘주어 말했다.

"잠깐 재키와 단둘이 얘기를 해야겠어요."

나는 벌떡 일어나 그녀의 손을 잡아 일으켰다.

"실례하겠습니다."

나는 이렇게 말하고는 재키를 거실에서 데리고 나와 계단을 올라 내 방으로 끌고 갔다.

나는 방문을 닫고 천천히 재키를 향해 돌아섰다. 그녀는 방 한가운데에
서서 여전히 내 행동을 이해 못 하겠다는 얼굴을 하고 있었다. 그리고 예의
천사 같은 미소를 지어보려 했다. 그 미소는 누구에게나 먹혀들었지만 나한
테만큼은 아니었다. 나는 한 발짝 다가서면서 말했다.

"제발 부탁인데, 네가 어제 베른트의 실없는 농담을 진담이라고 믿은 것
은 아니라고 말해줘. 네가 저분들에게 나와 베른트가 결혼할 거라고 말씀드
린 것이 아니라고 말해. 네가 생각보다 어리석은 건 아니라고 말하라고!"

그녀가 입을 벌려 뭐라 변명을 하려 했지만, 나는 위협적인 어조로 말을
계속했다.

"이게 진실이 아니라고, 내가 꿈을 꾸고 있는 거라고 말해!"

"아……."

"뭐?"

"그래, 맞아."

"뭐가 맞는다는 거야?"

아니야, 그럴 리 없어!

"나는……."

재키의 아랫입술이 부르르 떨렸다. 그게 뭔지 나는 알고 있었다. 이제 그
녀가 울고불고할 것이라는 사실을.

"그래, 맞아. 나는 언니가 생각했던 것보다도 어리석은 사람이야."

재키는 흐느꼈다. 이게 꿈인지 생시인지 확인해보려고 내 팔을 세게 꼬
집어보았다. 아익! 아팠다. 분명 꿈은 아니었다. 다리가 갑자기 푸딩처럼 흐
느적거리는 것 같았다. 나는 말없이 침대 위에 무너지듯 앉았다.

"미하엘과 닉에게, 널 초대하는 게 아니라고 말했는데……."

나는 한숨을 쉬었다. 재키의 상심한 눈빛은 무시했다. 대신 울지 않으려

고, 소리 지르지 않으려고, 재키에게 달려들지 않으려고 안간힘을 썼다. 도대체 왜? 재키는 진정 켈리 번디Kelly Bundy, 미국 시트콤 〈못 말리는 번디 가족Married with Children〉에 등장하는 번디 가家의 딸. 금발의 미녀로 직업이 없고 오로지 TV 스타가 되는 것이 꿈이며 광고를 찍을 때 대사 한마디를 외우지 못해 상대를 난감하게 만들 정도로 지성과는 거리가 먼 인물보다도 더 멍청한 위인인 것일까, 아니면 이 집안에서 나를 '구제불능'으로 낙인찍히게 하려고 의도적으로 등 뒤에서 칼을 휘두르는 두 얼굴의 극악무도한 짐승인 걸까? 그러나 울면서 내 앞에 서 있는 모습을 보고 있자니, 분명 그런 것은 아니었다. 단순히 눈치가 없는 것일 뿐이리라. 그러나 그것이 면죄부가 될 수는 없었다.

"이 아둔한 것아!"

내 입에서 험한 말이 튀어나와 버렸다. 재키는 흠칫 놀라 몸을 움츠리더니 눈을 크게 뜨고 나를 쳐다봤다.

"네가 무슨 일을 저질렀는지나 알아?"

"미안해."

그녀는 코를 훌쩍이며 말했다.

"나는 정말로…… 그러니까, 베른트가 드디어 말을 꺼냈구나 생각했어. 언니와 베른트는 늘 절친했잖아. 그리고…… 나는 벌써 몇 년 전부터 왜 언니가 베른트와 사귀지 않는지 궁금했어."

이 말을 듣자 비난의 말이 목구멍에 걸렸다.

"정말이야?"

나는 아까와는 사뭇 다른 음성으로 물었다.

"정말이야. 이제 보니까 베른트는 정말 근사하고 언니랑 잘 어울려 보였어. 나는 전혀 몰랐어. 사실도 아닌데 베른트가 왜 그런 말을 했겠어?"

그녀는 갑자기 울컥한 심정이 되어 이렇게 물었고, 나는 대답했다.

"왜냐하면 그건 농담이니까. 어릴 때 일을 웃자고 꺼낸 것일 뿐이지 그 이상은 아니야."

불과 몇 시간 전까지만 해도 수상쩍게 생각지 않았던 베른트의 행동을 이제는 변명하고 있었다.

"게다가 너 같은 새대가리만 빼고, 거기 있던 사람들은 다 그렇게 알아들었어."

"미안해, 하지만 나는 순수한 맘으로 언니가 잘돼서 기뻤을 뿐이야. 그게 전부라고."

그녀는 들릴 듯 말 듯한 목소리로 말했다.

"그랬겠지."

나는 빈정댔다.

"나를 너무나 뜨겁게 깊이 사랑하고 있고, 내 안위 이외에 다른 생각은 못했기 때문이겠지."

"그래, 그거야."

그녀의 꾸밈없는 대답에 나는 입을 다물 수가 없었다. 나는 그녀가 갑자기 뒤돌아서서 고자질을 하거나 날 혹독하게 대했던 수많은 순간들을 상기시켜주고 싶었지만, 아래 거실에서 앙겔라와 아버지가 노처녀 딸을 치워버릴 기대에, 결혼식을 위한 세부사항까지 계획해놓고 있을지 모른다는 생각이 들었다. 어차피 재키가 알아듣지도 못할 근본적인 문제를 놓고 왈가왈부하고 싶지 않았다. 사태를 수습해야 했다. 하지만 어떻게?

그날 저녁 나는 재키와 그녀의 부군을 포함한 온 가족과 함께 식탁에 앉았다. 흔치 않은 일이었다. 내 서른 살 생일이 친애하는 제부까지 집에 들러야 할 만한 사건은 아니었다. 그러나 내가 결혼을 한다고 하면, 경우가 달랐다. 나는 아직도 분명하게 말을 못 꺼내고 있었다. 뭐라고 해야 하나? 딸 하나는 범법 행위로 간주해야 할 만큼 멍청하고 다른 하나는 여전히 남자가 없다고?

"너와 약혼한 그 사람은 언제쯤 만나볼 수 있는 거니?"

앙겔라는 돼지고기 커틀릿이 담긴 은쟁반을 나에게 건네며 물었다.

"됐어요, 고기 안 먹어요."

나는 이렇게 말하며, 접시에 놓인 음식을 열심히 퍼먹고 있는 파울에게로 쟁반을 넘겼다.

"벌써부터 마음이 들뜨는구나."

아버지는 앙겔라의 말에 동의하면서 말했다.

"재키 말로는 무척 성격이 좋고 젊은 사람이라고 하더구나."

나는 재키에게 적의에 가득 찬 눈빛을 보냈고 그녀는 목을 움츠리고는 앞에 놓인 접시만 보고 있었다.

"손자도 얻고 사위도 얻게 되는군요."

앙겔라의 목소리는 흐뭇한 심정을 그대로 드러냈다. 그녀는 온정과 부드러움을 담은 눈길로 나를 바라봤다. 나는 한숨을 깊게 내쉬었다. 내가 꿈꿔왔던 것이 바로 이런 것이었다. 그러나 불행히도 그 상대는 베른트가 아닌, 내가 사랑하는 누군가여야 했다.

"베른트를 사랑하지 않아?"

소피아가 물었다.

"사랑하지 않아. 아니, 사랑하지. 하지만 그런 식으로는 아니야. 친구로서 사랑해. 베른트는 내 친구, 그 이상은 아니야."

"알겠어."

그녀는 고개를 끄덕였다.

"그렇다면 이제 사소한 오해를 해명해야 할 때라고 생각지 않아?"

나는 퍼뜩 놀라 눈을 비볐다. 벌써? 결국 아버지를 실망시켜야 하겠지만, 그 전에, 비록 오해로 인한 것일지라도 이런 대접을 좀더 오래 받고 싶었다. 그때 이후 다시 한 번 말이다.

"시간을 끌면 더 힘들어질 뿐이야."

소피아는 이렇게 경고했다. 대체 어쩌라고?

"만약 사위될 사람이 레페르반에 있는 더러운 기숙사식 아파트에 살고 있대도 그렇게 좋아하시겠어요?"

나는 용기를 내어 아버지에게 말을 꺼냈다.

"무슨 말이냐?"

"게다가 몇 주 전까지만 해도 근사한 양복은 고사하고 제대로 된 양복 한 벌 가져본 적 없는 사람이라면, 학교에서 두 번이나 유급을 당했다면, 고등학교를 3,2독일의 학교는 1점에서 5점까지 점수를 매기며, 1점이 최고 점수이고 5점이 최하 점수이다로 졸업했다면 말이에요. 부엌 가위로 직접 이발을 하고, 세계화 반대 집회에 나간다면 어쩌시겠어요? 하루 벌어 하루 살고, 주택예금이나 생명보험 같은 건 가입하지도 않았다면, 그래도 좋으시겠어요?"

"헬레나, 대체 그게 무슨 소리냐?"

아버지는 엄하게 물었다.

"약혼 같은 건 없어요."

나는 이렇게 말해버렸다. 아버지는 충격을 받은 것 같았다. 앙겔라는? 새엄마는 아무 말 없이 식탁에 앉아 있는 사람들의 표정을 살폈다. 나는 힘겹게 숨을 몰아쉬며 소피아를 찾았다. 사람들이 나를 마치 정신병동에서 탈출한 환자처럼 취급해도 그녀의 눈에서 칭찬의 기미를 찾아볼 수 있다면 그것으로 위안을 얻을 것 같았다. 하지만 그녀는 고개만 살짝 까닥일 뿐, 얼굴에는 이상하리만치 표정이 없었다. 이런! 아무도 도와주질 않는군. 누가 뭐라고 말 좀 해주실래요? 나는 이 상황을 오래 버틸 수가 없었다. 내 시선은 이곳저곳을 떠돌다 재키에게 가서 멈췄다. 나는 눈에 띄지 않게 고개를 끄덕였다. 어서, 뭐라고 말 좀 해봐! 이제 나한테 뭔가 도움이 되는 일을 좀 해보라고!

"자연분만을 하고 싶어요."

재키가 갑자기 말문을 열었다. 분위기를 반전시키기에 나쁘지 않은 소재였다. 이제 공은 그녀에게로 넘어갔다. 아버지는 이쪽 딸에게서 저쪽 딸에게로 시선을 옮기면서, 아마도 왜 자신이 이런 형벌을 받아야 하는지 수천 번은 곱씹어 보았을 것이다.

"여보, 이미 제왕절개하기로 했잖아. 그래야 아기가 태어날 때 내가 곁에 있을 수 있어."

파울은 고개를 저으며 이렇게 대꾸했다.

"당신더러 옆에 있지 말라고 한 적 없어. 자연분만을 할 수 있는데도 굳이 배를 가르고 싶지 않아."

"하지만 얘야, 넌 너무 약하잖니. 엄마 말을 믿으렴. 제왕절개가 가장 좋은 방법이야. 너도 그렇게 해서 태어났단다."

앙겔라는 설득 작업에 들어갔다.

"그래도……."

재키는 말을 하려다 말고 아랫입술을 삐죽 내밀었다.

"그게 무슨 허튼소리냐!"

아버지는 딱 잘라 말했다.

"파울이 출장 때문에 늘 바쁘다는 것은 너도 잘 알잖니? 제왕절개를 해야 파울이 아들이 태어나는 순간을 놓치지 않을 수 있다. 그 길밖에는 없어."

물론이었다. 만약 태어날 아이가 딸이었다면 얘기는 달라졌을 것이라는 생각이 머리를 스쳤다. 이제 '헬렌의 결혼'은 대화의 주제에서 벗어났다고 생각해도 될까? 내 결혼 건은 이렇게 순식간에 지나갔다. 다행이었다. 그때 나를 부르는 재키의 소리가 들렸다.

"뭐?"

"언니는 제왕절개를 어떻게 생각하느냐고 물었어."

누구, 나? 언제부터 내 의견이 중요했지?

"결코 좋은 방법은 아니라고 생각해. 내 의견을 분명히 말하자면."

"왜?"

아, 나더러 결판을 내달라는 것이로군.

"왜냐하면 출산 과정은 엄마와 아이에게 중요하기 때문이야. 또, 그때 아이의 성장에 필요한 호르몬이 분비되지. 그리고 자연분만을 해야 출산 전 몸매로 돌아오는 시간이 단축돼."

마음 같아서는 앙겔라를 곁눈질하면서 뱃살 리프팅도 헛수고라고 말하고 싶었지만, 그만한 용기는 없었다. 따라서 내 강의는 그것으로 끝을 맺었다. 재키는 만족스러운 듯 고개를 끄덕였다.

"맞아. 나도 전적으로 같은 생각이야."

그녀가 나에게 고맙다는 눈빛을 보냈다.

"일단 한번 보자고."

파울이 대꾸했다. 나는 재키가 사실상 아버지와 결혼한 것이나 다름없다는 것을 다시 한 번 깨달았다. 일단 되어가는 상황을 보고, 다음에 다시 한번 거론을 하겠지만, 결국 아버지가 원하는 대로 하게 될 것이다. 나는 고개를 숙이고 입을 다문 내 어린 여동생을 연민 어린 시선으로 바라보았다. 불쌍한 것.

"커틀릿이 정말 훌륭해, 앙겔라."

아버지는 이렇게 칭찬하며 맛있게 입을 오물거렸다. 네, 그렇죠. 오늘 날씨는 보기 드물게 화창하군요. 나는 반항심에서 속으로 이렇게 되뇌었다. 오늘 내가 왜 이러는지 모르겠다. 관심이 나에게서 재키에게로, 다시 커틀릿으로 옮겨갔기 때문에 기분이 좋아야 했다. 그러나 몇 달 안에 있을 두 번째 결혼은 방금 전 파투가 났다. 지난 스물네 시간이 내게는 너무 길었지만 나는 아직 관심에 목이 말랐다. 소피아는 힘내라며 나를 옆으로 살짝 밀쳤다. 잘못 들은 것이 아니라면 나는 이렇게 말하고 있었다.

"베른트와 결혼 안 해요."

"알고 있다, 헬레나. 이미 말하지 않았니?"

아버지가 말했다.

"그만하고 거기 크로켓이나 주려무나."

아홉 시 반밖에 안 되었지만, 나는 침대에 누웠다. 생각할 것들이 너무나 많았다. 생각하기에는 잠들기 전이 가장 좋았다. 도티는 내 옆에 앉아 귀 뒤에서 그르렁 소리를 내고 있었다. 소피아도 등장했다.

"아무래도 네가 아버지 집에서 지내는 게 좋지 않은 것 같아."

그녀는 생각의 실마리를 던져주었다. 그랬다. 소피아의 말이 옳았다. 서둘러 살 곳을 알아봐야 했다. 내일 당장. 더이상은 이렇게 살 수 없었다. 그렇게 생각하니 기분이 나아졌다. 나는 숨을 깊게 내쉬었다. 보통 이럴 때는 베른트에게 전화를 걸어 아버지에 대한 불만을 토로하곤 했다. 이제는 그럴 수도 없었다. 베른트. 그는 내 앞에서 라일라를 위해 스타일을 바꿨다. 결국 나를 위해서였다. 귀여운 것. 이제는 정말로 근사해 보였다. 내가 만약 어딘가에서 그를 소개받는다면 마음에 들어 했을지도 모른다. 일단 외모만. 사실 성격도 좋은 녀석이다. 그럼에도 불구하고 베른트와 섹스를 한다고 생각하면 쿡쿡 웃음이 새어 나왔다. 지난 15년 동안 나는 내 친구 베른트에게도 페니스라는 것이 있다고 생각해본 적이 없었다. 그런 그가 나와 함께하고 싶다고, 나를 사랑하게 되었다고 하다니 터무니없었다. 이를 어째? 그러나 베른트의 사랑은 고작 두 달 이상 가지 않았다는 것을 생각하며 위안을 삼았다. 그랬다. 그렇게 될 것이었다. 그가 정말 나를 사랑하게 되었다 해도 몇 주만 지나면 상황은 달라져 있을 것이다. 나는 다시 좋은 친구 헬렌으로 돌아가 있을 것이고, 그는 실연당할 때마다 나를 안아주는 나의 귀여운 테디베어가 되어 있을 것이다. 그리고 몇 주가 더 지나면 옛날이야기를 하며 함께 웃게 될지도 모른다. 그렇게만 된다면야 나쁘지만은 않았다. 여동생에 대해서도 생각해보았다. 어쩌면 그렇게 멍청할 수가 있을까? 어쨌든 일은 잘 해결되었지만 나는 아버지가 그냥 넘어가리라고는 생각지 못했다. 결혼식은 없다. 야호! 나는 박수를 기대하며 소피아를 바라보았다. 하지만 그녀는 여전히 표정에 변화가 없었다.

"대체 왜 그래?"

나는 못마땅해서 물었다.

"아버지한테 할 말은 해야 한다고 늘 그랬잖아. 오늘 그렇게 한 거야."

나는 무척 만족스럽게 머릿속으로 그 장면을 돌이켜보았다. 베른트의 진면목을 설명했을 때의 아버지 표정을 떠올리니 웃음을 참을 수가 없었다. 유급 전력에다 말썽쟁이에 변변찮은 사람!

그러자 소피아가 물었다.

"베른트가? 아니면 네가?"

"너희 집에서 지내도 될까? 임시로."

나는 짙은 붉은색 여행 가방을 어깨에 둘러메고, 왼손에는 도티를 넣은 우리를 들고 미하엘과 닉 앞에 섰다. 동정심을 유발시키는 표정으로.

"도티와 나는 절대 방해가 되진 않을 거야. 나는 상당히 괜찮은 하우스메이트야. 진짜야! 정돈도 잘하고, 조용하고, 날짜에 정확히 맞춰서 방 값도 지불할게. 우리가 있는 줄도 모를 거야. 아버지 집에서는 하루도 더 견딜 수가 없어."

나를 하우스메이트로 받아달라고 애원하고 있었다. 결국 이렇게까지 되고 말았다. 도티는 사람의 마음을 녹여버릴 듯 야옹거렸다. 착한 것.

"물론이야. 들어와."

닉은 흔쾌히 말했고, 미하엘은 내 가방을 들어주었다.

"네가 우리 아이들에 대해서도 이렇게 선뜻 생각을 바꿔주기만 한다면 내년 사월에는 아빠가 되어 있을 텐데 말이야."

미하엘은 짐을 옮겨주며 씨익 웃었다. 이건 얘기가 다르잖아. 하지만 나는 새로운 하우스메이트들에게 밉보이고 싶지 않았다. 그래서 이렇게 대꾸했다.

"그 전에 일단 도티로 만족해야 할 거야."

나는 도티를 우리에서 꺼내주었다. 도티는 몸을 쭈욱 펴고는 친근하게 미하엘의 다리 사이로 쏙 들어갔다. 미하엘은 몸을 굽혀 도티의 머리를 쓰다듬어주었다.

"귀엽네. 우리도 늘 고양이가 한 마리 있었으면 했어."

그렇다면야 더할 나위 없이 잘된 일이었다. 그 셋은 함께 놀도록 내버려두고 나는 '저절로 퍼지는 간이침대'를 작업실에다 끌어다놓았다. 어차피 작업실은 '사용하지 않다시피' 한다고 했고, 그 말은 믿을 만했다. 줄을 잡아당기자 몇 분 뒤 침대가 완성되었다. 취침 준비는 이것으로 완료. 이제 막

아침 아홉 시 십오 분이었다. 나는 하늘색 침대보를 마저 씌운 다음, 접었다 폈다 할 수 있는 옷걸이에다 옷들을 걸었다. 30분도 지나지 않아 '내 방'이 완성되었다.

두 남자들이 다음 날 아침 집을 나서자마자, 나는 집 안을 구석구석 살펴봐야겠다는 마음을 누를 수가 없었다. 지저분한 작은 수첩이나 섹스 기구 같은 것을 찾아보겠다는 것이 아니다. 다른 사람들과 공간을 나눠 쓴다는 것이 무척 껄끄러운 일이라는 사실을 증명할 만한 흔적을 찾아 각 방을 수색하는 작업이었다. 동성애자든 아니든, 남자 둘과 같은 공간을 쓰는 것이기에 더더욱 이런 작업은 필요했다. 남자 하나와 사는 것도 솔직히 질렸다. 얀과 주거 공간을 함께 사용했던 것은 그에 대한 내 사랑을 최대한 증명해 보인 일이었다. 나는 세면대에 면도 흔적이 남아 있지는 않은지 샅샅이 살펴보았다. 추측은 빗나갔다. 배수구에 머리카락은 한 터럭도 없었고 욕조에도 말라붙은 더러운 비누 조각은 보이지 않았다. 변기 의자에도 소변 자국은 없었다. 아침 식사 때 사용한 접시들은 가지런히 식기세척기 안에 꽂혀 있었고 부엌 찬장에 있는 유리잔에도 물 자국은 없었다. 수저통에 담긴 수저들도 반짝반짝 윤이 날 정도로 깨끗하게 닦여져 있었다. 나는 연분홍색 양말을 신고 여러 번 부엌 타일 바닥을 문지른 다음 발바닥을 확인해보았다. 깨끗했다! 부엌에 나뒹구는 빈 병 하나 없었고 거실에 있는 서랍 꼭대기를 집게손가락으로 훑어보았지만 먼지는 묻어나지 않았다. 합격이었다. 나는 안도의 한숨을 쉬며 기다란 소파에 털썩 앉았다. 야호! 파라다이스에 안착했다. 저 둘은 나를 서둘러 내몰지는 않을 것이다. 미하엘과 닉을 알게 된 것이 얼마나 다행인지 몰랐다. 물론 마냥 좋은 상황은 아닐지라도. 그들이 내 두 번째, 세 번째 베스트 프렌드가 될 확률은 높았다. 이렇게 깨끗하고 정돈을 잘하니까. 둘은 까다로웠다. 꼭 나처럼. 그리고 둘 중 하나라도 갑자기 나에게 손찌검을 할 일은 없었다. 나한테 미하엘과 닉이 있는데 굳이 베른트가 필요할까? 아니지, 그런 생각은 하고 싶지 않았다. 베른트를 대신할 사람은 없었다. 그는 끝까지 내 베스트 프렌드로 남을 것이다. 욕실 거울 앞에서 입술 선을 그리고 있는데, 밖에서 열쇠 돌리는 소리가 났다.

"어? 벌써 돌아온 거야?"

내가 큰 소리로 말하며 욕실을 나갔을 때, 금발의 젊은 여자가 집 안으로 들어왔다.

"안녕하세요."

"아, 안녕하세요."

우리는 약간 당황한 채 마주보고 섰다.

"탄야라고 해요."

그녀는 자신을 소개하며 악수를 청했다.

"여기서 청소를 하고 있어요. 학비보조금을 받고는 있지만 보탬이 될까 해서요."

"아, 그러세요."

순간 내 세상이 와르르 무너지는 것 같았다.

"그런데 댁은 누구세요?"

그녀는 자신의 청재킷을 옷걸이에다 걸고 소매를 걷어 올리면서 물었다.

"난 헬렌이에요. 여기서 잠시 머물고 있죠. 그럼, 이만."

"아, 그러세요. 그럼 좋은 하루 보내세요."

그녀는 이 말과 함께 부엌으로 사라졌고 개수대 쪽에서 부스럭거리며 세척제와 행주를 찾는 것 같았다. 나는 화장을 끝내고 집을 나서기 전, 서둘러 그녀에게 갔다. 그녀는 부엌 조리대 위에 생긴 석회 자국을 문질러내고 있었다.

"탄야!"

내가 부르니 그녀는 하던 일을 멈추고 나를 올려다보았다.

"정말 일을 잘하시더군요. 다 알고서 하는 말이니 믿으세요."

생일이 지난 지 며칠이 되었건만 여전히 베른트에게서는 소식이 없었다. 전화도 없었고, 문자도 없었다. 감감무소식이었다. 그런데 점점 가슴 시릴 정도로 그가 보고 싶어졌다. 목요일 저녁, 더이상 견딜 수 없었던 나는 먼저 전화를 걸었다.

"여보세요?"

"여보세요."

목소리가 갈라지는 통에 나는 헛기침을 몇 번 했다.

"안녕, 나야."

"나라니, 나가 누군데?"

"너도 알잖아!"

"아, 렌헨이구나. 목소리를 전혀 못 알아들었어. 오랜만이구나."

"그러네. 일이 좀 많았어. 있잖아, 나 이제 닉이랑 미하엘 집에서 살고 있어."

"드디어 아버지 집에서 나왔구나. 축하해!"

"고마워."

잠시 침묵이 흘렀다.

"나한테 연락 안 하더라."

결국 나는 말하고 말았다.

"그랬지."

지금까지 대화 내용은 어색하기 짝이 없었다.

"너에게 시간을 주고 싶었어. 생각할 시간을."

"뭐에 대해 생각할 시간?"

아량을 베풀었다는 거야, 뭐야? 벌써부터 나는 속에서 불쾌한 감정이 올라오는 것을 느꼈다. 침착하자, 헬렌. 전화선 저편에 있는 사람은 네 베스트 프렌드잖아.

"흠. 우리가 얘기했던 것에 대해서."

"아, 그거."

"해봤어?"

"뭘?"

"생각해봤냐고."

"아, 생각해봤지."

나는 느릿느릿 대답했다. 달리 뭐라고 말하겠는가. 사실, 오히려 그 생각을 안 하려고 무진장 노력했다고 말해야 옳았다. 생각할수록 더 많은 의문이 꼬리에 꼬리를 물기 때문이었다. 앞으로 어떻게 해야 할지, 통과의례를 거치고 나면, 즉 남자로서 그를 원하진 않지만 그는 여전히 베스트 프렌드이며 그 이상은 될 수 없다고 말하고 나면 우리의 우정은 어떻게 되는지 등등. 하지만 나는 그렇게 대답하고 싶지는 않았다.

"그런데?"

수화기에서 그의 목소리가 울렸다. 뭔가 대답을 원하는 것 같았다.

"아, 있잖아."

나는 질질 끌고 있었다.

"베른트, 잘 들어. 그러니까 이런 거야……."

"잠깐, 아직 말하지 말아봐. 전화로 말하는 건 좋지 않은 방법 같아. 안 그래?"

"맞아."

나도 확실히 그렇다고 생각했다.

"내일 저녁에 만날까? 괜찮아?"

내일 저녁? 나야 상관없지.

"괜찮아."

나는 동의했다.

"좋아."

수화기를 통해 전해오는 그의 밝은 미소를 느낄 수 있었다.

"일곱 시 반, 어때?"

"그래, 일곱 시 반. 괜찮아."

"그럼 내일 저녁에 보자. 데리러 갈게. 안녕!"

"안녕!"

나도 베른트와 똑같이 인사했지만, 이미 그는 전화를 끊어버린 후였다. 나는 조금씩 깨우치고 있었다. 재키가 아무리 멍청해도 내 혈육임을 부정할 수는 없다는 사실을. 내일 베른트와의 만남은 평소와는 다를 것이다. 그냥 만나는 것이 아니라 데이트였으니까.

9

뭘 입지? 뭘 입어야 하나. 나는 난처해하며 임시 옷장을 샅샅이 뒤졌다. 풀지 못할 문제를 앞두고 있었다. 갑자기 나와 함께 있고 싶다고는 하나, 나로서는 결코 사양인 데다 베스트 프렌드로서 되찾고 싶은 사람과의 데이트 때 무엇을 입어야 하느냐의 문제였다. 내 뾰루지도, 헐렁한 옷차림도 알고 있는 사람과의 데이트였다. 그는 나에게 남자가 아니었다. 잠깐! 100% 남자가 아닌 건 아니었다. 얇은 쉬서 내의만 입고 (실례지만) 아무것도 걸치지 않은 베른트를 상상해보면 그는 내가 만났던 남자들을 전부 합친 것보다 더 남자다웠다. 그렇다고 해서 베른트가 내가 만날 남자, 내 남자의 대열에 낀다는 것은 아니다. 혼란스러웠다. 무신경하게 이 옷, 저 옷을 위에 대보고, 그때마다 고개를 저으며 도로 옷걸이에다 걸어놓으면서 이게 무슨 짓인지 자문해보았다. 미안한 말이지만, 베른트와 만나기 위해 채비를 하는 것이 결코 즐겁지만은 않았다. 지금까지 살면서 데이트라는 걸 무척 많이 해봤다. 그중 75%는 완전 '꽝'이었다. 하지만 옷을 입고 화장을 하고 초조해하고 기다리고 기대하는 것만큼은 (이건 나머지 25%) 언제나 좋았다. 그런데 지금은? 내가 왜 예쁘게 보여야 하는 걸까? 그의 마음에 들기 위해? 전혀 그럴 필요가 없었다. 소피아가 내 뒤에서 까르르 웃음을 터뜨렸다. 흠, 표현을 수정해야겠다. 실은 모두가 날 좋아했으면 했다. 그러나 이런 식은 아니었다. 단순한 친구로서의 나는 베른트에게 차고 넘칠 만큼 좋은 사람이었다. 노르

스름한 베이지색 포대 자루 같은 옷을 두르고 나갈까? 그런 옷은 애초에 없었다. 어울리지 않으니까. 나는 한숨을 내쉬며 진jean 소재의 오버올을 골랐다. 하이힐을 신고 벨트를 맨 다음, 거기에 어울리는 가방을 메고 액세서리로 마무리했다. 이제 옷은 갖춰 입었다. 화장을 약간 하고 나니 시계는 일곱 시 이십 분을 가리켰고, 외출 준비는 끝났다. 여느 때처럼 베른트를 만나는 것이었더라면 생각할 수도 없는 절차였다. 나는 창문 밖으로 아파트 출입문에 택시 한 대가 서 있는 것을 보았다. 그럴 만했다. 나에게 차를 빌려달라고 할 수는 없는 노릇이니. 베른트가 차에서 내렸다. 손에는 흰 장미꽃 한 다발을 들고 있었다. 이런, 맙소사. 일곱 시 삼십 분이 되기 9분 전이었다. 그가 8분 30초 동안 기다리고 섰다가 일곱 시 삼십 분 정각에 초인종을 누를 때까지의 모습을 지켜보았다. 배운 대로 잘 적용하는 모범생 같았다. 나는 베른트에게 아홉 가지 에티켓을 가르쳐주었던 그날을 저주하면서 현관을 향해 발걸음을 옮겼다. 나는 그 아홉 가지에다가, 우리는 결코 어울리지 않는다는 점을 추가했어야 했다.

문을 열자 베른트가 나를 향해 미소 짓고 있었다.

"안녕, 렌헨."

그가 꽃다발을 건넸다.

"안녕. 고마워."

나 역시 인사를 하고 꽃다발을 받아 들었다. 그는 나를 위에서 아래로 훑어보더니 말했다.

"멋져."

"너도 그래."

그는 정말 근사해 보였다. 놀랄 일도 아니었지만, 옷차림은 내가 라일라와의 첫 데이트 때 입으라고 골라준 그대로였다. 상대에게 완벽하게 먹힐 만한 스타일. 그는 내 여름 재킷을 옷장에서 꺼내 입는 것을 도와주었다. 그는 내가 앞서 나가도록 양보했고 우린 계단을 내려와 건물을 나섰다. 그리고 대기하고 있던 택시에 올라탔다. 물론 그는 나를 위해 문 열어주는 것을 잊지 않았다. 우리는 뒷좌석에 말없이 앉았고 운전사는 '발렌티노'로 향했다. 당연한 순서였다.

나는 레스토랑 테이블에 앉았다. 모든 것을 완벽하게 하고는 있었지만 느낌은 '아니올시다'인 남자와의 데이트였다.

"그래, 오늘 하루는 어땠어?"

베른트가 웃으며 물었다.

"괜찮았어."

"뭘 했는데?"

"특별한 건 없었어. 늘 하던 거."

"그게 뭔데?"

"뭐?"

"그러니까, 늘 하던 그게 뭐냐고."

나는 잠시 생각해본 뒤 그에게로 몸을 굽혀 이렇게 물었다.

"그러니까, 우리가 서로 전혀 모르는 사이인 것처럼 행동하자는 거야?"

"바로 그거야."

그는 나를 향해 환하게 웃었다.

"난 네가 누군가에게 관심이 있을 때 어떻게 변하는지 알고 싶어."

하지만 나는 그에게 전혀 관심이 없었다. 아직 못 알아들은 건가? 자의식 하나는 건강하군. 기특한 녀석.

"변하는 건 없어."

나는 거짓부렁을 했다.

"우리가 지금 하고 있는 짓거리는 어리석어. 넌 나를 속속들이 알고 있잖아. 나는 네가 내 생각을 듣고 싶어 하는 줄 알았는데……. 우리가 일전에 나눴던 대화에 대해서 말이야."

그 대화에 대해 말을 꺼내는 것이 얼마나 민감한 일인지 알고는 있었지만, 이런 말도 안 되는 짓을 하고 있는 것보다는 나았다.

"네 생각은 나중에 듣는 것이 나을 것 같아."

베른트가 말했다. 그도 기류가 어디로 흐르고 있는지 잘 알고 있는 것이리라.

"생각은 바뀔 수도 있으니까. 오늘 저녁이 지나면 말이야."

그는 씨익 웃었다.

"그렇게 되기는 힘들 것 같은데."

나는 혼잣말로 중얼거렸다.

"미하엘과 닉의 집에서 있었던 파티에서 널 처음 알게 된 거야."

그는 내 말을 무시하고 지나갔다.

"그날 저녁에 넌 세상 누구보다 사랑스러웠어. 지금도 그래."

맙소사, 이게 무슨 알랑방귀람!

"베른트, 허튼소리 좀 작작해."

나는 격하게 말을 뱉었다.

"무척 아름답고 거기다 겸손하기까지."

그는 흔들림 없이 말했다. 그리고 나를 바라보고 슬며시 웃더니, 이번에는 웨이터를 보고 미소를 지었다. 웨이터는 메뉴판을 건네기 위해 우리 테이블로 와 있었다.

"안녕하십니까, 손님. 저는 슈테판입니다. 오늘 밤 손님을 모실 웨이터죠. 우리 레스토랑에서 편안한 시간 보내시길 바랍니다."

"고맙습니다. 분명 그럴 겁니다."

베른트는 예의 바른 집안에서 엄마 젖을 먹고 자란 사람처럼 무척 신사답게 말했다.

"메를로 한 병 부탁합니다. 헬렌, 적포도주 좋아하지?"

"네가 잘 알잖아."

나는 퉁명스럽게 대꾸하고 싶었지만, 머리 가르마를 확실히 탄 채 희고 깨끗한 앞치마를 두른 웨이터가 버티고 있으니 그럴 수도 없었다. 저 사람이 나를 어떻게 생각하겠는가? 그래서 나는 애써 예쁘게 웃으면서 속삭이듯 말했다.

"메를로 좋아해요. 고맙습니다!"

베른트는 흐뭇한 얼굴로 메뉴를 펼쳤다.

"너만 괜찮다면, 내가 대신 주문할게. 네 취향을 맞출 수 있는지 한번 보자."

그는 찬찬히 내가 좋아하는 음식들을 열거하면서 스스로 흡족해하는 것 같았다. 웨이터는 열심히 받아 적고 나서 나에게 돌아서더니 물었다.

"자, 어떻습니까?"

"뭘 말씀이세요?"

나는 예의를 갖춰 물었다.

"그러니까 남자 분이 손님의 취향대로 주문하시던가요?"

나는 자기가 한 일에 만족해하는 베른트를 쨰려본 다음, 기분 좋게 대꾸했다.

"네, 정확했어요. 내 오랜 친구 베른트가 더할 나위 없이 잘 골라주었네요."

슈테판은 베른트와 함께 좋아해주었고 이렇게 덧붙여 물었다.

"두 분, 만난 지가 얼마나 되셨습니까?

"일주일 되었죠."

베른트가 흔쾌히 대답했다.

"그렇다면 징조가 좋군요."

웨이터는 친절하게 말하고는 다시 우리 둘만을 남겨놓고 사라졌다. 나는 베른트를 오래 뚫어져라 쳐다봤다. 바보 같은 장난이었다. 모든 것이 우스꽝스러웠다.

"네가 좋아하는 것들로 모두 골랐다니 기분이 좋은걸."

베른트는 나를 보고 웃었다.

"거짓말이었어."

나는 한껏 빈정대면서 맞받아쳤다.

"그렇게까지 틀린 것 같진 않지만, 네가 그렇게 생각한다면야."

저 인간은 나를 미치게 만들고 있었다. 하지만 이런 방식이 그가 원하는 것이라면, 까짓, 맞춰줄 수는 있었다.

"어쩌면 재미있을지도 몰라."

그때, 하필 소피아가 끼어들었다. 소피아까지 이런 장난을 치료학적으로 유용하다고 판단한다면, 나에게도 좋을 것이다.

"그나저나 어떻게 내 생일파티에 오게 됐어? 난 널 초대하지도 않았는데 말이야. 우린 아는 사이가 아니었으니, 초대할 수도 없기는 했지만."

베른트는 내가 한풀 꺾였다는 생각에 마냥 즐거워하며 대답했다.

"그게 어떻게 된 것이냐 하면, 여자친구를 따라간 거였어."

"여자친구?"

나는 일부러 질투하는 척 물었다.

"그냥 아는 친구야."

"아는 친구, 누구?"

"라라."

어이가 없었다. 마치 내가, 나와 가장 친한 여자친구 주변에 베른트라는 사람이 있다는 것조차 몰랐던 셈이 되어버렸다.

"마치 운명이 그날 너를 만나도록 이끈 것 같았어."

이 말을 듣자 이내 기분이 언짢아졌다.

"타임아웃!"

나는 이렇게 외치고는 대답을 기다리지도 않고 마구 퍼부었다.

"베른트, 나는 첫 데이트에서 적어도 그렇게 허튼소리는 해본 적이 없어. 그런 말을 들으면 누구도 견딜 수 없을 거야."

"그냥 조금 즉흥적으로 해봤어."

그는 상심한 말투로 둘러댔다.

"그래, 좋아. 하지만 좀 어지간하게 할 순 없어?"

그때 슈테판이 먹음직스러운 연어 카르파치오를 대령했고 상냥하게 "맛있게 드세요"라고 말했다. 우린 한동안 말없이 먹고만 있었다. 그러다 베른트가 입 안에서 생선회를 오물거리며 먼저 말을 꺼냈다.

"하지만 얀이 너라는 여자가 세상에 존재하는지조차 몰랐으면서 십 년 전부터 널 꿈꿔왔다느니, 널 처음 본 순간 자기 여자라는 걸 알았다느니 하면서 네게 고백했을 때도 아아아주 귀이이여웠어."

나는 베른트가 내 말투를 흉내 내는 것조차 싫었다. 마치 데이지 덕처럼 꽥꽥대는 것 같았으니까.

"그냥 가버리는 수가 있어."

나는 화가 잔뜩 난 음성으로 조그맣게 말했다.

"전혀 문제될 것 없으니까. 그리고 얀은 이 장난에서 빼줘. 알았어?"

"알았어. 미안해."

그는 조금 뉘우치는 기색을 보였다.

"흠."

나는 불편한 심기를 애써 감추며 다시 내 앞에 놓인 카르파치오를 보았다. 오늘 저녁에 등장한 첫 번째 칼로리 덩어리였다. 250킬로칼로리. 와인에는 90킬로칼로리가 들어 있고 부엌에서 준비 중인 470킬로칼로리도 있었다. 디저트는 아직 포함되지 않았다. 방금 전에 베른트가 디저트로 뭘 주문했더라? 나는 마구 양심의 가책을 느끼며, 어쩌면 정말 자리에서 일어나는 편이 나을지도 모른다고 생각하고 있었다.

"렌헨, 그만해."

그때, 베른트가 아까와는 사뭇 다른 목소리로 말했다.

"뭘 그만해?"

제 발이 저린 내가 물었다.

"지금 접시에 담긴 음식의 칼로리가 얼만지 계산하고 있잖아. 그냥 내버려 둬. 생각하지 마."

"안 그랬어."

나는 심통을 부리며 부인했다.

"딸기 티라미수는 비록 작아 보여도 이백오십 킬로칼로리."

"렌헨."

"헬렌."

그럼 그렇지. 소피아가 동시다발적으로 참견하지 않을 리가 없었다. 내 딴에는 첫 데이트를 근사하게 해보려고 발버둥을 치고 있건만.

"대체 무슨 말을 하는 거야?"

나는 사랑스러운 미소를 머금으며 반문했다.

"평생 칼로리라는 걸 계산해본 적이 없어. 그런 것에 구애받지 않고 원하는 만큼 먹거든."

슈테판이 야채 라자니아를 들고 나타났을 때, 나는 장난기 가득한 윙크를 날리고는 이렇게 말했다.

"즉, 넌 나를 아아아주 잘 알고 있는 것은 아니란 말이지."

베른트의 충격받은 눈빛을 본 슈테판이 서둘러 말했다.

"어떻게 일주일 만에 전부 알 수가 있겠어요? 몰랐던 사람에게서는 발견할 수 있는 것들이 무궁무진하지요. 안 그런가요?"

그는 우리가 편안하게 식사할 수 있도록 배려해야 한다는 의무감이 무척 강한 것 같았다. 꼭 음식에 관한 것이 아니더라도. 나는 그를 실망시키고 싶지 않았기에 웃으며 대꾸해주었다.

"그럼요."

"그리고 대부분 비밀들은 어차피 자기 혼자만 알고 있으니까요."

슈테판의 생각이었다.

"나도 그렇게 생각해요."

나는 얇게 썰어낸 양배추 한 조각을 조심스럽게 포크로 들어 올렸다. 여기 붙어 있는 크림소스를 보아하니, 최소한 20킬로칼로리는 되어 보였다. 소스가 서서히 양배추에서 떨어져 내리도록 포크를 접시 위에서 이리저리 흔들었다.

이제 19킬로칼로리.

베른트를 힐끗 쳐다보니, 그의 걱정스러운 눈과 마주쳤다. 언제나 그랬듯이. 나는 그가 나를 알게 된 지 정말 일주일밖에 되지 않았으면, 하고 바랐다. 15년 동안 알고 지낸 사이가 아니라.

18킬로칼로리.

그리고 내 몸무게가 70킬로그램이 아닌 50킬로그램이었을 때 알게 되었더라면. 할리우드 다이어트1920년대 미국 여배우들이 영화제작 시기에 맞춰 했던 체중조절 방법을 토대로 한 다이어트, 파인애플 다이어트, 브리기테 다이어트독일 여성잡지 〈브리기테 Brigitte〉가 소개하는 식이요법 다이어트를 거쳐 단식을 하고 급기야 거식증까지 걸린 내 전적들을 몰랐더라면.

17킬로칼로리.

언젠가 나를 붙들고 제발 건강을 해치지 말라고 부탁한 사람이 그가 아니었기를, 그러던 어느 날 약속했던 미니 골프장이 아니라 의사에게로, 그 다음번엔 심리치료사에게로 끌고 갔던 사람이 그가 아니었더라면, 하고 바랐다.

16킬로칼로리.

소피아의 것이 아닌 목소리, 정체를 알 수 없는 그 목소리가 다시 들릴 때 그가 내 코끝에서 그것을 눈치 챌 정도로 나를 잘 알고 있지 않았더라면, 하고 바랐다. 그 목소리는 나에게 이제 그만 먹어야 한다고, 그렇지 않으면 다시 살찌게 될 것이라고, 사랑받지 못할 것이라고 말했다. 그리고 지구상에 있는 온갖 음식의 칼로리와 지방함유량을 꿰고 있었다.

15킬로칼로리.

나는 포크를 내려놓고, 대신 와인 잔으로 손을 뻗었다. 그러나 마지막 순간, 물 잔으로 방향을 틀었다. 나는 물을 한 모금 크게 들이마셨다.

0킬로칼로리, 0.0킬로칼로리! 0.00킬로칼로리!

"내가 도와줄 일은 없을까?"

베른트는 나지막이 물었다.

"아니, 괜찮아."

나는 이렇게 말하고는 나중에 소피아와 몇 가지 해결을 봐야겠다고 생각했다. 어쩌면 실제로 심리치료사를 찾아가 봐야 할지도 모르겠다. 나는 불행한 표정으로 베른트를 바라보았다. 그는 자기 의자를 내 쪽으로 끌고 오더니 팔을 벌려 나를 안았다. 그는 또다시 나를 위로해주었다. 내가 그토록 뒤틀린 정신과 뒤틀린 식습관을 가진 배배 꼬인 인간이라는 것을 모두 떠나서, 나를 위로해주고 있는 것이다.

"이제 내 베스트 프렌드로 돌아온 거야?"

나는 조그맣게 물었다.

"물론이야."

그는 한숨을 내쉬며 대답했다. 나는 그의 품에서 빠져나와 그를 올려다보았다.

"그렇다면 꼭 해줄 말이 있어. 내가 오늘 얼마나 이상한 데이트를 했는지 모를 거야."

나는 수줍게 웃었고, 베른트 역시 엷은 미소를 지었다. 그는 나를 다시 자기 쪽으로 꼭 끌어안았다.

"너는 왜 남자 복이 없는 걸까, 렌헨? 네가 뭔가 잘못하고 있는 거야."

그랬다. 나는 분명 뭔가를 잘못하고 있었다. 집으로 돌아온 나는 간이침대에 누워 천장을 바라보았다. 뱃속에서는 꾸르륵 소리가 크게 들렸다. 배 위에 머리를 두고 있던 도티는 신경질적으로 야옹거리더니 내 발 아래로 기어 들어갔다. 라자니아는 훌륭했다. 딸기 티라미수는 더더욱 먹음직스러웠다. 그런데 나는 한 조각도 먹을 수가 없었다. 왜 그랬을까?

"그건 네가 더 잘 알고 있잖아."

소피아는 이렇게 말하며 비난의 눈초리로 나를 쏘아보았다. 어이, 그런 식으로 보지 말라고. 아무 소용없어.

"이제 심리치료사 노릇을 해보시겠다 이거군."

나는 반항적으로 대꾸했다.

"그럼 어디 제안을 해봐, 어서. 그냥 먹으라고? 아님 뭔데? 그렇게 간단하지가 않아!"

"간단해. 간단하게 할 수 있었어."

나는 숨을 씩씩 몰아쉬었다.

"나는 거시익……."

그 순간 나는 목소리를 확 낮췄다. 행여, 미하엘과 닉이 자지 않고 내가 하는 이야기를 엿듣기라도 한다면 낭패였다. 닉과 함께 밤새도록 건강한 식생활에 대해 토론하고, 균형 잡힌 식단에 따라 유기농 야채를 섭취했기 때문에 비대했을 때보다 몸집이 절반으로 줄어들어, 다행스럽게도 지금의 내가 될 수 있었노라고 말했던 것이 전부 거짓말로 들통 나기 때문이었다. 나는 화를 누르고 속삭이듯 말했다.

"난 거식증 환자였다고. 드러나지 않는 심리적 원인 때문에."

분명 그랬다!

"물론."

소피아는 침착하게 말했다.

"누군가에게 사랑받고 보살핌받고 싶었던 거지. 어른이 되고 싶지 않았고, 자기 인생에 대한 책임을 지기 싫었던 거야."

나도 이미 알고 있는 것들이었다. 10년 이상 심리치료를 그냥 받아온 것은 아니었으니까. 재발이 수도 없이 반복됐다. 나는 아버지가 내 거식 증세를 알아차렸던 날도 아직 기억한다. 당시 나는 체중이 40킬로그램밖에 나가지 않았고 초주검 상태나 다름없었다. 아버지는 아주 잠깐 내 걱정을 해주었다. 그날이 내 인생에서 가장 황홀했던 날이다. 이게 다 미친 소리라는 것쯤은 나 자신도 알고 있다.

그리고 이제는 내가 아무리 뼈가 드러나도록 말라비틀어진들 아버지의 사랑을 얻을 수 없다는 것도 알고 있다. 또한 아버지 자신도 심각한 마음의 문제를 안고 있으며, 그래서 나에 대한 사랑—소피아의 말에 따르자면, 당신 마음속 어딘가에는 분명 존재하고 있을 그 사랑—을 표현할 수가 없다는 것도 알고 있다. 인정한다. 나는 어른이다. 서른이 되도록 살아남았다. 아버지의 사랑과는 무관하게. 하지만 간헐적으로 거식 증세가 재발되곤 했다. 오늘이 그런 날이었다. 짜증나는 일이기는 했으나 일시적이라 곧 지나갈 터였다. 나는 마음을 다잡고 옆으로 돌아누웠다. 이제 자고 싶었다. 내일은 또 다른 날이 될 것이다.

"너희 데이트는 썩 좋지는 않았어. 안 그래?"

소피아가 물었다.

"난 잘 거야. 맞아. 그렇긴 했지만 결국엔 깔끔하게 정리가 되었어."

나는 심통난 사람처럼 대꾸했다.

"베른트가 생각했던 데이트와는 많이 달랐을 거야."

그녀는 아랑곳하지 않고 자기 말을 계속했다.

"그래, 그랬겠지. 잘 자."

"분명히 데이트하기 전에 마음이 들떴겠지. 첫 데이트는 특별하니만큼 마음이 들뜨는 건 당연해. 꽃다발이며, 훌륭한 식사며…… 베른트는 너한테 푹 빠져 있어."

나는 듣다 못해 소피아 쪽으로 돌아누웠다. 그녀는 내 옆에 똑바로 누워, 사색에 잠긴 얼굴로 천장을 보고 있었다.

"시끄러워. 그건 터무니없는 일시적 단계일 뿐이야."

나는 정면으로 반박했고, 다시 돌아누워 베개를 정돈했다.

"다행히도 그 단계는 지나갔겠지."

소피아는 이것으로 대화를 맺을 것처럼 말했다. 물론이지. 그럼 이제 자도 될까?

"그런데 지나간 것이 아니라면 어떻게 되는 거지? 베른트는 오늘 저녁을 특별하게 계획했어. 너에게 키스도 했겠지. 아니면 자신의 희망이 완전히 헛된 것만은 아니라는 조짐이라도 얻어 가거나."

"그래도 여전히 베른트는 나를 품에 안을 수 있어."

나는 절반쯤 잠이 든 채 중얼거렸다.

"그래. 널 위로할 때만."

소피아는 계속 말했다. 그녀의 목소리는 '잠자기 전 동화'를 읽어주는 듯 잔잔했고 자장가를 부르는 것도 같았다. 눈꺼풀이 점점 무거워졌다. 나는 그녀가 말하는 내용보다는 나를 꿈나라로 데려가는 그 부드럽고 조용한 음성에 집중했다.

"베른트는 네가 갑자기 머뭇거리며 앞에 놓인 접시를 내려다보고 있다는 걸 곧장 알아차렸어. 바보스런 청년 같으니라고. 옆 테이블에 앉아 있던 나조차도 그 표정을 읽어낼 수 있었지."

이젠 아무 말도 들리지 않았다. 소피아가 내뱉는 음성의 떨림만을 감지할 뿐이었다. 무척 피곤했다. 몸의 긴장도 완전히 풀렸다.

"그것으로 그가 꿈꿨던 저녁은 끝났어. 끝낸 사람은 너야."

소피아의 음성이 이제는 전혀 들리지 않는 것 않았다. 조용했다. 그러다가 갑자기 그녀가 말했다.

"책임을 회피했던 거야. 넌 위로받아야 하는 존재였으니까. 다만 궁금한 것은……"

나는 당혹해하면서 다시 그녀 쪽으로 돌아누워 물었다.

"궁금한 것은?"

"그렇다면 베른트를 위로해줄 사람은 누구냐는 거야."

누가 베른트를 위로해주냐고? 글쎄, 내 생각에는……. 아니, 헛소리지. 그럴 사람은 아무도 없었다. 베른트는 위로가 필요 없는 사람이었다. 세상에는 베른트처럼 위로를 해주는 사람이 있고, 나처럼 위로를 받는 사람이 있다. 바로 그렇기 때문에 우린 긴 세월 동안 좋은 친구로 지낼 수 있었다. 마치 자물쇠와 열쇠처럼 서로에게 맞았으니까. 문득 '자물쇠와 열쇠' 비유가 성적인 뉘앙스를 풍긴다는 생각이 들었지만 그런 의미는 아니었다. 우린 성적으로 전혀 어울리지 않았다. 그냥 궁합이 맞는다고나 할까……. 소금과 삶은 달걀, 감자튀김과 케첩처럼 말이다. 잠깐, 이제 알겠다. 우린 마치 장갑 한 켤레와 같았다. 서로 다르지만 완벽한 조화를 이루니까. 나는 늘 일이 꼬이는 사람이었고, 그는 그런 나를 안아주고 다 잘될 것이라고 말해주는 사람이었다. 오늘 저녁처럼.

"그래, 하지만 누가 그를 안아줄까?"

소피아는 고집스럽게 물었다.

"그만둬. 당연히 내가 안아줄 수 있어. 다른 여러 여자들도 그렇고."

나는 시치미를 뚝 뗐다. 그러나 솔직히 말해, 내가 베른트를 품에 안고 그의 머리를 쓰다듬어주면서 "어쩌니, 베르니. 너는 왜 여자 복이 없는 걸까? 네가 뭔가 잘못하고 있는 거야"라고 말한다고 생각하면 우스웠다. 베른트는 여자들을 낚는 재주가 있었다. 정작 위로를 받을 대상은 낚인 여자들이었지 그가 아니었다. 베른트는 자신이 원하는 여자들은 모두 얻었고 빨리 낚은 만큼 빨리 차버렸다.

"너는 예외였어. 널 얻지는 못했으니까."

소피아가 딱 잘라 말했다.

"맞아, 나는 예외지."

하지만 베른트는 정신 나간 생각을 한 것에 불과했고, 그의 이런 기분도 잠시 머물다 사라질 것이었다.

"그 기분이 사라지고 나면 다른 여자들처럼 너도 차이겠지."

종종 소피아가 내 마음을 읽고 있다는 것 때문에 신경이 바짝 곤두서곤 했다.

"그러니까, 네가 두려워하는 점이 바로 그거야……."

"나는 아무것도 두려워하지 않아……."

내가 막 반박하려던 찰나 초인종이 울렸다. 흠, 이 시간에 누구지? 자명종 라디오를 보니 열두 시가 조금 지나 있었다. 나는 건물 출입문 앞에 누가 서 있는지 보려고 창문을 열고 몸을 바깥으로 내밀었다. 그리고 최대한 목소리를 낮춰 물었다.

"저기요, 누구세요?"

"나야."

베른트였다. 그는 나를 올려다보면서 말했다.

"문 열어줘."

소피아는 내 뒤에서 쿡쿡거리며 웃기 시작했다. 열세 살 소녀처럼. 어쩜 저리도 사춘기 소녀다울 수가 있는지…….

"안으로 들여보내 달라는 것뿐이야."

나는 그녀에게 진지하게 대꾸한 다음, 다시 베른트를 향해 말했다.

"알았어. 기다려, 문 열어줄게."

나는 테디베어가 그려진 하늘색 잠옷을 입은 채 발을 쿵쾅거리며 걸어

나와 건물 출입문을 열어주었다. 대체 왜 왔을까?

"아마도 위로받고 싶었겠지."

나는 비딱하게 구는 소피아에게 날카롭게 쏘아주려 했으나, 바로 그때 침실 문이 열리면서 잠에 취한 미하엘이 나왔다.

"헬렌, 너였어?"

"아, 미하엘. 미안해. 아무것도 아니야. 다시 자."

미하엘은 뭔가 알아들을 수 없는 말을 중얼거리며 돌아섰고 나는 밝은 목소리로 잘 자라고 말해주었다. 짜증을 돋우면 안 되었으니까. 베른트가 계단을 올라오는 소리가 들렸다. 소리는 점점 가까워지고 있었다. 정말 위로받고 싶어 하는 거라면 어쩌지? 무리한 요구인데. 잠시 뒤 베른트는 내 앞에 섰다. 곧 죽을 것같이 불행한 표정은 아니었다. 그는 입을 크게 벌려 웃으면서 먹을 것을 싼 봉투를 내밀었다.

"안녕, 렌헨. 자고 있던 건 아니지?"

"아니야, 아니야. 들어와."

"남은 음식을 싸 가지고 왔어. 지금쯤 네가 배고파할 것 같아서 말이야."

내 뱃속에서는 무안할 만큼 크게 꾸르륵 소리가 났다.

"것 봐. 내 이럴 줄 알았다니까."

그는 다시 한 번 씨익 웃고는 내 옆을 지나 부엌으로 향했다.

"흠. 맛있겠는걸."

나는 광고에 등장하는 나쁜 마법사처럼 읊조린 다음, 흡족한 표정으로 배를 문질렀다. 실제로 음식은 훌륭했다. 전자레인지에 데우기만 했는데도 이제껏 먹었던 야채 라자니아 중에서 맛이 최고였다. 베른트는 맞은편 식탁 의자에 앉아, 가져온 라자니아를 맛있게 입에 넣는 모습을 흐뭇한 표정으로 지켜보고 있었다. 맛은 끝내줬다.

"저 맛있는 티라미수에는 카푸치노가 어울릴 것 같아."

그가 커피머신이 있는 쪽으로 갔다.

"카페인 없는 것으로 부탁해. 안 그러면 잠을 못 잘 것 같아서 그래."

나는 라자니아를 입에다 잔뜩 넣은 채로 말했다. 그리고 그가 커피머신의 첨단 기능들을 익숙하게 사용하는 모습을 지켜보았다. 그는 금세 완벽한 카푸치노를 만들어 내 앞에 가져다놓았다.

"컵에다 티백 하나 올려놓고 물 붓던 사람치고는 커피 끓이는 수준이 제법인걸."

나는 존경과 진심을 담아 말해주었다. 그런 다음 포크로 딸기 티라미수를 찍어서 입 안에 넣었다. 둘이 먹다 하나가 죽어도 모를 만큼 맛있었다. 완벽했다. 입 안에서 살살 녹아들었다. 과일의 신맛이 크림의 달콤한 맛과 완벽한 조화를 이루었다. 정말 근사했다. 수년간 치료를 받은 덕에, 이런 음식을 다시 거리낌 없이 음미할 수 있게 된 것이 너무나도 기뻤다. 천국이 따로 없었다.

"베른트가 여기 왜 왔는지 말할 때까지 기다려봐. 그러다보면 지금 들고 있는 포크에 몇 칼로리가 놓여 있는지 다시 인식하게 될걸."

소피아는 비관적으로 말했다.

"베른트, 여긴 웬일이야?"

나는 '최소한 20킬로칼로리'라는 정보를 뇌가 처리하기 전에 재빨리 물었다.

"그냥. 너한테 먹을 것을 가져다주려고 왔지. 친한 친구 집인데 밤에 불쑥 들르면 안 되는 건가?"

'친한 친구'라, 이얏! '최소한 20킬로칼로리'라는 정보는 곧 '그게 어때서'

로 바뀌었고 포크는 내 입 안을 이리저리 돌아다녔다. 흠!

"안 되기는, 당연히 되지! 심지어 불쑥 들러야 할 의무도 있다고 생각해!"

나는 기분 좋게 쩝쩝거리며 말했다. 베른트도 만족스럽게 웃어 보였다.

거하게 한 상을 차려 먹고 나니 몸이 노곤해졌다. 나는 간이침대 위에 다분히 플라토닉하게 베른트의 팔을 베고 누웠다.

"넌 사람들이 원하는 베스트 프렌드 중에서도 최고야."

등 따습고 배불렀던 나는 이렇게 중얼거리면서 스르르 잠이 들었다.

잠깐이 지났을까, 아니면 몇 시간이 지난 뒤였는지도 모르겠다. 귀가 찢어질듯 울리는 초인종 소리에 잠을 깼다. 나는 당혹스러운 마음에, '이게 뭘까' 하는 눈빛으로 베른트를 쳐다봤다. 베른트 역시 잠이 덜 깬 것 같았다.

"너도 들었어?"

나는 확인차 그에게 물어보았다. 꿈을 꾼 것일 수도 있으니까. 그러나 대답을 듣기도 전에 다시 초인종이 울렸다. 크고, 분명하게. 수상했다. 곧이어 세 번째로 울렸다. 이번에는 폭풍우가 몰아치는 것 같았다. 나는 오늘 밤만 내리 두 번, 건물 출입문을 내려다보기 위해 창문 밖으로 몸을 내밀었다. 세상에, 설마……

"재키."

나는 최대한 목소리를 낮추어 깜깜한 허공에다 소리쳤다. 그제야 그녀는 초인종에서 손을 떼고 올려다보았다.

"문 열어줘."

그녀는 평소와는 다른, 무척 낯선 목소리로 말했다.

"그래, 기다려. 그나저나 초인종 그만 눌러. 이 건물에 사는 사람들을 전부 깨울 작정이야?"

나는 나지막이, 그러나 단호하게 말했다. 그리고 현관을 향해 황급히 갔다. 미하엘은 마구 헝클어진 머리를 하고는 현관으로 가는 길목에 나와 있었다. 또다시 단잠에서 깨버린 그는 원망이 가득한 눈으로 나를 보았다.

"저어엉말 미안해."

나는 한숨을 쉬었다.

"다시는 이런 일 없을 거야. 맹세할게. 내쫓지만 말아줘."

그는 뭐라고 잠시 투덜거렸는데, 최소한 내쫓겠다는 내용은 아니었다. 그러더니 다시 침실로 들어갔다. 재키가 계단을 올라오는 소리가 들렸다. 맙소사, 이제 한바탕 난리가 나겠군. 나는 재키가 임신을 한 것이지 몸이 아픈 것이 아니라며 독한 마음을 품었다. 하지만 막상 내 앞에 선 그녀를 보니 양심의 가책이 느껴졌다. 재키는 그사이 배가 더욱 불룩해졌고 커다란 여행 가방까지 어깨에 메고 있었다. 그 무게감에 금방이라도 쓰러질 것 같았다.

"대체 여긴 어쩐 일이야?"

나는 걱정스레 물어보며 그녀에게서 가방을 받아 들었다.

"어이쿠! 대체 뭘 가지고 온 거야? 돌덩이라도 들었어?"

"나는……"

그녀가 격앙된 목소리로 뭔가를 말하려고 하자, 나는 재빨리 말을 잘랐다.

"쉿! 사람들 있어."

나는 닉과 미하엘의 침실을 가리키며 말했다.

"저 사람들 지금 자려는 참이야. 따라와."

나는 방으로 앞장섰고 재키가 따라 들어오자 문을 닫았다. 어차피 재키와는 언성이 높아질 수밖에 없을 테니.

"그래, 뭐야?"

그제야 재키를 찬찬히 볼 여유가 생겼다. 얼굴이 온통 눈물로 범벅이 되어 있었다. 그런데 갑자기 호기심이 발동해서인지는 몰라도, 그녀의 눈에 서려 있던 슬픔이 잠시 잠깐 사라졌다. 재키는 이제 막 침대에서 어슬렁어슬렁 일어난 베른트를 뚫어지게 쳐다봤다.

"베른트, 여기서 뭐 하는 거야?"

그녀는 놀란 눈으로 나와 베른트를 번갈아 보았다.

"네가 생각하는 그런 거 아니야."

나는 간결하게 대꾸했다.

"그건 그렇고 내가 방금 너에게 같은 질문을 한 것 같은데. 대체 여긴 어쩐 일이야?"

"어이, 재키."

베른트는 방에 있던 유일한 의자를 그녀 쪽으로 끌어다주었다. 그와 동시에 의자 위에 있던 내 옷들은 바닥에 내동댕이쳐졌다. 재키는 고마워하며 의자에 앉았고 금방이라도 울 것처럼 얼굴을 구겼다.

"오늘 파울과 헤어졌어."

베른트가 아무렇게나 던져버린 옷들을 주섬주섬 챙기던 나는 한순간 숨이 멎는 것 같았다.

"뭘 어쨌다고?"

"파울과 헤어졌다고."

"새벽 두 시에?"

베른트는 나무라는 눈으로 나를 쳐다봤지만, 재키는 내 말에 전혀 신경 쓰지 않고 말했다.

"이렇게는 안 살 거야. 살 수가 없어."

그녀는 자기 심정을 토로하더니 결국 울음을 터뜨렸다. 베른트가 무릎 꿇은 자세로 앉아 그녀를 안아주었다. 나 역시 그 자리에 꼼짝 않고 멍하니 서 있었다. 나는 약간의 질투마저 느꼈다. 베른트는 나를 위로해주는 사람인데. 그러나 한편으로는 그가 마침 여기에 있고, 우는 내 여동생을 안아주니 고맙기도 했다. 안 그랬다면 위로의 몫은 고스란히 나에게 돌아왔을 것이고, 그 몫을 감당하긴 정말 싫었을 테니까. 나는 베른트가 재키의 머리를 쓰다듬고 등을 토닥여주도록 내버려 두고는, 차를 끓이기 위해 방에서 조용히 나왔다. 이럴 때 차는 언제나 효과가 있었다. 물론 나는 파울과 헤어졌다는 말을 심각하게 받아들이지도 않았고, 개인적으로 파울을 썩 내켜하지도 않았다. 어쨌든 그를 잡은 것은 재키였다. 우선 기준은 재산이었다. 그가 설마······.

"제부의 사업이 잘 안 됐니?"

나는 단도직입적으로 물으며 그녀에게 장미차를 건넸다. 차를 끓이는 동안 재키는 꽤 안정을 되찾았고 울음도 그쳤다. 잘했어, 베른트.

"아니야. 왜?"

그녀는 뜨거운 차를 조심스럽게 입으로 후후 불면서 물었다.

"그런데 왜 헤어졌어?"

예상이 빗나가자 난감해진 내가 물었다. 두 사람의 성난 눈빛이 나에게 꽂혔다.

"언니는 나를 철저하게 계산적인 사람으로 보고 있구나."

재키는 기운 빠진 음성으로 말했다. 터놓고 말하자면? 그랬다.

"물론, 그렇지 않아."

나는 힘주어 말했다.

"돈 때문에 파울과 결혼한 것은 아니었어."

재키는 날카롭게 반응했다.

"당연하지, 돈 때문은 아니었겠지."

임신부를 자극하면 안 된다.

"그 사람을 사랑했어. 그런데 그이는…… 그이는 날 사랑하지 않아. 나라는 사람을 전혀 몰라. 내가 어떻게 되든 그 사람에게는 전혀 중요하지 않아. 중요한 건 오로지 일이야."

"대체 무슨 일이 있었던 거야?"

베른트가 익숙한 놀림으로 재키의 손을 쓰다듬으며 물었다.

"그 사람, 출장 갔어. 오늘 저녁에 런던으로. 일주일 내내 거기 있을 거야."

"그런데? 어차피 수술 날짜까지는 아직 육 주나 남아 있잖아."

내가 끼어들었다.

"제왕절개로 낳고 싶지 않아!"

그녀는 신경질적으로 소리를 질렀다.

"쉿!"

나는 빌다시피 했다.

"제발 그 목소리 좀 낮출 수 없어?"

베른트는 '저런 인정머리 없는 인간이 있나' 하는 표정으로 나를 쳐다보았다. 어차피 재키에게도 나는 그런 존재로 낙인찍혀 있었다. 그녀는 아예 베른트에게로 몸을 틀었다. 그리고 나를 없는 사람 취급하며 아까보다는 훨씬 차분해진 목소리로 말했다.

"오늘 아이를 낳을 것 같았어. 정말이야. 확실히 그랬어. 그런데 파울은 무심하게 웃더니 나더러 착각이라고 하고는 택시를 타고 가버렸어!"

그녀는 울먹이는 것 같더니 결국 날카롭게 소리를 질렀다. 나는 돌아버릴 것 같았다.

"쉿! 제발 조용히 해."

내가 사정사정하고 있는데 갑자기 방문이 홱 열리더니 참다못한 미하엘이 문지방에 올라섰다.

"미안해."

나는 서둘러 말하고는 미하엘에게로 다가갔다.

"내 동생이 상태가 좋지 않아……."

그 순간 재키는 다시 소리를 내질렀고 나는 그녀에게로 돌아섰다. 그 입을 당장 다물지 않으면……. 그런데 그녀는 몸을 잔뜩 웅크리고 앉아 손으로 배를 움켜쥐더니 딱할 정도로 신음을 했다. 베른트는 재키를 안심시키기 위해 애썼다.

"재키, 괜찮아질 거야. 가만히 있어봐. 지금 병원으로 데려갈게."

"이럴 줄 알았어. 내가 이럴 거라고 그이한테 얘기했었다구."

재키는 그 순간에도 파울을 원망했다.

"내가 데려다줄게."

미하엘은 갑자기 정신이 들었는지 닉을 깨우기 위해 침실로 뛰어갔다.

5분 뒤, 우리 다섯은 미하엘의 폭스바겐 골프를 타고 함부르크의 밤거리를 질주했다.

그리고 5분 뒤, 나는 내 여동생이 휠체어에 실려 가는 모습을 지켜보았다. 실려 가는 내내 재키는 베른트의 손을 꼭 부여잡고 있었기 때문에, 베른트는 좋든 싫든 그녀와 함께 달려야 했다.

다시 5분이 지나자, 빨간 머리의 상냥한 여의사 헤르치히 박사가 다가와 안심해도 좋다고 전했다.

"불안해하실 필요 없어요. 출산을 삼 개월가량 앞둔 시점부터는 간혹 진통이 오기도 합니다만, 동생 분의 경우엔 양수주머니도 손상이 없고 자궁구도 아직 닫혀 있어요. 진통제를 주사했으니, 이제 집으로 데려가셔도 되요."

'집'으로 데려가라고? 거기가 어딘데요?

10

지난 사흘간 내 집은 거실에 있는 기다란 소파였다. 소파에서 잠을 청하다보니 내 방 간이침대가 고마운 줄을 알게 되었다. 너무나 아늑한 그 침대는 임신한 여동생 차지가 되었다. 그녀는 나와는 달리 방세도 내지 않았다. 남자들은 그런 것을 헤아릴 줄 알았다. 여자들은 임신의 기미만 보여도 원하는 것을 모두 얻었다. 불공평했다. 나는 허리 상태도 말이 아니었지만, 그보다는 기분이 더 말이 아닌 상태로 아침 식탁에 앉았다. 마음 같아서는 재키의 어깨를 잡고 마구 흔들어 정신을 차리게 해주고 싶었다. 그러나 재키가 들어온 이래로 그녀를 끔찍하게 생각하는 이 집 주인들과 식탁에 마주 앉아 있던 터라, 나는 완곡한 어조로 말을 해야 했다.

"재키, 어제는 잘 잤니?"

나는 친근하게 물었다.

"아주 잘 잤어. 고마워."

"진통할 기미는 없고?"

"아니, 없어."

"그래, 다행이구나."

어쩐지 대화에 진전이 없었다.

"침대가 불편했을 텐데, 안 그래?"

"괜찮아. 걱정해줘서 고마워."

대체 얘가 왜 이러는 거지? 그때 미하엘이 거들었다.

"맞아. 나도 네가 저 누추한 매트리스에서 잔다고 생각하니 마음이 안 좋았어. 계속 바람이 빠지잖아. 게다가 넌 홀몸도 아닌데."

"그러니까. 홀몸도 아닌데."

나는 고개를 끄덕였다. 이제, 여기서 나가라고!

"그래서 말인데, 이참에 괜찮은 손님용 침대를 사려고 해. 어차피 그러려고 했었어."

닉이 제안했다. 아, 그거였나? 나 역시 며칠 밤을 저 누추한 매트리스 위에서 보냈지만, 아무도 그런 기특한 생각을 하지 않았다. 그 사실에 나는 속이 상했지만 드러내지 않으려고 참았다. 재키는 어딜 가나 예쁨을 받았다. 이런, 제길!

"그건 네 가족이나 너의 어린 시절과는 상관없는 거야."

소피아는 부드러운 음성으로 일러주었다.

"아니, 전혀 그럴 필요 없어."

놀랍게도 재키는 그 제안을 거절했다. 하지만 미하엘과 닉은 뭔가를 하겠다고 머릿속에 집어넣고 나면 끝장을 봐야 했다. 그리하여 30분 뒤 나의 하우트메이트 셋은 뱃가죽 안에 커다란 완두콩을 넣은 공주님에게 적당한 이부자리를 마련해주기 위해 이케아로 행했다.

구름 위에 누워 있는 것 같았다. 천국이 따로 없었다. 미하엘과 닉은 인색하게 굴지 않았다. 머리맡이 화려하게 조각된 이 흰색 침대는 처음 이케아 카탈로그에 등장했을 때부터 내가 눈독을 들였던 것이다. 매트리스에도 돈은 아낌없이 들어갔다. 내가 아는 사람들 대부분은 손님용 침대로 스펀지 받침이면 충분하다고 생각했지만, 내 절친한 친구들은 스프링을 갖춘 것만으로는 성에 차지 않아 했다. 오! 최고급 라텍스 매트리스가 내 몸과 일체화되는 것 같았다. 여기에서 자면 앞으로 허리 아플 일은 없었다. 창문으로 살랑살랑 들어오는 선선한 바람에 모기장이 머리 위에서 살랑살랑 나풀거렸다. 이것으로써 하늘을 나는 꿈은 구색을 전부 갖춘 셈이었다. 나는 편안하게 숨을 내쉬었다. 이 환상적인 잠자리가 사실은 내 여동생을 위해 마련된 것이라고 해서 기분이 나쁘진 않았다. 중요한 것은 침대에 누워 있는 당사자가 그녀가 아니라 나라는 사실이었다. 지금쯤 재키가 베른트네 기숙사식 아파트의 울룩불룩한 소파에서 몸을 뒤척이며 잠 못 이룰 것을 생각하니 나도 모르게 웃음이 새어 나왔다. 하지만 그건 그녀가 자처한 일이었다. 그 딴 것 알게 뭐람. 경고를 안 한 것도 아니었다. 그녀가 다른 살 곳을 구한다면 나로서는 더할 나위 없이 좋았음에도. 왜냐, 귀찮은 동생을 몰아내니 좋았고 미하엘과 닉의 관심을 그녀에게 뺏기지 않아서 좋았다. 게다가 이 멋진 침대가 내 차지가 될 테니 그것도 좋았다.

그러나 베른트가 재키에게 자기네 아파트에서 살아보지 않겠냐고 제안했을 때, 나는 깔깔거리고 웃음을 터뜨릴 수밖에 없었다. 솔직히 그런 내 행동이 재키가 결정을 내리는 데 적잖은 영향을 미쳤으리라는 생각이 든다.

"재키, 내 말 잘 들어. 그 아파트는 네가 살 곳이 못 돼. 터놓고 말할게. 너는 임신을 하기도 했지만, 꼭 그게 아니더라도 버릇이 너무 잘못 들었어. 거기서 살면 미쳐버릴걸."

"네 여동생이 너 같진 않겠지."

베른트는 고려할 만한 여지를 주며 말했고, 그 음흉한 녀석은 내 여동생의 어깨에다 손을 올렸다. 재키는 환하게 웃었고 결국 자신이 머무르기에 레페르반에 있는 꾀죄죄한 아파트보다 더 나은 곳이 없다고 확신했다. 그러든지 말든지 나야 상관없었다. 나는 기분 좋게 몸을 쭉 펴면서, 내 할 일은 했다고 생각했다. 재키는 자신이 선택한 결과가 무엇인지 알게 될 것이다. 그러나 잠들기 직전, 일말의 양심이 슬그머니 고개를 들었다. 어쨌거나 재키는 임신 중이고 혼자서는 아무것도 할 수 없는 아이였다. 그렇다면 베른트가 사는 곳으로 이사를 가도록 내버려 둔 것이 무책임한 행동은 아니었을까? 그곳 위생 상태로 보아서는 태어날 게오르크에게 해가 될지도 모를 일이었다. 당장 내일이라도 들러서 잘 지내고 있는지 살펴봐야겠다. 나는 편안한 마음으로 잠이 들었다.

사흘이 지난 뒤에야 나는 결심을 행동에 옮길 수 있었다. 당장은 일정이 너무 빡빡하게 잡혀 있었고, 진지하게 다시 남자를 찾는 일에 집중하지도 못할 만큼 고객들이 많았다. 그래도 일이 우선이니까. 게다가 일전에 파국으로 끝난 '데이트' 이후로는 데이트 약속도 잡히지 않았다. 그래서 일단 '남자'에 관해서는 거리를 두고 운명의 손에 맡겨보기로 했다. 세상에는 자기 짝을 슈퍼마켓 계산대나—은근히 바라기로는—결혼식에서 알게 되는 사람들도 많았다. 조금 있으면, 정확히 말해 6월 30일은 라라와 마누의 결혼식이 있는 날이다. 그때까지 신부 들러리로서 나는 할 일이 많았다. 결혼식에 참석할 하객들을 계속 닦달해서 결혼신문 제작에 필요한 비용을 하루빨리 마련하는 것만으로도 상당한 시간이 소요된다. 물론 처녀들의 파티도 계획에 포함됐다. 따라서 냄새나는 소굴에 머물고 있는 임신한 여동생을 나흘 내내 본인의 운명에 맡겨놓은 것에는 나 자신과 세상 앞에서 충분히 그럴 만한 이유가 있다고 생각했다. 다행스럽게도 재키는 무척 건강해 보였고 그녀를 잠깐 안고 나서 어깨를 잡고 쭉 훑어본 결과, 그곳 생활을 무척 즐기고 있는 것 같았다. 여느 때보다 좋아 보였다.
"커피 마실래? 아니면 차 줄까?"

그녀가 종종걸음을 치며 물었다. 나는 여기서 늘 그랬듯 정중하게 거절하려던 참이었다. 그런데 부엌으로 시선을 돌리자 놀라서 입이 다물어지지 않을 정도였다. 대체 어찌된 영문일까? <쉐너 보넨Schöner Wohnen, 독일의 인테리어 잡지>에 나오는 것과 똑같지는 않았지만 청결하고 깔끔했다. 작은 탁자 위에는 장미나무 화분이 놓여 있었다. 선반에는 식료품들이 가지런히 진열되어 있었고 전기레인지와 개수대도 번쩍번쩍 윤이 날 만큼 깨끗했다. 벽에는 다양한 사진이 담긴 엽서들이 일렬로 붙어 있었는데 모두 푸른색 톤이었고, 그래서 커튼과도 잘 어울렸다. 커튼은 예전엔 없던 것이었다.

"이게 어떻게 된 거야?"

"마음에 들어? 내가 했어."

재키는 뿌듯하게 말했다.

"차 마실래, 안 마실래?"

재키는 주전자를 손에 쥐고 속을 채우기 시작했다. 나는 슬그머니 주전자 안을 들여다보았다. 놀랍게도 그녀는 주전자에 들러붙은 석회까지 깔끔하게 문질러냈던 모양이다.

"마실래. 녹차 있으면 줘."

확인을 마친 뒤 나는 목재의자에 털썩 앉았다. 일단은 좀 쉬어야 했다. 나는 재키가 석회세정제라는 것이 존재하는지 여부를 알고 있으리라고는 생각도 못 했다. 아니, 그녀에게 주부 자질이 있는지 몰랐다고 해야 옳을 것이다. 재키가 어렸을 적, 그녀의 방은 늘 돼지우리 같았기 때문이다.

"여긴 마음에 들어?"

재키는 선반에서 컵 두 개를 꺼내 그 안에다 티백을 걸며 대답했다.

"언니, 너무 좋아. 이렇게 잘 지내본 지도 퍽 오랜만인 것 같아."

그녀는 눈을 반짝거리며 좋아했다.

214

"정말이야?"

"어, 정말이야! 숨통이 트인 기분이라니까."

그래, 집 먼지 알레르기도 전혀 없다 이거지? 나는 속으로 빈정댔지만 겉으로는 미소를 지으며 이렇게 말했다.

"그거 잘됐구나. 아기는? 다 괜찮니? 허리는 아프지 않고? 여기를 둘러보니 알겠다만, 넌 일을 많이 해선 안 돼, 재키. 홀몸도 아니잖아."

"이런 건 일도 아니야."

그녀는 손사래를 쳤다.

"지내기 안락하도록 조금 손보는 정도는 재미있지. 정말이야. 이런 일도 안 했으면 하루 종일 죽도록 지루했을 거야."

"흠."

뭐라 말해야 할지 몰랐던 나는 애매한 태도를 보였다. 내가 보기에, 재키가 여기서 베른트와 그의 식솔들을 위해 무료로 집안일을 해주는 것은 이치에 맞지 않았다. 하지만 굳이 참견할 일은 아니었다.

"제부한테서는 소식 있어?"

나는 다시 대화를 시도했다. 그러나 그녀의 얼굴은 이내 어두워졌다. 재키는 찻잔만 멀거니 내려다보더니 무감동한 어조로 대꾸했다.

"어, 전화 왔었어. 그이한테는 이제 다 끝났고 집에서 나왔다고 말했어."

"그러니까, 뭐라고 하디?"

"돌아오면 얘기 좀 하자고."

저런! 나는 안쓰러운 마음에 재키의 손 위에 내 손을 얹었다. 얼빠진 인간 같으니라고. 그렇게까지 말했는데 그 따위 사업을 제쳐두지 못하다니.

"아기가 태어난대도, 돌아가면 보자고 했을까?"

나는 버럭 화를 내며 물었다.

"아마도."

불쌍한 것! 재키의 처지가 너무나도 딱했다. 결국 내가 희생하기로 결심을 굳혔다.

"잘 들어, 재키. 다시 미하엘과 닉의 집으로 들어오는 건 어때?"

"왜……?"

"물론, 오랫동안 넷이서 지내기에는 공간이 협소해. 하지만 거기가 너에게는 훨씬 나을 거야. 날 믿어. 닉은 먹음직스럽고 건강에도 좋은 음식을 요리해줄 거야. 너를 위해 장만한 새 침대에 누워 있자니 꿈인지 생시인지도 분간 안 될 만큼 편하더라. 게다가 그 집에는 청소 도우미도 있어서 네가 집안일에 대해서는 전혀 신경 쓰지 않아도 돼. 대신 내가……"

나는 여기까지 말하고는 심호흡을 했다. 말을 꺼내기가 쉽지 않았기 때문이다.

"대신 내가 여기 들어와 살게. 나는 괜찮아. 임신을 한 것도 아니고 너보다는 내가 베른트나 여기 사는 다른 사람들을 더 잘 알아. 그러니까 사는 데 불편한 점이 있더라도 그럭저럭 적응할 수 있을 거야."

휴! 이제 다 말했다. 잠깐이지만 내가 여기로 이사를 오면 행여 베른트가 오해하지는 않을까 걱정했다. 하지만 그건 분명히 못을 박으면 될 일이었다. 일단은 내 여동생과 태어날 조카의 안위가 우선이었다. 나는 재키에게 웃어 보였다. 기꺼이 희생을 감수하는 언니가 되는 것도 기분 나쁘진 않았다. 그리고 재키를 향해 단호하게 고개를 끄덕였지만 그녀는 천천히 고개를 저으며 말했다.

"나는 정말 여기가 편해, 언니."

뭐시라? 미하엘과 닉의 집보다도 더 편할까? 아무래도 그렇게는 상상이 되지 않았다.

"다 너무 좋아. 말했듯이 조금씩 일을 하는 것도 즐겁고, 베른트는 요리 도 상당히 잘해. 잠자리도 불편하기는커녕 무척 편해. 정말이라니까! 여기 서 지내는 것이 좋아."

당황한 표정으로 나는 그녀를 바라보았다. 우리가 같은 집을 두고 얘기 하는 것이 맞는 걸까? 나는 그녀에게 번쩍번쩍 윤이 나도록 깨끗하고 정돈 이 잘 된 에펜도르프에 있는 집에서 매력적인 두 하우스메이트들과 살라고 제안했다. 그런데 이 소굴 같은 곳이 더 좋다고? 그런데 언제부터 베른트가 요리를 할 줄 알았지?

"재키, 제발 정신 좀 차려."

나는 설득 작업에 들어갔다.

"네가 아직 뭘 모르고 하는 얘기야. 나도 여기 소파에서 자봐서 아는데, (단 한 번뿐이었지만) 자고 나서 며칠 동안 허리가 아팠어."

"소파에서 안 자."

그녀는 나를 안심시키며 말했다.

"베른트의 침대에서 자."

"뭐?"

나는 너무 놀라 한순간 숨이 멎었다. 치사한 녀석 같으니라고! 나는 속으 로 그를 잘근잘근 씹고 있었다. 그때 열쇠가 꽂히고 돌아가는 소리가 들리 더니 현관문이 열렸다. 곧 베른트가 우리 앞에 섰다. 못되기로는 둘째가라 면 서러울 놈. 나는 독기를 품은 눈으로 그를 빤히 쳐다보았다.

"어, 헬렌. 여기 와 있었네. 안녕?"

그는 씨익 웃으면서 반갑게 인사했다. 그리고 재키에게 물었다.

"재키, 몸은 어때? 아무 문제 없어?"

그는 걱정스러운 눈빛으로 재키를 응시했고 재키는 그를 올려다보며 환하게 웃었다.

"컨디션 최상이야, 베른트! 그런데 잠깐만 있어봐. 언니가 방금, 소파에서 자는 것이 무척 불편할 거라던데."

"아, 그거. 헬렌이 몰라서 하는 소리야."

그가 개수대에 편안하게 기대며 대꾸했다.

"불편하지 않아."

"정말이야? 그래도 가책이 느껴지는걸."

"그런 거 느낄 필요 없어, 괜찮으니까. 중요한 건 너와 네 아기가 폭신한 이부자리에서 자야 한다는 거야."

아…… 그러세요. 나는 하마터면 내 동생처럼 잔뜩 감동받은 표정으로 베른트를 향해 웃어줄 뻔했다. 그 정도로도 마음이 한결 가벼워졌다. 재키는 베른트의 침대에서 자고, 대신 그가 소파에서 잔다니. 무척 사려 깊은 행동이었다. 그러나 한편으로는 베른트가 그녀를 공략하려는 심산이라는 생각이 스멀스멀 올라왔다. 임신 중인 데다 홀로 남겨져 더 여려진 그녀의 마음을 뻔뻔스럽게 이용하고 있는 것이라고.

"어떻게 그런 생각을 할 수가 있어?"

소피아가 고개를 저으며 물었다. 나도 내가 왜 이러는지 묻고 싶을 지경이었다. 나는 왜 늘 최악의 경우만을 생각하는 것일까? 결국, 좋지 못한 버릇이라는 것을 인정하고 속으로 뉘우쳤다.

"뭘 좀 먹을래?"

베른트가 의향을 물었다. 나는 못된 마음 씀씀이를 만회하기 위해 이렇게 대꾸했다.

"내가 너희 둘에게 밥을 샀으면 하는데, 어때?"

"내 요리 실력이 네 기준에 맞지 않을까봐 겁나서 그래?"

베른트는 나를 놀렸지만 나는 강하게 부정했다.

"아니야, 전혀 그렇지 않아. 재키가, 네가 정말 요리를 잘한다고 그러더라."

웬걸, 내 말투는 꼭 질투가 잔뜩 난 여자아이 같았다.

"내가 밥을 사면 어떨까 생각했을 뿐이야. 네가 직접 요리를 한다면야 당연히 같이 먹지."

나는 씨익 웃으면서, 이제 베른트가 꼬리를 내리고 내 제안에 응하기만을 기다렸다. 그러나 나는 헛다리 짚었다.

"여기가 훨씬 더 아늑해."

아늑하다고? 글쎄올시다. 베른트는 내가 보내는 의심의 눈초리에 아랑곳하지 않고 재키를 향해 물었다.

"고르곤촐라이탈리아산 블루치즈의 한 종류 스파게티가 있는데, 괜찮겠어?"

"좋아."

재키는 만족스러워하며 대답했다. 베른트는 벌써 찬장에서 그릇들을 꺼내고 있었다.

"그래, 좋아."

나도 동의했다. 물어보는 사람은 없었지만.

30분 뒤, 우리 셋은 소파 앞 탁자에 둘러앉았다. 각자 김이 모락모락 올라오는 스파게티 접시를 앞에 두고 있었다.

"흠. 맛이 끝내주는데?"

재키가 한 입 먹더니 말했다. 나도 포크로 몇 가닥을 말아서 입에다 넣었다. 그러면서 슬그머니 주변을 둘러보았다. 거실도 상당히 바뀐 모습이었다. 우선은 깨끗했고 정돈되어 있었다. 벽에는 사진들이 걸려 있었고 여기저기 양초와 촛대들이 놓여 따뜻한 느낌을 전해주고 있었다. 맞은편 벽은 짙은 붉은색 천으로 완전히 덮여 있었고, 그 위에 흑백 우편엽서가 핀으로 고정되어 있었다. 그렇게 하고 나니, 1년도 더 전에 일어났던 수해 때문에 벽이 흉하게 돼버린 흔적은 보이지 않았다. 정말 놀라웠다! 모든 것이 꼭 내 마음에 든 것은 아니었지만, 최소한 무척 예쁘고 아늑해 보였다. 그리고 스파게티 가락을 씹다보니 '놀랍다'는 생각이 들었다.

"와우. 정말 맛있는데."

나는 베른트의 솜씨를 칭찬했다.

"솜씨가 대단하지, 안 그래?"

베른트가 대꾸하자, 나는 거짓을 섞어가며 애써 둘러댔다.

"아니, 그다지 놀라울 것도 없어. 네가 이것저것 솜씨가 많다는 건 예전부터 알고 있었으니까."

"네가 허락만 한다면 기꺼이 보여줄 수 있는 솜씨들이 아직 많은데."

그는 이렇게 말하며 나를 보고 싱긋 웃었다. 나는 당황한 나머지 고개를 돌렸다. 베스트 프렌드가 끈적끈적하게 작업을 걸어오니 여간해서는 적응하기 힘들었다.

"거실이 근사한걸."

나는 대화 주제를 얼른 바꿨다.

"재키, 네가 혼자서 꾸민 거니?"

"아니, 내가 한 건 별로 없어. 그냥 이렇게 해라, 저렇게 해라 말만 했지 실제로는 베른트가 다 했어."

그녀는 손사래를 치며 말했다. 아, 그래? 나는 눈썹을 치올리고는 베른트를 향해 말했다.

"그런데 왜 예전에는 이런 생각을 못 했을까."

"내가 외적인 것에 별 의미를 두고 있지 않다는 거, 너도 알잖아. 하지만 여자가 여기 사는 경우에는……."

"임시로 사는 경우에는."

내 쪽에서 덧붙여 말했다.

"…… 그런 경우에는 좀 산뜻해 보여도 좋을 것 같았어. 반대할 이유가 없지. 우린 팀워크도 좋았어."

"맞아, 그랬어."

재키가 힘주어 말하고는 베른트를 보고 환하게 웃었다. 그녀의 눈은 지나칠 정도로 반짝이고 있었다. 나는 마음을 다스리고 그 둘을 번갈아 보았다. 그리고 우리는 말없이 스파게티 접시를 비웠다.

한 시간 뒤, 나는 떠날 채비를 했다. 하지만 어쩐지 발이 쉽게 떨어지지 않았다. 베른트와 재키가 더할 나위 없이 사이좋게 문가에 나란히 서서 배웅하는 반면, 계단을 내려가는 쪽은 나라는 사실이 이상했다. 다시 한 번 손을 들어 인사하려고 뒤를 돌아보았을 때, 재키가 베른트에게 뭔가를 얘기하려던 참이었고 그사이 베른트가 문을 닫는 모습이 보였다. 가슴이 따끔거렸다. 저 둘은 상대를 잘 이해하고 있는 것 같았다. 문득 서로 좋은 친구가 될지도 모른다는, 베스트 프렌드가 될지도 모른다는 불안감이 밀려왔다. 그럼 나는 어떻게 되는 거지?

다음 날 아침 여섯 시 반, 나는 휴대전화 울리는 소리에 잠을 깼다. 잠결에 우선 자명종을 껐지만, 계속해서 신호음을 울렸던 쪽은 자명종이 아니었다. 이 시간에 누구지? 순간 정신이 퍼뜩 들었다. 혹시 재키가? 아기가 태어나려는 모양이었다. 아니, 이미 태어났는지도 몰랐다. 하지만 그러기에는 너무 일렀다. 예정일보다 최소한 4주나 빠르니까.

"태어날 것 같니?"

빌어먹을 휴대전화를 가방 안에서 겨우 끄집어내자마자 휴대전화에다 대고 소리를 지르다시피 하며 물었다.

"아, 드디어 받았군요."

귀에 익은 남자 목소리였다.

"누구세요?"

"파울입니다, 처형. 조지에게 무슨 일이라도 생겼나요?"

생뚱맞게 '조지'라니?

"그건 나보다 댁이 더 잘 알고 있어야 하는 것 아닌가요?"

나는 퉁명스럽게 대답했다.

"즉, 댁이 책임감 있는 아버지에다 남편이라면 그 정도는 알고 있어야 한다는 말이죠. 다들 알다시피 전혀 그런 분은 아니지만."

"대체 무슨 말을 하는 겁니까?"

그는 금방이라도 울듯이 물었다.

"피곤한 일정을 마치고 오늘 새벽에 돌아왔어요. 그런데 와서 보니 집은 텅 비어 있고 아내는 어디론가 가버렸습니다. 이제는 처형한테까지 욕을 먹고 있군요. 그것도 이른 아침부터."

나는 화를 참느라 크게 숨을 들이마셨다.

"그러게 이른 아침에 욕을 먹고 싶지 않으면, 나중에 전화하세욧!"

"재키와 내 아들이 어디에 있는지만 알려줘요."

"친구 집에서 잘들 지내고 있어요. 더이상은 말 못 해요."

나는 전화를 끊으려고 했다. 하지만 파울은 무시할 수 없을 만큼 큰 소리로 "잠깐만요!"를 외쳤다.

"처형, 부탁이에요. 재키가 있는 곳을 알려줘요. 데려와야겠어요."

파울은 그답지 않게 전화에다 대고 애원했다. 그래, 좋아. 파울도 최소한 시도는 해볼 수 있겠지. 게다가 재키가 내심 집으로 돌아가고 싶어 하는지, 어쩐지 확신이 서지 않기도 했다. 파울이 제대로 노력만 하면 돌아갈 수도 있겠지만, 아니라고 해도 재키로서는 그가 얼마나 자격 없는 남편인지를 다시 한 번 깨우칠 기회를 갖게 되는 셈이었다. 자격 없는 남편이기는 하니까. 어쨌거나 그는 내 조카의 아버지였다. 그 점만은 잊지 말아야 했다.

"알겠어요."

나는 한숨을 쉬며 말했다.

"재키는 레페르반 카스타니엔알레 삼십육 번지에 있어요."

파울이 짧게 숨을 들이마시는 소리가 들렸다.

"저기……."

뚜뚜뚜…….

"이 시간에 불쑥 나타나진 마세요."

소용없는 짓이었지만, 하려던 말을 마무리했다. 이런 경우가 있나. 나는 또다시 한숨을 쉬면서 재키의 휴대전화 번호를 눌렀다. 걱정이 태산인 남편이 곧 당도할 것이라고 사전에 경고는 해주고 싶었다. 하지만 설상가상으로 전화는 곧장 음성사서함으로 넘어갔다. 베른트의 휴대전화도 마찬가지였다. 밤 시간에 휴대전화를 꺼놓는 사람들의 심리를 이해할 수 없었다. 그새 뭔가 중요한 일이라도 터지면 어쩌려고 그러는 걸까. 걱정도 안 되는 모양이다. 나 같으면 엄두도 못 낼 일이다.

나는 파울보다 앞서 도착했고 단잠을 깬 사람들의 원성을 한 몸에 받았다.

"헬렌, 정신이 있는 거야?"

베른트는 숨을 헐떡이며 계단을 올라오고 있는 나에게 퉁명스럽게 물었다. 그는 헐렁한 사각팬티만 입고 있었다. 원래는 빨간색이었으나, 세탁을 하도 많이 해서 이제는 색이 바래고 없었다. 내가 뭣 때문에 세련된 속옷을 골라줬을꼬? 게다가 가슴 털도 벌써 수북이 자라 있었다. 하지만 지금은 그런 걸 트집 잡을 만한 여유가 없었다. 대신 서둘러 베른트 옆을 지나가며 물었다.

"그 사람 벌써 와 있어? 걔는 어디 있어?"

"누가 와 있냐는 거야? 그리고 누가 어디 있냐는 거야, 재키 말이야?"

"당연히 재키지, 누구겠어? 그리고 파울 말이야. 파울이 곧 여기 올 거야."

나는 간단하게만 설명했다.

"무슨 파울?"

"파울이 뭘 어쨌다는 거야?"

베른트의 방에서 들리는 목소리였다. 헝클어진 머리에 커다란 티셔츠 차림을 한 재키가 서 있었다.

"지금 너를 데리러 오는 중이야."

나는 심각한 표정으로 말하며 재키에게 다가갔다.

"고작 그것 때문에 야단법석을 떨고 사람들을 깨운 거야?"

베른트가 어이가 없다는 듯 내뱉었다. 나는 그에게로 돌아서서 날카롭게 대꾸했다.

"어차피 파울이 왔어도 너넬 깨웠을 거야."

"그래도 난 네가 왜 여기까지 왔는지, 왜 불안을 조성하는지 모르겠어."

"헬렌은 여기저기에 참견해야 하는 사람이거든. 안 그러면 사람들에게 군림하지 못할까봐 두려운 거지."

문지방에 서서 지루한 듯 손톱을 내려다보던 소피아가 말했다. 나는 피가 거꾸로 솟는 것 같았다. 그때 다행히 초인종이 울렸다.

"내가 뭐랬어, 그가 곧 온다고 했지!"

나는 거봐라는 듯이 말했다. 잠시 뒤, 커다란 꽃다발이 아파트 출입문으로 들어왔고 파울이 그 뒤를 따랐다. 머리카락은 듬성듬성했고 뿔테 안경을 써서 그런지 그의 얼굴은 최소한 서른 송이는 되어 보이는 흰 장미꽃 다발 위에서 형체 없이 둥둥 떠다니는 것 같았다. 그의 표정이란 말로 설명하기 힘들었다. 그러나 여기서 목도하고 있는 광경에 충격을 받은 것은 분명했다. 주위 환경이나 이 아파트는 제쳐두고서라도, 가벼운 옷차림을 한 부인과 그보다 더 가벼운 옷차림을 한 남자, 그리고 그 사이에서 빨갛게 달아오른 얼굴로 서 있는 불초 소인을 보고서 말이다. 파울은 나와는 반대로 얼굴이 하얗게 질려서 한 사람씩 차례로 멍하니 쳐다보고는 입을 뗐다.

"재키, 여보……."

"여기서 뭐 하자는 거야?"

재키는 상대하기도 싫다는 투로 물었다. 파울은 당황해하며 한 발짝 물러섰다.

"내가 뭐 하자는 거냐면……. 여기에 뭐 하자고 왔겠어. 당신을 데리러 왔어."

"돌아가지 않아."

재키는 단호하게 말하고는 베른트의 방으로 들어갔다. 남편을 그대로 세워두고. 그는 난처한 표정으로 나를 쳐다보았다.

"일단 들어가요. 이렇게 현관문 열어놓고 복도에서 얘기할 순 없으니까."

나는 적당히 해줄 말이 떠오르지 않아 이렇게 말했다. 벽에 편안히 기대서 짧은 대화를 듣고 있던 베른트가 쿡쿡거리며 웃었다.

"렌헨, 여기에서까지 주변 사람들 걱정할 필요는 없어."

"걱정한 것 아니야. 단지……."

나는 뭐라고 변명을 해보려고 했다. 그래, 뭐였더라?

"꽃병에 물을 채워야겠다고 생각했어."

나는 파울에게서 꽃다발을 받아가지고 부엌으로 줄행랑을 쳤다. 당연히 부엌에는 꽃병이 없었다. 대신 개수대 밑에 있던 10리터짜리 양동이에다 물을 채웠다. 나는 물을 채우며 시간을 때우고 있었다. 무척 불편한 상황이었다. 소피아의 말이 옳았다. 내가 간여할 필요가 없는 일이었다. 그런데도 나는 왜 늘 참견을 하는 것일까? 그 순간 저쪽에서 목소리가 들려왔다.

"성함이……?"

"베른틉니다."

"저는 에른스트입니다. 파울 에른스트."

"네, 그러시군요."

"그런데 제 아내가 왜 댁에서, 말하자면 친정이 아니라 여기서 자고 있는 거죠?"

"직접 물어보시지요."

"아, 그러면 되겠군요. 그럼……."

나는 파울이 어쩌고 있나 보려고 부엌에서 나왔다. 마침 그는 방금 전 재키가 닫고 들어간 방문을 쭈뼛거리면서 노크하고 있었다.

"들어오지 마!"

안에서 성난 재키의 음성이 들렸다. 파울의 억장이 무너져 내렸다. 그는 다시 우리 쪽으로 돌아서서 수심에 가득 찬 얼굴로 어깨를 으쓱였다. 베른트는 눈을 찡긋하고는 귀찮은 파리 한 마리를 내쫓듯 손을 휘저었다.

"그래도 들어가야 할까요?"

파울이 망설이자 베른트는 고개를 힘차게 끄덕였다. 파울은 조심스럽게 손잡이를 아래로 내렸다.

"들어오지 말라고 했지!"

안에서 날카로운 음성이 들리자, 파울은 손잡이에서 손을 놓아버렸다. 그러자 벽에 기대고 서 있던 베른트가 성큼 걸어오더니 자기 방문을 열고는 파울을 안으로 집어넣어 버렸다. 문이 닫히자 여자와 남자의 거센 목소리가 뒤섞였다. 베른트는 지친 듯 길게 한숨을 내쉬고는 돌아서서 거실로 향했다. 곁에 아무도 없이 우두커니 서 있던 나는 결국 베른트를 뒤쫓아 갔다.

"여기서 뭐 할 건데?"

나는 그가 뭘 하려는지 뻔히 알면서도 바보처럼 물었다. 그는 기다란 소파에 누워서 이불을 뒤집어쓰고 있는 중이었다.

"좀더 자려고. 일어나기엔 너무 이른 시간이야."

"저 둘의 싸움이 어떻게 끝날지 궁금하지도 않아?"

"저 사람이 계속 미련하게 굴면, 재키의 마음을 절대 돌이킬 수 없을 거야."

"무슨 뜻이야?"

"파울은 꼭두새벽에 몸소 여기까지 행차했어. 그리고 단 몇 마디 말로 구슬려보려고 했지. 그렇게는 어림도 없어. 재키는 남편이 자기를 따라 들어오기를 바랐다고 봐야 옳아. 그는 조금이라도 용서를 빌어야 돼. 어쨌든 재키는 남편을 사랑하고 있어."

그는 베개를 정돈하면서 하려던 말을 계속했다.

"개인적으로 전혀 이해할 수 없는 건 너희 여자들은 취향이 독특할 때가 많다는 거야."

말을 마친 베른트는 눈을 감더니 내가 버티고 있는데도 잠을 자려고 했다. 어림없지! 나는 소파 가장자리에 털썩 주저앉았다.

"너 역시, 여자가 '노'라고 말하면 그건 '예스'를 뜻한다고 믿는 남자였어?"

나는 진지하게 물었다. 그의 왼쪽 눈이 스르르 떠졌다.

"걱정 마. 너에 관한 한 네가 '노'라고 말한 것은 '노'로 이해했으니까."

그는 다시 눈을 감고 돌아누웠다. 나는 그의 등을 물끄러미 바라보며 기다렸다. 아무 반응도 없었다. 그런 뜻으로 물었던 것은 결코 아니었다. 맙소사! 그는 내 질문의 의도를 오해하고 있었다.

"네가 원하던 대답이기는 하잖아?"

베른트의 발께에 앉아 있던 소피아가 말했다.

"네가 두 번 다시 거론하지 않아도 될 만큼 베른트가 제대로 알아들었으니 희희낙락하면 그만인 거야. 간단해."

나에게 더이상 설명을 덧붙이지도, 내 편이 되어주지도 않고서 그녀는 '풋' 하는 소리와 함께 사라져버렸다. 나는 베른트의 등에다 손을 얹고 나지막이 속삭였다.

"미안해."

"괜찮아."

그도 낮은 음성으로 대답했다.

"아니, 괜찮지 않아. 정말 미안해."

나는 미안한 마음을 재차 전했다.

"그런 건 강요할 수 없는 문제지."

"그래도 넌 여전히 내 친구지?"

그는 천천히 내 쪽으로 돌아누웠다. 나는 불안한 표정으로 그의 눈을 내려다보았다. 그가 이제는 내 친구로 남지 않을지도 모른다는 생각, 그에게 품지도 않은 내 감정 따위로 내 인생에서 가장 소중하고 오래된 것을 망가뜨리게 될지도 모른다는 생각에 너무나 두려웠다. 하지만 그는 나를 향해 웃고는 이렇게 대답했다.

"물론 나는 여전히 네 친구야, 렌헨. 앞으로도 계속."

안도의 눈물이 쉴 새 없이 뺨 위로 흘러내렸다.

"이제 그만 울어. 자, 이리 와. 너도 많이 지쳤을 거야."

그는 들어오라는 듯 꾀죄죄한 연두색 이불을 들어 올렸고 나는 그 안으로 기어 들어갔다. 그가 뒤에서 나를 안자 편안한 한숨이 새어 나왔다. 그는 여전히 나를 좋아하고 있었다. 다행이었다.

"우리가 친구가 아니면 어쩌겠어? 너는 늘 남자관계에서 낭패만 보는데, 느닷없이 나랑 잘돼 버리면 안 될 말이지. 그건 네 업보가 감당 못 할 테니까."

내가 팔꿈치로 배를 툭 치자, 그는 소리 죽여 웃었다. 우리는 말없이 누워 있었다. 그런데 갑자기 저쪽 방에서 언성이 점점 높아졌다.

"그러니까 정말로 여기 있겠다는 말이군?"

파울은 단단히 화가 나서 물었고 재키도 재키대로 뒤질세라 악다구니를 썼다.

"물론이야!"

"이런 동네에서? 이런 소굴에서?"

"좋은 사람들이 꼭 블랑케네제에만 살라는 법은 없어."

"그러라는 법은 없겠지. 하지만 하우스메이트라는 사람을 제대로 보기나 했어? 저…… 진드기나 키울 법한 사람?"

"감히 베른트를 모욕하지 마!"

"저 작자랑 좋아지내기라도 하는 거야?"

"그렇다면 어쩔래? 그렇다고 해도 당신과는 전혀 상관없는 일이야!"

"두고 봐. 저 남자가 당신을 건드리기라도 하는 날엔 내 손으로 죽여버릴 테니!"

재키는 이 대목에서 날카롭게 비웃었다.

"그럴 기미만 보여도 베른트는 당신을 파리처럼 납작하게 만들어버릴 걸? 그 사람은 힘도 무척 세고 진짜 사나이란 말이야!"

고성이 오가고 몇 번을 우당탕거린 다음, 파울은 설득을 포기하고 가버렸다. 나는 기다란 소파 위, 베른트의 품에 안긴 채 뻣뻣하게 누워 있었다. 재키가 베른트를 사랑하게 되었다고? 그럴 리가 없었다. 베른트는 어떤 마음일까? 나는 천천히 그에게로 돌아누웠다. 그는 숨을 고르게 쉬고 있었다.

"베른트."

나는 나지막이 이름을 불러봤지만 반응이 없었다.

"베른트?"

그는 잠결에 투덜거리더니 다시 잠들었다. 그는 아무것도 못 들었다. 어쩌면 그 편이 나을지도 몰랐다. 나는 조심스럽게 그의 품에서 빠져나와 다시 정성스럽게 이불을 덮어주었다. 그런 다음, 재키를 위로하기 위해 발걸음을 옮겼다.

재키는 예상했던 것보다 훨씬 안정돼 보였다. 그녀는 침착하게 부엌에 서서 차를 마시고 있었다.

"휴우, 제대로 한판 붙었네. 기분은 괜찮아?"

나는 재키의 맞은편에 있는 의자에 앉으며 물었다.

"응, 아주 좋아."

"그럼 이제 어떻게 되는 거야?"

"혼자 살 집을 알아보려고 해. 사 주 후에 아기가 태어날 테니, 우선은 육

아에 전념할 거야. 그리고 아기가 어린이집에 갈 만큼 자라면 예술사를 공부해보려고."

아주 기특한 생각이었다.

"그럼 제부하고는 어쩔 셈인데?"

나는 조심스럽게 물었다. 재키는 내 눈을 똑바로 쳐다보더니 씨익 웃으며 되물었다.

"제부? 누가 제부야?"

11

참으로 기특한 생각이었다. 혼자 살 집, 예술사 공부, 그리고 파울과 헤어지기. 아직 자립하지도 못한 내 어린 동생의 입에서 나온 말이었다. 레페르반의 아파트를 나설 때, 나 자신이 조금은 쓸모없는 존재처럼 느껴졌다. 베른트는 내가 떠넘긴 족쇄와 잘 지내고 있는 것 같았고, 재키는 혼자 힘으로 일어서기 위해 멋진 인생 계획을 짰다. 그렇다면 베른트를 위해서도, 재키를 위해서도 잘된 일이니 응당 기뻐하고 좋아해야 했다. 그런데 그렇지가 않았다.

"남이 나보다 못 돼야 기분이 좋은 법이니까."

소피아는 지극히 상식적인 얘기를 꺼냈다. 그녀의 갑작스런 등장에 깜짝 놀라, 계단을 내려오다 마지막에 걸려 넘어질 뻔했다. 저 여자는 대체 무슨 얘길 하고 싶은 것일까?

"저 두 사람의 인생이 안 풀리기를 바라는 마음 따윈 없어. 대체 무슨 의도에서 그런 말을 하는 거야?"

나는 버럭 화를 내며 물었다.

"이제 너는 과연 어떤지 진지하게 생각해볼 때가 된 거 같아. 그러면서 자연스럽게 얀과의 일을 정리할 수 있겠지."

그녀는 잔잔한 음성으로 충고하고는 '풋' 하는 소리와 함께 사라졌다.

"상기시켜줘서 고맙군."

나는 허공에다 대고 고함을 질렀다. 그리고 난폭하게 출입문을 열어젖히고 건물 밖으로 나와, 발을 쿵쾅거리며 차까지 걸어갔다. 제기랄, 얀을 생각하면 상당히 불쾌해졌다. 따라서 차라리 생각 않는 편이 나았다. 울적해질 이유가 없었다. 그것 말고도 신경 쓸 일이 무척 많았으니까.

라라를 위한 처녀들의 파티도 그중 하나였다. 시간은 살처럼 흘러 오늘은 6월 23일, 거사를 치르는 날이다. 원래 처녀들의 파티는 결혼식 전날에 해야 하지만, 나도, 라라도, 다른 친구들도 그것을 탐탁지 않게 여겼다. 결혼식 전날 밤, 신부는 무척 긴장되고 들뜨기 때문이다. 나는 베스트 프렌드가 술이 취해 비틀거리면서 결혼식장에 입장하는 꼴을 보고 싶지는 않았다. 따라서 우리는 만장일치로 결혼식 전주 주말에 일을 치르기로 했다. 그래야 그 다음 주를 후유증 극복의 기간으로 사용할 수 있기 때문이다. 우리는 눈을 반짝거리며 즐거운 표정으로 모였다. 재미있을 것 같았다. 니나, 소냐, 안드레아, 다이아나, 자비네, 파트리카, 나, 이렇게 일곱 명은 여덟 시 정각에 라라와 마누가 사는 아파트 앞에 집결했다. 그런데 앙겔라만 보이지 않았다. 앙겔라는 여덟 시 이십 분이 되어서야 도착했고, 이미 나는 살짝 짜증이 나 있었다. 하지만 짜증은 오로지 내 몫이었나보다. 다른 친구들은 분위기를 망치지 않기 위해 오히려 앙겔라를 반갑게 맞았다.

"드디어 다들 모였군."

나는 앙겔라를 살짝 흘겨보고는 웃으며 말했다.

"자, 이제 예비신부를 데리러 갈까?"

나는 '헤세/차벨'이라고 적힌 문패 옆 초인종을 눌렀다. 그리고 손가락을 입술에 갖다 대고 말했다.

"쉿! 이제 조용!"

"누구세요?"

스피커를 통해 라라의 음성이 들렸다.

"친구, 나야. 미안, 좀 늦었지."

"아유, 괜찮아."

그녀가 문을 열어주었다. 우리는 쿡쿡 웃으면서 4층으로 올라갔다. 라라는 전혀 눈치 못 채고 있었다. 마누엘과 셋이서 DVD를 보기 위해 들른 것이라 생각했으니까. 3층까지 왔을 때, 친구들에게 다시 한 번 조용하라고 신호를 보냈다. 자칫하다간 라라를 위한 깜짝쇼를 망칠 수도 있었다. 나는 혼자서 마지막 층을 올라가, 문가에서 기다리고 있던 라라와 만났다.

"안녕, 라라. 준비는 잘 돼가?"

"그렇지 뭐. 어서 들어와. 마누가 이제 막 피자를 오븐에서 꺼냈어."

"저런, 그런데 피자는 마누 혼자서 먹어야겠는데 어쩌지?"

나는 무척 안타깝다는 투로 말했다. 그 순간 아래층에 있던 친구들이 오두방정을 떨며 계단을 올라왔다. 그러고는 "놀랐지, 놀랐지?"를 연발했다. 라라는 무척 당혹스러워하며 지켜봤고 마누엘은 무슨 일인가 싶어 염려가 됐는지 부엌에서 뛰쳐나왔다.

"뭐야? 무슨 일이야?"

그가 묻는 사이, 친구들이 하나씩 좁은 복도에 들어섰다. 나는 밝은 표정으로 그에게 말했다.

"아무 일도 없어. 네가 오늘 밤을 예비신부와 함께 보낼 수 없다는 것밖에는. 우리가 데리고 갈 거거든."

"흠, 그래?"

라라는 얼굴에 미소가 번지더니 곧 발갛게 달아올랐지만, 마누엘은 못미덥다는 표정이었다. 하지만 그런 표정에 상관할 이유는 없었다. 나중에 안 일이지만, 마누의 친구들 역시 30분 뒤에 들이닥쳐 그를 총각파티에 데려갈 터였다. 어쨌든 우린 속도를 내야 했다. 시간에 딱딱 맞춰 세운 계획을 누군가가 망쳐놓는 것이 싫었다. 그런 마음에 다시 앙겔라를 흘겨보았다. 다행히 그녀는 눈치 채지 못했다.

"자, 시작하자. 이제 라라를 분장해야 돼. 그래야 놀아보지."

나는 들고 온 숄더백 안을 이리저리 헤집었다. 줄곧 함박웃음을 짓던 라라는 살짝 긴장했다. 그녀는 조마조마한 표정으로 나를 바라보았다. 나는 순진한 얼굴로 그녀를 마주 보고 웃었다. 이미 찾을 것을 찾았음에도, 마치 못 찾은 양 계속 가방 속을 뒤적였다. 라라에게, 자기를 위해 준비한 무지막지한 이벤트가 과연 무엇일지 속으로 그려보는 시간을 잠시나마 주고 싶었다. 일전에 라라와 나는 돌하우스Dollhaus, 함부르크에 있는 테이블 댄스 클럽에서 어느 예비신부와 친구들의 파티를 목격했다. 예비신부의 친구들은 그녀를 청소부 아줌마로 분장시켰다. 그녀는 감히 엄두도 못 낼 만큼 끔찍하고, 촌스럽고, 조잡하기가 이루 말할 수 없는 청소부 복장을 하고 있었는데 그것도 모자라 더러운 머릿수건을 쓰고 나무 막대가 달린 파리채를 들고 있었다. 그런 차림으로 온 동네를 휘젓고 다니면서 콘돔을 팔고, 남자 스무 명에게 키스를 받아야 했다. 우리는 새벽 네 시에 그 무리와 다시 마주쳤는데 그때까지 예비신부의 실적은 키스 다섯 번일 정도로 형편없었다. 딱하기도 하지! 라라에게 그런 짓을 시킬 수는 없었다. 나는 마침내 가방에서 면사포를 꺼내들었다. 면사포는 내가 커튼을 이용해 만든 것이었다.

"걱정 마."

나는 면사포를 이리저리 흔들면서 라라를 안심시켰다.

"허수아비 분장을 하고 돌아다니진 않을 테니."

"청소부 아줌마도 아니겠지?"

그녀는 내게 확답을 받으려는 듯 물었다. 라라도 그날 저녁이 기억에 생생한 모양이었다.

"물론 청소부 아줌마도 아니야. 정반대면 몰라도!"

나는 확신을 주면서, 옷장 옆에 있던 의자를 끌어다가 라라를 앉혔다. 라라는 청바지에다 은색과 청색이 섞인 탑을 걸쳐 입고 있었다. 옷매무새는 나무랄 데 없었다. 그녀는 항상 자기 체형과 이미지에 맞는 옷을 골라 입었다. 그녀의 새까만 머리카락과 도자기처럼 하얀 피부는 탑의 차가운 색감과 무척이나 잘 어울렸다. 나는 라라에게 면사포를 씌우고 머리핀으로 고정시킨 다음, 다이아나에게서 번쩍거리는 왕관을 받아 들었다. 왕관은 이미 몇 달 전에 내가 카니발 용품점에서 미리 구입해놓은 것인데, 비록 모조 보석들이 박혀 있기는 했으나 오드리 헵번이 <로마의 휴일>에서 썼던 것 못지 않았다. 나는 라라에게 왕관을 씌우면서 엄숙하게 선언했다.

"오늘 그대를 처녀들의 여왕으로 명하노라."

친구들은 환호성을 지르며 박수를 쳤고, 옷장 거울 앞에서 자신의 모습을 비춰본 라라는 흡족한 미소를 지었다. 하지만 그것으로 끝이 아니었다. 갈 길이 멀었다. 나는 화장품 가방을 급히 꺼내서 라라를 요정처럼 꾸몄다. 기다란 눈썹을 붙이고 뺨에다 펄을 발랐다. 그리고 어깨와 가슴이 드러나는 의상을 입힌 다음, 연한 붉은색 립스틱으로 마무리했다. 화장을 마치고 내가 한 발 물러서자 모두들 숨을 죽였다. 특히나 마누엘은 심히 걱정된다는 표정을 지었다. 라라는 남자들이 졸졸 따라다닐 만큼 예뻐 보였다. 마지막으로 국자 위에다 별을 달고 쿠킹호일로 감싸 만든 지팡이를 라라의 손에 쥐어주었다. 시간을 체크해보니 여덟 시 사십오 분이었다. 시간은 무르익었다. 나는 "가자, 얘들아!" 하고 외치고는 라라에게 꾸벅 절을 하며 말했다.

"폐하."

폐하께서는 자리에서 일어났고 친구들은 양옆으로 나란히 줄을 섰다. 라라는 그렇게 난 길을 따라 면사포를 뒤로 길게 끌면서 지나갔다. 나는 하마터면 눈물을 보일 뻔했다. 지금도 이렇게 예쁜데 예식이 열리는 성당에서는 얼마나 예쁠까. 나는 마음을 다잡았다. 그리고 서둘러 화장도구들을 도로 가방에 쑤셔 넣고는 어깨에 둘러멘 다음, 라라를 뒤쫓아 가려던 참이었다. 그때 마누가 내 팔을 잡았다.

"헬렌. 설마, 그러니까 내 말은, 다른 남자들이랑 키스시킬 건 아니겠지?"

쭈뼛거리며 묻는 그의 표정에는 불안이 묻어났다.

"물론 그럴 일은 없어. 결단코."

내가 대꾸했다. 진심이었다. 라라가 뭇 남정네들과 키스할 이유가 없지 않은가.

"다행이다."

그는 안도의 한숨을 깊게 내쉬었다.

"그럼, 영화 재밌게 봐."

나는 상냥하게 웃으면서 말했다.

"그래, 너희도 재밌게 놀아."

그 역시 기분 좋게 대꾸했다. 그때 갑자기 라라가 다시 문가로 다가왔다.

"뭐라도 놔두고 왔나이까, 폐하?"

내가 이렇게 묻자, 라라는 "응" 하고 대답하더니 나를 지나 마누에게로 가서 오랫동안 키스를 했다.

"이따 봐. 사랑해!"

마누 역시 "나도 사랑해"라고 했다. 라라는 살랑살랑 옷자락을 끌면서 나갔고 마누는 그런 그녀의 뒷모습을 사랑스런 눈길로 바라보았다. 나는 조용히 한숨을 쉬었다. 사랑은 아름다웠다.

우리들은 아파트 앞에서 자동차 두 대에 나눠 타고 레페르반으로 출발했다. 시간이 절묘했다. 백미러로 보니 마누엘의 베스트 프렌드인 고든이 이제 막 커브를 돌아서 오는 것이 보였기 때문이다. 아슬아슬했다. 그런데 팔 아래에 끼고 오는 저것은 뭘까? 커다란 고무인형인 것 같았다.

"헬렌, 조심해!"

안드레아가 비명을 질렀다. 보도블록에다가 더군다나 거기 있던 자전거 보관대까지 들이받기 직전에 핸들을 꺾었다. 휴, 하마터면 큰일 날 뻔했다.

"대체 무슨 생각을 하고 있었던 거야?"

니나가 나무랐지만, 내가 본 장면을 얘기해줄 수는 없었다. 라라는 마누엘이 저녁 내내 얌전히 집에 머물며 심심해하고 있을 거라 믿고 있을 테니까. 우리는 레페르반에 있는 '로코'에 들러 목을 축일 계획이었다. '로코'는 라라가 첫 번째 임무를 수행할 장소이기도 했다. 임무는, 들르는 술집마다 주인 혹은 손님들이 우리에게 한 잔씩 사게끔 만드는 것이었다. 라라는 남자들이 따를 만큼 무척 예뻐 보였기 때문에 그다지 힘든 일도 아니었다. 그런데도 라라는 한참을 망설였다. 그러나 몇 잔을 들이켜고 나더니, 마음이 확실히 풀어진 모양이었다. '로코' 주인장은 오래 끌지 않았다. 몇 분이 지나자 칵테일 아홉 잔이 왔다. 저 딱한 주인장은 우리가 저녁 내내 여기 머물면서 돈을 뿌리고 갈 것이라고 생각했겠지만, 복도 지지리도 없지. 그건 완전 착각이다.

"레페르반을 돌아다니면서 '빌붙기 사냥'이다!"

친구들이 칵테일을 홀짝이고 있을 때, 내가 선동했다. 그리고 라라를 보고는 덧붙였다.

"매번 술집에 갈 때마다 봉투 한 장씩을 받을 거야. 그 안에 다음 행선지에 대한 암시가 적혀 있지."

나는 마술을 부리듯 가방에서 분홍색 봉투 한 장을 꺼내 보였다. 그런데 내가 봉투를 도로 집어넣기도 전에 라라는 그걸 잡으려고 손을 뻗었다.

"서두르진 마, 친구. 이걸 받으려면 그에 상응하는 뭔가를 해야 돼."

"왜? 이미 마실 것도 가져왔잖아."

라라는 볼멘소리로 말하고는 잔에 남아 있던 칵테일을 빨대로 쪽쪽 빨아 마셨다.

"그건 그거고. 안됐지만 다른 임무를 하나 더 해야 돼. 동화 속 공주처럼."

나는 가위를 꺼내 들며 말했다.

"그런 건 왕자가 공주를 얻기 위해 하는 거 아냐?"

라라는 뿌루퉁하게 말했다.

"넌 남성본위사상에서 해방된 공주야."

나는 단호하게 말했지만, 위로도 할 겸 곧바로 덧붙였다.

"하지만 너에겐 지팡이가 있어. 그걸 휘두르면서 '나를 즐겁게 하라!'라고 말하면 신복들 중 하나가 그 말을 받들어 재밌거리를 선사할 거야."

"나를 즐겁게 하라!"

내 말이 떨어지기가 무섭게, 라라는 지팡이를 당당하게 휘두르며 말했다.

"어디 보자……, 너!"

지팡이 끝이 향한 곳은 소냐였다. 소냐는 난처한 표정을 지었지만, 이내 순순히 자리에서 일어났다. 그리고 낭랑한 목소리로 자작시를 읊기 시작했다.

어른이고, 애들이고 여보시오들, 내 말 좀 들어보오.

라라는 이제 혼자가 아니라오.

동화 속 왕자님을 만나,

오랜 시간이 흘러,

그가 바로 인연이라는 것을 알았다오.

다음 주가 되면 무를 수도 없다오.

우리는 숨이 넘어가라 깔깔대며 웃었다.

"쉿, 아직 안 끝났어."

두 사람은 인생을 함께하기 위해

결혼 서약을 하네.

오늘은 우리끼리 축하를 하네.

이 자리가 마지막이 아니기를,

그녀에게 진심으로 바라기를,

고통 말고 행복만 가득하기를.

그 사람은 너를 행복하게

항상 웃게 해야 해.

너희를 위해 건배를 제안해.

이것으로 끝이네.

우리는 허리가 부러지도록 웃었고, 라라가 다시 지팡이를 들고 말했다.

"나를 즐겁게……."

그때 나는 라라의 팔을 잡고 말렸다.

"친구, 나중을 위해서 남겨둬야 한다고 생각하지 않아?"

라라는 머리를 비딱하게 하고서 잠시 생각해보더니, 망극하게도 고개를 끄덕이며 손을 거두었다.

"그래, 그게 낫겠어."

"자, 여기."

나는 그녀의 손에 가위를 쥐어주었다.

"이걸 가지고 지금 이 술집에 있는 남자들에게 가서……."

"가서 뭘 잘라내란 말이야?"

그녀는 킥킥거리며 물었다. 술에 알코올 함량이 상당했던 모양이다. 라라가 두 시간 안에 테이블 바닥으로 미끄러지기 전에, 지금부터 술은 와인으로 제한하기로 했다.

"바지를 조금 잘라 가지고 와. 천쪼가리 다섯 개를 가져오면 봉투 하나를 열어볼 수 있어. 자, 이제 가봐."

내 말이 떨어지기가 무섭게 라라는 자리에서 일어났다. 아직 저녁 아홉 시 삼십 분밖에 되지 않았기 때문에 로코에는 그다지 사람이 많지 않았다. 하지만 라라는 10분 만에 천쪼가리 다섯 개를 들고 돌아왔다. 나는 놀라움을 금치 못하며 천쪼가리들을 봤다. 내가 인터넷으로 검색했을 때는, 보통 남자들 바지에서 세탁 방법이 적혀 있는 부분을 잘라 가지고 온다고 돼 있었다. 그런데 이것들은 그 부분이 아니었다. 마침 남자들 한 무리가 우리 테이블을 지나 출구로 향했다. 그들 중 두 명은 무릎에 커다란 구멍이 나 있었고, 다른 두 명은 왼쪽 다리 부분이 오른쪽보다 짧았다. 가장 용감한 사람은 엉덩이 부분이 잘려 나간 바지를 입고 있었다. 모두들 당당하게 문밖으로 나가려던 참이었다. 라라는 손을 흔들고 웃으면서 큰 소리로 말했다.

"너흰 정말 멋져! 고마워, 친구들!"

"뭘 그런 걸 가지고, 귀여운 아가씨."

누군가가 대꾸했다. 또 다른 누군가는 우리 모두가 들을 수 있을 만큼 큰 목소리로 주변 친구들에게 말했다.

"저런 여자가 결혼을 한다니, 아깝군. 안 그래?"

"그런 건 더 크게 말해도 돼."

임무를 완수한 라라가 봉투를 뜯는 사이, 나는 눈이 휘둥그레져서 그녀를 쳐다봤다. 대체 어떻게 꼬드긴 걸까?

"다음 장소는 바로 옆 골목을 돌면 있지만, 이름만 봐서는 아주 멀리 있다."

그녀는 소리 내어 읽고는 나를 보며 싱긋 웃었다.

"내가 소냐보다 시적 감각이 풍부하다고는 말한 적 없어."

나는 서둘러 둘러댔다.

"계속 읽어봐."

"거기서는 사람을 맞을 때, 이렇게 말한다. '어서 오세요. 랄라.'"

라라는 생각도 안 해보고 투덜거렸다.

"이건 불공평해. 남자 다섯 명한테서 바지를 잘라 가지고 왔는데 수수께끼까지 풀라니."

"머리를 굴려봐. 그 방법이 제일 쉬워."

나는 라라에게 핀잔을 주었다. 그러자 그녀가 손바닥으로 이마를 '탁' 치더니 소리쳤다.

"나, 진짜 바본가봐. 당연히 '차이나 라운지'지."

우리는 크게 박수 치고는 자리를 털고 일어났다. 카운터 뒤쪽에서 주인장 마틴이 당혹스러운 얼굴로 떠나는 우리 뒷모습을 바라봤다. 하지만 나는 유감이라는 뜻으로 어깨만 으쓱여 보이고는 밝게 손을 흔들어주었다.

이제 레페르반에는 활기가 넘쳤다. 텅텅 비다시피 했던 보도블록은 사람들로 가득했고, 처녀들의 파티를 하고 있는 다른 무리들과도 계속해서 마주쳤다. 그래도 라라만큼 사랑스러운 사람은 없었다. 새벽 두 시, 모두들 거나하게 취했지만 기분 좋게 '질버자크Zum Silbersack, 레페르반에 있는 오래된 술집'에서 느릿느릿 걸어 나오고 있는데 그때, 총각파티 중인 것으로 보이는 남정네들이 고성을 지르며 다가오고 있었다. 다가오는 모양새를 보아하니, 그 무리 가운데 하늘색 발레복을 껴입은 누군가가 카디건 하나만 달랑 입힌 고무인형을 팔 아래에다 끼고 있었다. 딱하게도 그 총각파티의 주인공은 다름 아닌 마누엘이었다. 그는 자기 부인이 될 여자를 발견하자마자, 친구들 틈에서 빠져나와 우리에게 냅다 달려왔다. 마누의 얼굴에는 빨간 립스틱 자국이 어지럽게 묻어 있었다.

"라라, 친구들이 나를 여자들 키스 상대라며 광고하고 있어. 어쩔 수가 없었어."

"알 것 같아."

라라는 대수롭지 않다는 투로 그를 위로해주었다.

"너는 아무한테도 키스 안 했겠지?"

그는 확인하고 싶었는지 이렇게 물었다. 어라, 내가 거짓부렁이라도 할 거라고 생각했나?

"당연히 안 했지."

라라는 힘주어 말했다.

"그렇다면 다행이다."

"하지만 남자들 바짓가랑이를 오려 가지고 왔어. 볼래?"

그녀는 잘라낸 천 조각들을 자랑스럽게 들어 보였다.

"이야, 대단한데."

마누엘은 대단치 않다는 투로 말하며 나를 노려보았다. 이제 둘을 갈라 놓을 시간이었다.

"자, 계속 가야 돼."

나는 잘라 말하고는 둘 사이로 끼어들었다.

"둘이 이렇게 만나고 있어선 안 돼."

"잠깐만."

그때 마누엘이 서둘러 말을 가로막았다.

"모두들 옷 하나씩만 벗어줬으면 좋겠어. 고무인형에다 완벽하게 옷을 입히기 전까지는 이놈의 족쇄에서 풀려날 수가 없어. 그리고 라라, 낯선 여 자에게 속옷을 벗어달라고 부탁할 수가 없었어. 도저히 그 말은 못 하겠더 라."

"그렇지."

라라도 이해했다. 그러고는 질버자크로 총총걸음으로 들어갔다. 마누엘 은 파트리카에게는 청바지 위에 걸쳐 입은 치마를, 안드레아에게는 양말을 벗어달라고 통사정을 했다. 잠시 후 돌아온 라라는 그에게 엷은 자색 슬립 과 거기에 딸린 브래지어를 건네주었다.

"고마워, 라라. 정말 고마워."

부담을 덜었는지 한결 편안해진 말투였다. 이 모습을 지켜보던 그의 친 구들은 재미없다는 표정이었다.

"얘기가 다르잖아. 이거, 반칙인데?"

고든이 불만을 제기하자 다른 친구들도 고개를 끄덕였다.

"아내가 아니면 누굴 믿겠어?"

마누는 당당하게 대꾸했고 라라도 고개를 끄덕였다.

"너흰 정말 부창부수로구나."

우리 일당이 다시 갈 길을 재촉했을 때, 앙겔라가 말했다.

"다 같이 가면 안 될까?"

라라가 졸랐다.

"하지만 처녀들의 파티에 남편과 같이 있어서는 안 돼. 그런 법은 없어."

"왜 안 돼? 벌써부터 그 사람이 보고 싶단 말이야."

나는 라라를 설득해보려고 했지만 쉽지 않았다.

"라라, 우리랑 노는 건 즐겁지 않단 말이야?"

나는 밤 여정의 다음 행선지이자 종착지인 태국 가라오케에 들어서면서 이렇게 물었다.

"물론, 즐거워. 그래서 더더욱 그 사람이 옆에 없는 게 섭섭해."

"마누도 나름대로 친구들과 신나게 놀고 있을 거야."

"같이 놀면 두 배로 신날 거야."

라라는 고집을 부렸다.

"잠깐 화장실 좀 다녀올게."

나는 양해를 구하고는 그 자리를 떠서 고든에게 문자를 보냈다. 라라가 그렇게 원한다면야, 못 할 것도 없었다. 잠시 뒤 나는 우리 패거리가 앉은 테이블로 돌아왔다. 테이블 위에는 이미 와인이 놓여 있었다. 나는 라라를 향해 웃어 보였지만 그녀는 곱지 않은 시선으로 힐끗 쳐다볼 뿐이었다. 나한테 심술이 난 모양이었다. 어차피 남자들이 불쑥 나타나면 마음은 금방 풀릴 터였다. 그때 갑자기 라라가 지팡이를 들더니 나를 가리키고 말했다.

"나를 즐겁게 하라. 여기서, 당장!"

그러나 나는 라라 옆에 앉아 차분하게 말했다.

"안타깝지만 준비해둔 개인기가 없어. 미안해. 오늘 밤 파티를 계획하느라 힘을 너무 많이 쏟았거든. 이해하지? 게다가 아직 다이아나도 안 했잖아."

하지만 라라는 끄떡도 하지 않았다.

"아니, 나는 네가 해줬으면 좋겠어. 그런 건 사전에 준비할 필요가 없는 거잖아. 네가 부르는 <I will survive>를 듣고 싶어."

그녀는 선곡까지 해주고는 고개를 무대 쪽으로 가리켰다. 무대에 서라는 뜻이었다. 머리 꼭대기에 있던 피가 전부 발끝으로 떨어지는 느낌이었다. 뭐시라? 나더러 노래를 부르라고? 저 많은 사람들 앞에서?

"설마 진심은 아니겠지."

나는 라라에게 간절함을 담아 말해봤지만 받아줄 기미는 없었다.

"나를 즐겁게 하라."

라라는 다시 한 번 말하고는 지팡이로 테이블을 세게 두드렸다.

"남편이 보고 싶단 말이야. 그러니까 지금 당장 즐거워야겠어. 나를 즐겁게 하라!"

"그래, 알겠어."

나는 소곤거렸다. 라라가 고래고래 고함을 지르는 바람에, 이미 다른 테이블 사람들도 무슨 일인가 싶어 우리 쪽을 기웃거리고 있었다.

"알겠다고, 한다고."

천근만근 무거운 발을 질질 끌면서 나는 디제이에게 다가가, 다음 주 결혼하는 친구를 위해 <I will survive>를 부르고 싶다고 했다. '부르고 싶다'는 말이 어불성설이기는 했다. 원하고 말고는 내 의지와 별개였으니까. 나는

거칠게 마이크를 받아 채고는 발을 쿵쾅거리며 무대 위로 올랐다. 베스트
프렌드에게 신나고 멋진 처녀들의 파티를 선사해주기 위해 최선을 다했다.
그런데 보답이 겨우 이런 거였나? 스피커에서 전주가 흘러나왔다. 목이 타
들어 갔고 심장은 미친 듯이 뛰었다. 나는 입을 열어 노래를 시작했다.

At first I was afraid(처음에 난 두려웠지), I was Petrified(난 겁에 질렸었지).

목이 완전히 잠겨서 꺽꺽대는 소리가 났다.

kept thinking I could never live without you by my side(너 없인 절대 살 수 없다는
생각을 계속했어)

이러다 제대로 된 음정을 하나라도 못 내는 건 아닌지 슬슬 걱정이 됐다.

But I spent so many nights thinking how you did me wrong(하지만 그러고 는 네가
얼마나 내게 잘못했는지를 생각하며 수많은 밤을 보냈지)
And I grew strong(그리고 난 강해졌어)

우리 테이블에서는 야단법석 난리가 났고, 반면 다른 테이블 손님들은
나만큼 괴로운 표정들이었다. 하지만 내 구슬픈 노랫가락이 정말 구슬퍼서
못 들어주겠다는 말이 나오기 전까지는 계속 부를 작정이었다. 그때 문이
열리고 마누엘과 무리들이 들어왔다. 그들은 엉거주춤하게 서서 어리둥절
한 표정으로 이런 소음의 근원지가 어디인지 둘러보고 있었다.

Go on now go, Walk out the door(가버려, 저 문밖으로 나가)

Just turn around now(지금 돌아가 버려라)

나는 그들을 향해 고함을 질렀다. 그때 라라가 남자친구를 발견하고는 그쪽으로 다가갔다. 내 목소리는 고음으로 올라갈수록 더욱 까칠해졌다. 나는 라라와 마누엘이 서로 얘기하는 모습을 지켜보았다. 그리고 마누엘이 처음에는 고든을, 다음에는 나를 차례로 가리키는 것도 보았다. 나를 바라보는 라라의 눈빛에 후회가 서려 있었다. 하지만 이상하게도 이제는 여기 서서 노래를 불러야 한다는 사실이 대수롭지 않게 여겨졌다. 얀이 떠올랐기 때문이다. 지난 몇 달 동안 생각하지 않으려고 몸부림쳤건만, 지금 그가 생각났다. 가슴 아팠지만 그래도.

Did you think I'd lay down and die?(조용히 누워 죽을 거라 생각했어?)

Oh no, not! I'll survive(천만에! 난 살아갈 거야)

나는 열창을 했다. 그때 라라가 면사포를 휘날리며 디제이 석에서 마이크를 하나 채 가지고 달려와 낑낑거리며 무대에 올랐다. 라라는 재치 있게 작은 버튼 하나를 누르고는 내 손을 잡았다. 그리고 함께 목청껏 노래했다.

And I spent oh so many nights just feelin' sorry for myself(내 자신에 대한 연민으로 밤을 보냈어)

나는 천사 같은 목소리를 가진 라라도 나만큼이나 음치라는 것을 알고는 가슴이 짠했다.

248

I used to cry (울곤 했지)

But now I hold my head up high (하지만 이제 나 고개를 들어)

갑자기 작은 무대가 더 좁아졌다. 우리 여성 동지 일곱과 남자 여덟 명이 전부 달려들어 마이크를 나눠 썼기 때문이다. 모두가 함께 노래의 대미를 장식했다.

I've got all my life to live (살아가야 할 내 인생이 있는걸)

I've got all my love to give, I'll survive (흠뻑 빠질 사랑이 있는걸, 난 살아갈 거야)

I will survive. hey, hey (난 살아갈 거라구, 헤이, 헤이)

모두들 웃으며 박수를 쳤다. 하지만 정작 나는 그 자리에 뻣뻣하게 서서, 서로서로 어깨동무를 한 친구들이 나를 이리저리 밀치는 것도 못 느끼고 있었다. 마지막 'I will survive'는 목구멍에서 차마 터져 나오지 못했다. 내 시선은 많은 테이블을 지나고 사람들의 머리를 넘어, 구석에 있는 한 자리에 꽂혔다. 그곳에서는 반쯤 비운 맥주병을 앞에 두고 얀이 나를 바라보고 있었다.

12

어째야 하나? 못 본 척해야 하나?

나는 고개를 살짝 까닥였다. 거기엔 다른 어떤 의미도 없었다. 나는 뒤로 돌아 처녀들의 파티라는 구원의 성으로 도망쳐 들어갔다. 예비신랑과 예비 신부는 환하게 웃으며 붙어 있었고 모두들 한창 즐기고 있었다. 옛 남자친 구를 발견해서 영하로 내려간 기분이 조금 풀릴지 어떨지는 두고 볼 일이었 다. 그때 급하게 달려와 내 팔을 잡은 사람은 얀이었다.

"헬렌, 잠깐만 기다려."

그는 바짝 내 앞으로 다가왔다. 너무 가까웠다. 내게 아직은 익숙한 그의 체취가 느껴졌다. 비누와 향수, 담배 냄새와 껌 냄새가 뒤섞인, 그 사람에게 서만 나는 체취였다. 나는 콧구멍을 벌름거리면서 그 체취를 들이마셨다. 우리가 함께했던 아름다운 기억들이 슬며시 떠올랐다.

"왜 그래?"

나는 담담한 척 물었지만 떨리는 목소리를 자제하기 힘들었다. 침착하 자, 나는 다짐했다. 입을 열고 숨을 내쉬었다. 그러나 나에게 고정된 그의 짙은 눈망울을 보니 예전 감정이 되살아났다. 나는 시선을 재빨리 그의 왼 쪽 귀로 돌렸다.

"어떻게 지내?"

그는 잡았던 팔을 놓으며 물었다. 어떻게 지내고 있을 것 같은가?

"아주 잘 지내고 있어. 넌 어때?"

"나도 잘 지내."

아름다운 해후로군. 나는 마음을 진정시켰다. 그만 가도 될까?

"정말 멋졌어. 네 노래."

"지금 농담하는 거야?"

나 스스로 얼마나 엉망이었는지를 잘 알고 있던 터였다.

"아니야, 헬렌. 진심이야. 처음에 노래하는 사람이 네가 맞는지 믿을 수 없을 정도였어. 그만큼 내가 너에 대해 몰랐다는 뜻이지. 거리낌 없더라."

노래하는 모습을 본 적이 없다? 그럴 만한 이유가 있었겠지.

"어떻게 생각……."

내가 무슨 말인가 하려는 찰나, 가느다란 팔이 얀의 목을 휘감았다. 키가 180센티미터 정도 되고 머리가 금발인 여자의 팔이었다. 그 여자는 얀의 뒤에 바싹 붙더니 손으로 그의 머리를 쓰다듬었다.

"나 왔어."

그녀는 얀의 귀에다가 낮게 속삭였다. 그리고 이제야 나를 발견한 듯 이렇게 말했다.

"아, 미안. 내가 방해한 건가?"

순간 우리는 위아래로 상대를 훑어보았다. 미인이었다. 진한 금발로 염색을 했고 치마는 좀 많이 짧았다. 상의도 몸에 무척 끼는 것이기는 했지만, 그런 차림새가 그녀의 아름다움에 흠집을 내지는 않았다. 뭐 볼 것이 있다고 빨간색 매니큐어를 바른 손톱으로 동성애자인 내 예전 남자친구의 머리카락을 쓰다듬는 건지 알 수가 없었다.

"아, 이런."

얀도 조금 당혹스럽다는 표정을 지었다.

"헬렌, 이쪽은 밥시야. 밥시, 여기는 헬렌."

그는 우리를 서로에게 소개시켰다. 밥시라니? 내가 악수를 청하자, 그녀도 젖은 수건 같은 손을 건넸다.

"아, 네가 헬렌이구나."

그녀가 눈썹을 치올리며 의미심장한 표정을 지었다.

"맞아. 헬렌이야."

얀도 말했다.

"맞아, 난 헬렌이지. 그런데 화장실엘 좀 가야겠어."

"헬렌, 저기 잠깐만."

얀이 뒤에서 나를 불렀지만, 나는 못 들은 척 성큼성큼 걸어갔다.

두 손으로 화장실 세면대에 체중을 싣고 거울 앞에 섰다. 오늘 밤은 악몽이었다. 노래를 불러야 했기 때문만은 아니었다. 얀을 만났기 때문이다. 백치미가 흐르는 저 묘한 여자가 내 눈앞에서 스스럼없이 얀의 몸을 만졌다. 얀이 여자와 사귈 거라는 생각은 들지 않았다. 밥시가 남자일지도 모른다는 생각이 스쳤다. 당연했다! 그러니까 키도 훤칠하고 메이크업도 진하게 했으리라. 미니스커트 속, 그녀의 다리가 떠올랐다. 길고 가는 다리에는 근육이 없었다. <마카레나> 댄스 뮤직비디오를 본 사람이라면 남자들 각선미가 여자 못지않다는 사실을 알 것이다. 그렇다면 밥시는 복장도착자, 아니면 트랜스젠더인가? 그 둘의 차이는 뭐지? 그렇게까지 자세하게 알 필요가 있던가? 얀이 동성애자라는 것에 놀란 것만으로도 평생을 갈 것 같았다. 여장남자를 좋아하든지, 변태 행위를 즐기든지 말든지 알고 싶지 않았다. 화장실밖을 나가면 그가 가버리고 없기를 하늘에 간절히 기도했다. 나는 그가 단념하고 가버리도록 시간을 끌기로 했다. 젖은 손 위로 차가운 물줄기가 흘러내렸다. 그때 문이 열리고 밥시가 들어왔다. 우린 잠깐 동안 마주 보았고 그녀는 화장실 안으로 들어갔다. 아니, 정확히 말하면 '그'는 일을 보러 들어 갔다. 나는 호기심을 이기지 못하고 문틈으로 들여다보았다. 만약 서서 일을 본다면 번지수를 잘못 찾아온 것일 테니까. 그러나 내 눈에 들어온 것은 검정색 하이힐의 앞부분이었다. 내가 왜 여기 서서 밥시가 일 보는 소리까지 듣고 있는지 알 수가 없었다. 얀이 문 앞에서 그녀(혹은 그)를 기다리고 있을지 몰라 지레 겁을 먹고 있는 것인지도 몰랐다. 나는 가방에서 화장품을 꺼내 화장을 고치기 시작했다. 물 내리는 소리가 나고 밥시가 나오더니 손을 씻기 위해 세면대로 다가왔다. 나는 '그'를 몰래 훔쳐봤다. '그'는 고개를 들더니 나를 정면으로 보고 말했다.

"헬렌. 이젠 너도 알았겠구나. 나도 안타깝게 생각해."

그다지 안타깝지 않은 말투였다.

"어, 뭐."

나는 얼버무렸다. 달리 뭐라고 대꾸해야 했을까?

"우린 사귄 지 두 달 됐어."

"그렇구나."

아무 말도 듣고 싶지 않았다. 손이라도 점점 깨끗해지겠지! 다행히도 밥시는 수도꼭지를 잠그고는 돌아섰다. 그러다 다시 나를 향해 돌아서더니 물었다.

"그 사람이 왜 너를 속였는지 궁금하지 않아?"

속였다니, 무슨 말이지?

"속였다는 표현은 하고 싶지 않아. 시시콜콜 말하지 않았을 뿐이야."

나는 단호하게 대꾸했다. 그리고 오늘 당한 괴로움은 이미 충분하지 않았던가, 생각해보았다.

"그가 너한테 자기가 동성애자라고 말한 것으로 아는데."

"그런데?"

"그런데도 새 여자친구를 데리고 나타난 것이 이상하지도 않아?"

나는 이해할 수 없다는 표정으로 밥시를 쳐다봤다. 작은 얼굴에 둥근 눈썹을 가졌지만 턱수염의 흔적은 찾아볼 수 없었다. 목도 가늘고 하얗다. 결정적으로 결후the Adam's apple가 없었다.

"너 여자였구나."

나는 넋을 놓고 말했다.

"뭐? 당연히 여자지. 대체 무슨 생각을 한 거야?"

단단히 화가 난 말투였다. 발을 딛고 있던 바닥이 갑자기 사라진 것 같았다. 나는 숨을 가쁘게 몰아쉬면서 수건걸이 옆 흰색 타일 벽에 몸을 기댔다.

"그렇다면 왜……?"

"얀은 동성애자가 아니야. 널 떼어버리려고 그렇게 말한 것뿐이지."

그녀는 싸늘하게 말했다. 내가 자신을 남자로 착각한 것에 자존심이 무척 상한 것 같았다. 독기를 뿜어댔으니까.

"하지만 왜……?"

'왜'라는 말 외에 다른 말이 나오지 않았다. 얼굴 옆선을 따라 식은땀이 흘러내렸다.

"너를 못 견뎌했으니까."

"하지만……."

또다시 '왜'라는 말이 나오기 전에 그녀는 망설임 없이 말했다.

"그는 네가 자기를 지나치게 통제하려든다고 했어. 너랑 같이 사는 건 견디기 힘들 거라고도 했고."

"그게 사실이야?"

나는 들릴 듯 말 듯한 목소리로 물었고, 이제 그녀는 자신이 무슨 짓을 했는지 깨달은 것 같았다. 한동안 우리는 말없이 서 있었다. 그러다 그녀가 먼저 한 발짝 다가와 말했다.

"미안해. 그런 말은 하는 게 아니었는데."

"됐어."

나는 이제 가라고 말하려고 했다.

"나 역시 그가 한 짓이 무척 잔인하다고 생각해."

갑자기 그녀는 내 편이 되어 말하고는 재빨리 덧붙였다.

"하지만 적어도 그가 왜 너랑 헤어졌는지 진짜 이유를 너도 알아야 한다고 생각해. 그래야 네가 고칠 수 있을 테니까. 다음에 만날 사람을 위해서라도 말이야."

나는 멍한 눈빛으로 그녀를 쳐다보았다. 밥시는 더 가까이 다가오더니 손을 내 팔에 얹고는 말했다.

"그 사람이 너의 어떤 점을 싫어했는지 말해줄까?"

나는 듣고 싶지 않았지만 충격의 강도가 셌는지 아무 말도 나오지 않았다. 얀이 나를 속였다니? 그가 동성애자가 아니라니? 그가 나에게서 벗어나고 싶어 했다니? 밥시는 내 침묵을 동의로 해석하고는 내가 그의 여자친구로서 빵점이었던 이유를 나열하기 시작했다.

나는 얀에게 엄마처럼 굴었다.

얀을 있는 그대로 내버려 두지 않았다.

나는 외적인 것만 중시하는 피상적인 인간이었다.

나는 어디를 가든 일 분이라도 늦어서는 안 되었다.

그가 마지막 한 숟가락을 삼키기도 전에 접시를 치워버렸다.

모든 것을 내 뜻대로 해야 했다.

나는 주변의 모든 사람에게 자신이 뭔가 부족하다는 느낌을 주었다.

나는 딱딱했고 지나치게 이성적이었다.

나는 즉흥적인 면이 없었고 무엇이든 본인의 기대에 부합해야 했다. 심지어 섹스도 장황하게 계획을 세워야 했다.

각설하자면, 나는 얀이 자신을 동성애자라고 속일 만큼 같이 살기 힘든 여자였고 '커밍아웃'은 확실하게, 완전히, 단번에, 나를 떼어버리는 가장 안전한 방법이었다는 것이다.

"정말 안타깝게 생각해."

밥시는 일장연설을 마치고는 내 오른팔을 쓰다듬으며 말했다. 나는 퍼뜩 놀라 그녀가 쓰다듬은 자리를 내려다보았다. 그리고 입을 열어 이제 무슨 말이든 터져 나올 수 있기를 바랐다.

"밥시. 솔직하게 말해줘서 고마워. 부탁 하나 들어줄 수 있어?"

나는 낮지만 들릴 만한 목소리로 말했다.

"물론이야."

그녀는 마음 좋게 웃으면서 내 팔을 계속 쓰다듬었다.

"꺼져."

그녀의 얼굴에서 웃음기가 사라졌다.

"꺼져. 그리고 내가 화장실 밖을 나섰을 때 얀이 얼쩡거리고 있지 않도록 해줘."

정작 나는 상당히 오랫동안 화장실 밖으로 못 나가고 있었다. 언제부터인가 무릎에 힘이 빠졌고, 타일 벽에 등을 기댄 채 그대로 미끄러져 내려와 결국 차가운 바닥에 주저앉았다. 엉덩이에도, 내 마음에도 냉기가 돌았다. 그 뒤로는 아무것도 할 수가 없었다. 새빨갛게 칠한 밥시의 입술만이 계속 눈앞에 아른거렸다. 그 입술은 하얀 치아를 보이며 열렸다 닫혔다 했고, 그때마다 잔인한 말들을 쏟아냈다. 이따금씩 문이 열렸다. 걸어 들어오는 여자들은 저마다 다른 구두를 신고 있었다. 대체로 그 구두들은 잠깐 머물다 갔고 간혹 '탁탁탁' 소리를 내며 나에게 걸어왔다. 그리고 낯선 목소리가 들렸다.

그 목소리가 "저기요. 괜찮아요?"라고 물을 때는 고개를 끄덕였고, "좀 도와줄까요?"라고 물을 때는 고개를 저었다. 그런데 이번에 들어온 사람은 뭔가 달랐다. 신발이 어쩐지 낯익어 보였다. 하늘색이었고 발등에는 앙증맞은 흰색 밴드가 달려 있었다. 내 친구 라라가 늘 신고 다니는 것과 같았다. 갑자기 그녀의 얼굴이 내 앞에 나타났다.

"헬렌, 무슨 일이야?"

라라의 음성이었다. 나는 그녀를 쳐다보았다. 그제야 지금은 라라를 위한 처녀들의 파티를 하던 중이었다는 사실이 떠올랐다. 라라는 걱정스런 얼굴로 나를 보며 말했다.

"헬렌, 내 말 들려? 괜찮은 거야?"

라라! 마음 같아서는 라라를 부둥켜안고 엉엉 울어버리고 싶었지만 안간힘을 다해 참았다. 오늘은 라라의 날이었다. 오늘만큼은 신나게 보내야 했다. 슬로모션으로 웃음을 지어보겠다고 입가를 끌어올려 보았지만, 입가는 천근만근 같았다.

"후……. 술이 과했던 것 같아. 속이 좀 안 좋네."

나는 떨리는 목소리로 말했다.

"저런. 자, 내가 일으켜줄게."

라라가 나를 일으키는 사이, 남은 시간을 기분 좋은 척 보내고 내일 다시 안에 대해 생각을 정리하려고 했던 본래의 계획을 단념했다. 그렇게 할 수가 없었다. 그의 이름, 그의 얼굴, 그의 비난, 그의 새 여자친구 밥시가 끊임없이 머릿속을 헤집고 다녔다.

"라라. 미안하지만, 먼저 가야겠어."

나는 비틀거리며 일어나 말했다.

"뭐?"

라라의 얼굴에는 실망한 표정이 역력했다.

"가면 안 돼, 헬렌. 제발! 억지로 노래 부르게 해서 미안해. 진심이야. 있어줘."

"그것 때문이 아니야, 라라. 정말 속이 안 좋아서 그래."

"그럼 집에 데려다줄까?"

"아니야. 여기서 다른 사람들이랑 즐겁게 보내. 그것밖에 바라는 것 없어. 그러겠다고 약속할 수 있지?"

말을 맺으려는 찰나, 자칫하다가는 울먹일 것 같았다. 라라는 긴장한 표정으로 나를 바라봤다.

"그렇게 안 좋아?"

"응. 그러니까 부탁이야, 약속해줘."

"그래, 약속할게."

라라는 마지못해 대답했다.

"그럼 택시 불러줄게."

순간 베른트가 머릿속을 스쳤다.

"아니야, 괜찮아. 택시 안 타도 돼. 베른트에게 갈 거야."

"좋은 생각이네."

라라가 말했다. 나도 같은 생각이었다.

여차저차해서 가라오케를 빠져나왔고, 최면에 걸린 듯 레페르반 거리를 내려와 베른트가 사는 아파트 앞까지 왔다. 초인종을 눌렀다. 한두 번 눌러 봤지만 반응이 없었다. 다시 한 번 눌렀다. 역시나 무반응이었다. 베른트는 분명 집에 있었다. 적어도 누군가는 틀림없이 있었다. 작고 까만 초인종 위에다 집게손가락 끝을 올려놓고 힘껏 누른 채 누군가의 목소리가 들릴 때까지 기다렸다. 기다리고 또 기다렸다. 취객 하나가 사투리로 고성방가를 부르며 비틀비틀 내 옆을 지나갔다. 갑자기 스피커가 '딸깍' 소리를 내더니 베른트의 목소리가 흘러나왔다. 드디어! 그는 고함을 질러댔다.

"거기 아래, 그만두지 못해? 지금 당장 그만해!"

취객은 자기에게 한 말로 알아들었다.

"알았다고."

그는 풀 죽은 말투로 중얼거리더니 어기적어기적 걸어갔다. 귀를 스피커 바로 옆에 두고 있던 터라, 귓속이 심하게 왱왱거렸다. 손가락이 초인종에서 미끄러졌지만, 재빨리 초인종을 다시 누른 뒤 스피커에다 대고 소리쳤다.

"베른트? 베른트! 나야, 헬렌. 문 열어줘, 베른트!"

"헬렌?"

"그래, 문 좀 열어줘."

'삐익' 하는 소리가 들리고 나서야, 문을 열고 들어갈 수 있었다. 나는 부리나케 계단을 뛰어올라가, 헝클어진 머리를 하고 반 나체인 채로 복도에서 있던 베른트의 품에 와락 안겼다.

"베른트!"

나는 눈물부터 터뜨릴세라, 얼른 그의 이름을 불렀다. 그는 발로 문을 닫은 다음 나를 팔로 감싸 안았다.

"헬렌, 무슨 일이야?"

나는 대답하고 싶지 않았다. 이렇게 안겨서 울고만 싶었다. 나는 베른트의 품에 파고들어 그의 따뜻한 몸을 꼭 껴안고는 아이처럼 흐느꼈다.

"헬렌? 헬렌!"

베른트는 지금 당장은 어쩔 도리가 없다는 것을 알았는지, 나를 번쩍 들어올린 채 거실로 향했다. 잠에서 깬 어떤 여자가 졸린 목소리로 물었다.

"그 여자한테 무슨 일이라도 있어?"

"모르겠어. 계속 자. 내가 알아서 할게."

베른트가 대답했다. 그는 기다란 소파에 앉아, 나를 자기 무릎 위에 앉히고 이리저리 흔들면서 다독여주었다. 격한 흐느낌이 조용한 훌쩍임으로 바뀌었고 어느새 눈물이 그쳤다. 나는 울다 지쳐서 그의 가슴에 머리를 기대었다. 내 머리카락을 조심스럽게 쓰다듬는 그의 손길이 느껴졌다.

잠에서 깨자 무지하게 비참한 기분에 휩싸였다. 잠에서 깰 때, 대체로 무슨 일이 있었는지 기억나지 않는 그 잠깐조차 나에겐 허락되지 않았다. 꿈인지 생시인지, 내가 누구이며 어떤 기분인지 확신이 서지 않는 감사한 순간마저도. 오늘은 평소와는 달랐다. 눈을 뜨는 순간, 어젯밤이 재현되는 것 같았다. 기분도 전혀 나아지지 않았다. 나는 돌아앉아, 이미 잠에서 깨어 옆에 누워 있는 베른트를 쳐다보았다.

"어이, 공주 마마. 기분은 어떠셔?"

"나빠."

오른쪽 눈에 눈물 한 방울이 맺혔고 그 눈물방울은 콧등을 타고 흘러, 코끝에서 잠시 머물다 다시 파란색 쿠션 위로 떨어졌다.

"무슨 일이라도 있었던 거야?"

나는 그에게 모두 털어놓았다. 얀과 밥시, 그리고 밥시가 나에게 했던 말들을, 굴욕적이었던 것까지 하나하나 빼놓지 않고 말했다. 하지만 그러는 동안 차마 베른트의 얼굴을 볼 수가 없었다. 얀이 나에 대해 했던 비난들을 재탕하다보니 분명해지는 것이 하나 있었다. 어디서 많이 듣던 얘기라는 점이었다. 비록 밥시가 퍼부은 것처럼은 아니었으나 귀에 익은 것만큼은 확실했다. 그 얘기를 내게 해줬던 누군가가 지금 바로 옆에 앉아 있는 사람이라는 것은 불편한 진실이었다. 내가 지나치게 외적인 것에만 치중한다고 늘 지적하지 않았던가? 사람의 모습을 있는 그대로 받아들이지 않는다고 말하지 않았던가? 그것을 깨닫는 순간, 커다란 망치로 뒤통수를 호되게 얻어맞은 기분이었다. 내심 그건 모두 얀의 헛소리라는, 그의 억지일 거라는 희망을 가졌다. 그리고 내 친구 베른트가 그런 말에 연연해할 필요는 없다고, 나는 가슴이 따뜻하고 즉흥적이라서 함께 있으면 즐거운 사람이라고 말해줄 거라는 기대를 품었다. 하지만 그렇게는 안 될 터였다. 나는 말을 마치고 시선을 들어 베른트를 쳐다보았다.

"내가 그렇게 안 좋은 사람이야?"

그에게 물었다.

"아니, 결코 그렇지 않아. 렌헨, 그런 얼간이가 한 말에 신경 쓸 필요 없어."

"내가 피상적인 사람이라고 생각하지 않아?"

"글쎄."

"맞아, '글쎄'야. 외모와 관계없이 내면을 중요하게 생각하는 네 친구들과 함께 있을 때, 너도 나를 조금은 불편해했잖아. 인정할 건 인정하라고! 네가 사는 이곳이 비위생적이라고 너에게 잔소리를 늘어놓을 때마다 죽도록 네 신경을 긁었다고 솔직하게 얘기하란 말이야! 항상 내가 결정권을 쥐는 것도 참을 수 없는 점이었잖아? 나에 대한 다른 사람들의 평가에 목을 매고, 나보다 더 많이 아는 사람은 없는 것처럼 행동한다고 생각하지 않았어? 그렇지 않아?"

베른트는 말없이 나를 바라보았다.

"제발 그렇다고 얘기해! 그게 맞다고 얘기하란 말이야!"

나는 격하게 내뱉었다.

"그래, 맞는 것 같아."

그는 천천히 대답했다. 이로써 내 세상은 완전히 무너졌다.

"하지만 그래도 널 사랑해."

나는 눈을 커다랗게 뜨고 그를 쳐다봤다.

"정말이야?"

어떻게 그럴 수가 있을까? 나는 그토록 감당하기 힘든 사람인데.

"정말이야."

그는 나를 자기 쪽으로 끌어당겨 조심스럽게 입술에 키스했다. 얀은 이른 아침에 나에게 키스한 적이 없었다. 그건 나도 마찬가지였다. 그 순간 나는, 내가 술을 마셨고 마늘 소스가 들어간 팔라펠콩으로 만든 완자가 들어간 중동식 샌드위치을 먹었다는 것을 머릿속에서 지워버렸다. 그리고 베른트에게 적극적으로 키스했다. 그의 까칠한 턱수염이 얼굴에 닿았지만 상관없었다. 그의 숨결을 느꼈고 그것도 나쁘지 않았다. 모든 것이 너무나 자연스럽고 좋았다. 나는 그의 몸을 쓰다듬으며 바싹 다가갔다. 그러나 그의 아래께에 손이 닿자, 그는 갑자기 내 손을 잡고 펄쩍 뛰었다.

"안 돼, 헬렌. 기다려."

"싫어, 안 기다릴 거야."

나는 단호하게 대꾸하며 그에게 잡힌 손을 빼내려고 발버둥 쳤다.

"헬렌, 농담 아니야. 지금 우린 이럴 때가 아니야……."

"그놈의 '때'를 기다리는 데 진력이 났어."

나는 그의 말을 가로막으며 성난 목소리로 말했다.

"늘 모든 것을 '때'에 맞춰 하려고 노력했어. 그런데 지금 내 꼴을 보라고. 이제 즉흥적으로 살게 내버려 둬."

그는 결국 내 손을 놓아주었지만, 이내 내 얼굴을 두 손으로 감싸더니 부드러운 눈빛으로 바라보며 말했다.

"그만해. 언젠가 후회하게 될 짓은 하지 말았으면 좋겠어."

내가 분개하며 부인하기도 전에 그는 말을 계속했다.

"넌 지금 무척 힘들고 감정적인 상태야. 얀과의 일이 쉽사리 묻히진 않을 거야. 너 자신에게 쉽게 잊도록 강요해서도 안 돼."

소피아는 완벽하게 틀어 올린 머리에서 머리카락이 삐져나올 정도로 고개를 사정없이 끄덕였다.

"누구에게도, 어떤 것도 증명해 보일 필요 없어. 적어도 나한테는. 네가 성性적으로 더할 나위 없이 즉흥적일 수 있다는 것도 포함해서."

얼굴이 타들어 갈 것 같았다. 결국 나는 그의 아래께를 잡으려는 헛된 시도를 단념하고는 다시 쿠션에 몸을 기댔다. 또 울고 싶어졌다. 이제 정말 아무것도 알 수가 없었다. 내가 무슨 짓을 하든 어떻게 하든 결과는 뒤틀렸다. 베른트는 내 위로 몸을 숙이더니 부드럽게 입술에다 키스했다.

"지난 십오 년 동안 너를 기다려왔어. 네가 안정을 되찾을 때까지 며칠 더 못 기다릴 이유는 없어."

그가 차분한 음성으로 말했다.

"영영 제정신을 못 차릴 수도 있어."

나는 투덜댔다. 그는 나를 보며 씨익 웃었다.

"내가 널 더 잘 알아, 헬렌. 네가 난장판 아파트에서 살고 가슴 털이 무성하게 난, 구제불능 이 베른트와 자겠다고 진심으로 결단을 내리면 넌 혼신을 다해 그렇게 할 거야."

"그것 봐. 너도 나에 대해 얀과 똑같이 생각하고 있어."

나는 울면서 소리 질렀다. 그러나 그는 머리를 세차게 내저었다.

"아니, 얀과는 전혀 달라. 그 자식은 자기가 무슨 말을 하는지도 모르고 있어. 지난 이 년 반 동안 너랑 사귀면서 너의 기이한 행동과 강박관념을 봐 왔을 거야."

나는 목소리를 높여 대들려고 입을 열었다. 하지만 베른트가 말을 계속하는 바람에 도로 닫아버렸다.

"그리고 만나는 동안 내내, 대체 네가 왜 그러는지 단 한 번도 묻질 않았어. 너의 작고 귀여운 머릿속에 왜 그런 생각을 담고 사는지 말이야."

그는 이렇게 말하며 손가락으로 내 이마를 가볍게 튕겼다.

"왜, 삶이 주는 재미도 마다할 만큼 쉼 없이 완벽을 추구하는지. 그 얼간이가 거기에 대해서는 단 한 번도 생각하지 않았다는 데 한 표 걸지. 그 자식이 왜 그랬을 것 같아?"

"몰라, 왜 그랬는데?"

나는 날카롭게 물었다.

"한심한 놈이니까."

그는 단순하게 말하고는 손가락으로 내 턱을 들어 올렸다.

"다시 키스해줘. 네 생각이 달라질까봐 두려워."

내가 그를 올려다보며 말하자, 그는 정신이 혼미해질 정도로 긴 키스를 해주었다. 문득 베른트의 남성미가 말할 수 없이 유혹적으로 다가왔다.

"너랑 자고 싶어. 정말이야."

나는 숨을 가쁘게 몰아쉬며 말했다.

"설마."

그는 나를 뻔뻔스럽게 바라보며 웃었다.

"그래도 지금 네 상황을 몰염치하게 이용할 수는 없어."

"아니, 그럴 수 있어. 아주 간단해."

나는 그가 염려하는 바를 무시하고는 다시 아래께를 잡아당겼다. 그는 나를 뿌리치려고 저항했다.

"헬렌, 안 돼. 헬렌, 기다려. 헬렌."

그는 웃음을 터뜨렸고 나 역시 웃으면서 조금도 지지 않으려고 아래께를 움켜잡은 손을 놓지 않았다. 그러자 베른트는 온 몸의 체중을 실어 한순간에 내 위로 덮치더니 나를 제압했다.

"나도 너랑 자고 싶어. 너도 원한다니 기뻐. 하지만 지금은 아니야. 무척 현명한 어떤 여자가 그러더군. 이성과 성급하게 섹스하는 것은 관계를 끝장내는 지름길이라고."

"대체 누가 그런 쓸데없는 소리를 지껄인 거야?"

나는 그 사람이 누군지 뻔히 알면서도 전혀 모르는 척 물었다.

"그건 허튼소리야. 우린 옛날 옛적부터 알고 지낸 사이라고."

나는 베른트를 제압하려고 했지만, 그는 꿈쩍도 하지 않았다. 그는 내 얼굴에 키스를 퍼붓고는 말했다.

"헬렌, 그렇다 하더라도 정말 안 돼."

"안 돼?"

"응, 안 돼. 브라질리언 왁싱부터 해야 하거든."

13

"사고 치지 않고 잘 넘어갔군그래. 베른트가 괜찮은 사람이기에 망정이지, 운이 좋은 줄이나 알아."

30분 뒤 차가 있는 곳으로 가는 동안, 소피아는 나에게 잔소리를 늘어놓았다. 성적으로는 건질 것이 없다는 점이 분명해졌고, 더더군다나 재키가 일어나서 간밤에 울고불고했던 사건에 대해 캐묻기 전에 그곳을 나와야 했다. 베른트에게 온갖 끔찍했던 이야기를 털어놓은 것은 별개의 문제였다. 천사 같은 얼굴을 한 완벽한 동생에게 그런 굴욕적인 일을 알릴 필요는 없었다.

나는 한숨을 쉬며 자동차 문을 닫고, 운전대 위에 맥없이 고개를 묻었다. 문득 라라가 떠올랐다. 이런, 어제 라라를 그냥 내버려 두고 왔다. 부끄러움으로 얼굴이 빨갛게 달아올랐다. 나는 가방에서 휴대전화를 찾아서 전원을 켰다.

"언제나 완벽한 베스트 프렌드가 될 수는 없어."

조수석에서 나지막한 목소리가 들렸다. 어쨌거나 라라의 번호를 누르려는 찰나, 휴대전화가 '삐빅' 하고 울렸고 '일곱 개의 메시지가 있다'고 알려주었다. 세상에, 일곱 개라니. 맙소사, 혹시 불상사라도 생겼는데 연락을 못 받은 것이면 어쩌나, 하는 생각이 머리를 스쳤고 떨리는 손으로 음성사서함을 열었다. 아무 일도 없어야 할 텐데. 젠장! 단 한 번, 처음으로 휴대전화를 꺼놓았는데 이런 일이 생기다니. 제발 도티에게는 아무 일 없기를 바랐다. 어제 저녁에 제대로 챙기지도 못하고 나온 터였다.

"헬렌 라미엔, 귀하에게 일곱 개의 메시지가 도착했습니다. 첫 번째 메시지입니다. 헬렌, 얀이야."

한순간 심장이 멎은 듯했지만 이내 마구 뛰기 시작했다.

"나한테 무척 화가 났겠지. 밥시에게서 방금 얘기 들었어. 제기랄, 헬렌. 너에게 해명하고 싶어. 나한테 연락줘, 알았지? 안녕."

연락달라고? 절대 안 하지. 대체 해명할 것이 뭐가 남았단 말인가? 밥시가 남자라도 되나? 아니면 이미 끝난 관계인데도 찰거머리처럼 붙어 있는 여자인가? 그렇게 보이지는 않았다.

"두 번째 메시지입니다. 헬렌, 나야. 제발 연락줘. 세 번째 메시지입니다. 휴대전화 전원을 아직 꺼둔 거 같은데 맞아?"

그럼, 지금 전원을 켰으니 연락해야 한다는 건가?

"이 메시지 들으면 연락해줘. 부탁이야. 네 번째 메시지입니다. 헬렌, 얀이야……."

어쩌고저쩌고. 도무지 이해할 수가 없었다. 생각하고 싶지도 않았다. 원래 뭘 하려던 참이었더라? 참! 라라에게 전화하려고 했었지. 손목시계를 보니 아직 아홉 시 반이었다. 이 시간에 방해할 순 없을 것 같았다. 일단 집에 가서, 그러니까 미하엘과 닉의 집으로 가서 도티를 보듬어주기로 했다.

도티는 나를 보더니 반갑게 펄쩍 뛰어올랐다. 다행히도 도티는 활기가 넘쳤다. 나는 도티의 붉은색 머리를 쓰다듬고는 먹이를 양껏 주었다. 그런 다음 퀴퀴한 냄새가 밴 옷을 벗고 샤워를 했다. 따뜻한 물줄기에 얼굴을 대고 있노라니, 눈물이 흐르고 있는 줄도 몰랐다. 초인종이 울렸고 나는 샤워기를 잠갔다. 그리고 커다란 하늘색 목욕 타월을 집어 몸을 감쌌다. 그때 욕실 문밖에서 발소리가 들렸다. 미하엘이나 닉, 둘 중 하나가 욕실을 사용하려는 것이려니 했다. 그렇다면야. 보디로션을 바르고 있는데, 누군가가 욕실 문을 두드렸다.

"헬렌, 누가 찾아왔어."

닉이었다.

"나한테?"

"그렇다니까."

"잠깐만, 금방 나갈게."

나는 서둘러 대답하면서 작은 수건으로 머리를 싸맸다. 닉의 발걸음이 점점 멀어졌다. 더 멀리 가버릴세라 큰 소리로 물었다.

"잠깐만! 찾아온 사람이 누군데?"

그러나 못 들은 것인지 안 들은 것인지 아무 대답이 없었다. 뭐, 상관없었다. 하지만 이미 머릿속에는 라라가 사고를 당했고 처녀들의 파티 때문에 생긴 불상사라며 마누엘이 나에게 복수하려고 찾아온 것일지도 모른다는 최악의 시나리오가 작성되고 있었다. 터무니없는 상상이었다. 문을 확 열자, 바로 맞은편에 얀이 서 있었다. 너무 놀라 한순간 숨을 쉴 수가 없었다. 그러다가 문득 내 차림새가 어떤지 깨달았다. 물론 그는 내 이런 모습을, 아니 이보다 더한 모습도 여러 번 봤지만 그가 나에 대해 했던 말들을 들은 이상, 이제는 몸을 사리는 편이 나았다.

"말끔하게 차려입었군. 범접할 수 없을 만큼, 완벽해."

소피아가 뒤에서 내 귀에다 대고 속삭였다. 나는 그녀의 얼굴을 향해 정통으로 욕실 문을 닫아버렸다.

"여기서 뭐 하는 거야?"

나는 퉁명스럽게 물었다. 그러나 한편으로는 그의 잘생긴 외모가 가슴

시리게 다가왔다. 그는 청바지에 흰 티셔츠를 입고 있었다. 비단결 같은 금발이 이마 위로 몇 가닥 흘러내려 와 있었고 피부는 살짝 그을어 있었다. 그는 회한에 찬 미소를 지어 보였다.

"네가 전화를 안 받아서 네 아버지에게 전화를 해봤어. 아버님이 말씀하시더군. 네가……"

"아버지한테 전화를 했다고?"

나는 버럭 화를 내며 말을 가로막았다. 점입가경이군.

"전화를 받으시더니 좋아하셨어."

그는 둘러댔다.

"듣던 중 안 반가운 소식이군."

나는 그에게 면박을 주었다. 그랬다. 다음에 아버지 집에 가면, "얀은 참 깍듯한 청년이고 성공한 사업가던데 왜 잘 안 됐을까, 헬레나?"라는 소리를 들을 판이었다.

"부엌에서 기다릴래? 뭐라도 걸쳐야겠어."

나는 화를 누그러뜨리고 손으로 부엌을 가리켰다.

"물론이야."

그가 대꾸했고 나는 방으로 들어갔다.

잠시 후, 나는 청바지 위에 분홍색 탑을 받쳐 입고 부엌에 들어섰다. 얀은 의자에 앉아 있었다.

"짧게 해. 하루 종일 시간을 낼 수는 없으니까."

나는 공격적으로 말하고는 커피머신을 만지작거렸다.

"헬렌, 그만해. 너에게 해명하고 싶어."

"그래? 아주 흥미진진한걸."

나는 씩씩거리며 말했다.

"내가 알고 싶은 건 단 한 가지야. 동성애자야, 아니야?"

그는 죄책감으로 고개를 수그렸다.

"아니야."

"그랬던 적은 있었어?"

"아니."

그것으로 끝이었다.

"꺼져!"

나는 그를 쳐다보지도 않고 단호하게 말했다. 그러면서 세상에서 가장 완벽한 우유 거품을 만들어내느라 여념이 없었다.

"헬렌, 그 전에 내 말 좀 들어봐."

나는 움찔해서는 그에게로 돌아섰다.

"대체 뭘 해명하겠다는 거야? 이미 모든 걸 알고 있는데. 나는 너한테 지긋지긋한 여자친구였어. 피상적이고, 강요하고, 나랑 사는 것이 견디기 힘들었겠지. 그렇다고 나에게 털어놓느니 차라리 네 스스로 동성애자가 되서 아무 문제 없이 도망가 버리는 것이 나을 정도로 나는 대책이 안 서는 인간이었어."

젠장. 솟구쳐 오르는 눈물을 막을 수가 없었다. 또다시 얼어 죽을 눈물이 나오려고 했다. 나는 얀에게 들키지 않으려고 재빨리 라테 마키아토를 만드는 데 집중했다.

"헬렌, 제발 기다려봐."

얀은 내 말을 끊고 자리에서 일어났다. 그리고 내게 다가와 어깨에 손을 얹었다. 나는 밟힌 고양이처럼 그에게 돌아서서 내뱉었다.

"내 몸에 손대지 마!"

"미안해."

그는 손을 급히 뗐다.

"부탁이야. 너에게 꼭 할 말이 있어."

나는 팔짱을 끼고 그를 쳐다봤다. 사실 아무것도 듣고 싶지 않았다. 아니, 뭐라도 듣고 싶었던 걸까? 모르겠다. 얀은 숨을 깊이 들이마셨다 내쉬었다.

"헬렌, 죽도록 미안하다는 것만 믿어줘. 너에게 거짓말을 한 건 달리 너를 이해시킬 방도를 몰랐기 때문이야."

"더 이상 날 사랑하지 않는다는 거? 날 견딜 수 없다는 거? 아니, 나는 이해했을 것 같은데."

나는 씁쓸하게 대답했다.

"충분히 설득력 있게 말하지 못할까봐 두려웠어."

나는 망연자실한 표정으로 그를 쳐다보았다.

"너랑 논쟁하고 싶지 않았고, 가슴 아프게 하고 싶지 않았어."

그는 내 표정을 살피더니 재빨리 덧붙였다.

"그래, 필요 이상으로 말이야."

"그래서 동성에 끌리게 되었다고 말하는 게 괜찮은 방도라고 생각했단 말이구나?"

나는 곤혹스러움을 감추지 못하고 물었다.

"남자에게 끌린다고 하면, 네가 여자로서 그렇게까지 상심하지는 않을 거라 생각했어."

"넌 여자를 전혀 몰라."

"아마도."

그는 이렇게 말하고는 스스로도 속수무책이었는지 어깨를 으쓱였다.

"나한테도 쉬운 일은 아니었어. 동성애자가 아니면서도 아무렇지 않게 커밍아웃을 선언할 사람은 아무도 없을 거야. 네가 여기저기에다 말하고 다닐 것을 생각하면 잔뜩 겁이 났어. 하지만 그러는 편이 낫겠다고 생각했던 거야. 너를 위해서."

"잠깐만!"

나는 이 대목에서 강하게 가로막았다.

"지금 그런 거짓부렁이 진정 나 좋으라고 한 짓이었다는 거야?"

"아니, 그러니까 나는……."

"정말 그렇게 말하고 싶어?"

나는 그에게 내뱉었다.

"아니."

그는 잠깐 뜸을 들이더니 말했다.

"내가 얼간이였기 때문에 널 속인 거야."

"그래, 넌 그런 놈이었어."

나는 나지막이 말하고는 울음을 터뜨렸다.

"정말 미안해."

그가 속삭이며 팔을 둘러 나를 안았다. 익숙한 그의 체취가 느껴졌고 그의 입술을 맛봤다. 얼마나 오랫동안 키스를 했는지 몰랐다. 그러다 갑작스럽게 제정신을 차리고 그에게서 몸을 떼어냈다.

"뭐 하는 짓이야?"

나는 마구 소리를 질렀다. 그는 한 발짝 뒷걸음질 치고는 내 얼굴을 자기 손으로 감쌌다.

"헬렌, 사랑해. 널 다시 갖고 싶어."

"미쳤어?"

오싹한 기분이 들었던 나는 그를 밀쳤다. 그는 몇 발짝 뒷걸음질 치다 식탁에 엉덩이를 부딪혔다.

"아우!"

그는 외마디 비명을 지르고는 아픈 곳을 문질렀다.

"미안."

나는 이를 바드득 갈면서 말했다. 하지만 그는 다시 내게 다가왔다.

"아니, 미안해하지 마. 전혀 그럴 필요 없어. 자, 날 때려."

"뭐?"

당황한 나머지 나는 다시 한 번 물었다.

"나는 맞아도 싸. 치사한 놈이었으니까. 나한테 화가 많이 났을 테고, 그러니까 날……."

그가 주저리주저리 변명하도록 놔두고 싶지 않았다. 갑자기 머릿속에 있던 통제 기능이 모조리 마비됐다. 나는 손을 들어 그의 얼굴에 정면으로 날렸다. 그의 뺨에 손자국이 붉게 남았다. 나는 겁을 집어먹고는 그를 쳐다보며 말했다.

"미안해."

얀은 내 손을 잡고 가져다가 입을 맞췄다. 나는 실성한 사람처럼 그 모습을 보고 있었다.

"어제 무대 위에 있는 널 봤을 때, 널 떠난 것이 얼마나 큰 실수였는지를 분명히 깨달았어."

그의 갈색 눈은 말할 수 없이 부드러웠다.

"아직도 널 사랑해, 헬렌. 그렇게 간단히 포기하지 말았어야 했어. 너와 대화를 했어야 했고, 무엇이 마음에 걸렸는지 얘기를 했어야 했어. 모든 것을 너무 암울하게만 봤어. 하지만 우린 극복할 수 있을 거라고 믿어. 함께 말이야."

"밥시는 어쩌고?"

나는 애써 침착하게 물었다.

"어젯밤에 밥시와 헤어졌어."

'고것 쌤통이다'라는 심보로 슬그머니 얼굴에 웃음이 감도는 건 어쩔 도리가 없었다. 사필귀정이다.

"밥시를 사랑한 적 없어. 단지 네 생각을 하지 않으려고 만났던 것뿐이야. 하지만 나도 모르게 자꾸 그녀를 너와 비교하고 있었어. 밥시는 너와는 같은 레벨이 아니야."

상처받은 마음에 빨간약이 발린 기분이었다.

"너와 함께 있고 싶어. 그것뿐이야."

그의 얼굴이 점점 다가왔고 얇고 단단한 입술이 내 입술에 닿았다. 갑자기 베른트의 부드러운 입술이, 그의 애정 어린 키스가 떠올랐다. 나는 눈을 떠서, 얀의 치오른 눈썹과 길고 둥그렇게 말린 속눈썹을 보았다. 얀도 눈을 뜨고는 나를 마주 보았다. 그는 내 얼굴을 두 손으로 감싸며 속삭였다.

"헬렌, 네가 너무 그리웠어. 날 용서해줘."

"모르겠어."

나는 낮은 음성으로 대꾸했다. 솔직한 심정이었다. 정말 아무것도 알 수가 없었다.

"제발, 헬렌."

그는 애원하면서 내 얼굴에다 키스를 퍼부었다.

"우린 결혼하려고 했었잖아. 우리 꿈은 어떻게 되는 거야? 해변의 집은? 이반, 클라라, 리나, 루이스는? 그걸 내팽개치지 말아줘."

우리 꿈들을 내팽개친 사람이 대체 누군데, 하며 덤벼들려고 했지만 그는 키스로 내 입을 덮어버렸다.

"네가 뭘 말하려는지 알아, 네 말이 옳아. 하지만 나한테 무척 화가 나 있다는 것만 빼고 생각해봐. 아직도 날 사랑하고 있지 않아? 아주 아주 조금이라도?"

그는 잔뜩 기대하는 눈으로 나를 들여다보았다. 나는 시선을 피했다. 물론이었다. 아직도 그를 사랑하고 있었다. 어떻게 사랑하지 않을 수가 있겠는가? 그와 함께했던 2년 반 동안 나는 행복했다. 그의 아내가 되고 싶었고, 그의 아이들을 낳고 싶었다.

"그래, 사랑해."

나의 대답에 얀은 안도의 한숨을 쉬더니 입에다 키스를 해댔다.

"아, 다행이다. 다행이야. 널 행복하게 해줄 거야, 약속할게."

그는 나를 안아 들고 부엌을 나왔다.

"어디……?"

그가 물으며 두리번거렸다. 나는 손가락으로 내 방문을 가리켰다. 그는 나를 들고 문턱을 넘었다.

잠시 뒤, 우리는 지쳐서 나란히 누웠다. 나는 돌아누웠고 얀은 내 등 뒤로 바짝 다가왔다.

"너도 나처럼 행복해?"

그가 속삭이면서 내 귓불을 살짝 물었다.

"응."

나는 이렇게 대답하고는 멍하니 앞을 바라보았다. 전혀 행복하지 않았다. 섹스는 좋았다. 심지어 황홀했다. 그럼에도 여전히 혼란스러웠다. 단순히 얀이 사과를 했다고 해서 모든 것이 예전으로 돌아갈 수는 없었다. 그렇지 않은가?

"대강이라도 짐을 싸서 당장 집으로 옮기자."

얀이 이렇게 제안하자, 침울한 생각에 제동이 걸렸다. 집으로? 아, 우리가 살던 그 집.

"그래, 그래도 되겠지."

나는 성의 없이 대답했다.

"그래도 내가 다시 들어가기 전에 시간을 둬야 한다고 생각하지 않아?"

"왜?"

그의 목소리에는 실망이 배어 있었다.

"그냥 그런 생각이 들어. 성급할 필요 없잖아."

"헬렌."

그는 조용히 웃으면서 나를 자기 쪽으로 돌아눕혔다.

"그렇게 깐깐하게 굴지 않기로 했잖아. 이제 네 즉흥적인 면모를 증명해 보일 기회가 온 거야. 하지만 그 전에……."

그는 음흉한 미소를 짓더니 이불 속으로 들어갔다. 그가 내 가슴과 배에 키스하는 동안, 나는 천장을 뚫어져라 바라봤다. 내가 더이상 깐깐하게 굴지 않기로 했다고? 나는 그런 말을 한 적이 없었다. 적어도 얀에게는. 하지만 그의 머리가 깊숙이 파고들자 더이상 생각에 집중할 수 없었다. 그래서 일단 생각을 접어두었다.

"부모님께 가서 우리 이야기를 직접 말씀드리면 어떨까?"

각자 옷을 입고 있을 때 얀이 제안했다.

"좋아. 그래도 되겠지."

그때, 도티가 문밖에서 뛰어오르는 소리가 들렸다. 나는 열쇠를 돌려 도티를 들여보냈다.

"그래야겠어?"

얀은 시무룩하게 물었고, 벌써부터 코를 문지르고 있었다.

"응, 그래야겠어."

나는 단호하게 말하고는 도티를 팔에 안아 들었다.

"알았어."

그는 별 거부감 없이 대꾸하고는 신발 끈을 묶었다. 그러고는 물었다.

"짐을 꾸리기 전에 커피 한 잔 마시지 않을래?"

부엌에서는 미하엘과 닉이 아침을 먹고 있었다.

"이쪽은 미하엘과 닉이야. 여기는 얀."

나는 간단히 서로 소개시킨 다음, 하나 남은 의자에 앉았다. 남자들은 서로 악수를 했다.

"만나서 반가워. 잠깐 욕실 좀 써도 될까?"

"물론이야. 복도로 나가서 왼쪽 첫 번째 코너에 있어."

미하엘이 위치를 알려주었다. 얀이 문을 열고 나가기가 무섭게 미하엘과 닉은 나를 향해 고개를 돌렸다.

"얀? 네 옛날 남자친구? 저 사람이 여기 뭐 하자고 왔어?"

닉이 호들갑을 떨며 소곤거렸다. 나는 움찔했다.

"뭐? 옛날 남자친구?"

미하엘은 사태 파악이 조금 느렸다. 하지만 눈썹을 한껏 찡그리며 말했다.

"그럴 리가 없어, 헬렌. 저런 타입은 동성애자가 아니야."

"맞아."

닉도 거들었다.

"그래. 저 사람, 동성애자 아니야."

"그렇다면 네가 해준 말과 다르……."

그때 욕실 문이 덜컥 열리는 소리가 들렸다.

"얘기가 복잡해. 나중에 설명해줄게."

나는 소리 죽여 말했다. 조금 뒤 얀은 다시 부엌으로 돌아왔다.

"기다려봐, 내가 거실에서 의자 하나 가져다줄게."

닉이 배려 차원에서 말했지만, 얀은 손사래를 쳤다.

"아니, 번거롭게 그럴 필요 없어. 헬렌이 내 무릎 위에 앉으면 돼."

미하엘과 닉은 일제히 놀란 눈으로, 얀이 나를 무릎 위에 앉히고 손으로 허리를 감싸는 모습을 지켜봤다. 우리는 라테 마키아토와 토스트를 대접받았다. 얀이 말을 꺼냈다.

"헬렌을 여기서 살게 해줘서 정말 고마웠어. 하지만 이제 이 집을 너희만의 공간으로 되찾는다 해도 싫지는 않겠지?"

"왜? 헬렌, 설마 나가려는 것은 아니겠지?"

미하엘은 갑작스런 발언에 놀라 큰 소리로 물었다.

"맞아. 다시 얀의 집으로 들어가려고 해."

나는 나지막이 말했다.

"안 돼, 그런 법은 없어."

닉이 부산을 떨며 말했다. 나는 겸연쩍어 어깨를 으쓱였고 얀은 만족스런 얼굴로 고개를 끄덕였다.

"언제 나갈 예정인데?"

미하엘이 물었다.

"오늘이라도."

갑자기 마음이 무척 무거워졌다. 저 둘이 너무나 슬픈 표정으로 나를 바라보는 것도 편치 않았다. 닉은 내 손을 쓰다듬으며 말했다.

"네가 지독하게 보고 싶을 거야, 헬렌."

"나도 마찬가지야."

나는 목이 메어왔다.

"헬렌, 자주 놀러 와야 해. 그러니까 내 말은, 같이 자주 놀러 와."

그는 잠시 뜸을 들이더니 이렇게 덧붙였다.

"나도 자주 연락할게. 그러니까, 우리도 자주 연락한다고."

"괜찮은 녀석들이야."

아버지네 집에 가기 위해 블랑케네제로 출발할 때, 얀이 말했다. 짐칸에는 옷을 넣은 가방을 여러 개 실었다. 그 밖의 물건을 넣어둔 박스들은 여전히 아버지 집에 있었고, 얀의 결정에 따라 차차 옮겨올 터였다. 도티는 돌아오는 길에 데려가기로 했다. 미하엘과 닉에게 최소한 도티와 작별할 시간을 주기 위해서였다.

"맞아. 괜찮은 애들이야."

나는 한숨을 쉬었다.

"동성애자라고?"

"맞아. '진짜배기'들이지."

나는 그를 힐끗 노려보았다. 그는 겸연쩍은 미소를 지으면서 내 손을 잡고 손등에다 키스했다.

"네가 돌아와 줘서 정말 기뻐."

그는 얼른 대화 주제를 바꾸고는 부드러운 시선으로 나를 바라봤다.

"가라오케에서 다시 봤을 때, 널 그냥 보내버렸던 나 자신을 이해할 수 없었어."

"보내버렸다니, 표현 한번 점잖군. 넌 나를 차버린 거였어."

나는 혼잣말로 중얼거렸지만 얀은 내 말을 무시했다. 아니, 어쩌면 전혀 못 들은 것일 수도 있었다.

"있잖아. 헤어진 기간이 우리에게 약이 되었던 것 같아."

"그래?"

나는 놀란 눈으로 그를 쳐다봤다.

"응. 무대에 선 너를 봤을 때 분명히 알았어. 예전의 너 같았으면 대중 앞에서 노래를 한다거나, 모두가 보는 앞에서 망신살 뻗칠 생각은 아예 못 했을 테니까."

"네, 고맙습니다!"

나는 버럭 화를 내면서 그에게 잡혀 있던 손을 확 빼버렸다.

"네가 예전처럼 갑갑하지 않다는 걸 말하고 싶었을 뿐이야. 그건 좋은 거고."

얀은 다시 내 손을 잡으며 덧붙였다.

"칭찬인 거지."

"흠."

나는 별달리 대꾸하지 않았다. 라라만 아니었더라면 그렇게 하지 않았을 것이다. 하지만 얀이 그것까지 알 필요는 없었다. 나는 우리의 이별이 그에게는 어떻게 작용했는지, 내가 없는 동안 무엇을 깨달았는지 듣고자 기다렸다. 하지만 얀은 더이상 할 말이 없는 듯했다. 대신 볼륨을 높이고 <I am what I am> 멜로디에 따라 흥겹게 허밍을 했다. 생각에 골몰하고 있던 차에 그가 갑자기 나에게 시선을 돌리며 물었다.

"다른 사람 있었어?"

"뭐?"

"나랑 상관없다는 거 알아. 그래도 그사이에 너한테 다른 사람이 있었는지 알고 싶어."

280

그가 실토했다.

"그사이라니, 언제를 말하는 거지?"

나는 뾰루퉁하게 물었다. 그는 근심 어린 표정으로 나를 살펴봤다.

"없었어."

나는 이를 악물고 말했다. 하지만 그 순간, 지난 몇 시간 동안 생각에서 잘도 밀어냈던 베른트가 떠올랐다. 헤진 아래께를 잡아당겼던 거며, 아슬아슬했던 상황이 생각났다. 그런데 지금 얀에게는 다른 대답을 해줄 수밖에 없었다.

"다행이다."

얀은 안도했고 나는 그를 흘겨보았다.

"그래, 다른 남자를 만날 수도 있었지."

그는 내 허벅지를 쓰다듬으며, 내게도 기회가 있었음을 인정했다.

"당연하지. 너는 그 밥시라는 여자와 진탕 즐겼겠지만."

"미안해."

얀은 후회막급인 듯 고개를 떨어뜨렸고 죄책감에 내 눈치를 보았다. 하지만 이내 싱긋 웃으며 말했다.

"나도 내가 못 말리는 마초라는 거 알아. 하지만 다른 남자가 널 가지지 않았다니 기분이 좋군. 이제부터 넌 완전히 내 거야."

그는 내 옆으로 기대어 키스했다.

"화내지 마."

"아니, 화 안 났으니 됐어."

나는 그를 밀쳐냈다.

"앞이나 똑바로 봐. 아님 말든지, 네 맘대로 해."

나는 재빨리 덧붙였다. 내가 이래라저래라 한다고 생각해선 안 되니까.

나는 그의 입술이 만족스런 웃음으로 번지는 것을 몰래 확인할 수 있었다.

　10분 뒤, 우리는 아버지 집 앞에 차를 세웠다.

　"어이, 표정이 왜 그래?"

　얀이 힘내라는 듯 나에게 고개를 끄덕여 주었다.

　"도살장에 끌려가는 양 같잖아. 괜찮을 거야. 부모님은 좋아하실걸?"

　"아버지와 앙겔라 말이구나."

　나는 '부모님'이라는 표현을 정정해주었다.

　"응. 걱정하지 마. 너희 아버지와 나는 사이가 좋았으니까."

　그는 쾌활하게 말하며 재빨리 차에서 내렸다. 글쎄, 그가 날 버리겠다고 결심한 것 때문에 아버지가 '아직은' 수천 유로를 물지는 않았으니까,라고 나는 다분히 냉소적으로 생각했다.

　"자, 헬렌! 이제 웃어봐! 잘 풀릴 거야."

　그는 자동차 문을 열어주고 나에게 손을 내밀며 말했다. 나는 억지웃음을 지어 보이고는 고개를 끄덕였다. 솔직히 말하자면, 새로운 소식을 접한 아버지가 어떤 반응을 보일지에 대해서는 관심 밖이었다. 나는 베른트를 생각하고 있었다.

　아버지와 앙겔라는 뛸 듯이 기뻐했다. 그럴 만도 했다. 저 남자가 나에게 무슨 짓을 했는지, 내가 얼마나 고통스러웠는지는 뒷전이었다. 중요한 것은 오로지 결과였다. 빵빵한 은행계좌도 빠뜨리면 서운할 것이다. 아버지는 역시나, 결혼을 예정대로 9월 30일로 진행할 수 있지 않겠느냐고 했다. 그런 식으로 예약취소 수수료를 탕감받을 요량이었을 것이다. 하지만 나는 반대했다. 그것만큼은 고집을 부렸다. 다시 결혼 준비에 돌입하고 싶지 않았다.

불과 몇 주 전에 결혼 취소공지장을 돌린 사람들에게 다시 청첩장을 보내란 말인가? 그럴 순 없었다. 나는 입장을 분명히 했고 그래서 얀은 심술이 난 채 옆에 앉아 있었다.

"나한테 뭘 바란 거야?"

15분 동안 말없이 서로 바라보다가 내가 먼저 말문을 열었다.

"네 사과 한마디로 너한테 당한 일을 전부 잊을 거라고 생각했어?"

"그럼, 나랑 결혼 안 하겠다는 거야?"

그는 침울한 목소리로 물었다.

"할 거야. 하지만 지금 문제는 그게 아니잖아. 마치 아무 일도 없었다는 듯이 그렇게는 못 하겠어. 네가 이해해줘."

나는 애원하는 눈으로 얀을 바라봤고, 결국 그는 조금 밝아진 표정으로 고개를 끄덕였다.

"물론이야. 네 말이 옳아. 이해해."

"고마워."

나는 진심으로 말했다.

"잠깐, 여기서 오른쪽으로 꺾어야 해. 도티를 데려와야지."

얀이 오른쪽으로 차를 돌리자마자 휴대전화가 울렸다. 휴대전화를 가방에서 꺼내 액정에 뜬 이름을 보자마자 덜컥 겁이 났다. 베른트였다. 베른트에게서 온 전화였다. 나는 최면에 걸린 사람처럼 계속 울리는 휴대전화를 손에 쥔 채로 마냥 내려다보고 있었다.

"안 받을 거야?"

얀이 물었다. 대안이 없었다.

"여보세요, 베른트구나."

나는 애써 태연한 목소리로 말했다. 되도록 서둘러 둘러대 일단락을 지은 다음, 베른트에게 전후 사정을 조심스레 털어놓을 방도는 오늘 밤에 궁리할 요량이었다.

"그게 사실이야?"

"뭐가?"

나는 곤혹스러워하며 물었다. 그가 심호흡하는 소리가 들렸다.

"얀에게 돌아갔다는 것이 사실이야?"

그의 목소리는 무척 차분했다. 무서울 정도였다.

"누가 그래?"

나는 신경을 곤두세우고 슬쩍 얀을 쳐다봤다. 그는 운전에 집중하고 있었고 아무것도 모르는 눈치였다.

"네가 그랬다던데, 새엄마에게. 새엄마는 재키에게 말했고, 재키는 우리 아파트에 살고 있어. 기억이나 할는지 모르겠지만."

언성은 점점 높아졌고 말투에는 분노가 섞여 있었다. 그러다 그는 마음을 다잡고 나지막이 물었다.

"그래, 사실인 거야?"

어찌해야 하나? 뭐라고 말해야 하나? 전혀 예상치 못한 상황이었다. 전화를 할 줄이야.

"설명을 할게."

나는 어쩔 수 없이 머뭇거리며 말했다.

"그렇다, 아니다만 말해."

"그래, 맞아."

나는 무겁게 입을 열어 대답했다.

"그렇다면 더이상 내가 해줄 일은 없겠군."

그는 전화를 끊어버렸다. 나는 넋을 놓고 멍하니 앞만 봤다. 얀이 그런 나를 힐끔 바라보았다. 나는 마치 창밖에 뭐라도 있는 듯 쳐다보면서 휴대전화에 대고 말했다.

"그래. 그럼 내일 보기로 하자, 알았지? 저녁 잘 보내고, 안녕."

나는 휴대전화를 든 손을 천천히 내려놓았다.

"무슨 일인데 그래?"

얀이 궁금해하며 물었다.

"별것 아니야."

나는 대수롭지 않게 대답했다. 때마침 오스터슈트라세에 도착했고 나는 재빨리 차에서 내렸다.

"그냥 앉아 있어. 도티를 데리고 나올게."

나는 얀을 향해 큰 소리로 말하고는 아파트 출입문을 향해 성급히 발걸음을 옮겼다. 그리고 아파트 복도의 차가운 벽에 기대어 긴 한숨을 쉬었다. 이런, 젠장! 불쌍한 베른트. 베른트가 그런 식으로 알게 되기를 바라진 않았다. 빌어먹을 식구들은 정녕 그 입을 닫을 수가 없었단 말인가! 소피아는 곁에 서서 측은한 듯 나를 바라보았다.

"네가 아무리 조심스럽게 얘기를 한다 해도, 베른트에게는 상처가 됐을 거야."

물론 소피아의 말이 옳았다. 하지만 내가 설명만 했더라면 그가 나를 조금은 이해해줬을 것이라고 믿고 싶었다. 아니, 설명할 기회는 아직 있었다. 당연했다. 내일 베른트를 찾아가서 자초지종을 설명하면 되니까. 나는 도티를 데려오기 위해 계단을 올라갔다. 벌써부터 기분이 한결 나아졌다. 다 잘 될 거라 생각했다.

그날 밤, 나는 다시 얀과 나란히 '우리' 침대에 누웠다. 기분이 묘했다. 오후에는 라라와 전화로 수다를 떨었다. 라라는 처녀들의 파티가 너무너무 좋았다고 말해주었다. 적어도 수확은 있었다.

"그런데 어제 얀과 있었던 일은 왜 얘기 안 했어?"

"너를 위한 날이었으니까."

"그래도 나는 너랑 제일 친한 친군데……."

그래, 어쩌면 베른트보다 라라에게 안겨 울어버리는 편이 더 나았을는지도 몰랐다. 그랬다면 지금처럼 얼토당토않은 딜레마에 빠져 허덕이는 일은 없었을 테니. 그녀는 새로운 소식을 덤덤하게 받아들였다.

"헬렌, 네가 행복한 쪽으로 해."

그녀가 말했다. 나 스스로도 그러기를 간절히 바랐다. 우리가 함께한 저녁은 정말로 좋았다. 얀은 나를 위해 내가 좋아하는 음식을 요리했고, 우리는 <바람과 함께 사라지다>를 보았다. 내가 좋아하는 영화 중 하나였다. 원래 그는 신파영화라며 내켜하지 않았었다. 이 영화가 고전이며 문학작품을 토대로 만든 것이라는 점도 그에겐 통하지 않았다. 그랬던 그가 이렇듯 양보했다는 것 자체가 큰 의미로 다가왔다. 우리는 침대에 누웠다. 얀은 내 몸 위로 올라와 나에게 바짝 몸을 붙였다. 살갗이 닿는 느낌이 좋았다. 그 순간, 나는 내 옆에 누워 있어줄 누군가를 가슴 저미도록 그리워했다는 것을 깨달았다. 그는 내 몸을 쓰다듬고 키스하기 시작했다. 하지만 나는 그를 밀어냈다.

"안 돼, 얀. 이러지 마."

"왜 안 된다는 거야? 우린 밀린 숙제들이 많잖아."

그는 졸라대며 다시 내게 다가왔다.

"그게 내 탓은 아니잖아?"

내가 날을 세우자, 그는 낯설다는 듯 나를 바라봤다.

"그래, 됐어."

그는 중얼거리며 돌아누웠다. 나는 침울한 기분으로 그의 등을 멀거니 바라봤다.

"미안해. 시간이 좀 필요해."

내가 속삭였다.

"그래, 이해해. 잘 자."

"잘 자."

하지만 나는 오랫동안 잠을 이룰 수가 없었다. 도티는 침실 문을 앞발로 긁어댔고 처량하게 야옹거렸다. 왜 느닷없이 내 곁에서 잘 수 없는 건지 알 수가 없었던 것이다.

다음 날 오전, 나는 돌보지 못했던 집 안을 어느 정도 정리하는 데 시간을 보냈다. 마음 같아서는 어제라도 당장 팔을 걷어붙이고 싶었지만, 다 먹은 감자 칩 봉투들과, 컵, 재떨이, 그리고 옛날 잡지들과 책들이 수북이 쌓여 딱할 만큼 힘겨워 보이는 소파 앞 탁자를 얀이 보는 앞에서 정리하고 싶지는 않았다. 소파 뒤, 그리고 책장 아래 먼지 구덩이들도 지나치기 힘들었다. 이 상황에서 집 안 청소를 하는 나 자신도 못 말릴 사람이라는 생각이 들었다. 얀이 일찍 출근했기 때문에 나는 집에 혼자 있을 수 있었다. 오후에는 라라와 함께, 마지막 손질을 끝낸 그녀의 웨딩드레스를 찾아오기로 했다. 나는 개수대에 붙은 석회를 박박 문지르면서, 어떻게 하면 베른트에게 내가 내린 결정을 설득력 있게 전달할 수 있을지 곰곰이 생각해보았다. 결코 쉽지 않은 일이었다. 오랫동안 연인관계에 있던 두 사람이 쉽게 재결합할 수 있다는 것, 아무리 큰 상처를 받았다 해도 사랑이 남김 없이 사라지지 않을 만큼 그 깊이가 깊었다는 것, 그래서 얀에게 다시 한 번 기회를 줄 수밖에 없었다는 것을 어떻게 하면 이해시킬 수 있을까? 나는 한때 전성기를 누렸던 전기레인지를 닦는 데 열중했다. 그는 이해할 수 없을 것이다. 그렇게 오랫동안 누군가를 만나본 적이 없었으니까. 길다 싶은 만큼도 만나본 적이 없는 그였으니까. 하지만 그럼에도 불구하고 시도는 해봐야 했다.

라라와의 약속을 뒤로하고 나는 레페르반으로 향했다. 그리고 아파트 앞에서 초인종을 눌렀다.

"누구세요?"

재키의 목소리가 스피커를 통해 흘러나왔다.

"나야, 헬렌."

'삐익' 하는 소리가 울렸고 얼마 뒤, 나는 그사이 몸이 더욱 둥글둥글해진 동생을 두 팔로 안았다.

"어떻게 지내? 아기는?"

나는 재키의 불룩한 배를 쓰다듬으며 물었다.

"잘 지내고 있어. 듣자하니 언니도 잘 지낸다며?"

나는 고개를 끄덕이고는 물었다.

"그건 그렇고, 베른트는 어디 있어?"

"운이 좋았네. 베른트가 오늘 쉬는 날이거든. 거실에 있어."

그녀가 앞장섰다.

"베른트, 언니 왔어."

"자리 좀 비켜줄 수 있니?"

내가 부탁하자 그녀는 알겠다고 고개를 끄덕이고는 자리를 피해주었다.

"안녕."

나는 쭈뼛거리면서 베른트에게 인사했다. 그는 탁자 위에 다리를 올려놓고 손에 리모컨을 든 채 소파에 앉아 있었다.

"안녕. 너랑 그다지 얘기하고 싶은 기분이 아닌데, 헬렌. 무슨 일이야?"

"설명을 할 수 있도록 나한테 기회를 줘."

나는 애원했다.

"듣고 싶지 않아."

그는 나를 힐끔 쳐다보고는 시선을 다시 TV 화면으로 옮겼다. 그의 눈이 어쩐지 빨개 보였다. 맙소사!

"울었어?"

나는 깜짝 놀라 그에게 물었다.

"나도 감정이라는 게 있으니까."

그는 씁쓸하게 대꾸했다.

"이제 가! 농담 아니야."

"하지만……."

"말했잖아, 듣고 싶지 않다고. 나한테 중요한 건 단 한 가지야. 네가 그 얼빠진 자식한테 돌아갔다는 거. 그 이상은 알고 싶지 않아. 그러니까 어서 가."

"날 이해해줘."

나는 그에게 사정했다. 그러자 그는 벌떡 일어나 나에게 다가왔다. 그리고 내 어깨를 움켜쥐고는 내 눈을 보며 말했다.

"내가 너를 알고부터 널 이해하려고 노력한 죄밖에 없어. 하지만 그것도 이제 더이상은 못 하겠어. 이제, 갈 거야 말 거야?"

"안 가."

나는 조그맣게 대답했다.

"그렇다면 내가 가지."

그는 침착하게 말하고는 나를 내버려 두고 집에서 나가버렸다. 그는 '꽝'

소리가 나도록 문을 세게 닫았다. 나는 소파 위에 천천히 무너지듯 주저앉아, 울지 않으려고 안간힘을 썼다.

"보내버렸군."

소피아는 핵심을 건드렸고 나는 그녀를 매서운 눈초리로 노려보았다. 그때 재키가 문을 열고 빠끔히 내다보았다.

"언니, 베른트는 어디 있어?"

그녀는 놀라서 물었다.

"가버렸어."

나는 애써 침착한 목소리로 대꾸했다.

"이상하네. 어디 갔는데?"

"몰라. 제부한테서는 소식 있니?"

나는 재키가 장황하게 떠들 만한 적절한 주제를 선별했기를 바라며 이렇게 물었다. 지금 베른트에 대해서는 얘기하고 싶지 않았다. 만에 하나라도 내 여동생이 청천벽력 같은 내막들을 알게 되어선 안 되었다. 특히, 내가 가장 친한 친구에게 씻을 수 없는 상처를 줬기 때문에, 그가 어쩌면 평생 나와는 말 한 마디 섞지 않을지도 모른다는 것을 알도록 내버려 둬서는 안 되었다. 파울이 날마다 문자를 보내고 꽃을 보낸다는 얘기를 재키가 늘어놓는 동안, 나는 내 운명에 대해 곰곰이 생각해보았다. 나는 정말 바보였다. 그가 나를 사랑하게 되었고 그래서 나를 이 지경까지 몰고 왔다며 베른트를 원망했었다. 절망적인 상황에 이른 탓을 그에게 돌렸던 것이다. 하지만 이제 사태를 진창으로 몰고 간 장본인은 바로 나라는 것이 분명해졌다. 베른트는 내 결정에 승복했었다. 그는 언제까지나 내 친구로 남아 있겠다고 했다. 그랬다고 한들, 약속에도 한계라는 것이 있는 법이다. 그런 약속을 빌미로 그에게 악감정을 품을 수는 없었다. 그의 품에 달려들어 그에게 위로받고 그와 자고 싶어 했던 사람은 바로 나였다. 그러더니 다음 날 예전 남자친구에게로 쪼르르 돌아갔다. 베른트가 그걸 견뎌내기를 바랄 수 있을까?

"그 사람은 정말 많이 노력하고 있어."

재키는 혼자서 잘도 조잘거렸다.

"하지만 우리는 서로 어울리지 않는 것 같아. 그렇잖아? 파울은 늘 교과서 같고 진지해. 그 사람은 모든 것을 정해진 틀에 맞춰놓아야 직성이 풀려. 파울과 함께 사는 내 미래를 상상해보면 어떤 모습이 그려지는지 알아?"

"어떤 모습인데?"

나는 무관심한 투로 물었다.

"엄마가 아버지랑 살고 있는 인생이 그려져. 아버지는 돈을 벌고, 엄마는 아이들을 키우고 집 안을 꾸미지. 하지만 그거 가지고는 부족해."

나는 어린 내 동생을 놀란 눈으로 쳐다보았다.

"난 아직 젊어. 신나게 살고 싶어. 그리고 내 옆을 지켜줄 남편은 고지식이 극에 달한 사람이 아니라 아주 특별한 사람이었으면 해."

"베른트 같은 사람?"

나는 뭔가 석연찮은 낌새를 느끼고는 이렇게 물었다. 그녀는 힘차게 고개를 끄덕였다.

"맞아."

14

　무척 우울했다. 세상천지에 나 혼자 달랑 남아 있는 것 같았다. 엄마는 마요르카에 있고, 얀은 출장을 떠났고, 베스트 프렌드는 내 인생에서 사라져 버렸다. 그리고 내게 남은 가장 좋은, 가장 사랑하는, 유일한 내 친구 라라는 오늘 나를 봐줄 여력이 없다. 훌쩍. 그러나 용서해야 했다. 오늘은 그녀가 결혼하는 날이다. 하루의 시작은 나쁘지 않았다. 런던에서 약속된 사업 미팅이, 자신의 미래를 좌우할 만큼 중요한 까닭에, 라라의 결혼식에 동행하지 못할 거라는 얀의 설명을 받아들였던 나는 결혼식 전날 밤을 라라와 함께 보냈다. 물론 라라는 긴장해서인지 도통 잠을 이루지 못했다. 결국 여덟 시부터 일어나 조용히 아침을 먹었다. 그런 다음, 나는 라라에게 옷을 입히고 화장을 해주었다. 면사포를 뒤로 길게 늘어뜨리고 동화 속에 나올 법한 웨딩드레스를 차려입은 라라를 보니 눈물이 솟구쳤다. 그녀의 얼굴과 몸매는 참으로 매력적이었다. 뺨은 발그스레했고 마치 도자기로 빚은 인형 같아 보였다. 다만 그녀는 안절부절못하고 있었다.

　"몇 시지? 지금쯤 출발해야 하지 않을까? 아버지는 어디 계시지?"

　그녀는 5분마다 한 번씩 물었다. 나는 라라가 신경과민으로 쓰러지지 않도록 바흐 꽃 에센스의학박사 에드워드 바흐Edward Bach가 고안한 대안 약물치료제. 꽃을 주재료로 하며 불안, 우울, 불면증 등을 치료하는 데 쓰임 몇 방울을 혀에다 떨어뜨려주었다. 초인종이 울려 라라가 문을 여니, 멋들어지게 야회복을 입은 헤세 아저씨가

서 계셨다. 나는 아저씨가 숨 쉬는 것도 잊은 채 딸의 모습을 바라보는 광경을 감동적으로 지켜보았다.

"정말 예쁘구나, 애야."

아저씨는 감격한 목소리로 말하며 라라의 양쪽 뺨에 키스했다. 목에 커다란 무언가가 걸린 채로 나는 두 사람을 따라 계단을 내려갔다. 마누가 신부의 얼굴을 보고 어떤 표정을 지을지 궁금했다. 나는 흰 장미로 아름답게 치장한 BMW의 뒷좌석에 올라탔다. 라라와 헤세 아저씨, 나, 이렇게 셋은 함께 성당으로 향했다. 당연히 저 앞 단상은 텅 비어 있었다. 세 시 2분 전이었다. 식이 거행되기 직전이었고 하객들은 모두 자리에 앉아 있었다. 나는 라라를 부둥켜안고는 잘하라고 말해주었다. 그리고 곧장 안으로 들여보냈다. 단상과 좌석은 화려하게 장식되어 있었다. 모든 것이 제대로 단장되어 있었다. 마누는 (내가 추천한) 고급스러운 짙은 회색 연미복을 입고 신부님 옆에 서 있었다. 그리고 긴장한 듯 한 걸음씩 앞으로 나왔다. 설마 라라가 나타나지 않으면 어쩌나, 걱정하고 있는 것은 아닐까? 나는 격려를 담아 그에게 고개를 끄덕여주고 둘째 줄에 앉았다. 그때 멘델스존의 「결혼행진곡」이 울려 퍼졌다. 정장을 차려입은 하객 80여 명이 일제히 일어나, 잔뜩 기대하는 눈으로 성당 출입문 쪽을 바라보았다. 나 역시 돌아섰다. 그런데 안타깝게도 내 뒤로 건너 건너 줄에 있는 한 쌍이 눈에 들어왔다. 베른트와 재키가 동행한 모양이었다. 하필이면 내 여동생처럼 오냐오냐 자란 어린애 타입을 베른트가 좋아할지도 모른다는 추측은 할 수도 없었고, 하고 싶지도 않았다. 재키는 불룩한 배를 앞으로 드밀고, 베른트에게 팔짱을 끼고는 좋아서 어쩔 줄 모르는 표정으로 그를 올려다보고 있었다. 나는 힘겹게 그 둘에게서 시선을 돌려, 아버지의 팔을 잡고 조신하게 단상으로 걸어 들어오는 라라를 보았다. 모두들 라라의 미모에 넋을 잃었다. 마누엘은 금방이라도 울 것 같아 보였다. 라라의 얼굴에서도 눈물이 흘러내렸다. 그 광경을 지켜보면서 라라를 화장할 때 워터프루프 제품을 사용하길 잘했다고 스스로 만족해했다. 다행히 나 자신도 워터프루프로 화장을 했다. 나는 너무 울어서 식이 어떻게 진행되는지도 모를 지경이었다. 어쨌든 라라와 마누가 진심으로 부부가 되는 서약을 했다는 것만큼은 확실했다. 서약을 마치고 둘이 키스를 나눌 때, 뒤에 앉은 누군가가 박수를 쳤다.

박수 친 장본인이 베른트일 것이라는 생각이 머리를 스쳤다. 그리고 성당에서 박수라니, 있을 수 없는 일이라고도 생각했다. 그런데 다른 하객들은 나와는 생각이 사뭇 달랐던 모양이다. 그들도 감격에 겨워 같이 박수를 쳤고, 심지어 누군가는 큰 소리로 '브라보'를 외치기도 했다.

안 그래도 뺨이 발그스름했던 라라는 더욱 낯을 붉혔다. 반면 마누는 우리 쪽을 보며 싱긋 웃었다. 아름다운 순간이었다. 결혼식을 흡족해하며 지켜보던 신부님은 모인 사람들 모두를 위해 축복기도를 해주었고, 이제 신랑과 신부는 파헬벨의 「캐논」에 맞춰 성당 밖으로 나왔다. 두 사람은 말할 수 없이 행복해 보였다. 성당 앞에는 이들에게 축하인사를 건네려는 사람들이 줄을 이었다. 그때 재키가 달려와 밝게 웃으며 내 목을 껴안았다.

"정말 멋있지 않아?"

재키는 꿈꾸듯 말했다.

"나는 파울이 왜 성당에서 결혼하는 걸 싫어했는지 이해할 수가 없어. 당장 이혼할 거야."

그녀는 이렇게 단정 짓고는 베른트 쪽을 힐끗 보더니 덧붙였다.

"다음번 결혼식은 라라 언니의 결혼식처럼 할 거야."

마음 같아서는 목을 비틀어주고 싶었지만, 상냥하게 고개를 끄덕여주고는 베른트를 향해 돌아섰다.

"안녕."

나는 수줍게 인사했지만 그는 고개만 까딱할 뿐 반가워하는 기색이 없었다. 재키는 조금 당황스러워하면서 나와 베른트를 번갈아 보았다. 그러나 다행스럽게도 그녀는 수다를 떠느라 여념이 없었다. 나는 잠시 동안 그 둘 곁에 있으면서, 얼마 남지 않은 출산에 관해 재키와 얘기를 나눴다. 베른트에게 나를 알아볼 기회를 주기 위해서였다. 그에게 절교를 통보받고 나서 3킬로그램이 빠진 것을 알아봐 주길 바라면서.

"분명 알아봤을 거야."

결혼식에 맞는 고상한 스프라이프 정장을 입고 내 옆에 선 소피아가 차분하게 말했다.

"베른트는 그저 너 때문에 심리적으로 억압받지 않으려고 의도적으로 못 본 척하고 있는 거야."

"나는 아무도 억압하지 않았어. 요즘 그다지 식욕이 없었을 뿐이야."

소피아도 나도 지난 14년간의 병력을 모르는 것처럼 나는 간결하게 대꾸했다. 다행스럽게도 원론적인 것을 따지고 들 시간이 없었다. 드디어 우리가 신랑과 신부를 축하해줄 차례가 되었고 그 다음엔 피로연장으로 직행했다.

화려한 파티였다. 굉장했다. 나는 신부 들러리로서 진행을 도맡았고, 공연과 연주 순서를 총괄하느라 몸이 두 개라도 모자랄 정도로 분주했다. 나는 이 일을 맡게 된 것이 무척 기뻤다. 적어도 재키와 베른트를 주시할 만큼 여유롭지 않기 때문이다. 게다가 얀이 나 혼자 결혼식에 오도록 내버려둔 것을 못내 탐탁지 않아 할 겨를도 없었다. 사업의 향방이 오늘을 기점으로 좌우지간 결판이 날지도 모른다는 이유에서였다. 나중에 가서야 그렇게 하릴없이 다시 그의 품에 몸을 던졌던 나 자신에게 화가 났다. 결국 우리 관계는 종지부를 찍었던 바로 그 지점에서 다시 시작된 것이나 다름없었다. 조금 다른 점이 있다면, 과거가 반복되면 어쩌나 하는 두려움에 줄곧 비위가 상하고 있다는 것이었다. 의기소침해진 나는 잔에다 화이트 와인을 따르고 단숨에 비워버렸다. 아니, 그는 출장을 취소했어야 했다. 그랬다면 그 역시 우리 관계를 개선하기 위해 뭔가를 하고 있다는 것을 증명할 수 있었을 텐데. 그런데 이게 뭔가. 이렇게 홀로 앉아, 여동생이 베른트에게 대놓고 작업 거는 꼴을 내내 지켜보고 있어야 하다니.

자정 무렵, 결혼축하 케이크 커팅식이 있었고, 다음은 신부가 부케를 던지는 순서였다. 나는 미혼인 여자 하객들을 모아놓고 나 자신도 그들 사이에 끼어 들어갔다. 라라는 우리에게 등을 보이고 섰고, 눈 깜짝할 사이에 분홍색 꽃으로 만든 부케는 바람을 가르며 정확히 내 팔 안에 안착했다. 모두가 환호했다. 라라는 돌아서서 달려와 나를 안았다.

"네가 결혼할 때도 오늘 나처럼 행복했으면 좋겠어."

그녀는 내 귀에다 대고 이렇게 속삭였다. 누군가가 금세 내게서 그녀를 낚아채 갔고 나는 다시 홀로 남겨졌다. 부케와 함께. 나는 테이블로 돌아와 남아 있던 와인을 들이켰다. 그리고 무척이나 고운 분홍빛 꽃잎을 멍하니 내려다보고 있었다.

"축하해."

누군가가 바로 내 뒤에서 말했다. 깜짝 놀라 뒤를 돌아보니 베른트였다. 그의 표정은 빈정대는 것, 그 이상이었다. 별다른 할 말이 떠오르지 않아 나는 "고마워"라고만 대꾸했다.

"신랑될 사람은 어디 있지?"

그는 이렇게 물으며 내 옆, 빈 의자에 털썩 앉았다. 그리고 긴 다리를 앞으로 쭉 뻗었다. 색감이 화려한 셔츠에 검정색 양복을 차려입은 그는 무척 잘생겨 보였다. 내가 그를 위해 골라준 옷은 아니었다. 뭐, 어린아이가 제법 자라서 이제는 혼자서도 옷을 고를 줄 알게 된 것이리라. 그는 넥타이는 매지 않았다. 나 같았으면 분명 넥타이를 매라고 권했을 터이지만, 인정하건대 지금 그 모습이 훨씬 나아 보였다. 베른트는 멋있어 보였다. 나는 그가 우울한 눈빛으로 나를 바라보지 않기를 바랐다.

"얀은 출장 중이야."

나는 짧게 대답했다.

"어련하시겠어. 우선순위가 있지."

베른트는 맥주병을 테이블 위에 올려놓았다. 그랬다. 모두들 와인을 마시고 있는데, 유독 베른트만 맥주를 병째 마시고 있다는 생각이 나도 모르게 들었다. 그런데 그는 마치 내 생각을 읽고 있는 듯했다. 갑자기 음흉스럽게 웃더니 이렇게 말하는 것이었다.

"내가 지금 여기서 하는 짓이 네 맘엔 안 들 거라는 거 알아. 그런데 이를 어쩌나, 말도 못 붙이고 있으니."

"알고 있어."

나는 목소리를 낮게 깔고 인정해버렸다. 그러고는 흰색 테이블보만 뚫어지게 내려다봤다. 곁눈질을 해보니, 베른트는 딱한 눈으로 나를 보고 있었다.

"이제 나랑 얘기하는구나."

뭔가 말을 꺼내야겠기에 나는 이렇게 말했다.

"그러네."

"왜지?"

"글쎄. 아마도 네가 안돼 보여서겠지."

나는 한 대 얻어맞은 듯 깜짝 놀라 그를 돌아다보았다.

"동정 따윈 필요 없으니, 너 좋다는 재키한테나 가보시지."

"오해하고 있구나."

그는 느릿느릿 말하더니 내 얼굴에 닿을 정도로 자기 얼굴을 들이댔다.

"헬렌, 단단히 꼬였어. 뭐든 동정으로 받아들일 만큼."

나는 흠칫 놀라 숨을 들이마셨지만 그는 아랑곳하지 않고 계속해서 말했다.

"네 강박증이나 노이로제를 겨냥해서 하는 말이 아니야. 거식증을 말하는 것도 아니고. 네가 사람들에게 하찮게 취급받을 만하다는 거야. 얀이라는 자식이 네게서 단물 빨아들이듯 한 행동은 다른 사람이라면 철천지원수한테라도 못할 짓이었어. 그 녀석은 널 완전히 바보로 만들었어. 널 웃음거리로 만들었고 네 영혼을 짓밟았어. 대수롭지 않다는 듯 연극할 필요 없어."

그는 내가 아니라고 반박하기 위해 입을 열자 호통을 쳤다.

"나는 봤어. 그 자식이 너에게 한 짓을 봤다고. 네가 절망에 빠져 느닷없이 나랑 자겠다고 고집을 부렸어도 감히 화낼 수 없을 만큼 너는 기진맥진해 있었어. 그런데 채 열두 시간도 지나지 않아 그에게 돌아갔다는 소식을 전해 듣는 순간, 네 병이 심각하다는 것을 알았어. 그리고 그렇기 때문에……."

그는 언짢은 투로 조그맣게 말했다.

"그렇기 때문에 네가 안돼 보이는 거야."

나는 그를 쳐다보았지만 아무런 말도 할 수 없었다. 나는 실성한 사람처럼 일어나 그 자리를 떠났다. 뒤돌아보지 않았다.

나는 목이 잔뜩 멘 채 까만색 대리석으로 만든 화장실에 들어와 있었다. 어쩌다가 여기에 왔는지 알 수가 없었다. 나는 두 팔로 목을 잡고는 이미 먹은 코스 요리의 정반대 순으로 차례차례 게워냈다. 나는 지쳐서 바닥에 주저앉아 팔짱을 끼고 고개를 묻었다. 혼란스러웠다. 뭐가 뭔지 몰랐다. 왜 갑자기 다들 나를 아프게 하는 것일까? 나는 한숨을 쉬며 가방에서 휴대전화를 꺼내 얀에게 전화를 걸었다.

"여보세요?"

벨소리가 두 번 울렸을 때 그가 받았다.

"나야."

나는 기운 없는 목소리로 말했다.

"안녕, 헬렌. 파티는 어때?"

"아주 좋아. 얀, 날 정말 사랑하기는 하는 거야?"

"물론, 널 사랑해. 무슨 질문이 그래?"

휴대전화로 들리는 목소리로 미루어보아 그는 당황한 듯했다.

"그런데 나를 대하는 것을 보면 그런 것 같지가 않아."

나는 그를 탓했다.

"헬렌, 내가 잘못했다고 얼마나 더 말해야겠어?"

"그게 문제가 아니야. 네가 어떻게 그럴 수 있는지 모르겠다는 거야."

"내가 묻고 싶은 말이야."

그는 괴로운 듯 한숨을 쉬었다.

"헬렌, 잘 들어. 내가 멍청했고 치사한 놈이었어. 나도 알아. 하지만 널 사랑하고 있어. 그것만큼은 믿어줘."

"정말?"

나는 들릴 듯 말 듯 속삭였다. 하지만 얀은 내 목소리를 알아들었다.

"진심이야."

그는 확신을 주듯 말했다.

"오늘 너와 함께 그 자리에 있지 못해서 정말 미안해."

그는 내가 무엇을 마음에 걸려 하는지 정확히 꿰뚫고 있었다.

"우리를 위한 부케는 잘 받았어?"

그가 자상하게 묻자 나는 울면서 웃었다.

"응. 받았어."

"잘했어. 그럼 계속 즐거운 시간 보내."

"내일 봐."

나는 얼마간 계속 그 자세로 앉아 있었다. 엉덩이에 찬 기운이 느껴졌다. 나는 간신히 일어나 거울 앞에서 화장을 고쳤다. 다시 피로연장에 들어섰을 때 로맨틱한 음악이 흐르고 있었고 서로 찰싹 달라붙은 커플들이 피로연장을 가득 메웠다. 그중에는 재키와 베른트도 있었다. 우스꽝스러워 보였다. 나무젓가락 위에 붙은 고무공과 멀대 같았으니까. 나는 빠른 걸음으로 그 둘에게 다가가 베른트의 팔을 잡았다.

"따라와. 나랑 얘기 좀 해야겠어."

나는 그에게 명령조로 말했다.

"지금 막 춤추려던 참이었어!"

재키가 소리치며 예사롭지 않게 눈살을 찌푸렸다. 마치 자신이 드디어 베른트를 차지하기 직전이었다는 것을 내게 주지시키려는 것 같았다.

"당장 따라와."

나는 재키가 그러거나 말거나 아랑곳하지 않고, 다시 한 번 그에게 명령조로 말했다.

"아니, 안 갈 거야. 춤추려던 참이었어."

300

그는 자기 팔을 다시 재키에게 둘렀다.

"부탁이야."

나는 명령에서 사정으로 전략을 바꿨다. 주변에 있던 커플들이 하나 둘, 춤추려다 말고 주춤거렸기 때문이다. 나는 가장 친한 친구의 결혼식에서 분란을 일으킬 생각이 추호도 없었다.

"알겠어. 잠깐 실례할게."

그는 마지못해 나를 따라 주차장까지 왔다.

"자, 뭐야?"

나는 숨을 크게 들이마시고는 그에게 돌아섰다.

"넌 나한테 그런 말할 자격 없어!"

나는 큰 소리로 말했다.

"그리고 내 남자관계에 대해 판단할 자격도 없어. 우리 둘 사이가 어떤지 뭘 안다고 그래? 얀은 날 사랑하고 있어. 그렇게 말했단 말이야!"

"그거 잘됐구나."

베른트는 무척 뻣뻣하게 대꾸했다.

"이제 피로연장으로 돌아가서 네 여동생과 춤 좀 춰도 될까?"

"재키를 그만 내버려 둬!"

나는 버럭 화를 냈다.

"재키는 너한테 아무것도 아니야. 곧 아기 엄마가 될 사람이라고!"

"나한테는 지나치게 무거운 짐이 될 거라는 말이네."

그는 조롱하듯 내뱉었다.

"물론이야!"

나의 대답에 그는 눈을 부릅뜨고는 내게로 한 발짝 다가섰다.

"우리가 지난 십오 년 동안 친구였다는 사실이 믿어지지가 않는군. 그리고 내가 혹여 재키에게 접근하고 있을지 모른다고 의심하는 것도 믿기지가 않아. 네가 납득할지는 모르겠지만, 그럼에도 불구하고 난 널 사랑해. 내가 널 가질 수 없다는 이유만으로 네 여동생과, 어쩌면 여동생의 아기까지 고통을 겪을 수도 있는 그런 무자비한 복수 같은 건 하지 않아. 내가 그런 한심한 인간이었다면, 정확히 네가 원하는 그런 타입이었게?"

그는 이 말을 마지막으로 돌아서고는 나를 내버려 두고 갔다. 소피아는 부드럽게 자기 팔을 내 어깨 위에 올렸다. 나는 지친 머리를 그녀에게 기댔다.

새벽 네 시 반, 집으로 향하는 한 걸음 한 걸음마다 가슴이 아파왔다. 한숨을 깊이 몰아쉬고는 살인적인 높이의 베이지색 하이힐을 벗고 맨발로 차가운 바닥 위를 걸었다. 기분이 좋았다. 도티는 야옹거리면서 내게 왔다. 나는 도티를 꼭 안았다.

"어젯밤은 힘들었어, 도티."

나는 한숨을 쉬며 말했다.

"하지만 걱정 안 해도 돼. 라라와 마누는 행복하게 결혼식을 마쳤으니까."

나는 재빨리 덧붙였다. 도티의 이마에 걱정스런 주름이 지는 것 같은 착각이 들어서였다. 내가 정말 많이 피곤하고 취했던 모양이다.

"아니야, 그 둘은 더할 나위 없이 즐거워했어. 모두들 축제 분위기였지."

나만 빼고. 나는 발을 질질 끌며 욕실로 가서 화장을 지웠다. 번거롭기는 하지만 화장을 꼼꼼하게 지우지 않는 것만큼 피부에 치명적인 것은 없다. 이제 옷을 벗었다. 촉감이 부드러운 하늘색 잠옷으로 갈아입은 다음 침실로 갔다.

"이리 온, 도티."

나는 도티를 불렀고 도티는 구석에서 고개를 갸우뚱거리며 나를 쳐다봤다.

"이리 온."

나는 도티를 살살 구슬렸다.

"얀이 없으니까 내 옆에서 자도 돼."

도티는 낌새를 맡았으나 완전히 믿지 않는 것 같았다. 하지만 내가 침실 문을 활짝 열어놓고 침대에 눕자, 종종걸음으로 침실에 들어와 단번에 내 옆으로 뛰어올랐다. 도티는 나한테 몸을 비볐고 느긋하게 몸을 쭉 폈다. 그 순간, 나는 스르르 눈을 감았다.

푸른 들판 한가운데였다. 천장이 둥그렇고 장미로 장식된 문 아래, 나는 심플한 흰색 드레스를 입고 맨발로 서 있었다. 얀은 옆에서 나를 향해 웃고 있었다. 신부님이 우리를 향해 돌아섰다. 그가 돌아서자마자 나는 소스라치게 놀랐다.

"베른트, 여기서 뭐하는 거야?"

발끈한 나는 목소리를 낮춰 물었다. 하지만 그는 내 말을 무시하고 엄숙하게 말했다.

"오늘 우리는 이 두 사람이 결혼이라는 성스러운 결합을 하는 자리에 모였습니다. 따라서 렌헨 라미엔에게 묻겠습니다. 그대는 얀을 합법적인 남편으로 맞아, 그가 그대에게 무슨 짓을 하든 상관없이, 좋을 때나 대부분 좋지 않을 때에도, 그가 다시 그대를 버리고 떠날 때까지, 그를 사랑하며 존경하겠습니까? 그렇다면 '예'라고 대답하십시오."

"아니요, 안 돼요. 그건 결코 옳지 않아요."

나는 이렇게 말하려고 있으나, 입을 떼기도 전에 뒤에서 아버지의 목소리가 들렸다.

"예, 그렇게 할 겁니다."

"그럼 됐습니다."

베른트는 계속해서 말했다.

"얀, 그대는 여기 렌헨을 그대의 합법적인 아내로 맞겠습니까?"

"네. 그렇게 하겠습니다."

"이제 내가 신부에게 키스하겠습니다."

베른트는 선언을 마치더니 나를 자기 쪽으로 끌어당겼다. 그는 내 입술에 키스했고 그의 부드러운 입술이 닿는 것을 느꼈다. 이건 꿈일 뿐이라고 생각했다. 우리가 서로 떨어졌을 때, 갑자기 하객들이 전부 웃기 시작했다. 나는 얀을 바라보고 물었다.

"키스 안 해줄 거야?"

그는 나를 낯선 사람 보듯 내려다보고는 말했다.

"이런, 맙소사. 헬렌, 뭐라도 좀 걸쳐."

나는 어리둥절한 표정으로 그를 쳐다봤고 그에게 한 걸음 다가가 얼굴을 들었다. 나는 남편이 키스해주기를 바랐다. 하지만 그는 내게서 물러나 불쾌하다는 듯 흘겨봤다.

"헬렌!"

그의 날카로운 음성은 내 오장육부까지 밀고 들어왔다. 나는 너무 놀라 하객들이 있는 곳으로 돌아섰다. 모르는 사람들만 잔뜩 앉아 있었다. 모두들 낄낄거렸다. 대체 무슨 일일까? 나는 어쩔 줄 몰라 하며, 유일하게 웃지 않고 굳은 얼굴로 자리를 지키고 있는 아버지에게 다가갔다.

"더이상 가까이 오지 마라."

아버지는 엄한 목소리로 말했다. 나는 가려던 발걸음을 완전히 떼지 못한 채 그대로 멈춰 섰다. 나는 천천히 아래를 내려다봤다. 옷이 없었다. 실오라기 하나 걸치지 않은 알몸이었다. 사람들은 이제 나를 손가락질하며, 심하게 웃은 나머지 의자에서 넘어지기까지 했다. 나는 다시 얀에게로 돌아섰다.

"나 좀 도와줄 수 없어?"

그에게 부탁해보았지만 그는 고개를 저었다.

"너는 내 남편이잖아. 부탁이야. 도와줘."

"아니, 싫어. 네가 이렇게 추한지 미처 몰랐어."

그는 이렇게 말하고는 아버지 옆 자리에 앉았다. 나는 단상에 서 있는 베른트를 보았다. 내가 그를 쳐다보자, 그도 나를 내려다봤다. 나는 그에게 차마 도와달라고 부탁할 수가 없었다. 그는 자기가 입고 있던 수도복을 잡더니 머리 위로 벗어올렸다. 그는 완전히 벗은 모습으로 내 앞에 섰다. 우리들 뒤로 사람들의 웃음소리는 점점 더 커졌다. 나는 놀란 눈으로 그를 쳐다봤다. 그리고 그에게 다가가, 아무렇게나 구겨서 왼손에 쥐고 있던 수도복을 잡았다.

"고마워."

나는 진심으로 고맙다는 인사를 건넸지만, 그는 수도복을 잡고 놓아주지 않았다. 그러더니 하늘로 높이 던졌다. 나는 수도복이 올라가는 모습을 지켜보면서 다시 떨어지기를 기다렸다. 하지만 수도복은 떨어지지 않고 계속 높이, 더 높이 올라가 결국 구름 뒤로 사라져버렸다. 나는 화가 치밀어, 베른트에게 성큼성큼 다가가 주먹으로 그의 상체를 쳤다.

"대체 왜 그랬어? 왜!"

"뭘 바라지, 렌헨?"

그는 조금도 저항하지 않고 침착하게 말했다.

"넌 이미 옷을 입고 있잖아."

나는 혼란에 빠져 눈을 떴다. 침대 옆 작은 탁자에 놓인 시계를 보니 열두 시가 조금 넘어 있었다. 밝은 햇살이 창가로 비쳤고 도티는 만족스러운 듯 야옹거렸다. 살짝 근육이 결렸다. 그리고 머리가 지끈거렸던 진짜 이유는 베른트 때문이었다. 젠장, 어쩌다가 이런 꿈까지 꾸게 되었을까? 가장 친한 친구를 잃는다는 사실을 용납할 수도, 용납하고 싶지도 않았기 때문이리라. 그런데 오늘 꿈은 어쩐지 이상했다. 베른트, 내가 베른트에게 키스했다. 무슨 꿈이 이렇지? 소피아의 소행인가? 하지만 소피아는 어젯밤 많이 취했기 때문에 잠이 깊게 들었을 터였다. 그때, 자물쇠에 열쇠가 들어가고 문이 열리는 소리가 들렸다.

"헬렌!"

얀이 소리치며 저벅저벅 걸어왔다.

"응, 침실에 있어!"

나는 머리카락을 손가락으로 쓸어내리며 소리쳤다. 머리카락은 모르긴 몰라도 전기에 감전이라도 된 것처럼 보였을 테니까.

"여태 자고 있었어?"

그는 놀란 음성으로 물으며 방 안으로 들어왔다.

"오늘 새벽에야 들어왔거든."

나는 얼른 둘러대고는 일어나 앉았다.

"비행은 어땠어?"

"괜찮았어."

그는 슈트케이스 안에 있던 옷들을 옷장에 넣기 시작했다. 나는 도티의 귀를 쓰다듬어주면서, 얀이 일정에 관해 얘기하는 것을 잠자코 듣고 있었다. 그는 도티를 보자, 얼굴이 살짝 일그러졌다.

"그 고양이가 내 베개에 꼭 있어야겠어?"

"오늘 새벽엔 친구가 필요했어. 결혼식에 갔다가 혼자 집에 와보니, 그다지 유쾌하진 않았거든."

나는 비난 섞인 목소리로 대꾸했다.

"아무리 그래도 내가 고양이털 알레르기가 심하다는 건 알고 있잖아."

얀은 친구가 필요했던 내 상황을 이해하려고도 않고 단호하게 말했다.

"너야말로 어차피 네가 침대에 드러눕기 전에 내가 시트를 갈 거라는 거 알잖아."

나는 흥분 조로 말했다.

"그래도 네 고양이 몸에서 빠진 털들이 사방팔방 날아다니잖아."

"그렇게 걱정되면 앞으로는 날 혼자 내버려 두지 말든가."

"오늘따라 유독 성질을 부리시네."

그가 침착하게 나올수록 오히려 내 화를 돋웠다.

"와서도 나한테 키스조차 안 해줬어."

내가 투덜댔다.

"미안. 키스하기 전에, 네가 이부터 닦고 싶어 할 줄 알았지."

그가 나에게 다가왔다. 나는 분을 삭이지 못하고 침대 밖으로 튀어나와 그를 밀쳤다.

"고맙지만 이제 늦었어."

나는 이 말을 뱉음과 동시에 얀 옆을 지나쳐 욕실로 들어갔다. 찡그린 얼굴로 거울 앞에 섰다. 잔뜩 화가 난 나는 나쁜 자식이라고 되뇌고 있었다. 그때 소피아의 모습이 거울에 비쳤다. 그녀는 세면대 옆 흰색 타일에 기대어 나를 보고 씨익 웃었다.

"그러지 마, 네가 좋아하는 사람이잖아."

나는 깜짝 놀라 그녀를 쳐다봤다.

"안 그래."

나는 이를 부득부득 갈면서 대꾸했다. 그리고 남아 있는 치약을 꾹 눌러 짜냈다.

"그렇다면 다행이고."

그녀는 한숨을 쉬더니 사라져버렸다. 나는 붉으락푸르락한 얼굴로 이를 박박 닦았다. 아무리 생각해도 주제넘은 행동이었다. 나를 함부로 대하는 건 견딜 수 없었다. 감히 누가 나를 함부로 대해? 나는 소중한 사람이다. 암, 그렇고말고! 나는 다짐을 하면서 거품을 세면대에 확 뱉었다. 그런 다음, 숨을 깊이 쉬었다. 어쩌면 오늘 내가 유난히 예민한 것인지도 몰랐다. 그럴 가능성도 배제할 수는 없었다. 어제 저녁엔 너무 지쳤고, 꿈도 어수선했고, 베른트와 다투기까지 했다. 그리고 사실이 그랬다. 이를 닦기 전에는 얀과 키스하지 않았다. 따라서 지금 그의 행동을 악의적으로 해석하는 건 부당했다.

뜨거운 물로 샤워를 하고 나니 세상이 달라 보였다. 얀은 공항에서 오는 길에 빵집에 들렀고, 거기서 산 빵으로 아침 식탁을 차려놓았다. 고맙기도 하지. 나는 그에게 웃어 보였고, 그 역시 나를 마주하며 웃었다. 나쁘지 않았다. 우리는 함께 아침을 먹었고, 나는 어제 있었던 결혼식에 대해 구구절절이 얘기했다. 물론 베른트와 마주쳤던 일은 제외시켰다. 얀은 무척 재미있게 들었고 모든 일이 순조롭게 진행되었다며 좋아해주었다.

"내가 참석하지 못해서 대단히 아쉬운걸."

얀이 말하자, 나도 맞장구를 쳤다.

"이제 키스해도 될까?"

그는 장난스럽게 물었고 나는 흔쾌히 고개를 끄덕였다. 그는 내게로 몸을 숙이더니 키스했다. 한 번, 또 한 번 하다보니 어느새 격하게 서로 끌어안은 채 키스하고 있었다. 얀은 나를 들고 침실로 데려가, 이제 막 갈아입은 청바지와 상의를 다시 벗겼다. 나는 그의 셔츠를 허겁지겁 풀어헤쳤다. 그런데 갑자기 그가 재채기를 시작했다.

"저런! 괜찮아?"

나는 그의 셔츠를 어깨 위로 벗겨내며 물었다. 그는 연거푸 재채기를 했다.

"괜찮아? 괜찮지?"

나는 그의 바지를 벗기는 데 열중했지만 재채기는 그칠 줄 몰랐다. 엣취, 엣취, 엣취. 그는 내리 여섯 번을 연달아 재채기를 하더니 힘겹게 숨을 내쉬었다.

"이…… 엣취…… 빌어먹을 고양이 때문에!"

그는 악담을 했다.

"네 알레르기가 도티 탓이야?"

나는 이렇게 대꾸하고는 괜찮냐며 다독여주었다.

"하지만 고양이를 내 침대 위에 두지 않을 수도 있었잖아."

"네 침대가 아니라 '우리' 침대겠지."

나는 표현을 정정해주었다.

"엣취!"

"괜찮아?"

"이제, 제발 그만해."

그는 나에게 버럭 화를 내더니 벌떡 일어났다.

"차라리 여기를 청소기로 밀고 시트를 갈아!"

그는 이 말을 남기고 사라졌다. 잠시 뒤, 욕실 약장에서 알레르기 약을 찾느라 뒤적이는 소리가 들렸다.

"그러라지."

나는 이렇게 중얼거리고는 청소기를 들었다. 구석구석 청소기를 돌려 고양이털을 샅샅이 없애면서도 그가 마치 종 부리듯 내뱉은 말투가 못내 마음에 걸렸다.

"청소기로 밀고 시트를 갈아!"

지나치게 명령조였다. 상황이 상황이니만큼 충분히 웃고 넘길 수 있었다. 그런데 그가 왜 그렇게 기분이 나쁜 건지 나로서는 알다가도 모를 일이었다. 유머감각이라고는 눈곱만큼도 없는 얼간이 같으니.

"아니, 그 사람 싫어!"

아니나 다를까, 어김없이 나타난 소피아에게 나는 버럭 소리를 질렀다. 나는 분을 삼키며 시트를 간 다음, 쿵쾅거리며 부엌으로 갔다. 부엌에는 토끼눈을 한 얀이 찻잔을 앞에 두고 식탁에 앉아 있었다.

"청소해줘서 고마워. 너도 차 한 잔 마실래?"

그는 본래 내 의도를 무색하게 만들어버리며 말했다.

"좋아."

"내 말투가 거칠었다면 미안해."

그는 사과하며 나에게 차를 따라주었다.

"뭐, 이제 괜찮아."

나는 마음이 한결 누그러졌다. 그리고 거봐라는 듯 소피아를 쳐다보았다. 지금 내게, 그녀는 허상에 불과했다. 얀이 한심한 놈이네 어쩌네 하는 베른트의 말에도 약간은 흔들렸지만, 사실 얀은 그런 사람이 아니다. 무척 반듯한 남자였고, 점점 나아지고 있었다.

"런던에서 너에게 줄 선물을 사 가지고 왔어."

그는 금빛 포장지로 포장한 CD 케이스 크기의 상자를 내 쪽으로 밀었다.

"고마워."

나는 얼른 포장을 풀었다. 그런데 그 안에 있는 것은 별 볼일 없는 CD가 아니었다. 검은색 보석 상자였다. 상자를 열어보니 물방울 다이아몬드가 박힌 은 목걸이가 들어 있었다. 나는 놀란 가슴을 진정시키기 위해 호흡을 가다듬었다.

"너무 예쁘다."

"마음에 들어?"

"마음에 들다마다! 꿈만 같아!"

"그렇다니 나도 기분 좋은걸."

나는 목걸이를 목에 걸고 얀에게 웃어 보였다.

"정말 고마워!"

"침실에 있는 털은 다 치웠어?"

나는 고개를 끄덕였다.

"너도?"

뭐시라? 설마, 나한테 붙어 있던 털? 나는 다시 한 번 고개를 끄덕였다.

"그럼, 시작해볼까?"

얀을 따라 들어가면서, 베른트였다면 그 질문은 결코 입 밖에 내지 않았을 것이라는 생각이 들었다. 내 몸에서 고양이털을 떼어내든 말든 베른트에게는 하등 상관이 없을 테니까. 하지만 나는 곧 이런 생각들을 떨쳐버렸다.

얼마 뒤, 우리는 말없이 나란히 누웠다. 얀은 도중에 몇 번 더 재채기를 하기는 했지만 무난하게 넘어갔다. 꽤나 로맨틱하게 들리는군, 젠장.

"엣취!"

얀은 또 재채기를 했다. 시위하는 것이려니, 생각하며 속으로 불쾌했지만 그래도 겉으로는 사려 깊게 다독여주었다.

"괜찮아?"

"그래, 그래. 고마워."

그는 아무렇게나 대꾸하더니 침대 모퉁이에 걸터앉아 옷을 입기 시작했다.

"네 고양이 몸에서 빠진 털들은 정말 지독하구나."

"제발 도티라고 불러줄 순 없어?"

"왜 그래야 하는데?"

"그게 이름이니까!"

나는 발끈해서 대답했다.

"그래, 좋아. 그럼, 도티의 털은 정말 지독해."

"다시는 침실로 들여놓지 않을게. 이제 됐어?"

나도 옷을 주섬주섬 입었다.

"미하엘하고 닉은 저 고양…… 그러니까 도티를 어떻게 생각했어?"

"무슨 뜻이야?"

"좋아했어?"

"물론이지. 많이 좋아했어. 누구나 고양이는 좋아해."

"흠."

그는 뜻을 알 듯 모를 듯 이렇게 내뱉고는 마지막으로 양말을 신었다.

"너는 아니라는 거야?"

내가 물었다.

"치졸한 인간들만이 고양이를 싫어하지."

소피아가 소곤거렸다.

"알레르기 있다는 거 알잖아."

그는 날을 세우고는 말했다.

"대체 저의가 뭐야?"

나는 버럭 화를 내며 물었다. 그는 돌아서서 나를 다시 침대 위로 넘어뜨리고는 입술에 키스했다. 그리고 말했다.

"쪼매난 까탈쟁이 씨, 오늘 대체 왜 그래?"

"뭐가 어떻다는 거야?"

나의 대꾸에 그는 내 얼굴에서 상심한 표정이 사라질 때까지 계속해서 키스했다. 그의 말이 옳았다. 오늘 나는 심술을 부리고 있었다.

"봐, 웃을 수 있잖아."

그는 흡족해하며 말했다.

"훨씬 낫네. 그럼, 다시 도티에 관해서 말인데……."

그는 운을 떼며 내 목에다 키스했다.

"말인데?"

나는 편안하게 몸을 쭉 펴며 물었다.

"미하엘과 닉이 고양이를 좋아한다고 했지. 그러면 그 사람들이 도티를 키울 수도 있지 않을까?"

나는 벌떡 일어나 앉았고 그 바람에 내 턱이 얀의 코에 부딪히고 말았다. 얀은 외마디 비명을 지르며 얼굴을 감싸 안았다.

"누굴? 도티를?"

나는 비명에는 아랑곳하지 않고 어안이 벙벙해서 물었다.

"아야, 내 코!"

그가 칭얼거렸지만 나는 내가 들은 것이 확실한지 확인차 다시 한 번 물었다.

"그러니까 도티를 줘버리고 싶다?"

나는 분에 겨워 이글거리는 눈으로 얀을 쳐다보았고, 그는 그 기세에 눌려 코가 아픈지도 잊고 얼굴에서 손을 내렸다.

"알레르기 때문에……."

그는 서투르게 변명을 늘어놓으려 했지만 나는 말을 잘라버렸다.

"재채기 몇 번 했다고 나더러 도티를 줘버리라고?"

내가 버럭 소리를 지르자, 그는 놀라서 한 발짝 뒤로 물러났다.

"내 평생 다른 사람에게 도티를 주는 일은 없을 거야. 나는 도티를 사랑하고, 그건 도티도 마찬가지야! 무슨 일이 있어도, 네가 뭐라고 해도 그건 변하지 않아!"

얀은 내게 손을 뻗치며 말했다.

"알았으니까, 제발 진정 좀 해."

"아니, 진정 못 해! 알긴 뭘 알아?"

나는 으르렁댔다.

"그냥 내 생각이 그렇다 뿐이지 반드시 그렇게 하라는 뜻은 아니었어."

그는 재빨리 둘러댔다. 사려가 한량없기도 하셔라.

"물론 그렇게 할 필요도 없고, 하지도 않을 거야."

나는 힘겹게 숨을 몰아쉬며 앉았다. 얀은 나를 살펴봤지만 아무런 말도 못 했다. 그리고 뉘우치듯 다시 고개를 푹 숙였다.

"미안해."

얀이 말했을 때, 나는 고개를 번쩍 들고 그를 봤다. 갑자기 분명해지는 것이 있었다. 가슴 아프지만 때늦은 깨달음이었다. 나는 천천히 팔을 들어 방금 선물받았던 목걸이를 풀었다. 나는 부드럽게 얀의 손을 잡고 손바닥에 목걸이를 올려놓았다. 마지막으로 손가락으로 덮고는 말했다.

"얀, 너랑은 끝났어."

15

"뭐라고? 도티를? 그 자식, 제정신이 아니구나."

화들짝 놀란 닉이 말했다. 나는 그로부터 한 시간 뒤 다시 미하엘과 닉의 집 부엌에 앉아 있었다.

"구제불능이야."

나는 체념한 듯 어깨를 으쓱이며 말했다. 도티는 자기 이름을 들었는지, 야옹거리며 부엌으로 들어와 뭔가를 잔뜩 주시하는 눈빛으로 닉을 올려다보았다.

"밥 줄 때가 됐나보다."

미하엘은 닉에게 고양이 사료가 든 상자를 내밀었다.

"옳다구나, 그랬군. 이리 온, 나비야. 당연히 다시 우리 집으로 와도 돼, 헬렌. 물어보나 마나야."

"오래는 있지 않을 거야."

나는 마음의 짐을 덜며 말했다.

"우리야, 네가 여기서 검은 머리가 파뿌리 될 때까지 있어도 상관없어."

하지만 그건 내가 싫었다.

"아니야."

나는 고개를 저었다.

"언젠가 혼자 힘으로 일어설 날이 올 거야. 그 전까지만……. 부랴부랴

너희들 집에서 나왔다가 결국 돌아온다는 것이 염치없다는 거 알아."

"그렇게 생각할 필요 없어."

"정말이야. 네가 돌아와서 기뻐."

이렇게 말해주는 저들의 따뜻한 표정을 보며 나는 깊이 감동받았다.

"그건 그렇고, 네가 간다니 얀이 뭐라 그래?"

"가지 말라고 그러더라, 오해라고. 하지만 할 만큼 했다고 생각해."

"바로, 그거야!"

그 둘은 내 말에 공감해주었다.

나는 손님방을 다시 내 집처럼 꾸몄다. 그 전에 제닛 웨딩샵에 들러 내가 맞춘 웨딩드레스를 돌려주었다. 옳게 들은 것이 맞으니 귀를 의심하지 마시라. 저 넝마를 붙잡고 있는 건 바보짓이었다. 나는 흡족한 미소를 지으며 가방에 1,200유로를 챙겨 넣고는 웨딩샵을 나왔다. 해냈다.

그날 밤, 나는 아기처럼 새근새근 잘 잤다. 이렇게 좋을 줄 알았더라면 진작 얀과 헤어졌을 것이다. 추잡스런 놈 같으니, 흥! 투명한 노란색 커튼 사이로 비친 햇살이 얼굴을 간질였기에, 나는 입술에 미소를 머금으며 잠에서 깼다. 아주 잠깐, 어젯밤 꿈을 어렴풋이 기억해냈다. 베른트가 나왔던 것 같다. 그렇지만 막상 기억을 되살리려니 도로 사라졌다. 꺼림칙한 내용은 아니었을 것이다. 그랬다면 이렇게 기분이 상쾌할 리 없을 테니까. 나는 침대에서 마음껏 기지개를 켰다. 그리고 내 옆에 나른한 듯 앉아 있는 도티를 쓰다듬어주었다.

"이제 침대에서 쫓겨날 일 없어, 도티. 내 다음번 남자는 나만큼 너를 사랑하는 사람이어야 해. 그렇지 않으면 나랑은 끝이야."

나는 사뭇 진지하게 약속했다. 도티도 내 말에 동의하는 듯 야옹거렸고,

동시에 휴대전화에서 <I will survive> 멜로디가 울렸다. 어제 인터넷에서 다운받은 벨소리였다. 어쩐지 그 노래여야만 할 것 같았다.

"I'm not that chained up little person still in love with you너와 사랑에 빠져 갇혀버린 사람이 아냐."

나는 휴대전화를 향해 손을 뻗으면서 멜로디를 따라 흥얼거렸다.

액정에 뜬 발신자는 재키였다. 심장이 쿵쾅거렸다. 재키가 어쩌면 베른트를 차지했을지도 모른다는 끔찍한 불안이 밀려왔다. 그가 아무리 그럴 일은 없을 거라고 했어도 내가 동생을 모르랴. 앙겔라는 열여덟이라는 파릇파릇한 나이에 꽤 매력적이었던 우리 엄마에게서 아버지를 빼앗아간 여우 기질의 소유자였고, 재키는 그 기질을 물려받았다. 그렇지만 재키 자신이 얼마 뒤에 엄마가 되고, 어쩌면 그래서 머릿속에 뭔가 다른 것이 들어 있을지 모른다는 생각도 들었다.

"안녕, 재키."

긴장을 푼 나는 전화를 받고서 베개에 몸을 기댔다.

"언니, 무슨 일이 있었는지 알아? 아마 믿기 힘들걸?"

그녀의 입에서 속사포처럼 말이 튀어나왔다.

"베른트랑 잤어?"

나는 화들짝 놀라며 물었다.

"그것보다 더 나빠."

그녀가 웃으며 말했다.

"파울과 잤어."

"뭐라고?"

그러자 얼마간 김이 샜다.

"어떻게 그래? 넌 베른트 같은 남자를 원하는 줄 알았는데."

나는 이 말을 하지 않을 수가 없었다.

"베른트랑은 안 될 거야. 여자한테 상처받았거든."

그녀가 대꾸했다.

"아, 그…… 그래?"

나는 침을 꿀꺽 삼키며 말했다.

"응. 결혼식 끝나고 집에 오는 길에 베른트가 말해줬어. 있잖아, 베른트의 솔직한 심정을 알고 싶었어. 그래서 오는 길에 덥석 키스해버렸거든?"

"뭐라고?"

나는 주제넘다 싶을 만큼 버럭 화를 내며 물었다.

"그런데 베른트는 내가 아주 멋진 여자고 남자라면 누구라도 나를 얻으면 좋아할 것이라고 말했어. 하지만 정작 본인은 지금 당장은 누구도 만날 수 없다고 하더라."

"무슨 일인지는 알아? 그러니까 다른 여자랑 무슨 일이 있었는지 말이야."

"그 여자가 누군지는 모르지만, 베른트에게 몹쓸 짓을 한 것 같아. 분명 덜떨어진 계집애일 거야. 그렇지 않아?"

"왜?"

"베른트 같은 타입을 마다할 사람은 없어. 꽉 쥐고 놓지 않아도 시원찮을 판이잖아."

"흠."

나는 마치 생각에 잠긴 듯 헛기침을 했다가, 문득 재키가 전화한 본래 의도가 뭔지 궁금해졌다.

"그래서, 제부하고는 무슨 일이야?"

"어제 그 사람이 여기 들렀어. 우린 일생일대의 랑데부를 했던 거야."

재키는 호들갑을 떨며 이야기를 시작했다.

"그이는 나를 차에 태우고 동쪽 바닷가로 갔어. 깊숙한 곳에 작은 만(灣)이 하나 있더라. 그런 곳이 있는지도 몰랐는데……. 어쨌든 인적이 드문 곳이었어. 그 사람이 장작으로 불을 지폈고 우린 꼬치에다 마시멜로를 꽂아 구워 먹었지. 그리고 바다를 바라보며 밤새 얘기를 나눴어. 그렇게 된 거야."

"뭐라고? 인적이 드문 바닷가로 데리고 갔다고? 출산이 코앞인 너를 데리고?"

나는 발끈해서 물었다.

"뭐, 그렇게까지 인적이 드문 것도 아니었어. 코너를 돌면 바로 병원이 있었어. 파울이 그 점을 미리 인지시켜주기도 했고."

"그렇다면 다행이지만."

나는 안도의 한숨을 쉬었다.

"그런데 언니는 내 얘기를 듣기는 한 거야?"

휴대전화를 통해 들린 목소리로 미루어보아 그녀는 쌜쭉해 있었다.

"내가 남편이랑 잤다니까."

"그럴 리가."

나는 남편과 잤다는 말에 걸맞지 않은 대답을 내놓았다. 그러나 생각하면 할수록 사건의 전말은 놀라웠다. 파울이 해변에서 불을 지피다니……. 평소 같았으면 어림 반 푼어치도 없는 일이었다. 그것만 봐도 심상치가 않았다.

"나도 알아. 그런데 있잖아, 갑자기 꼭 칠십 년대 히피족이라도 된 느낌인 거 있지. 정말 황홀했어."

"네가 그랬다니 나도 좋구나."

나는 진심으로 기뻐해주었다.

"그럼, 이제 제부에게 돌아가는 거니?"

그리고 베른트의 아파트에서는 나오겠지?

"아, 그걸 나도 모르겠어."

마치 연극배우처럼 그녀는 한숨을 내쉬며 말했다.

"모든 게 너무 복잡해. 언니도 알잖아. 우리 결혼 생활이 그다지 평탄치 못했다는 거. 하룻밤 즐겁게 보냈다고 해서 갑자기 모든 것이 예전으로 돌아가진 않아."

"그래, 알아."

"그래도 어쨌든 생각은 해보려고 해."

그녀의 목소리에는 확신이 들어 있었다.

"그렇게 해! 아기는 어때?"

"아주 좋아. 다음 주에 출산할 예정이야. 파울은 벌써부터 팔불출처럼 좋아하고 있어. 그 사람이 '신생아 돌보기 과정'에도 등록했다면 믿겠어?"

"말도 안 돼!"

파울이 마음을 단단히 고쳐먹은 모양이었다. 나는 재키에게 잘 있으라고 인사한 뒤, 전화를 끊었다. 둘이 다시 합친다면 그것이야말로 '사건'일 것이다. 하지만 파울은 정말 최선을 다하고 있었고, 그건 인정해야 했다. 그때 소피아가 나타나 물었다.

"이제 안심이 된다, 그건가?"

무슨 질문이 저렇지? 물론 안심이 되었다. 태어날 조카를 위해서라도 그 편이 나았다. 제대로 된 가정에서……

"그걸 물어본 게 아니야."

소피아는 부드러운 목소리로 내 말을 가로막았다.

"그러니까 이제 재키가 더이상 베른트에게 치근대지 않을 테니 안심이 되지 않느냐는 뜻이었어. 내 말이 틀려?"

"아니, 뭐. 조금은 안심이 되지."

나는 당황한 나머지 몸을 배배 꼬면서 말했다.

"그렇지만 어쨌든 그 둘은 어울리지 않아. 둘이 연결되면 서로 괴로울걸."

"그래서 그 괴로움을 덜어주고 싶었다?"

소피아는 잘난 척하면서 물었다.

"물론이야, 다른 이유가 뭐가 있겠어?"

"뭐가 있을까?"

그녀는 되레 나에게 물어보고는 사라져버렸다.

"저기, 잠깐만! 무슨 말을 하고 싶었던 거야?"

나는 그녀가 사라진 뒤에다 대고 소리쳤지만, 그녀는 돌아오지 않았다.

"소피아가 무슨 뜻으로 한 말일까, 도티?"

도티는 어리둥절한 듯 커다란 녹색 눈을 굴리며 나를 쳐다보았고 나는 멍한 표정으로 마주보았다. 그러다가 문득 나 스스로 바보가 아닌가, 하는 생각이 들었다. 물론 소피아가 던지고 간 말의 의미를 나는 알고 있었다. '아니'라고 거부하는 내면의 반항을 잠시 잠깐 접어두니, 큰 충격을 받은 듯 깨달아지는 것이 있었다.

"도티, 어쩌면 좋을까?"

나는 도티의 귀에다 대고 이렇게 소곤거렸다.

"미치도록 사랑하고 있었어, 베른트를."

이제 분명해졌다. 나는 베른트를 사랑한다. 아마도 그를 안 순간부터 줄곧 사랑해왔는지도 몰랐다. 어떻게 안 그러고 배기겠는가? 그는 근사한 남자였다. 꽉 쥐고 놓지 않아도 시원찮을 만큼. 그런데 내가 그런 그에게 크나큰 상처를 주었다. 어떻게 그럴 수 있었을까? 그는 나를 위해 변함없이 그 자리에 있어주었다. 그는 나의 가장 어두운 면들을 보았다. 그런데도 나는 바보 얀에게 매달리고 있었다. 왜? 그가 멋스러운 집에서 살고, 검정색과 짙은 파란색을 섞어 쓰지 않는다는 이유로? 나 자신이 너무나 한심한 나머지 베갯잇이라도 입에 물고 싶을 지경이었다. 나는 베른트가 소파에 앉아 내게 키스했던 일을 떠올렸다. 생각만 해도 얼굴이 화끈거렸다. 괴로움에 전전긍긍했다. 나는 가까스로 일어나 구석에 있는 전신거울 앞에 섰다. 나는 혀를 삐죽 내밀고는 사팔눈을 떴다. 퍽이나 예뻐 보이는군!

"헬렌."

나는 거울 속에 비친 내 모습을 보며 말했다.

"한심한 인간."

어떻게 하면 제대로 돌려놓을 수 있을까? 무작정 베른트가 사는 아파트로 달려가 그에게 사랑한다고 말할 수도 있었다. 그래서 행복하고 만족스럽게 마무리될 가능성 하나. 하지만 그렇게 간단하지 않을 거라는 걱정이 앞섰다. 나와 달리 베른트는 사람들이 '자존심'이라고 부르는 성품을 가졌기 때문이다.

"렌헨. 오늘이라도 그렇게 느꼈다니 됐어. 그래도 솔직히 말하면, 네가 당장 내일 생각이 바뀌었다고 말할까봐 싫어."

그랬다. 결코 쉽지 않을 일이었다. 마음을 표현할 무언가가 필요했다. 그때 하느님이 보우하사 아이디어가 번쩍 떠올랐다.

시계를 보니 열 시 십오 분을 가리키고 있었다. 나는 재빨리 샤워를 하고 나서 쇼핑에 들어갔다. 카로 구區에 있는 중고 매장에 발을 들여놓자마자, 마음 같아서는 곧장 뒤돌아 나오고 싶었다. 그러나 끈이 달린 낡은 단화를 구입했고, 기본 흰 티셔츠와 끈이 달린 얇은 탑, 체크무늬 플란넬바지, 카디건도 하나 샀다. 노란색과 갈색이 섞인 카디건은 뜨거운 냄비 손잡이를 잡을 때나 쓰는 헝겊 쪼가리 여러 개를 꿰맨 것 같았다. 구입한 것들을 대충 입고 거울 앞에 서보니, 가히 충격적이었다. 사실 바지는 무척 귀여웠다. 그러나 가장 거슬리는 것은 눈속임으로 착용했던 몇 가지가 빠졌다는 점이다. 하이힐은 다리를 길게, 바스트업 브래지어는 가슴을 두드러져 보이게 해주었건만. 바스트업 브래지어를 하지 않고 탑을 입으니, 마치 이제 막 사춘기를 맞은 소녀 같아 보였다. 나는 어디에다 어떻게 쓸지 정확히 알 수는 없었지만, 일단 흰 꽃이 그려진 자줏빛 두건을 샀다. 그리고 다음 가게로 발걸음을 옮겼다.

저녁 여섯 시, 제대로 차려입고 다시 욕실 거울 앞에 섰다. 머리카락은 컬이 거의 풀려 길게 늘어뜨려져 있었다. 머리를 감고 나서 롤로 말은 지가 까마득했고, 바람에 말린 머리가 드라이를 한 머리에 비해 얼마나 엉망으로 보이는지 기억조차 가물거렸다. 이렇게 나갈 수는 없었다. 그래서 새로 구입한 두건을 머리에 둘렀다. 맙소사, 히피가 따로 없군. 나는 투명 파우더를 살짝 바르고, 립스틱도 연하게나마 발랐다. 마스카라도 조심조심 칠했다. 눈매를 살짝 올려주기 위해 눈가에다 붙이곤 했던 인조 눈썹은 오늘만큼은 포기하기로 했다. 인조 눈썹을 붙이지 않으니, 내 눈빛은 불쌍한 강아지 같아 보였다. 거울에서 한 발짝 물러나 머리에서 발끝까지 쭉 살펴보았다. 내 안에서 어떤 목소리가 온통 쓸데없는 짓이라고 말하고 있었다.

"이런 차림으로 그 사람 앞에 나타나서 사랑을 얻겠다고? 어처구니가 없군.”

나는 분개해서 그 말을 무시하려고 했다. 끊임없이 내 속에서 떠드는 저 목소리가 나와는 별 상관없다는 듯이. 소피아는 자존심이 상한 표정을 지었다.

“뭐, 무척 유용할 때도 자주 있는 편이야.”

내가 달래자 소피아는 조금 미소를 지어 보였다. 그녀는 나를 응원하려는 차원에서인지 평소보다 훨씬 소탈한 차림이었다. 스트라이프 정장 대신 청바지와 여름 블라우스를 입고 있었으니까. 어쨌든 그녀는 나를 위아래로 훑어보더니 그만하면 됐다는 표시로 고개를 끄덕였다.

“행운을 빌어.”

소피아는 이 말을 남기고 사라졌다.

“고마워!”

나는 그녀가 사라진 뒤에다 대고 소리쳤다. 그녀를 조만간 다시 못 볼 것 같다는 예감이 들었다.

한 시간쯤 뒤에 카스타니엔알레로 들어서자, 심장고동이 목구멍까지 치고 올라왔다. 그러던 차에, 빨간 장미 한 다발을 다소곳이 들고 아파트 출입문 앞에 서 있던 파울과 마주쳤다.

“안녕하세요, 제부.”

인사는 건넸으나, 내 꼬락서니 때문에 창피한 나머지 쥐구멍에라도 숨고 싶은 심정이었다. 그러나 그는 내가 무엇을 걸쳤는지에 대해 신경 쓸 여력이 없을 정도로 초조해하고 있었다.

“처형, 안녕하세요.”

그는 초조함에 목소리마저 떨려 나왔다.

“여기서 뭐 하는 거예요?”

나는 그의 차림새를 보고는 뭔가 심상치 않다고 느껴 물었다. 그는 멋지게 차려입고 있었다. 그래서인지 나와 더욱 극명한 대조를 이루었다. 파울이 입은 것은 연미복이었다. 저건 또 어디서 구했담?

"오늘 재키에게 나와 결혼해주지 않겠냐고 물어볼 참이에요."

그는 수심이 가득한 얼굴로 내게 말했다. 내가 뭘 잘못 알고 있었던가?

"둘은 이미 결혼했잖아요."

나는 조심스럽게 지적해주었다. 눈에서 불이 타오르는 것을 보니 분명 광기가 서려 있었기에, 굳이 그를 자극할 이유는 없었다.

"성당에서요. 성당에서 결혼하지 않겠냐고 물어볼 작정이에요."

"아, 완강하게 반대했던 것으로 아는데요."

"네, 그랬죠."

그는 후회스럽다는 듯 고개를 떨어뜨렸다.

"이제야 인정하는 거지만, 재키의 입장은 거의 고려하지 않았어요. 성당 결혼식을 재키가 얼마나 중요하게 생각했는지, 베른트가 말해주더군요. 그리고…… 재키를 행복하게 하는 것이면 뭐든 하고 싶어요."

"베른트요? 베른트와 언제 얘기를 했단 말이죠?"

"마지막으로 얘기한 건 오늘 아침입니다."

파울은 거리낌 없이 말했다.

"우린 정기적으로 전화 통화를 했어요. 그 사람이 재키와의 관계를 회복할 수 있도록 도움을 많이 줬죠."

나는 입을 떡 벌린 채 파울을 쳐다보았다.

"재키를 위해 낭만적인 깜짝쇼를 하는 방법 등등 이런저런 조언도 서슴지 않고 해주더군요. 그런 것에는 제가 익숙지 않아서……."

파울은 애석함을 담아 이렇게 말했다. 베른트가 큐피드 역할을 하고 있었던 것이다. 감동의 도가니였다. 그를 더욱 사랑하게 된 것 같았다. 나는 내 계획이 먹히기만을 간절히 바랐다.

"그래도 점점 나아지고는 있어요. 베른트라는 사람, 진국이더군요. 처음에는 에, 뭐랄까……"

"개방적인 사람?"

내가 끼어들자 그는 바로 자기가 하려던 말이었다는 듯 고개를 끄덕였다.

"맞아요. 하지만 이제 와서 보니, 내가 그 사람의 겉모습만 보고 잘못 판단했더군요."

나는 힘차게 고개를 끄덕였다.

"그 사람의 조언이 아니었다면, 어제 재키와 잠자리도 못 가졌겠죠."

그는 자기가 뱉은 말에 소스라치게 놀라 손으로 입을 가렸다. 은밀한 것을 들켰다는 생각에 그는 당황한 기색이 역력했다.

"재키는 제부의 아내예요. 둘이 잠자리를 했다고 이상할 건 없죠."

나는 빈정거리는 투로 말하고는 이렇게 덧붙였다.

"이제 들어가 볼까요?"

"그러죠."

파울이 초인종을 눌렀다.

파울과 내가 함께 계단을 올라가는 모양새는 분명 괴상했을 것이다. 꽃을 든 신사와 허수아비가 나란히 걷고 있는 꼴이었을 테니까. 베른트는 문 앞에 서서 일단 앞서 올라온 파울을 바라봤다.

"재키는 방에 있어요."

그는 낮은 음성으로 말했다. 파울은 고개를 크게 끄덕이고는 베른트 옆을 지나쳤다. 베른트는 시선을 내게 돌렸고 상냥했던 표정은 싹 가셨다. 파울이 수줍어하며 재키의 방문을 두드리는 모습을 나는 곁눈으로 엿보았다.

"들어와."

재키가 말했다. 내가 흘끔흘끔 저쪽의 동태를 살피는 사이, 베른트는 나를 위에서 아래로 훑어보았다. 그의 표정을 보아하니 놀라워하기도 했지만, 또 조금은 재미있어하고 있었다.

"맙소사, 웬일이야?"

그는 적어도 나를 차갑게 대하진 않았다. 나는 그것만으로도 점수를 땄다고 생각하고는 그를 향해 수줍은 미소를 지어 보였다.

"새로운 스타일을 시도해봤어. 네 스타일로."

나는 '네 스타일'이라는 말을 후닥닥 가져다 붙였다.

"내 스타일이 어떤 스타일인데? 무미건조한 스타일?"

"아니, 아니. 그러니까, 내 말이 뭔지 알잖아."

나는 부인하기에 급급했다.

"아니, 모르겠는데."

그는 냉담하게 말하고는 부엌으로 향했다.

"재키에게 볼일이 있다면, 너도 알다시피 지금은 손님이 와 계셔."

"아니, 너한테 볼일이 있어."

나는 그를 따라 부엌으로 들어갔다.

"설마 나를 찾아온 것이면 어쩌나 걱정했더니, 역시나."

그는 잔뜩 심술이 나 있었다.

"그래, 나한테 무슨 볼일이야?"

"그러니까, 음……."

나는 어찌할 바를 몰라 어깨를 으쓱였다. 우습게도 나는 스타일을 바꾸는 데 열중한 나머지, 할 말을 준비해놓는다는 것을 까맣게 잊고 있었다. 막상 무슨 말을 해야 할지 막막했다. 베른트는 나를 돌아보았다.

"약혼자가 스트레스를 주기라도 하나?"

그는 빈정거리며 물었다.

"얀이랑은 끝났어. 내가 찼어."

나도 모르게 입에서 말이 술술 나와버렸다.

"오호."

그는 아무렇지도 않은 듯 반응을 보였지만, 그의 눈에서 일말의 호기심이 번뜩이는 것을 눈치 챌 수 있었다.

"네 말이 백 번 옳았어. 그는 한심한 인간이야."

"이렇게 일찍 깨닫다니 축하해."

그의 목소리에는 비아냥거림이 가득했다.

"늦게나마 깨달았다니 그나마 낫군."

그는 내게서 등을 돌려 커피머신에다 물을 붓기 시작했다. 나는 그대로 서서 그의 등을 바라보았다. 베른트는 바로 내 앞에 있었다. 손만 뻗으면 닿을 수 있었다. 그를 만지고 싶다는 충동이 참기 힘들만큼 컸다. 그는 나를 왜 이토록 힘들게 하는 걸까? 나는 그에게 한 발짝 다가가 입을 귀에다 바짝 대고 속삭였다.

"너무 늦은 건가?"

그는 고개를 돌리더니 내 눈을 마주보았다. 나는 숨을 죽이고 그를 응시했다. 제발 아니라고 말해줘.

"그런 것 같아."

그는 나지막이 말했다.

"왜?"

나는 들릴 듯 말 듯 물었다.

"넌 우스꽝스런 차림으로 변신을 해서는 여기 불쑥 나타났어!"

그는 갑자기 격한 목소리로 말했다.

"그게 내가 너한테 바라던 거라고 생각했어? 네가 뭘 입는지, 화장을 했는지 안 했는지에 관심 가질 거라고, 진짜 그렇게 생각했던 거야?"

"아니, 물론 그건 아니었어."

나는 열심히 변명을 하려고 했다.

"그렇게 생각했던 건 아니었어. 단지 마음을 표현할 뭔가가 필요하다고 느꼈을 뿐이야. 너도 날 위해서 스타일을 바꿨었잖아."

"그런 것이 너한테 중요하다는 걸 알았으니까, 빌어먹을!"

그는 갑자기 울부짖듯 고함쳤다.

"내가 널 사랑하니까, 그래서 나를 바꿀 수 있다는 것을 증명해 보이고 싶었어."

"날 위해서 네가 바뀌기를 바랐던 게 아니야, 젠장!"

그는 나를 향해 소리를 질렀다.

"그런 거 아니야!"

나도 되받아쳤다.

"그럼 뭐야?"

갑자기 무슨 말을 해야 할지 떠오르지가 않았다. 그래서 무작정 팔을 그의 목에 두르고 입에다 키스했다.

"어, 어, 왜 이래, 대체……."

그는 거부했지만 나는 흔들리지 않았다. 그의 입술에 키스하면서 계속 말을 쏟아냈다.

"미안해. 알아, 내가 너에게 상처줬다는 거. 하지만 널 사랑해. 널 갖고 싶고, 가져야겠어."

그때 부엌문이 열리고 파울이 고개를 빠끔히 내밀었다. 그는 적잖이 놀
란 표정으로 우리 둘을 쳐다보았다.

"저런, 죄송합니다. 방해하려던 것은 아니었는데."

그는 더듬거리며 말했다.

"다, 다만, 진통이 시작됐어요."

"뭐?"

이 한 마디와 함께 붙어 있던 우리는 서로에게서 떨어졌다.

"바로 병원으로 갑시다."

베른트가 단호하게 말하는 사이, 나는 황급히 재키에게 갔다. 재키는 침
대에 앉아 한 손을 배 위에 올려놓고 있었다.

"와우, 정말 아픈걸."

그녀는 놀라워하며 말했다. 앞으로는 이보다 훨씬 더 아플 것이기에 걱
정이 되었다. 하지만 나는 진통과 그 후에 일어날 일들을 말해주는 것은 다
른 사람들에게 맡기기로 했다. 이를테면 간호사나 의사에게 말이다.

"네 차 좀 쓸 수 있을까, 헬렌?"

베른트가 소리쳤다. 그가 나를 렌헨이라고 불러주지 않아서 실망스러웠
다. 진통은 왜 하필이면 지금 시작됐을까? 몇 분만 기다려줬으면 안 됐나?
나는 재키를 일으켜 함께 방에서 나왔다.

"아쉽지만 그렇게는 안 될 것 같네."

나는 베른트를 보며 유감천만이라는 투로 말했다.

"여기까지 자전거를 타고 왔거든."

"정말이야?"

그는 나를 놀란 눈으로 내려다보았다.

"그래, 정말이야."

나는 짜증이 났지만 베른트는 싱긋 웃었고 재키는 나를 이상하다는 듯 슬쩍 보며 말했다.

"언니, 대체 꼴이 그게 뭐야? 그 옷들은 대체 어느 구석에서 찾아낸 거야?"

그 말에 잠시 동안 마음이 상했지만 이내 베른트의 시선을 느꼈다.

"계집애, 무례하기는……."

나는 그냥 씨익 웃었다.

"차는 내가 가져왔어요. 내 차를 타고 가죠."

파울의 제안에, 잠시 후 우리 넷은 그의 검정색 BMW를 타고 병원으로 내달렸다.

병원에 도착하자마자 간호사 한 명이 재키를 휠체어에 앉히고는 검사실로 데려갔다. 베른트와 파울, 그리고 나는 대기실에 앉아 있어야 했다. 곧 아빠가 될 파울은 한시도 가만히 앉아 있지를 못했다.

"청혼을 하니까, 재키가 뭐라 그러던가요?"

나는 조금이나마 그의 기분을 전환시켜보고자 이렇게 물었다.

"아무 말도 안 했습니다. 아무 말도!"

그는 버럭 소리를 질렀고 아까보다 더욱 성급하게 원을 그리며 서성였다. 그 모습을 보고 있자니 현기증이 일었다.

"아무 말도 할 수가 없었어요. 청혼을 하고, 재키가 뭔가 말하려고 입을 열려는 찰나에 진통이 시작됐거든요."

파울이 조금 전 자신이 한 말을 해명해주었다.

"그 진통이, 아들의 대답일 거라는 생각은 안 들던가요?"

그러면서 나는 씨익 웃었지만 파울은 내 말을 전혀 재미있어하지 않았다.

"하필이면, 왜 그때……. 이십 초만 늦게 진통이 시작됐더라도 좋았잖아요?"

파울은 평소와는 달리 격하게 열변을 토해냈다.

"믿기진 않겠지만, 나도 아까 똑같은 심정이었어요."

나는 그의 말에 동조를 하고는 베른트에게 의미심장한 눈빛을 보냈다. 하지만 그는 반응을 보이기는커녕 재빨리 파울에게 말했다.

"파울, 오늘 밥은 제대로 챙겨 먹었는지 모르겠군요. 부인이 출산할 때, 남편들이 위장에 든 게 없어서 실신하는 경우가 많다고 그러더군요."

파울은 얼굴이 하얗게 질려버렸다.

"왜죠?"

그는 이해가 안 된다는 표정으로 물었다.

"출산 과정이 퍽 아름다운 광경은 아니니까요."

나는 인내심을 가지고 그에게 설명했다.

"아, 그렇지. 출산 때 내가 옆에 있어주기로 했지."

파울은 그것을 기억해내고는 재키에게 달려가려고 했다.

"잠깐만요."

베른트가 그를 제지했다.

"출산이 임박하면 사람들이 알아서 데리러 올 겁니다."

"그렇군요."

파울은 마침내 갈색 플라스틱 의자에 앉아 멍하니 앞을 바라보았다. 제기랄! 거의 나갈 뻔했는데. 대체 왜 도로 붙잡은 거야! 나는 책망하듯 베른트를 노려보았지만, 그는 영문을 모르겠다는 듯 마주 볼 뿐이었다. 때마침 흰 가운을 입은 젊은 금발머리 여자가 대기실로 들어왔다.

"에른스트 씨."

그녀가 좌중을 향해 외치자, 파울은 고개를 번쩍 들었다. 그리고 벌떡 일어나서 기대에 찬 눈으로 의사를 쳐다보았다.

"전데요!"

"슈바르츠입니다."

그녀는 자신을 소개하고는 파울에게 악수를 청했다.

"짐작하시다시피, 부인께서는 몇 시간 안에 출산하실 겁니다. 이제 준비를 끝내고 수술실로 옮길 텐데, 바로 같이 가시겠습니까?"

파울은 베른트에게 어떻게 하면 좋겠냐는 눈짓을 보냈다. 베른트는 힘을 주듯 고개를 끄덕였다.

"네, 가겠습니다."

"친척 분이신가요?"

그 여의사는 나에게도 물었다.

"언니예요."

"그러면 같이⋯⋯?"

그녀가 내 의향을 물었지만 나는 고개를 저었다.

"아니요. 우린 여기서 기다릴게요."

"그리 오래 걸리진 않을 겁니다."

파울은 질질 끌려가듯 의사를 쫓아갔고, 이제 베른트와 나만 남았다. 나는 해진 단화를 신은 내 발을 물끄러미 내려다보면서 베른트가 무슨 말이라도 해주기를 기다렸다. 그러나 그는 아무 말도 하지 않았다.

"베른트."

나는 조심스럽게 그를 불렀다.

"왜?"

"이제 대답해줘."

"무슨 뜻이야?"

그를 쳐다보니, 일부러 딴청을 부리고 있다는 것을 단박에 알 수 있었다.

"나랑 다시 시작해보지 않을래?"

그런 줄 알면서도 내가 물었다.

"조금만 시간을 줘. 됐지?"

우리는 한동안 말없이 앉아 있었다.

"아니!"

나는 울컥한 심정으로 소리쳤다.

"시간 못 주겠어."

"뭐?"

그는 황당하다는 목소리로 되물었다.

"그럴 수 없어. 네가 생각할 시간을 가지면, 우리는 이루어질 수 없다고, 유쾌하지 못한 사건들이 너무 많이 있었다고, 날 사랑하지 않는다고 말할 거잖아. 그렇게 되는 거 싫어."

베른트는 나를 빤히 바라보았다. 그는 자신만의 독특한 방식으로 오른쪽 눈썹을 느릿느릿 치올렸다. 그가 최악의 상황에서는 거절을 할까봐, 그리고 기껏해야 경멸하는 말을 내뱉을까봐 나는 자리에서 벌떡 일어나 그에게 "꼼짝 말고 여기서 기다리라"고 말한 후 대기실을 나왔다. 바로 건너편에 산부인과 병동으로 이어지는 유리문이 있었다. 나는 그 유리문을 통과해 복도를 따라 쭉 내려갔다. 병실마다 환자의 이름이 적혀 있었다. 복도 맨 끝에서 이름이 적히지 않은 병실을 하나 발견했고 조심스럽게 문을 열어보았다. 비어 있었다. 나는 복도를 뛰어, 다시 베른트에게로 돌아왔다. 그리고 베른트의 손을 잡고 말했다.

"가자."

"어딜 가자는 거야?"

그는 이렇게 물었지만 내 손을 뿌리치지는 않았다. 우리는 산부인과 병동으로 들어가 복도를 따라 계속 걸어, 빈 병실로 들어왔다. 벽은 해처럼 밝은 노란색으로 칠해져 있었고 침대 두 개가 놓여 있었다. 나는 베른트를 안으로 밀어 넣고는 복도를 다시 한 번 둘러보았다. 우리가 들어온 것을 본 사람은 없는 것 같았다. 나는 문을 도로 닫고 이리저리 뭔가를 찾아다녔다.

"여기서 뭐 하는 건지 물어봐도 될까?"

베른트가 물었다. 나는 창가 쪽 테이블 주변에 널린 의자 세 개 중에 하나를 덥석 잡고 병실 문으로 끌고 갔다.

"아니, 물어보면 안 돼."

나는 이렇게 대꾸하고는 등받이가 정확히 손잡이 밑에 오도록 의자를 고정시켰다. 그런 다음, 뒤를 돌아 베른트에게 천천히 다가섰다. 심장이 목구멍까지 쿵쾅거렸지만 나는 용기를 내어 말했다.

"지난 십오 년 동안 널 기다려왔어. 이젠 단 일 초도 더 못 기다리겠어."

나는 누더기 같은 카디건 끈을 이리저리 풀어서 어깨 아래로 내렸다. 그리고 셔츠도 머리 위로 벗겨냈다. 베른트는 그런 나를 잠자코 보고만 있었다. 왼쪽 발끝으로 오른쪽 신발을 벗겨냈고 반대편 신발도 마찬가지 방법으로 벗었다. 플란넬 바지의 단추를 푸는 내내, 나는 베른트의 눈에 시선을 고정시켰다. 그가 아무런 말도 하지 않아서 무서울 정도로 떨렸지만, 이제 와서 돌이킬 수는 없었다. 나는 바지를 아래로 떨어뜨리고 발을 빼냈다. 여전히 베른트는 한 마디도 않고 있었다. 나는 작은 분홍빛 슬립만 걸친 채 그 앞에 섰다. 그에게 마지막으로 한 발짝 다가서자 가슴이 그의 흰 티셔츠에 닿았다.

"키스해줘."

내가 조그맣게 말하자 그는 나를 팔로 끌어안았다. 그의 입술이 내 입술에 닿자, 심장이 미칠 듯 뛰었다. 갑자기 그 옛날 스키캠프장에서 추억을 나누던 열다섯, 열여섯 시절로 돌아간 것 같았다. 나는 머뭇거리며 베른트의 티셔츠 안에 손을 밀어 넣고는 머리 위로 벗겨냈다. 그리고 가슴 털이 수북한 그의 상체에 내 몸을 바싹 밀어붙였다. 그의 심장박동이 내 가슴으로 전해졌다. 베른트의 손이 내 머리카락과 목을 거쳐 몸으로 미끄러져 내려왔다. 그는 입술을 떼고 목에다 키스하기 시작했다. 잠시 뒤 우리는 작은 침대 위에 누웠다. 베른트는 내 다리 사이에 무릎을 구부리고 앉아 팬티를 벗겨 내면서 가슴과 배에 키스했다.

"예쁜걸."

그는 이렇게 중얼거렸다. 당혹감에 그를 쳐다보니, 그는 다리 사이를 빤히 응시하고 있었다.

"베른트."

나는 베른트를 제지하듯 불렀지만, 그의 시선은 못내 피하고 있었다.

"그냥 보게 해줘."

그는 부드러운 음성으로 말하고는 내 배를 조심스럽게 쓰다듬었다.

"흥. 마음에 든다는 거야, 뭐야?"

나는 거봐라는 듯 말하지 않을 수 없었다.

"렌헨, 예뻐 보일 것 같다는 이유만으로 이런 가학적인 짓은 하지 않겠다고 약속해."

"하지만……."

"약속해."

"뭐, 알겠어. 약속할게."

나는 마지못해 대답했다.

"내가 '예쁘다'라고 말하는 건 체모가 있고 없고와는 별개야."

그는 씨익 웃고는 그곳에 키스하기 시작했다. 숨이 멎는 것 같았다. 우리는 같이 잤다. 말로는 형용할 수가 없었다. 우리는 마치 서로를 위해 태어난 것 같았다. 베른트는 나와 사랑을 나누는 동안, 내 눈을 잔잔히 바라보았고 그 순간 나는 분명히 느꼈다. 내가 사랑받고, 배려받고, 인정받고 있다는 것을.

"절대 너를 놓지 않을 거야."

나는 그에게 몸을 바싹 붙이고 귀에다 속삭였다. 그러나 문가에 놔두었던 의자가 저 혼자 살아나 덜컹거리기 시작했을 때, 그를 놓아줄 수밖에 없었다.

"무슨 일이에요?"

밖에서 화난 여자 목소리가 들렸고 나는 놀라서 비명을 질렀다.

"잠깐만요!"

베른트가 소리치며 벗은 몸 그대로 황급히 문으로 다가갔다. 그리고 무척 화가 난 간호사와 좁은 문틈을 사이에 두고 얘기했다.

"대체 무슨 생각으로 이러는 거죠? 그 안에서 뭘 하고 있는 거예요? 여기는 산부인과 병동입니다. 여기 무슨 볼일이 있어서 그러시는 거죠?"

간호사는 악다구니를 썼다. 나는 허겁지겁 옷을 입으면서도, 베른트가 어처구니없는 핑계를 대는 것을 듣고는 새어 나오는 웃음을 참을 수가 없었다.

"죄송합니다. 아내가 인공수정을 하려는데요. 아시죠? 그런데 마지막으로 자연적으로 시도해보고 싶었거든요. 마침 아내가 배란기여서 말이죠."

나는 그의 입에서 저리도 자연스럽게 전문용어들이 줄줄 나오는 것을 보며 적잖이 놀랐다. 나는 뒤에서 그의 바지를 건네주었다.

"집도 없나요?"

밖에서 투덜거리는 목소리가 들려왔다.

"물론 있죠."

베른트는 여유를 부리며 대꾸했다.

"그런데 공교롭게도 집 아래로 임신을 막는 수맥이 흐르는 통에……."

"알겠으니, 이제 그만 하시고요. 오 분 안으로 비워주세요."

"일 분 안에 나가도록 할게요."

그는 이렇게 약속하고는 다시 문을 닫았다. 나는 쿡쿡 웃으면서 그를 안고 목에다 키스했다.

"사랑해."

"나도 사랑해, 렌헨."

1분 뒤 우리는 흐트러진 차림으로, 이름표에 '기젤라'라고 적혀 있는 간호사의 따가운 눈초리를 받으면서도 마냥 좋아하며 병실을 나왔다.

"양해해주셔서 고맙습니다."

베른트가 간호사를 향해 활짝 웃으며 말하자, 그녀는 햇살에 버터 녹듯 녹아내렸다.

"잘되셨으면 좋겠네요."

그녀는 임신이 성공하기를 바라주었다. 임신은 그렇다 치고, 재키는 지금 어쩌고 있을까? 우리는 뛰다시피 대기실로 갔다. 베른트는 마침 지나가던 여의사에게 재키의 상황을 물었다.

"지금 출산 중이에요. 경과가 좋습니다."

다행이었다.

"다시 올게."

베른트는 이 말을 남기고는 어디론가 사라졌다가 잠시 뒤 커피와 초코바를 들고 나타났다.

"내 눈앞에서 깨끗이 다 먹어야 돼. 그래야 네가 후회하지 않는다는 걸 알겠어."

그는 흐뭇한 표정으로 내가 맛나게 초코바 먹는 모습을 지켜봤다. 그때 파울이 대기실로 부리나케 들어왔다. 초록색 수술복 차림에, 수술 모자 아래로 이마에 땀방울이 송골송골 맺혀 있어 무척 우스꽝스러워 보였다.

"딸이에요. 딸을 낳았어요!"

그는 감격스런 목소리로 말했다. 나는 한 입 남은 초코바를 삼키려던 순간 목에 탁 걸려버렸다.

"내가 알기로는……"

"상관없어요. 딸이에요. 너무 예뻐요!"

그는 베른트와 내 손을 하나씩 덥석 잡고는 의자에서 일으켜 세웠다.

"빨리 와요. 우리 딸을 봐야죠."

"정말 축하합니다."

베른트는 웃으며 말했고 나는 여전히 얼떨떨한 상태로 서 있었다. 게오르그의 고추가 엄마 배 속에서 떨어지기라도 했나?

재키는 어느 때보다도 환하게 웃으며, 침대에 바로 앉아 아기를 팔에 안고 있었다.

"나는 늘 딸이 갖고 싶었어. 너무 예쁘지 않아?"

그녀는 기쁨에 겨운 미소를 지으며 말했다. 아기는 정말 예뻤다.

"한번 안아봐도 될까?"

나는 포대기에 싸인 아기를 받아 들었다. 생각했던 것보다 훨씬 가벼웠다. 내 조카는 크고 푸른 눈을 굴리며 나를 쳐다봤다. 머리에는 밝은 금발이 보송보송 나 있었다. 아이가 입을 오물거리며 알 수 없는 소리를 내자 감동의 눈물이 솟구쳤다. 나는 고개를 들고 눈을 반짝거리며 베른트를 올려다보았다.

"애 좀 봐."

나는 흥분한 목소리로 말했다. 그는 웃으며 고개를 끄덕였다.

"한 번에 하나씩 하자고, 응?"

그는 내 귀에다 속삭였다. 그런 뜻이 아니었건만.

"그런 뜻이 아니야. 이것 좀 봐. 너무 예쁘잖아."

나는 내 의중이 곡해되는 것이 싫어 항변했다.

"그래, 정말 예뻐."

그도 인정했다.

"다시 줘."

재키가 팔을 뻗었다.

"벌써 보고 싶어."

나는 조심스럽게 아기를 그녀의 팔에 안겨주었다.

"이름은 뭐라고 지었어?"

"루나."

파울과 재키가 이구동성으로 말했다.

"루나? 와우."

나는 인상적이라는 듯 말했다. 그리고 슬며시 웃었다. 아버지가 기함할 일이었다. 딸인 데다 이름까지 루나_{로마 신화에 나오는 달의 여신}라니. 멋진걸!

"이름에 관해서는 뜻이 통했나보군요."

베른트의 지적에 파울은 고개를 힘차게 끄덕였다.

"여보, 얼음 몇 조각만 가져다줘."

재키가 부탁하자 파울은 당장 얼음을 가지러 나갈 태세였다.

"그래. 더 필요한 건 없고?"

"우리 부모님께 아기가 태어났다고 말씀드려줘."

"그럴게."

파울이 밖으로 나갔다.

"조언이 필요해. 파울에 관해서."

파울이 병실 문을 닫자마자 재키가 말했다.

"둘이 다시 잘돼가는 것 같은데."

베른트가 느낀 바를 얘기하자 재키는 그렇다는 뜻으로 고개를 끄덕였다.

"맞아. 저 사람이 하는 행동이 정말 귀여워. 진통이 시작되기 전에, 나한테 자기와 결혼해주지 않겠냐고 물었어. 성당에서 말이야. 마차며 면사포며 이것저것 갖춰서."

"정말이야?"

베른트와 나는 누가 먼저랄 것도 없이 모르는 척 연기를 했다.

"응. 근사하지 않아?"

"그래, 정말 근사하네."

나는 이렇게 말해주고는 재키의 손을 토닥여주었다.

"그럼, 문제가 뭔데?"

"흠. 나도 모르겠어."

재키는 한숨을 쉬며 루나의 자그마한 얼굴을 살며시 쓰다듬었다.

"모든 일이 순식간에 잘 풀린다는 게 믿어지지 않아. 결혼 생활이 너무나 끔찍했는데, 이렇게 예쁜 딸도 얻고 다시 못 알아볼 만큼 남편이 변했어. 그를 사랑하는 거 같아. 진심으로."

재키는 확신을 담아 말했다.

"다만, 사랑 때문에 사람이 저렇게 변할 수도 있는지가 의문일 따름이야."

나는 베른트에게 의미심장한 눈빛을 보내고는 몰래 그의 손을 만졌다. 그는 내 손을 부드럽게 잡고는 엄지손가락 끝으로 손목을 쓰다듬었다.

"변하는 건 아닐 거야."

내가 말했다. 그리고 재키를 향해 환하게 웃으며 이렇게 덧붙였다.

"성숙해가는 거겠지."

비너스 날개를 달다

지은이 · 야나 보오젠 | 옮긴이 · 이정언

펴낸이 · 박은서 | 펴낸곳 · 새론북스

편집 · 송이령, 김선숙, 석호주, 송훈의 | 마케팅 · 권영제

주소 · 경기도 파주시 교하읍 문발리 535-7 세종출판벤처타운 404호

TEL · (031) 978-8767 | FAX · (031) 978-8769

http://www.jubyunin.co.kr | myjubyunin@naver.com

· 초판 1쇄 발행일 | 2007년 11월 15일 · 개정판 1쇄 발행일 | 2011년 1월 25일

ⓒ 새론북스

ISBN 978-89-93536-26-3(03850)